Sur l'auteur

Eugène Sue est né le 20 janvier 1804, à Paris. Filleul de l'impératrice Joséphine et de son fils, le prince Eugène de Beauharnais, il entame une carrière de chirurgien militaire mais abandonne rapidement, après avoir hérité de la fortune de son père qui lui permet de se consacrer au métier d'écrivain. Il publie plusieurs ouvrages, dont une série de romans maritimes, avant de se lancer dans une voie alors encore inexplorée : le roman-feuilleton social. Parus entre juin 1842 et octobre 1843 dans le *Journal des débats*, ses *Mystères de Paris* sont un triomphe. Les aventures du prince Rodolphe, de Fleur-de-Marie et de ces personnages du peuple parisien conquièrent toute la société de l'époque. Il devient un acteur incontournable de la vie littéraire française. Très populaire et productif, il publiera également, en feuilletons, *Le Juif errant* (1844-1845), *Les Mystères du peuple* (seize volumes entre 1849 et 1857), de nombreuses narrations, nouvelles, œuvres politiques et pièces de théâtre. En 1848, il est élu à l'Assemblée législative mais le coup d'État de Napoléon III le force à l'exil et il meurt à Annecy en 1857.

Du même auteur
aux Éditions 10/18

LES MYSTÈRES DE PARIS, Tome I, n° 5894
LES MYSTÈRES DE PARIS, Tome II, n° 5902

EUGÈNE SUE

LES MYSTÈRES DE PARIS

TOME I

L'île de la Cité

10
18

ISBN 978-2-264-08298-5
Dépôt légal : octobre 2023

PREMIÈRE PARTIE

I

LE TAPIS-FRANC

Un *tapis-franc*, en argot de vol et de meurtre, signifie un estaminet ou un cabaret du plus bas étage.

Un repris de justice, qui, dans cette langue immonde, s'appelle un *ogre*, ou une femme de même dégradation, qui s'appelle une *ogresse*, tiennent ordinairement ces tavernes, hantées par le rebut de la population parisienne ; forçats libérés, escrocs, voleurs, assassins y abondent.

Un crime a-t-il été commis, la police jette, si cela se peut dire, son filet dans cette fange ; presque toujours elle y prend les coupables.

Ce début annonce au lecteur qu'il doit assister à de sinistres scènes ; s'il y consent, il pénétrera dans des régions horribles, inconnues ; des types hideux, effrayants, fourmilleront dans ces cloaques impurs comme les reptiles dans les marais.

Tout le monde a lu les admirables pages dans lesquelles Cooper, le Walter Scott américain, a tracé les mœurs féroces des sauvages, leur langue pittoresque, poétique, les mille ruses à l'aide desquelles ils fuient ou poursuivent leurs ennemis.

On a frémi pour les colons et pour les habitants des villes, en songeant que si près d'eux vivaient et rôdaient ces tribus barbares, que leurs habitudes sanguinaires rejetaient si loin de la civilisation.

Nous allons essayer de mettre sous les yeux du lecteur quelques épisodes de la vie d'autres barbares aussi en dehors de la civilisation que les sauvages peuplades si bien peintes par Cooper.

Seulement les barbares dont nous parlons sont au milieu de nous ; nous pouvons les coudoyer en nous aventurant dans les repaires où ils vivent, où ils se rassemblent pour concerter le meurtre, le vol, pour se partager enfin les dépouilles de leurs victimes.

Ces hommes ont des mœurs à eux, des femmes à eux, un langage à eux, langage mystérieux, rempli d'images funestes, de métaphores dégouttantes de sang.

Comme les sauvages, enfin, ces gens s'appellent généralement entre eux par des surnoms empruntés à leur énergie, à leur cruauté, à certains avantages ou à certaines difformités physiques.

Nous abordons avec une double défiance quelques-unes des scènes de ce récit.

Nous craignons d'abord qu'on ne nous accuse de rechercher des épisodes repoussants, et, une fois même cette licence admise, qu'on ne nous trouve au-dessous de la tâche qu'impose la reproduction fidèle, vigoureuse, hardie, de ces mœurs excentriques.

En écrivant ces passages dont nous sommes presque effrayé, nous n'avons pu échapper à une sorte de serrement de cœur… nous n'oserions dire de douloureuse anxiété… de peur de prétention ridicule.

En songeant que peut-être nos lecteurs éprouveraient le même ressentiment, nous nous sommes demandé s'il fallait nous arrêter ou persévérer dans la voie où nous nous engagions, si de pareils tableaux devaient être mis sous les yeux du lecteur.

Nous sommes presque resté dans le doute ; sans l'impérieuse exigence de la narration, nous regretterions d'avoir placé en si horrible lieu l'explosion du récit qu'on va lire. Pourtant nous comptons un peu sur l'espèce de curiosité craintive qu'excitent quelquefois les spectacles terribles.

Et puis encore nous croyons à la puissance des contrastes.

Sous ce point de vue de l'art, il est peut-être bon de reproduire certains caractères, certaines existences, certaines figures, dont les couleurs sombres, énergiques, peut-être même crues, serviront de repoussoir, d'opposition à des scènes d'un tout autre genre.

Le lecteur, prévenu de l'excursion que nous lui proposons d'entreprendre parmi les naturels de cette race infernale qui peuple les prisons, les bagnes, et dont le sang rougit les échafauds… le lecteur voudra peut-être bien nous suivre. Sans doute cette investigation sera nouvelle pour lui ; hâtons-nous de l'avertir d'abord que, s'il pose d'abord le pied sur le dernier échelon de l'échelle sociale, à mesure que le récit marchera, l'atmosphère s'épurera de plus en plus.

Le 13 décembre 1838, par une soirée pluvieuse et froide, un homme d'une taille athlétique, vêtu d'une mauvaise blouse, traversa le pont au Change et s'enfonça dans la Cité, dédale de rues obscures, étroites, tortueuses, qui s'étend depuis le Palais de Justice jusqu'à Notre-Dame.

Le quartier du Palais de Justice, très circonscrit, très surveillé, sert pourtant d'asile ou de rendez-vous aux malfaiteurs de Paris. N'est-il pas étrange, ou plutôt fatal, qu'une irrésistible attraction fasse toujours graviter ces criminels autour du formidable tribunal qui les condamne à la prison, au bagne, à l'échafaud !

Cette nuit-là, donc, le vent s'engouffrait violemment dans les espèces de ruelles de ce lugubre quartier ; la lueur blafarde, vacillante, des réverbères agités par la bise, se reflétait dans le ruisseau d'eau noirâtre qui coulait au milieu des pavés fangeux.

Les maisons, couleur de boue, étaient percées de quelques rares fenêtres aux châssis vermoulus et presque sans carreaux. De noires, d'infectes allées conduisaient à des escaliers plus noirs, plus infects encore, et si perpendiculaires, que l'on pouvait à peine les gravir à l'aide d'une corde à puits fixée aux murailles humides par des crampons de fer.

Le rez-de-chaussée de quelques-unes de ces maisons était occupé par des étalages de charbonniers, de tripiers ou de revendeurs de mauvaises viandes.

Malgré le peu de valeur de ces denrées, la devanture de presque toutes ces misérables boutiques était grillagée de fer, tant les marchands redoutaient les audacieux voleurs de ce quartier.

L'homme dont nous parlons, en entrant dans la rue aux Fèves, située au centre de la Cité, ralentit beaucoup sa marche : il se sentait sur son terrain.

La nuit était profonde, l'eau tombait à torrents, de fortes rafales de vent et de pluie fouettaient les murailles.

Dix heures sonnaient dans le lointain à l'horloge du Palais de Justice.

Des femmes embusquées sous des porches voûtés, obscurs, profonds comme des cavernes, chantaient à demi-voix quelques refrains populaires.

Une de ces créatures était sans doute connue de l'homme dont nous parlons ; car, s'arrêtant brusquement devant elle, il la saisit par le bras.

— Bonsoir, Chourineur[1].

Cet homme, repris de justice, avait été ainsi surnommé au bagne.

— C'est toi, la Goualeuse[2], dit l'homme en blouse ; tu vas me payer l'*eau d'aff*[3], ou je te fais danser sans violons !

— Je n'ai pas d'argent, répondit la femme en tremblant ; car cet homme inspirait une grande terreur dans le quartier.

— Si ta *filoche* est à *jeun*[4], l'*ogresse* du tapis-franc te fera crédit sur ta bonne mine.

— Mon Dieu ! je lui dois le loyer des vêtements que je porte…

— Ah ! tu raisonnes ? s'écria le Chourineur.

Et il donna dans l'ombre et au hasard un si violent coup de poing à cette malheureuse, qu'elle poussa un cri de douleur aigu.

— Ça n'est rien que ça, ma fille ; c'est pour t'avertir…

À peine le brigand avait-il dit ces mots, qu'il s'écria avec un effroyable jurement :

— Je suis piqué à l'aileron ; tu m'as égratigné avec tes ciseaux.

Et furieux, il se précipita à la poursuite de la Goualeuse dans l'allée noire.

— N'approche pas, ou je te crève les *ardents* avec mes *fauchants*[5], dit-elle d'un ton décidé. Je ne t'avais rien fait, pourquoi m'as-tu battue ?

1. Chourineur : donneur de coups de couteau. (Nous n'abuserons pas longtemps de cet affreux langage d'argot, nous en donnerons seulement quelques spécimens caractéristiques.)
2. La Chanteuse.
3. L'eau-de-vie.
4. Si ta bourse est vide.
5. Je te crève les yeux avec mes ciseaux.

— Je vais te dire ça, s'écria le bandit en s'avançant toujours dans l'obscurité. Ah ! je te tiens ! et tu vas la danser ! ajouta-t-il en saisissant dans ses larges et fortes mains un poignet mince et frêle.

— C'est toi qui vas danser ! dit une voix mâle.

— Un homme ! Est-ce toi, Bras-Rouge ? réponds donc et ne serre pas si fort… j'entre dans l'allée de ta maison… ça peut bien être toi…

— Ça n'est pas Bras-Rouge, dit la voix.

— Bon, puisque ça n'est pas un ami, il va y avoir du *raisiné par terre*[1], s'écria le Chourineur. Mais à qui donc la petite patte que je tiens là ?

— C'est la pareille de celle-ci.

Sous la peau délicate et douce de cette main qui vint le saisir brusquement à la gorge, le Chourineur sentit se tendre des nerfs et des muscles d'acier.

La Goualeuse, réfugiée au fond de l'allée, avait lestement grimpé plusieurs marches ; elle s'arrêta un moment, et s'écria en s'adressant à son défenseur inconnu :

— Oh ! merci, monsieur, d'avoir pris mon parti. Le Chourineur m'a battue parce que je ne voulais pas lui payer d'eau-de-vie. Je me suis revengée, mais je n'ai pu lui faire grand mal avec mes petits ciseaux. Maintenant je suis en sûreté, laissez-le ; prenez bien garde à vous, c'est le Chourineur.

L'effroi qu'inspirait cet homme était bien grand.

— Mais vous ne m'entendez donc pas ? Je vous dis que c'est le Chourineur ! répéta la Goualeuse.

— Et moi je suis un *ferlampier* qui n'est pas *frileux*[2], dit l'inconnu.

Puis tout se tut.

1. Du sang répandu.
2. Je suis un bandit qui n'est pas un poltron.

On entendit pendant quelques secondes le bruit d'une lutte acharnée.

— Mais tu veux donc que je t'*escarpe*[1] ? s'écria le bandit en faisant un violent effort pour se débarrasser de son adversaire, qu'il trouvait d'une vigueur extraordinaire. Bon, bon, tu vas payer pour la Goualeuse et pour toi, ajouta-t-il en grinçant les dents.

— Payer en monnaie de coups de poing, oui, répondit l'inconnu.

— Si tu ne lâches pas ma cravate, je te mange le nez, murmura le Chourineur d'une voix étouffée.

— J'ai le nez trop petit, mon homme, et tu n'y vois pas clair !

— Alors, viens sous le *pendu glacé*[2].

— Viens, reprit l'inconnu, nous nous y regarderons le blanc des yeux.

Et, se précipitant sur le Chourineur, qu'il tenait toujours au collet, il le fit reculer jusqu'à la porte de l'allée et le poussa violemment dans la rue, à peine éclairée par la lueur du réverbère.

Le bandit trébucha ; mais, se raffermissant aussitôt, il s'élança avec furie contre l'inconnu, dont la taille très svelte et très mince ne semblait pas annoncer la force incroyable qu'il déployait.

Le Chourineur, quoique d'une constitution athlétique et de première habileté dans une sorte de pugilat appelé vulgairement la *savate*, trouva, comme on dit, son *maître*.

L'inconnu lui *passa la jambe* (sorte de croc-en-jambe) avec une dextérité merveilleuse, et le renversa deux fois.

1. Que je te tue.
2. Sous le réverbère.

Ne voulant pas encore reconnaître la supériorité de son adversaire, le Chourineur revint à la charge en rugissant de colère.

Alors le défenseur de la Goualeuse, changeant brusquement de méthode, fit pleuvoir sur la tête du bandit une grêle de coups de poing aussi rudement assenés qu'avec un gantelet de fer.

Ces coups de poing, dignes de l'envie et de l'admiration de Jack Turner, l'un des plus fameux boxeurs de Londres, étaient d'ailleurs si en dehors des règles de la savate, que le Chourineur en fut doublement étourdi ; pour la troisième fois le brigand tomba comme un bœuf sur le pavé en murmurant :

— *Mon linge est lavé*[1].

— S'il renonce, ne l'achevez pas, ayez pitié de lui ! dit la Goualeuse, qui pendant cette rixe s'était hasardée sur le seuil de l'allée de la maison de Bras-Rouge. (Puis elle ajouta avec étonnement :) Mais qui êtes-vous donc ? Excepté le Maître d'école, il n'y a personne, depuis la rue Saint-Éloi jusqu'à Notre-Dame, capable de battre le Chourineur. Je vous remercie bien, monsieur ; hélas ! sans vous il m'assommait.

L'inconnu, au lieu de répondre à cette femme, écoutait attentivement sa voix.

Jamais timbre plus doux, plus frais, plus argentin, ne s'était fait entendre à son oreille : il tâcha de distinguer les traits de la Goualeuse : il ne put y parvenir, la nuit était trop sombre, la clarté du réverbère était trop pâle.

Après être resté quelques minutes sans mouvement, le Chourineur remua la jambe, les bras, et enfin se leva sur son séant.

1. Je m'avoue vaincu, j'en ai assez.

— Prenez garde ! s'écria la Goualeuse en se réfugiant de nouveau dans l'allée et en tirant son protecteur par le bras, prenez garde, il va peut-être vouloir se revenger !

— Sois tranquille, ma fille, s'il en veut encore, j'ai de quoi le servir.

Le brigand entendit ces mots.

— J'ai la coloquinte en bringues, dit-il à l'inconnu. Pour aujourd'hui j'en ai assez, je n'en mangerai plus ; une autre fois je ne dis pas, si je te retrouve.

— Est-ce que tu n'es pas content ? est-ce que tu te plains ? s'écria l'inconnu d'un ton menaçant. Est-ce que j'ai *macarone*[1] ?

— Non, non, je ne me plains pas : tu es un cadet qui a de l'*atout*[2], dit le brigand d'un ton bourru, mais avec cette sorte de considération respectueuse que la force physique impose toujours aux gens de cette espèce. Tu m'as rincé ; et, excepté le Maître d'école, qui mangerait trois Alcides à son déjeuner, personne jusqu'à cette heure ne peut se vanter de me mettre le pied sur la tête.

— Eh bien ! après ?

— Après ?… j'ai trouvé mon maître, voilà tout. Tu auras le tien un jour ou l'autre, tôt ou tard… tout le monde trouve le sien… À défaut d'hommes, il y a toujours bien le *meg* des *megs*[3], comme disent les *sangliers*[4]. Ce qui est sûr, c'est que, maintenant que tu as mis le Chourineur sous tes pieds, tu peux faire les quatre cents coups dans la Cité. Toutes les filles d'amour seront tes esclaves : *ogres* et *ogresses* n'oseront pas refuser

1. Agi en traître.
2. Qui a du courage.
3. Dieu.
4. Les prêtres.

de te faire crédit. Ah çà ! mais qui es-tu donc ?... tu *dévides le jars*[1] comme père et mère ! Si tu es *grinche*[2], je ne suis pas ton homme. J'ai *chouriné*[3], c'est vrai ; parce que, quand le sang me monte aux yeux, j'y vois rouge, et il faut que je frappe... mais j'ai payé mes chourinades en allant quinze ans au *pré*[4]. Mon temps est fini, je ne dois rien aux *curieux*[5], et je n'ai jamais *grinché*[6] : demande à la Goualeuse.

— C'est vrai, ce n'est pas un voleur, dit celle-ci.

— Alors, viens boire un verre d'*eau d'aff*, et tu me connaîtras, dit l'inconnu ; allons, sans rancune.

— C'est honnête de ta part... Tu es mon maître, je le reconnais, tu sais rudement jouer des poignets... il y a eu surtout la grêle de coups de poing de la fin... Tonnerre ! comme ça me pleuvait sur la boule ! je n'ai jamais rien vu de pareil... comme c'était festonné ! ça allait comme un marteau de forge. C'est un nouveau jeu... faudra me l'apprendre.

— Je recommencerai quand tu voudras.

— Pas sur moi, toujours, dis donc ; eh ! pas sur moi. J'en ai encore des éblouissements. Mais tu connais donc Bras-Rouge, que tu étais dans l'allée de sa maison ?

— Bras-Rouge ! dit l'inconnu surpris de cette question ; je ne sais pas ce que tu veux dire ; il n'y a pas que Bras-Rouge qui habite cette maison, sans doute ?

— Si fait, mon homme... Bras-Rouge a ses raisons pour ne pas aimer les voisins, dit le Chourineur en souriant d'un air singulier.

1. Tu parles argot.
2. Voleur.
3. Donné des coups de couteau à un homme.
4. Aux galères.
5. Aux juges.
6. Volé.

— Eh bien ! tant mieux pour lui, reprit l'inconnu, qui semblait ne pas vouloir continuer la conversation à ce sujet. Je ne connais pas plus Bras-Rouge que Bras-Noir ; il pleuvait, j'étais entré un moment dans cette allée pour me mettre à l'abri : tu as voulu battre cette pauvre fille, je t'ai battu, voilà tout.

— C'est juste : d'ailleurs tes affaires ne me regardent pas ; tous ceux qui ont besoin de Bras-Rouge ne vont pas le dire à Rome. N'en parlons plus.

Puis, s'adressant à la Goualeuse :

— Foi d'homme, tu es une bonne fille ; je t'ai donné une calotte, tu m'as rendu un coup de ciseaux, c'était de jeu ; mais, ce qui est gentil de ta part, c'est que tu n'as pas aguiché cet enragé-là contre moi, quand je n'en voulais plus. Tu viendras boire avec nous ! c'est monsieur qui paye. À propos de ça, mon brave, dit-il à l'inconnu, si, au lieu d'aller *pitancher*[1] de l'*eau d'aff*, nous allions nous *refaire de sorgue*[2] chez l'ogresse du Lapin-Blanc : c'est un tapis-franc.

— Tope, je paye à souper. Veux-tu venir, la Goualeuse ? dit l'inconnu.

— Oh ! j'avais bien faim, répondit-elle : mais de voir des batteries ça m'écœure, je n'ai plus d'appétit.

— Bah ! bah ! ça te viendra en mangeant, dit le Chourineur ; et la cuisine est fameuse au Lapin-Blanc.

Les trois personnages, alors en parfaite intelligence, se dirigèrent vers la taverne.

Pendant la lutte du Chourineur et de l'inconnu, un charbonnier d'une taille colossale, embusqué dans une autre allée, avait observé avec anxiété les chances du

1. Boire.
2. Souper.

combat, sans toutefois, ainsi qu'on l'a vu, prêter le moindre secours à l'un des deux adversaires.

Lorsque l'inconnu, le Chourineur et la Goualeuse se dirigèrent vers la taverne, le charbonnier les suivit.

La bandit et la Goualeuse entrèrent les premiers dans le tapis-franc ; l'inconnu les suivait, lorsque le charbonnier s'approcha et lui dit tout bas en anglais et d'un ton de respectueuse remontrance :

— Monseigneur, prenez bien garde !

L'inconnu haussa les épaules et rejoignit ses compagnons. Le charbonnier ne s'éloigna pas de la porte du cabaret ; prêtant l'oreille avec attention, il regardait de temps à autre au travers d'un petit jour pratiqué dans l'épaisse couche de blanc d'Espagne dont les vitres de ces repaires sont toujours enduites intérieurement.

II

L'OGRESSE

Le cabaret du Lapin-Blanc est situé vers le milieu de la rue aux Fèves. Cette taverne occupe le rez-de-chaussée d'une haute maison dont la façade se compose de deux fenêtres dites à *guillotine*.

Au-dessus de la porte d'une sombre allée voûtée se balance une lanterne oblongue dont la vitre fêlée porte ces mots écrits en lettres rouges : « Ici on loge à la nuit. »

Le Chourineur, l'inconnu et la Goualeuse entrèrent dans la taverne.

C'est une vaste salle basse, au plafond enfumé, rayé

de solives noires, éclairée par la lumière rougeâtre d'un mauvais quinquet. Les murs, recrépis à la chaux, sont couverts çà et là de dessins grossiers ou de sentences en termes d'argot.

Le sol battu, salpêtré, est imprégné de boue : une brassée de paille est déposée, en guise de tapis, au pied du comptoir de l'ogresse, situé à droite de la porte et au-dessous du quinquet.

De chaque côté de cette salle, il y a six tables ; d'un bout elles sont scellées au mur, ainsi que les bancs qui les accompagnent. Au fond une porte donne dans une cuisine ; à droite, près du comptoir, existe une sortie sur l'allée qui conduit aux taudis où l'on couche à trois sous la nuit.

Maintenant quelques mots de l'ogresse et de ses hôtes.

L'ogresse s'appelle la mère Ponisse ; sa triple profession consiste à loger, à tenir un cabaret, et à louer des vêtements aux misérables créatures qui pullulent dans ces rues immondes.

L'ogresse a quarante ans environ. Elle est grande, robuste, corpulente, haute en couleur et quelque peu barbue. Sa voix rauque, virile, ses gros bras, ses larges mains, annoncent une force peu commune ; elle porte sur son bonnet un vieux foulard rouge et jaune ; un châle de poil de lapin se croise sur sa poitrine et se noue derrière son dos ; sa robe de laine verte laisse voir des sabots noirs souvent incendiés par sa chaufferette ; enfin le teint de l'ogresse est cuivré, enflammé par l'abus des liqueurs fortes.

Le comptoir, plaqué de plomb, est garni de brocs cerclés de fer et de différentes mesures d'étain ; sur une tablette attachée au mur, on voit plusieurs flacons de verre façonnés de manière à représenter la figure en pied de l'empereur.

Ces bouteilles renferment des breuvages frelatés de couleur rose et verte, connus sous le nom de *parfait-amour* et de *consolation*.

Enfin, un gros chat noir à prunelles jaunes, accroupi près de l'ogresse, semble le démon familier de ce lieu.

Par un contraste qui semblerait impossible si l'on ne savait que l'âme humaine est un abîme impénétrable… une sainte branche de buis de Pâques, achetée à l'église par l'ogresse, était placée derrière la boîte d'une ancienne pendule à coucou.

Deux hommes à figure sinistre, à barbe hérissée, vêtus presque de haillons, touchaient à peine au broc de vin qu'on leur avait servi, et parlaient à voix basse d'un air inquiet.

L'un d'eux surtout, très pâle, presque livide, rabattait souvent jusque sur ses sourcils un mauvais bonnet grec dont il était coiffé ; il tenait sa main gauche presque toujours cachée, ayant soin de la dissimuler, autant que possible, lorsqu'il était obligé de s'en servir.

Plus loin s'attablait un jeune homme de seize ans à peine, à la figure imberbe, hâve, creuse, plombée, au regard éteint ; ses longs cheveux noirs flottaient autour de son cou ; cet adolescent, type du vice précoce, fumait une courte pipe blanche. Le dos appuyé au mur, les deux mains dans les poches de sa blouse, les jambes étendues sur le banc, il ne quittait sa pipe que pour boire à même d'une canette d'eau-de-vie placée devant lui.

Les autres habitués du tapis-franc, hommes ou femmes, n'offraient rien de remarquable, leurs physionomies étaient féroces ou abruties, leur gaieté grossière ou licencieuse, leur silence sombre ou stupide.

Tels étaient les hôtes du tapis-franc lorsque l'inconnu, le Chourineur et la Goualeuse y entrèrent.

Ces trois derniers personnages jouent un rôle trop important dans ce récit, leurs figures sont trop caractérisées, pour que nous ne les mettions pas en relief.

Le Chourineur, homme de haute taille et de constitution athlétique, a des cheveux d'un blond pâle tirant sur le blanc, des sourcils épais et d'énormes favoris d'un roux ardent.

Le hâle, la misère, les rudes labeurs du bagne ont bronzé son teint de cette couleur sombre, olivâtre, pour ainsi dire, particulière aux forçats.

Malgré son terrible surnom, les traits de cet homme expriment plutôt une sorte d'audace brutale que la férocité ; quoique la partie postérieure de son crâne, singulièrement développée, annonce la prédominance des appétits meurtriers et charnels.

Le Chourineur porte une mauvaise blouse bleue, un pantalon de gros velours primitivement vert, et dont on ne peut distinguer la couleur sous l'épaisse couche de boue qui le couvre.

Par une anomalie étrange, les traits de la Goualeuse offrent un de ces types angéliques et candides qui conservent leur idéalité même au milieu de la dépravation, comme si la créature était impuissante à effacer par ses vices la noble empreinte que Dieu a mise au front de quelques êtres privilégiés.

La Goualeuse avait seize ans et demi.

Le front le plus pur, le plus blanc, surmontait son visage d'un ovale parfait ; une frange de cils, tellement longs qu'ils frisaient un peu, voilait à demi ses grands yeux bleus. Le duvet de la première jeunesse veloutait ses joues rondes et vermeilles. Sa petite bouche purpurine, son nez fin et droit, son menton à fossette, étaient d'une adorable suavité de lignes. De chaque côté de ses tempes satinées, une natte de cheveux d'un blond cendré magnifique descendait en s'arrondissant jusqu'au milieu de la joue, remontait derrière l'oreille dont on apercevait le lobe d'ivoire rosé, puis disparaissait sous les plis serrés d'un grand mouchoir de cotonnade à carreaux bleus, et noué, comme on dit vulgairement, en *marmotte*.

Un collier de grains de corail entourait son cou d'une beauté et d'une blancheur éblouissantes. Sa robe d'alépine brune, beaucoup trop large, laissait deviner une taille fine, souple et ronde comme un jonc. Un mauvais petit châle orange, à franges vertes, se croisait sur son sein.

Le charme de la voix de la Goualeuse avait frappé son défenseur inconnu. En effet, cette voix douce, vibrante, harmonieuse, avait un attrait si irrésistible, que la tourbe de scélérats et de femmes perdues au milieu desquels vivait cette jeune fille la suppliaient souvent de chanter, l'écoutaient avec ravissement et l'avaient surnommée la *Goualeuse* (la chanteuse).

La Goualeuse avait reçu un autre surnom, dû sans doute à la candeur virginale de ses traits…

On l'appelait encore *Fleur-de-Marie*, mots qui en argot signifient la *Vierge*.

Pourrons-nous faire comprendre au lecteur notre singulière impression, lorsqu'au milieu de ce vocabulaire infâme, où les mots qui signifient le vol, le sang, le meurtre, sont encore plus hideux et plus effrayants que les hideuses et effrayantes choses qu'ils expriment, lorsque nous avons, disons-nous, surpris cette métaphore d'une poésie si douce, si tendrement pieuse : *Fleur-de-Marie* ?

Ne dirait-on pas un beau lis élevant la neige odorante de son calice immaculé au milieu d'un champ de carnage ?

Bizarre contraste, étrange hasard ! Les inventeurs de cette épouvantable langue se sont ainsi élevés jusqu'à une sainte poésie ! Ils ont prêté un charme de plus à la chaste pensée qu'ils voulaient exprimer !

Ces réflexions n'amènent-elles pas à croire, en songeant ainsi à d'autres contrastes qui rompent souvent l'horrible monotonie des existences les plus criminelles, que certains principes de moralité, de piété, pour ainsi dire innés, jettent encore quelquefois çà et là de vives lueurs dans les âmes les plus ténébreuses ? Les scélérats *tout d'une pièce* sont des phénomènes assez rares.

Le défenseur de la Goualeuse (nous nommerons cet inconnu Rodolphe) paraissait âgé de trente à trente-six ans ; sa taille moyenne, svelte, parfaitement proportionnée, ne semblait pas annoncer la vigueur surprenante que cet homme venait de déployer dans sa lutte avec l'athlétique Chourineur.

Il eût été très difficile d'assigner un caractère certain à la physionomie de Rodolphe ; elle réunissait les contrastes les plus bizarres.

Ses traits étaient régulièrement beaux, trop beaux peut-être pour un homme.

Son teint d'une pâleur délicate, ses grands yeux d'un brun orangé, presque toujours à demi fermés et entourés d'une légère auréole d'azur, sa démarche nonchalante, son regard distrait, son sourire ironique, semblaient annoncer un homme blasé, dont la constitution était sinon délabrée, du moins affaiblie par les aristocratiques excès d'une vie opulente.

Et pourtant, de sa main élégante et blanche, Rodolphe venait de terrasser un des bandits les plus robustes, les plus redoutés de ce quartier de bandits.

Nous disons *aristocratiques excès*, parce que l'ivresse d'un vin généreux diffère complètement de l'ivresse d'un affreux breuvage frelaté ; parce que en un mot, aux yeux de l'observateur, les excès diffèrent de symptômes comme ils diffèrent de nature et d'espèce.

Certains plis du front de Rodolphe révélaient le penseur profond, l'homme essentiellement contemplatif… et pourtant la fermeté des contours de sa bouche, son port de tête quelquefois impérieux et hardi, décelaient alors l'homme d'action dont la force physique, dont l'audace, exercent toujours sur la foule un irrésistible ascendant.

Souvent son regard se chargeait d'une triste mélancolie, et tout ce que la commisération a de plus secourable, tout ce que la pitié a de plus touchant, se peignait sur son visage. D'autres fois, au contraire, le regard de Rodolphe devenait dur, méchant ; ses traits exprimaient tant de dédain et de cruauté qu'on ne pouvait le croire capable de ressentir aucune émotion douce.

La suite de ce récit montrera quel ordre de faits ou d'idées excitait chez lui des passions si contraires.

Dans sa lutte avec le Chourineur, Rodolphe n'avait témoigné ni colère ni haine contre cet adversaire indigne de lui. Confiant dans sa force, dans son adresse, dans son agilité, il n'avait eu qu'un mépris railleur pour l'espèce de bête brute qu'il venait de terrasser.

Pour achever le portrait de Rodolphe, nous dirons que ses cheveux étaient châtain clair, de la même nuance que ses sourcils noblement arqués et que sa petite moustache fine et soyeuse ; son menton un peu saillant était soigneusement rasé.

Du reste, les manières et le langage qu'il affectait avec une incroyable aisance donnaient à Rodolphe une complète ressemblance avec les hôtes de l'ogresse.

Son cou svelte, aussi élégamment modelé que celui du Bacchus indien, était entouré d'une cravate noire nouée négligemment, et dont les bouts retombaient sur le collet de sa blouse bleue, d'une nuance blanchâtre annonçant la vétusté. Une double rangée de clous armait ses gros souliers. Enfin, sauf ses mains d'une distinction rare, rien ne le distinguait matériellement des hôtes du tapis-franc ; tandis que son air de résolution, et, pour ainsi dire, d'audacieuse sérénité, mettait entre eux et lui une distance énorme.

En entrant dans le tapis-franc, le Chourineur, posant une de ses larges mains velues sur l'épaule de Rodolphe, s'écria :

— Salut au maître du Chourineur !... Oui, les amis, ce cadet-là vient de me rincer... Avis aux amateurs qui auraient l'idée de se faire casser les reins ou crever la *sorbonne*[1], en comptant le Maître d'école qui, cette fois-ci, trouvera son maître... J'en réponds et je le parie !

À ces mots, depuis l'ogresse jusqu'au dernier des habitués du tapis-franc, tous regardèrent le vainqueur du Chourineur avec un respect craintif.

Les uns reculèrent leurs verres et leurs brocs au bout de la table qu'ils occupaient, s'empressant de faire une place à Rodolphe, dans le cas où il aurait voulu se placer à côté d'eux ; d'autres s'approchèrent du Chourineur pour lui demander à voix basse quelques détails sur cet inconnu qui débutait si victorieusement dans le *monde*.

L'ogresse, enfin, avait adressé à Rodolphe l'un de ses plus gracieux sourires. Chose inouïe, exorbitante, fabuleuse dans les fastes du Lapin-Blanc, elle s'était levée de son comptoir pour venir prendre les ordres de

1. La tête.

Rodolphe et savoir ce qu'il fallait servir à sa *société*, attention que l'ogresse n'avait jamais eue pour le fameux Maître d'école, terrible scélérat qui faisait trembler le Chourineur lui-même.

Un des deux hommes à figure sinistre que nous avons signalés (celui qui, très pâle, cachait sa main gauche et rabattait toujours son bonnet grec sur son front) se pencha vers l'ogresse, qui essuyait soigneusement la table de Rodolphe, et lui dit d'une voix enrouée :

— Le Maître d'école n'est pas venu aujourd'hui ?

— Non, dit la mère Ponisse.

— Et hier ?

— Il est venu.

— Avec sa nouvelle *largue*[1] ?

— Ah çà ! est-ce que tu me prends pour un *raille*[2], avec des drogueries ? Est-ce que tu crois que je vais *manger* mes pratiques sur l'*orgue*[3] ? dit l'ogresse d'une voix brutale.

— J'ai rendez-vous ce soir avec le Maître d'école, répéta le brigand, nous avons des affaires ensemble.

— Ça doit être du propre, vos affaires, tas d'*escarpes*[4] que vous êtes !

— Escarpes ! répéta le bandit d'un air irrité, c'est les escarpes qui te font vivre !

— Ah çà ! vas-tu me donner la paix ! s'écria l'ogresse d'un air menaçant, en levant sur le questionneur le broc qu'elle tenait à la main.

L'homme se remit à sa place en grommelant.

Fleur-de-Marie, entrant dans la taverne de l'ogresse

1. Sa nouvelle femme.
2. Mouchard.
3. Dénoncer mes pratiques.
4. Assassins.

sur les pas du Chourineur, avait échangé un signe de tête amical avec l'adolescent à figure flétrie.

Le Chourineur dit à ce dernier :

— Eh ! Barbillon, tu *pitanches* donc toujours de l'*eau d'aff*[1] ?

— Toujours ! j'aime mieux faire la *tortue* et avoir des *philosophes* aux *arpions* que d'être sans *eau d'aff* dans l'*avaloir* et sans *tréfoin* dans ma *chiffarde*[2], dit le jeune homme d'une voix cassée, sans changer de position et en lançant d'énormes bouffées de tabac.

— Bonsoir, mère Ponisse, dit la Goualeuse.

— Bonsoir, Fleur-de-Marie, répondit l'ogresse en s'approchant de la jeune fille pour inspecter les vêtements qui couvraient la malheureuse et qu'elle lui avait loués.

Après cet examen, elle lui dit avec une sorte de satisfaction bourrue :

— C'est un plaisir de te louer des effets, à toi… tu es propre comme une petite chatte… aussi je n'aurais pas confié ce joli châle orange à des canailles comme la Tourneuse ou la Tête-de-Mort. Mais aussi c'est moi qui t'ai *éduquée* depuis ta sortie de prison… et il faut être juste, il n'y a pas un meilleur sujet que toi dans toute la Cité

La Goualeuse baissa la tête et ne parut nullement fière des louanges de l'ogresse.

— Tiens ! dit Rodolphe, vous avez du buis bénit sur votre coucou, la mère ?

Et il montra du doigt le saint rameau placé derrière la vieille horloge.

1. Tu bois donc toujours de l'eau-de-vie ?

2. J'aime mieux jeûner et avoir des savates (des philosophes) aux pieds que d'être sans eau-de-vie dans le gosier et sans tabac dans ma pipe.

— Eh bien, faut-il pas vivre comme des païens ! répondit naïvement l'horrible femme.

Puis, s'adressant à Fleur-de-Marie, elle ajouta :

— Dis donc, la Goualeuse, est-ce que tu ne vas pas nous *goualer* une de tes *goualantes*[1] ?

— Après souper, mère Ponisse, dit le Chourineur.

— Qu'est-ce que je vais vous servir, mon brave ? dit l'ogresse à Rodolphe, dont elle voulait se faire bien venir et peut-être au besoin acheter le soutien.

— Demandez au Chourineur, la mère ; il régale ; moi, je paye.

— Eh bien ! dit l'ogresse en se tournant vers le bandit, qu'est-ce que tu veux à souper, mauvais chien ?

— Deux doubles *cholettes* de *tortu* à douze, un *arlequin* et trois croûtons de *lartif* bien tendre (deux litres de vin à douze sous, trois croûtons de pain très tendre) et un *arlequin*[2], dit le Chourineur, après avoir un moment médité sur la composition de ce *menu*.

— Je vois que tu es toujours un fameux *licheur* et que tu as toujours une passion pour les *arlequins*.

— Eh bien ! maintenant, la Goualeuse, dit le Chourineur, as-tu faim ?

— Non, Chourineur.

— Veux-tu autre chose qu'un *arlequin*, ma fille ? dit Rodolphe.

— Oh ! non… ma faim a passé…

— Mais regarde donc *mon maître*… ma fille ! dit le

1. Est-ce que tu ne vas pas nous chanter une de tes chansons ?

2. Un arlequin est un ramassis de viande, de poisson et de toutes sortes de restes provenant de la desserte de la table des domestiques des grandes maisons. Nous sommes honteux de ces détails, mais ils concourent à l'ensemble de ces mœurs étranges.

Chourineur en riant d'un gros rire et indiquant Rodolphe du regard. Est-ce que tu n'oses pas le reluquer ?

La Goualeuse rougit et baissa les yeux sans répondre.

Au bout de quelques moments, l'ogresse vint elle-même placer sur la table de Rodolphe un broc de vin, un pain et l'*arlequin*, dont nous n'essayerons pas de donner une idée au lecteur, mais que le Chourineur sembla trouver parfaitement de son goût, car il s'écria :

— Quel plat ! Dieu de Dieu !... quel plat ! C'est comme un omnibus ! Il y en a pour tous les goûts, pour ceux qui font gras et pour ceux qui font maigre, pour ceux qui aiment le sucre et ceux qui aiment le poivre... Des pilons de volaille, des queues de poisson, des os de côtelette, des croûtes de pâté, de la friture, du fromage, des légumes, des têtes de bécasse, du biscuit et de la salade. Mais mange donc, la Goualeuse... c'est du soigné... Est-ce que tu as nocé aujourd'hui ?

— Nocé ! ah bien oui ! J'ai mangé ce matin comme toujours, mon sou de lait et mon sou de pain.

L'entrée d'un nouveau personnage dans le cabaret interrompit toutes les conversations et fit lever toutes les têtes.

C'était un homme entre les deux âges, alerte et robuste, portant veste et casquette, parfaitement au fait des usages du tapis-franc ; il employa le langage familier à ses hôtes pour demander à souper.

Quoique cet étranger ne fût pas un des habitués du tapis-franc, on ne fit bientôt plus attention à lui : il était *jugé*.

Pour reconnaître leurs pareils, les bandits, comme les honnêtes gens, ont un coup d'œil sûr.

Ce nouvel arrivant s'était placé de façon à pouvoir observer les deux individus à figure sinistre dont l'un avait demandé le Maître d'école. Il ne les quittait pas du regard ; mais, par leur position, ceux-ci ne pouvaient s'apercevoir de la surveillance dont ils étaient l'objet.

Les conversations, un moment interrompues, reprirent leur cours. Malgré son audace, le Chourineur témoignait une sorte de déférence à Rodolphe ; il n'osait pas le tutoyer.

Cet homme ne respectait pas les lois, mais il respectait la force.

— Foi d'homme ! dit-il à Rodolphe, quoique j'aie eu ma danse, je suis tout de même flatté de vous avoir rencontré.

— Parce que tu trouves l'*arlequin* de ton goût ?

— D'abord… et puis parce que je grille de vous voir vous crocher avec le Maître d'école, lui qui m'a toujours rincé… le voir rincé à son tour… ça me flattera…

— Ah çà, est-ce que tu crois que pour t'amuser je vais sauter comme un bouledogue sur le Maître d'école ?

— Non, mais il sautera sur vous dès qu'il entendra dire que vous êtes plus fort que lui, répondit le Chourineur en se frottant les mains.

— J'ai encore assez de monnaie pour lui donner sa paye ! dit nonchalamment Rodolphe ; puis il reprit : Ah çà, il fait un temps de chien… si nous demandions un pot d'*eau d'aff* avec du sucre, ça mettrait peut-être la Goualeuse en train de chanter…

— Ça me va, dit le Chourineur.

— Et pour faire connaissance nous nous dirons qui nous sommes, ajouta Rodolphe.

— L'Albinos, dit Chourineur, *fagot affranchi* (forçat libéré), débardeur de bois flotté au quai Saint-Paul, gelé pendant l'hiver, rôti pendant l'été, voilà mon caractère, dit le convive de Rodolphe en faisant le salut militaire avec sa main gauche. Ah çà, ajouta-t-il, et vous, mon maître, c'est la première fois qu'on vous voit dans la

Cité… C'est pas pour vous le reprocher, mais vous y êtes entré crânement sur mon crâne et tambour battant sur ma peau. Nom d'un nom, quel roulement !… surtout les coups de poing de la fin… J'en reviens toujours là, comme *c'était fignolé* !… Mais vous avez un autre métier que de rincer le Chourineur ?

— Je suis peintre en éventails ! et je m'appelle Rodolphe.

— Peintre en éventails ! C'est donc ça que vous avez les mains si blanches, dit le Chourineur. C'est égal, si tous vos camarades sont comme vous, il paraît qu'il faut être pas mal fort pour faire cet état-là… Mais puisque vous êtes ouvrier, et sans doute un honnête ouvrier… pourquoi venez-vous dans un tapis-franc, où il n'y a que des *grinches*, des *escarpes* ou des *fagots affranchis* comme moi, et qui ne peuvent aller ailleurs ?

— Je viens ici, parce que j'aime la bonne société.

— Hum !… hum !… dit le Chourineur en secouant la tête d'un air de doute. Je vous ai trouvé dans l'allée de Bras-Rouge ; enfin… suffit… Vous dites que vous ne le connaissez pas ?

— Est-ce que tu vas m'ennuyer encore longtemps avec ton Bras-Rouge, que l'enfer confonde… si ça plaît à Lucifer !…

— Tenez, mon maître, vous vous défiez peut-être de moi, et vous n'avez pas tort… Mais, si vous voulez, je vous raconterai mon histoire… à condition que vous m'apprendrez à donner les coups de poing qui ont été le bouquet de ma raclée… j'y tiens.

— J'y consens, Chourineur, tu me diras ton histoire… et la Goualeuse dira aussi la sienne.

— Ça va, reprit le Chourineur… Il fait un temps à ne pas mettre un sergent de ville dehors… ça nous amusera… Veux-tu, la Goualeuse ?

— Je veux bien ; mais ça ne sera pas long, dit Fleur-de-Marie…

— Et vous nous direz la vôtre, camarade Rodolphe ? ajouta le Chourineur.

— Oui, je commencerai…

— Peintre d'éventails, dit la Goualeuse, c'est un bien joli métier.

— Et combien gagnez-vous, à vous éreinter à ça ? dit le Chourineur.

— Je suis à ma tâche, répondit Rodolphe ; mes bonnes journées vont à quatre francs, quelquefois à cinq, mais dans l'été, parce que les jours sont longs.

— Et vous flânez souvent, gueusard ?

— Oui, tant que j'ai de l'argent : d'abord six sous pour ma nuit dans mon garni.

— Excusez, monseigneur… vous couchez à six sous, vous ! dit le Chourineur en portant la main à son bonnet…

Ce mot *monseigneur*, dit ironiquement par le Chourineur, fit sourire imperceptiblement Rodolphe, qui reprit :

— Oh ! je tiens à mes aises et à la propreté.

— En voilà un pair de France ! un banquier ! un riche ! s'écria le Chourineur, il couche à six.

— Avec ça, continua Rodolphe, quatre sous de tabac, ça fait dix ; quatre sous à déjeuner, quatorze ; quinze sous à dîner ; un ou deux sous d'eau-de-vie, ça me fait dans les environs de trente *ronds* (sous) par jour. Je n'ai pas besoin de travailler toute la semaine ; le reste du temps je fais la noce.

— Et votre famille ? dit la Goualeuse.

— Le choléra l'a mangée, reprit Rodolphe.

— Qu'est-ce qu'ils étaient, vos parents ? demanda la Goualeuse.

— Fripiers sous les piliers des Halles, négociants en vieux chiffons.

— Et combien que vous avez vendu leur fonds ? dit le Chourineur.

— J'étais trop jeune, c'est mon tuteur, qui l'a vendu ; quand j'ai été *major*, je lui ai redû trente francs… Voilà mon héritage.

— Et votre maître fabricant, à cette heure ? demanda le Chourineur.

— Mon *singe*[1] ? Il s'appelle M. Borel, rue des Bourdonnais, bête… mais brutal : … voleur… mais avare ; il aime autant se faire crever un œil que faire la paye aux ouvriers. Voilà son signalement ; s'il s'égare, laissez-le se perdre, ne le ramenez pas à sa fabrique. J'ai été apprenti chez lui depuis l'âge de quinze ans, j'ai eu un bon numéro à la conscription ; je demeure rue de la Juiverie, au quatrième sur le devant ; je m'appelle Rodolphe Durand… Voilà mon histoire.

— Maintenant, à ton tour, la Goualeuse, dit le Chourineur ; je garde mon histoire pour la bonne bouche.

III

HISTOIRE DE LA GOUALEUSE

— Commençons d'abord par le commencement, dit le Chourineur.

— Oui… tes parents ? reprit Rodolphe.

— Je ne les connais pas, dit Fleur-de-Marie.

1. Mon bourgeois, mon maître.

— Ah ! bah ! fit le Chourineur.

— Ni vus, ni connus ; née sous un chou, comme on dit aux enfants.

— Tiens, c'est drôle, la Goualeuse !... nous sommes de la même famille...

— Toi aussi, Chourineur ?

— Orphelin du pavé de Paris, tout comme toi, ma fille.

— Et qu'est-ce qui t'a élevée, la Goualeuse ? demanda Rodolphe.

— Je ne sais pas... Du plus loin qu'il m'en souvient, je crois, sept à huit ans, j'étais avec une vieille borgnesse qu'on appelait la Chouette... parce qu'elle avait un nez crochu, un œil vert tout rond, et qu'elle ressemblait à une chouette qui aurait un œil crevé.

— Ah !... ah !... Ah !... Je la vois d'ici, la Chouette ! s'écria le Chourineur en riant.

— La borgnesse, reprit Fleur-de-Marie, me faisait vendre, le soir, du sucre d'orge sur le Pont-Neuf ; manière de demander l'aumône... Quand je n'apportais pas au moins dix sous en rentrant, la Chouette me battait au lieu de me donner à souper.

— Je comprends, ma fille, dit le Chourineur, un coup de pied en guise de pain, avec des calottes pour mettre dessus.

— Oh ! mon Dieu, oui...

— Et tu es sûre que cette femme n'était pas ta mère ? demanda Rodolphe.

— J'en suis sûre, la Chouette me l'a assez reproché, d'être sans père et mère ; elle me disait toujours qu'elle m'avait ramassée dans la rue.

— Ainsi, reprit le Chourineur, tu avais une danse pour fricot, quand tu ne faisais pas une recette de dix sous ?

— Un verre d'eau par là-dessus, et j'allais grelotter toute la nuit dans une paillasse étendue par terre et où la borgnesse avait fait un trou pour me fourrer... Tenez, on croit comme ça que la paille est chaude ; eh bien ! on se trompe.

— La *plume de Beauce*[1] ! s'écria le Chourineur, tu as raison, ma fille, c'est une vraie gelée ; le fumier vaudrait cent fois mieux ! Mais on fait sa tête, on dit : C'est canaille... ç'a été porté !

Cette plaisanterie fit sourire Fleur-de-Marie qui continua :

— Le lendemain matin la borgnesse me donnait la même ration pour déjeuner que pour souper, et je m'en allais à Montfaucon chercher des vers de terre pour amorcer le poisson ; car dans le jour la Chouette tenait sa boutique de lignes à pêcher sous le pont Notre-Dame... Pour un enfant de sept ans qui meurt de faim et de froid, il y a loin, allez... de la rue de la Mortellerie à Montfaucon.

— L'exercice t'a fait pousser droite comme un jonc, ma fille ; faut pas te plaindre de ça, dit le Chourineur battant le briquet pour allumer sa pipe.

— Enfin, je revenais éreintée avec un plein panier de vers. Alors, sur le midi, la Chouette me donnait un bon morceau de pain, et je ne laissais pas la mie, je t'en réponds.

— De ne pas manger, ça t'a rendu la taille fine comme une guêpe, ma fille : faut pas te plaindre de ça, dit le Chourineur en aspirant bruyamment quelques bouffées de tabac. Mais qu'est-ce que vous avez donc, camarade ? Non, je veux dire maître Rodolphe ? Vous avez l'air tout chose... Est-ce parce que c'te jeunesse

1. La paille.

a eu de la misère ? Tiens… nous en avons tous eu de la misère !

— Oh ! je te défie bien d'avoir été aussi malheureux que moi, Chourineur, dit Fleur-de-Marie.

— Moi, la Goualeuse !… Mais figure-toi donc, ma fille, que t'étais comme une reine auprès de moi ! Au moins, quand tu étais petite, tu couchais sur de la paille et tu mangeais du pain… Moi, je couchais les bonnes nuits dans les fours à plâtre de Clichy, en vrai *goué-peur* (vagabond), et je me restaurais avec des feuilles de chou que je ramassais au coin des bornes ; mais, le plus souvent, comme il y avait trop loin pour aller aux fours à plâtre de Clichy, vu que la fringale me cassait les jambes, je me couchais sous les grosses pierres du Louvre… et l'hiver j'avais des draps blancs… quand il tombait de la neige.

— Tiens, un homme, c'est bien plus dur ; mais une pauvre petite fille, dit Fleur-de-Marie ; avec ça, j'étais grosse comme une mauviette.

— Tu te rappelles ça, toi ?

— Je crois bien : quand la Chouette me battait, je tombais toujours du premier coup ; alors elle se mettait à trépigner sur moi en criant : « Cette petite gueuse-là ! elle n'a pas pour deux liards de force : ça ne peut pas seulement supporter deux calottes. » Et puis elle m'appelait la Pégriotte ; j'ai pas eu d'autre nom, ç'a été mon baptême.

— C'est comme moi, j'ai eu le baptême des chiens perdus : on m'appelait chose… machin… ou l'Albinos. C'est étonnant, comme nous nous ressemblons, ma fille, dit le Chourineur.

— C'est vrai, dit Fleur-de-Marie, qui s'adressait presque toujours à cet homme ; ressentant malgré elle une sorte de honte en présence de Rodolphe, elle osait à peine lever les yeux, quoiqu'il parût appartenir à l'espèce de gens avec lesquels elle vivait habituellement.

— Et quand tu avais été chercher des vers pour la Chouette, qu'est-ce que tu faisais ? demanda le Chourineur.

— La borgnesse m'envoyait mendier autour d'elle jusqu'à la nuit ; car le soir elle allait faire de la friture sur le Pont-Neuf. Dame ! à cette heure-là, mon morceau de pain était bien loin : mais si j'avais le malheur de demander à manger à la Chouette, elle me battait en me disant : « Fais dix sous d'aumône, Pégriotte, et tu auras à souper ! » Alors, moi, comme j'avais bien faim, et qu'elle me faisait mal, je pleurais toutes les larmes de mon corps. La borgnesse me passait mon petit éventaire de sucre d'orge au cou, et elle me plantait sur le Pont-Neuf. Comme je sanglotais ! et que je grelottais de froid et de faim !...

— Toujours comme toi, ma fille, dit le Chourineur en interrompant la Goualeuse ; on ne croirait pas ça... mais la faim fait grelotter autant que le froid.

— Enfin, je restais sur le Pont-Neuf jusqu'à onze heures du soir, ma boutique de sucre d'orge au cou et pleurant bien fort. De me voir pleurer... souvent ça touchait les passants, et quelquefois on me donnait jusqu'à dix, jusqu'à quinze sous, que je rendais à la Chouette.

— Fameuse soirée pour une mauviette !

— Mais voilà-t-il pas que la borgnesse, qui voyait ça...

— D'un œil, dit le Chourineur en riant.

— D'un œil, si tu veux, puisqu'elle n'en avait qu'un ; ne voilà-t-il pas que la borgnesse prend le pli de me donner toujours des coups avant de me mettre en faction sur le Pont-Neuf, afin de me faire pleurer devant les passants et d'augmenter ainsi ma recette.

— Ce n'était pas déjà si bête !

— Oui, tu crois ça, toi, Chourineur ? J'ai fini par m'endurcir aux coups ; je voyais que la Chouette rageait quand je ne pleurais pas : alors, pour me venger d'elle, plus elle me faisait de mal, plus je riais ; et le soir, au lieu de sangloter en vendant mes sucres d'orge, je chantais comme une alouette, quoique je n'en eusse guère envie… de chanter.

— Dis donc… des sucres d'orge… c'est ça qui devait te faire envie, ma pauvre Goualeuse !

— Oh ! je crois bien, Chourineur ; mais je n'en avais jamais goûté ; c'était mon ambition… et c'est cette ambition qui m'a perdue, tu vas voir comment. Un jour, en revenant de mes vers, des gamins m'avaient battue et volé mon panier. Je rentre, je savais ce qui m'attendait, je reçois ma paye et pas de pain. Le soir, avant d'aller au pont, la borgnesse, furieuse de ce que je n'avais pas étrenné la veille, au lieu de me donner des coups comme d'habitude pour me mettre en train de pleurer, me martyrise jusqu'au sang en m'arrachant des cheveux du côté des tempes, où c'est le plus sensible.

— Tonnerre ! ça c'est trop fort ! s'écria le bandit en frappant du poing sur la table et en fronçant les sourcils. Battre un enfant, bon… mais le martyriser, c'est trop fort !

Rodolphe avait attentivement écouté le récit de Fleur-de-Marie ; il regarda le Chourineur avec étonnement. Cet éclair de sensibilité le surprenait.

— Qu'as-tu donc, Chourineur ? lui dit-il.

— Ce que j'ai ! Comment ! ça ne vous fait rien, à vous ? Ce monstre de Chouette qui martyrise cet enfant ! Vous êtes donc aussi dur que vos poings !

— Continue, ma fille, dit Rodolphe à Fleur-de-Marie, sans répondre à l'interpellation du Chourineur.

— Je vous disais donc que la Chouette me martyrisait pour me faire pleurer : moi, ça me butte ; pour la faire endêver, je me mets à rire, et je m'en vas au pont avec mes sucres d'orge. La borgnesse était à sa poêle... De temps en temps, elle me montrait le poing. Alors, au lieu de pleurer, je chantais plus fort : avec tout ça, j'avais une faim, une faim ! Depuis six mois que je portais des sucres d'orge, je n'en avais jamais goûté un... Ma foi ! ce jour-là, je n'y tiens pas... Autant par faim que pour faire enrager la Chouette, je prends un sucre d'orge et je le mange.

— Bravo, ma fille !

— J'en mange deux.

— Bravo ! Vive la charte !

— Dame ! je trouvais ça bon, mais ne voilà-t-il pas une marchande d'oranges qui se met à crier à la borgnesse : « Dis donc, la Chouette... Pégriotte mange ton fonds ! »

— Oh ! tonnerre ! ça va chauffer... ça va chauffer, dit le Chourineur singulièrement intéressé. Pauvre petit rat ! quel tremblement quand la Chouette s'est aperçue de ça, hein !

— Comment t'es-tu tirée de là, ma pauvre Goualeuse ? dit Rodolphe aussi intéressé que le Chourineur.

— Ah ! dame ! ç'a été dur ; seulement, ce qu'il y avait de drôle, ajouta Fleur-de-Marie en riant, c'est que la borgnesse, tout en enrageant de me voir manger ses sucres d'orge, ne pouvait pas quitter sa poêle, car sa friture était bouillante.

— Ah !... ah !... ah !... c'est vrai. En voilà une position difficile ! s'écria le Chourineur en riant aux éclats.

Après avoir partagé l'hilarité du bandit, Fleur-de-Marie reprit :

— Ma foi ! moi, en pensant aux coups qui m'attendaient, je me dis : « Tant pis ! je ne serai pas plus battue pour trois que pour un. » Je prends un troisième bâton, et avant de le manger, comme la Chouette me menaçait encore de loin avec sa grande fourchette de fer… aussi vrai que voilà une assiette, je lui montre le sucre d'orge et je le croque à son nez.

— Bravo ! ma fille !… Ça m'explique ton coup de ciseaux de tout à l'heure… Allons… allons, je te l'ai dit, tu as de l'*atout* (du courage). Mais la Chouette a dû t'écorcher vive après ce coup-là ?

— Sa friture finie, elle vient à moi… On m'avait donné trois sous d'aumône et j'avais mangé pour six… Quand la borgnesse m'a prise par la main pour m'emmener, j'ai cru que j'allais tomber sur la place, tant j'avais peur… je me rappelle ça comme si j'y étais… car justement c'était dans le temps du jour de l'an. Tu sais, il y a toujours des boutiques de joujoux sur le Pont-Neuf : toute la soirée j'en avais eu des éblouissements… rien qu'à regarder toutes ces belles poupées, tous ces beaux petits ménages… tu penses, pour un enfant…

— Et tu n'avais jamais eu de joujoux, Goualeuse ? dit le Chourineur.

— Moi ! es-tu bête, va… Qui est-ce qui m'en aurait donné ? Enfin, la soirée finit : quoiqu'en plein hiver, je n'avais qu'une mauvaise guenille de robe de toile, ni bas, ni chemise, et des sabots aux pieds ! il n'y avait pas de quoi étouffer, n'est-ce pas ? Eh bien, quand la borgnesse m'a pris la main, je suis devenue tout en nage. Ce qui m'effrayait le plus, c'est qu'au lieu de jurer, de tempêter, la Chouette ne faisait que marronner tout le long du chemin entre ses dents… Seulement, elle ne me lâchait pas, et me faisait marcher si vite, si vite, qu'avec mes petites jambes j'étais obligée de courir pour la suivre. En courant, j'avais perdu un de mes sabots : je n'osais pas le lui dire ; je l'ai suivie tout de même avec un pied nu… En arrivant, je l'avais tout en sang.

— La mauvaise chienne de borgnesse ! s'écria le Chourineur en frappant de nouveau sur la table avec colère ; ça me fait un drôle d'effet de penser à cette enfant qui trotte après cette vieille voleuse, avec son pauvre petit pied tout saignant.

— Nous perchions dans un grenier de la rue de la Mortellerie : à côté de la porte de l'allée, il y avait un rogomiste : la Chouette y entra en me tenant toujours par la main. Là, elle but une demi-chopine d'eau-de-vie sur le comptoir.

— Morbleu ! je ne la boirais pas, moi, sans être soûl comme une grive.

— C'était la ration de la borgnesse ; aussi elle se couchait toujours dans les bringues-zingues. C'est peut-être pour cela qu'elle me battait tant. Enfin, nous montons chez nous ; je n'étais pas à la noce, je t'en réponds. Nous arrivons : la Chouette ferme la porte à double tour ; je me jette à ses genoux en lui demandant bien pardon d'avoir mangé ses sucres d'orge. Elle ne répond pas, et je l'entends marmotter en marchant dans la chambre : « Qu'est-ce donc que je vas lui faire ce soir, à cette Pégriotte, à cette voleuse de sucre d'orge ?… Voyons, qu'est-ce donc que je vas lui faire ? » Et elle s'arrêtait pour me regarder en roulant son œil vert. Moi, j'étais toujours à genoux. Tout d'un coup, la borgnesse va à une planche et y prend une paire de tenailles.

— Des tenailles ! s'écria le Chourineur.

— Oui, des tenailles.

— Et pour quoi faire ?

— Pour te frapper ? dit Rodolphe.

— Pour te pincer ? dit le Chourineur.

— Ah bien, oui !

— Pour t'arracher les cheveux ?

— Vous n'y êtes pas : donnez-vous votre langue aux chiens ?

— Je la donne.

— Nous la donnons.

— Eh bien, c'était pour m'arracher une dent[1] !

Le Chourineur poussa un tel blasphème, et l'accompagna d'imprécations si furieuses, que tous les hôtes du tapis-franc se retournèrent avec étonnement.

— Eh bien, qu'est-ce qu'il a donc ? dit la Goualeuse.

— Ce que j'ai ?... Mais je l'*escarperais*[2] si je la tenais, la borgnesse !... Où est-elle ? dis-le-moi. Où est-elle ? Si je la trouve, je la *refroidis*[3] !

Et le regard du bandit s'injecta de sang.

Rodolphe avait partagé l'horreur du Chourineur pour la cruauté de la borgnesse ; mais il se demandait par quel phénomène un assassin entrait en fureur en entendant raconter qu'une méchante vieille femme avait voulu, par méchanceté, arracher une dent à un enfant.

Nous croyons ce sentiment de pitié possible, même probable, chez une nature pourtant féroce.

— Et elle te l'a arrachée ta dent, ma pauvre petite, cette vieille misérable ? demanda Rodolphe.

— Je crois bien, qu'elle me l'a arrachée !... et pas du premier coup encore ! Mon Dieu ! y a-t-elle travaillé ! Elle me tenait la tête entre les genoux comme dans un étau. Enfin, moitié avec les tenailles, moitié avec ses

1. Nous prions les lecteurs qui trouveraient cette cruauté exagérée de se rappeler les condamnations presque quotidiennes rendues contre des êtres féroces qui battent et blessent des enfants ; des pères, des mères n'ont pas été étrangers à ces abominables traitements.

2. Je l'assassinerais.

3. Je la tue.

doigts, elle m'a tiré cette dent : et puis elle m'a dit, pour m'effrayer, bien sûr : « Maintenant, je t'en arracherai une comme ça tous les jours, Pégriotte ; et, quand tu n'auras plus de dents, je te ficherai à l'eau : tu seras mangée par les poissons ; y se revengeront sur toi de ce que tu as été chercher des vers pour les prendre. » Je me souviens de ça, parce que ça me paraissait injuste... Tiens, comme si c'était pour mon plaisir que j'allais aux vers !

— Ah ! la gueuse ! casser, arracher les dents à une pauvre petite enfant ! s'écria le Chourineur avec un redoublement de fureur.

— Eh bien, après ? Est-ce qu'il y paraît maintenant, voyons ? dit Fleur-de-Marie.

Et elle entrouvrit en souriant une de ses lèvres roses, en montrant deux rangées de petites dents blanches comme des perles.

Était-ce insouciance, oubli, générosité instinctive de la part de cette malheureuse créature ? Rodolphe remarqua qu'il n'y eut pas dans son récit un seul mot de haine contre la femme atroce qui l'avait martyrisée.

— Eh bien, après, qu'as-tu fait ? reprit le Chourineur.

— Ma foi, j'en ai eu assez comme ça. Le lendemain, au lieu d'aller aux vers, je me suis sauvée du côté du Panthéon. J'ai marché toute la journée de ce côté-là, tant j'avais peur de la Chouette. J'aurais été au bout du monde plutôt que de retomber dans ses griffes.

« Comme je me trouvais dans des quartiers perdus, je n'avais rencontré personne à qui demander l'aumône, et puis je n'aurais pas osé. Pendant la nuit, j'avais couché dans un chantier, sous des piles de bois. J'étais grosse comme un rat ; en me glissant sous une vieille porte, je m'étais nichée au milieu d'un tas d'écorces. La faim me dévorait : j'essayai de mâcher un peu de pelure de bois pour tromper ma fringale, mais je ne pouvais pas : je n'ai pu mordre un peu que sur l'écorce de bouleau : c'était plus tendre. Par là-dessus je me suis endormie. Au jour, entendant du bruit, je me suis encore plus enfoncée sous la pile de bois. Il y faisait presque chaud, comme dans une cave. Si j'avais eu à manger, je n'aurais jamais mieux été de l'hiver.

— C'était comme moi dans un four à plâtre.

— Je n'osais pas sortir du chantier, je me figurais que la Chouette me cherchait partout pour m'arracher les dents et me jeter aux poissons, et qu'elle saurait bien me rattraper si je bougeais de là.

— Tiens, ne m'en parle plus de cette vieille gueuse-là, tu me fais monter le sang aux yeux !

— Enfin, le deuxième jour, j'avais encore mâché un peu d'écorce de bouleau et je commençais à m'endormir, lorsque j'entends aboyer un gros chien. Ça me réveille en sursaut. J'écoute... Le chien aboyait toujours en se rapprochant de la pile de bois. Voilà une autre frayeur qui me galope : heureusement le chien, je ne sais pourquoi, n'osait pas avancer... mais tu vas rire, Chourineur.

— Avec toi, il y a toujours à rire... tu es une brave fille, tout de même. Tiens, vois-tu, maintenant, foi d'homme, je suis fâché de t'avoir battue.

— Pourquoi ne m'aurais-tu pas battue ? je n'ai personne pour me défendre...

— Et moi ? dit Rodolphe.

— Vous êtes bien bon, monsieur Rodolphe, mais le Chourineur ne savait pas que vous seriez là... ni moi non plus...

— C'est égal, j'en suis pour ce que j'ai dit... je suis fâché de t'avoir battue, reprit le Chourineur.

— Continue ton histoire, mon enfant, reprit Rodolphe.

— J'étais blottie sous la pile de bois, lorsque j'entends un chien aboyer. Pendant que le chien jappait, une grosse voix se met à dire : « Mon chien aboie ! il y a quelqu'un de caché dans le chantier. » « C'est des voleurs », reprend une autre voix... » Et « kiss ! kiss ! » les voilà à agacer leur chien en lui criant : « Pille ! pille ! »

« Le chien accourt sur moi, j'ai peur d'être mordue, et je me mets à crier de toutes mes forces. "Tiens ! dit la voix, on dirait les cris d'un enfant..." On rappelle le chien, on va chercher une lanterne ; je sors de mon trou, je me trouve en face d'un gros homme et d'un garçon en blouse. "Qu'est-ce que tu fais dans mon chantier, petite voleuse ?" me dit ce gros homme d'un air méchant. "Mon bon monsieur, je n'ai pas mangé depuis deux jours ; je me suis sauvée de chez la Chouette, qui m'a arraché une dent et voulait me jeter aux poissons ; ne sachant où coucher, j'ai passé par-dessous votre porte, j'ai dormi la nuit dans vos écorces, sous vos piles de bois, ne croyant faire de mal à personne."

« Voilà-t-il pas le marchand qui se met à dire à son garçon :

« — Je ne suis pas dupe de ça, c'est une petite voleuse, elle vient me voler mes bûches.

— Ah ! le vieux panné ! le vieux plâtras ! s'écria le Chourineur. Voler ses bûches ; ct t'avais huit ans !

— C'était une bêtise... car son garçon lui répondit : « Voler vos bûches, bourgeois ? Et comment donc qu'elle ferait ? Elle n'est pas tant si grosse que la plus petite de vos bûches.

« — T'as raison, dit le marchand de bois ; mais si elle ne vient pas pour son compte, c'est tout de même. Les voleurs ont comme ça des enfants qu'ils envoient espionner et se cacher, pour ouvrir la porte aux autres. Il faut la mener chez le commissaire. »

— Ah ! la fichue bête de marchand de bois…

— On me mène chez le commissaire. Je défile mon chapelet ; je m'accuse d'être vagabonde ; on m'envoie en prison ; je suis citée à la correctionnelle ; condamnée, toujours comme vagabonde, à rester jusqu'à seize ans dans une maison de correction. Je remercie bien les juges de leur bonté… Dame !… tu penses, dans la prison… j'avais à manger ; on ne me battait pas, c'était pour moi un paradis auprès du grenier de la Chouette. De plus, en prison, j'ai appris à coudre. Mais voilà le malheur ! j'étais paresseuse et flâneuse ; j'aimais mieux chanter que travailler, surtout quand je voyais le soleil… Oh ! quand il faisait bien beau dans la cour de la geôle, je ne pouvais pas me retenir de chanter… et alors… comme c'est drôle !… à force de chanter, il me semblait que je n'étais plus prisonnière.

— C'est-à-dire, ma fille, que tu es un vrai rossignol de naissance, dit Rodolphe en souriant.

— Vous êtes bien honnête, monsieur Rodolphe ; c'est depuis ce temps-là qu'on m'a appelée la Goualeuse au lieu de la Pégriotte. Enfin j'attrape mes seize ans, je sors de prison… Voilà qu'à la porte je trouve l'ogresse d'ici et deux ou trois vieilles femmes qui étaient quelquefois venues voir mes camarades prisonnières, et qui m'avaient toujours dit que, le jour de ma sortie, elles auraient de l'ouvrage à me donner.

— Ah ! bon ! bon ! j'y suis, dit le Chourineur.

— « Mon dauphin, mon bel ange, ma belle petite, me dirent l'ogresse et les vieilles… voulez-vous venir loger chez nous ? Nous vous donnerons de belles robes, et vous n'aurez qu'à vous amuser. »

« Tu sens bien, Chourineur, qu'on n'a pas été huit

ans en prison sans savoir ce que parler veut dire. Je les envoie promener, ces vieilles embaucheuses. Je me dis : “Je sais bien coudre, j’ai trois cents francs devant moi, de la jeunesse...”

— Et de la jolie jeunesse... ma fille ! dit le Chourineur.

— Voilà huit ans que je suis en prison, je vas jouir un peu de la vie, ça ne fait de mal à personne ; l’ouvrage viendra quand l’argent me manquera... Et je me mets à faire danser mes trois cents francs. Ç’a été mon grand tort, ajouta Fleur-de-Marie avec un soupir ; j’aurais dû, avant tout, m’assurer de l’ouvrage... mais je n’avais personne pour me conseiller... Enfin, ce qui est fait est fait... Je me mets donc à dépenser mon argent. D’abord j’achète des fleurs pour mettre tout plein ma chambre ; j’aime tant les fleurs ! et puis j’achète une robe, un beau châle, et je vais me promener au bois de Boulogne à âne, à Saint-Germain aussi à âne.

— Avec un amoureux, ma fille ? dit le Chourineur.

— Ma foi, non : je voulais être ma maîtresse. Je faisais mes parties avec une de mes camarades de prison qui avait été aux Enfants-Trouvés, une bien bonne fille ; on l’appelait Rigolette, parce qu’elle riait toujours.

— Rigolette ! Rigolette ! je ne connais pas ça, dit le Chourineur, en ayant l’air d’interroger ses souvenirs.

— Je crois bien que tu ne la connais pas ! Elle est bien honnête, Rigolette ; c’est une très bonne ouvrière ; maintenant elle gagne au moins vingt-cinq sous par jour ; elle a un petit ménage à elle... Aussi je n’ai jamais osé la revoir. Enfin, à force de faire danser mon argent, il ne me restait plus que quarante-trois francs.

— Il fallait acheter un fonds de bijouterie avec ça, dit le Chourineur.

— Ma foi ! j’ai mieux fait que ça... J’avais pour

blanchisseuse une femme appelée la Lorraine, la brebis du bon Dieu ; elle était alors grosse à pleine ceinture, avec ça toujours les pieds et les mains dans l'eau à son bateau ! Tu juges ! Ne pouvant plus travailler, elle avait demandé à entrer à la Bourbe ; il n'y avait plus de place, on l'avait refusée, elle ne gagnait plus rien. La voilà près d'accoucher, n'ayant pas seulement de quoi payer un lit dans un garni ! Heureusement elle rencontra par hasard, un soir, au coin du pont Notre-Dame, la femme à Goubin, qui se cachait depuis quatre jours dans la cave d'une maison qu'on démolissait derrière l'Hôtel-Dieu.

— Eh ! pourquoi donc qu'elle se cachait dans le jour, la femme à Goubin ?

— Pour se sauver de son homme, qui voulait la tuer ! Elle ne sortait qu'à la nuit pour aller acheter son pain. C'est comme ça qu'elle avait rencontré la pauvre Lorraine, qui ne savait plus où donner de la tête, car elle s'attendait à accoucher d'un moment à l'autre... Voyant ça, la femme Goubin l'avait emmenée dans la cave où elle se cachait. C'était toujours un asile.

— Attends donc, attends donc, la femme à Goubin, c'est Helmina ? dit le Chourineur.

— Oui, une brave fille, répondit la Goualeuse... une couturière qui avait travaillé pour moi et pour Rigolette... Dame, elle a fait ce qu'elle a pu en donnant la moitié de sa cave, de sa paille et de son pain à la Lorraine, qui est accouchée d'un pauvre petit enfant ; et pas seulement une couverture, rien que de la paille !... Voyant ça, la femme à Goubin n'y tient pas ; au risque de se faire assassiner par son homme qui la cherchait partout, elle sort en plein jour de sa cave et elle vient me trouver. Elle savait que j'avais encore un petit peu d'argent, et que je n'étais pas méchante ; justement j'allais monter en *milord*[1] avec Rigolette ; nous voulions finir mes quarante-trois francs, nous faire mener à la campagne, dans les champs… j'aime tant les champs, les arbres… les prés… Mais, bah ! quand Helmina me raconte le malheur de la Lorraine, je renvoie le *milord*, je cours à ma chambre prendre ce que j'avais de linge, mon matelas, ma couverture, je fais mettre ça sur le dos d'un commissionnaire, et je trotte à la cave avec la femme à Goubin… Ah ! fallait voir comme elle était contente, la pauvre Lorraine ! Nous l'avions veillée nous deux, Helmina ; quand elle a pu se lever, je l'ai aidée du reste de mon argent jusqu'à ce qu'elle ait pu se remettre à son bateau. Maintenant elle gagne sa vie ; mais je ne puis pas venir à bout de lui faire donner ma note de blanchissage ! Je vois bien qu'elle veut s'acquitter comme ça ! D'abord… si ça continue, je lui ôterai ma pratique…, dit la Goualeuse d'un air important.

— Et la femme à Goubin ? demanda le Chourineur.

— Comment ! tu ne sais pas ? dit la Goualeuse.

— Non, quoi donc ?

— Ah ! la malheureuse !… Goubin ne l'a pas manquée ! Trois coups de couteau entre les deux épaules ! On lui avait dit qu'elle rôdait du côté de l'Hôtel-Dieu ; et un soir, comme elle sortait de sa cave pour aller chercher du lait pour la Lorraine, il l'a tuée.

— C'est donc pour ça qu'il a *une fièvre cérébrale*[2], et qu'il sera, dit-on, *fauché*[3] dans huit jours ? dit le Chourineur.

— Justement, dit la Goualeuse.

1. Cabriolet de place à quatre roues.
2. Qu'il est condamné à mort.
3. Et qu'il sera exécuté.

— Et quand tu as eu donné ton argent à la Lorraine, qu'as-tu fait, ma fille ? dit Rodolphe.

— Dame, alors j'ai cherché de l'ouvrage. Je savais très bien coudre ; j'avais bon courage, je n'étais pas embarrassée ; j'entre dans une boutique de lingère de la rue Saint-Martin. Pour ne tromper personne, je dis que je sors de prison depuis deux mois, et que j'ai bonne envie de travailler : on me montre la porte. Je demande de l'ouvrage à emporter ; on me dit que je me moque du monde en demandant qu'on me confie seulement une chemise. Comme je m'en retournais bien triste... j'ai rencontré l'ogresse et une des vieilles qui étaient toujours après moi depuis ma sortie de prison... Je ne savais plus comment vivre... Elles m'ont emmenée... elles m'ont fait boire de l'eau-de-vie !... Et voilà...

— Je comprends, dit le Chourineur : je te connais maintenant comme si j'étais tes père et mère et que tu n'aurais jamais quitté mon giron. Eh bien ! voilà, j'espère, une confession.

— On dirait que ça t'attriste, ma fille, d'avoir raconté ta vie, dit Rodolphe.

— Le fait est que ça me chagrine de regarder ainsi derrière moi ; depuis mon enfance, c'est la première fois qu'il m'arrive de me rappeler toutes ces choses-là à la fois... et ça n'est pas gai... n'est-ce pas, Chourineur ?

— C'est ça, dit celui-ci avec ironie, tu regrettes peut-être d'avoir pas été fille de cuisine dans une gargote, ou domestique chez de vieilles bêtes à soigner les leurs ?

— C'est égal... ça doit être bon d'être honnête..., dit Fleur-de-Marie avec un soupir.

— Honnête ! oh !... c'te bête !... s'écria le bandit avec un bruyant éclat de rire. Honnête !... Et pourquoi pas rosière tout de suite, pour honorer tes père et mère que tu ne connais pas ?

La figure de la jeune fille avait perdu depuis quelques moments l'expression d'insouciance qui la caractérisait. Elle dit au Chourineur :

— Tiens, Chourineur, je ne suis pas pleurnicheuse… Mon père ou ma mère m'ont jetée au coin de la borne comme un petit chien qu'on a de trop ; je ne leur en veux pas ; ils n'avaient pas sans doute de quoi se nourrir eux-mêmes ! Ça n'empêche pas, vois-tu, Chourineur, qu'il y a des sorts plus heureux que le mien.

— Toi ? mais qu'est-ce donc qu'il te faut ? T'es flambante comme une Vénus ; t'as pas dix-sept ans ; tu chantes comme un rossignol ; tu as l'air d'une vierge, on t'appelle Fleur-de-Marie, et tu te plains ! Mais qu'est-ce que tu diras donc quand tu auras une chaufferette sous les *arpions*[1], et une teignasse en chinchilla, comme voilà l'ogresse !

— Oh ! je ne viendrai jamais à cet âge-là.

— Peut-être que tu auras un brevet d'invention pour ne pas *bivarder*[2] !

— Non, mais je n'aurai pas la vie si dure ! j'ai déjà une mauvaise toux !

— Ah ! bon ! je te vois d'ici dans le *mannequin du trimbaleur des refroidis*[3]. Es-tu bête… va !

— Est-ce que ça te prend souvent, ces idées-là, Goualeuse ? dit Rodolphe.

— Quelquefois… Tenez, monsieur Rodolphe, vous comprenez peut-être ça, vous : le matin, quand je vais acheter mon sou de lait à la laitière au coin de la rue

1. Pieds.
2. Vieillir.
3. Dans le corbillard du cocher des morts.

de la Vieille-Draperie, et que je la vois s'en retourner dans sa petite charrette avec son âne, elle me fait bien souvent envie, allez… Je me dis : « Elle s'en va dans la campagne, au bon air, dans sa maison, dans sa famille… et moi je remonte toute seule dans le chenil de l'ogresse, où on ne voit pas clair en plein midi. »

— Eh bien ! sois honnête, ma fille, fais-en la farce… sois honnête ! dit le Chourineur.

— Honnête ! mon Dieu ! et avec quoi donc veux-tu que je sois honnête ! Les habits que je porte appartiennent à l'ogresse ; je lui dois pour mon garni et pour ma nourriture… je ne puis bouger d'ici… elle me ferait arrêter comme voleuse… Je lui appartiens… il faut que je m'acquitte…

En prononçant ces dernières et horribles paroles, la malheureuse ne put s'empêcher de frissonner.

— Alors reste comme tu es, et ne te compare plus à une campagnarde, dit le Chourineur. Est-ce que tu deviens folle ? Mais songe donc que toi tu brilles dans la capitale, tandis que la laitière s'en va faire la bouillie à ses moutards, traire ses vaches, chercher de l'herbe pour ses lapins, et recevoir une raclée de son mari quand il sort du cabaret. En voilà une de ces destinées qui peut se vanter d'être… flatteuse !

— À boire, Chourineur, dit brusquement Fleur-de-Marie après un assez long silence ; et elle tendit son verre. Non, pas de vin, de l'eau-de-vie… c'est plus fort, dit-elle de sa voix douce, en écartant le broc de vin que le Chourineur approchait de son verre.

— De l'eau-de-vie ! à la bonne heure ! Voilà comme je t'aime, ma fille ; t'es crâne ! dit cet homme, sans comprendre le mouvement de la jeune fille et sans remarquer une larme qui vint trembler au bout des cils de la Goualeuse.

— C'est dommage que l'eau-de-vie soit si mauvaise à boire… car ça étourdit bien…, dit Fleur-de-Marie en remettant son verre sur la table après avoir bu avec autant de répugnance que de dégoût.

Rodolphe avait écouté ce récit d'une triste naïveté avec un intérêt croissant. La misère, l'abandon, plus que ses mauvais penchants, avaient perdu cette misérable jeune fille.

IV

HISTOIRE DU CHOURINEUR

Le lecteur n'a pas oublié que deux des hôtes du tapis-franc étaient attentivement observés par un troisième personnage récemment arrivé dans le cabaret.

L'un de ces deux hommes, on l'a dit, portait un bonnet grec, cachait toujours sa main gauche, et avait instamment demandé à l'ogresse si le Maître d'école n'était pas encore venu.

Pendant le récit de la Goualeuse, qu'ils ne pouvaient entendre, ces deux hommes s'étaient plusieurs fois parlé à voix basse, en regardant du côté de la porte avec anxiété.

Celui qui portait un bonnet grec dit à son camarade :

— Le Maître d'école n'*aboute* pas[1] ; pourvu que le *zig*[2] ne l'ait pas *escarpé à la capahut*[3].

1. Ne vient pas.
2. Le camarade.
3. Ne l'ait pas assassiné pour lui voler sa part du butin.

— Ça serait flambant pour nous qui avons nourri le *poupard*[1] ! reprit l'autre.

Le nouveau venu, qui observait ces deux hommes, était placé trop loin d'eux pour que leurs dernières paroles arrivassent jusqu'à lui ; après avoir plusieurs fois très adroitement consulté un petit papier caché dans le fond de sa casquette, il parut satisfait de ses remarques, se leva de table et dit à l'ogresse, qui sommeillait dans son comptoir, les pieds sur sa chaufferette, son gros chat noir sur ses genoux :

— Dis donc, mère Ponisse, je vais rentrer tout de suite ; veille à mon broc et à mon assiette… car il faut se défier des francs licheurs.

— Sois tranquille, mon homme, dit la mère Ponisse, si ton assiette est vide et ton broc aussi, on n'y touchera pas.

L'homme se prit à rire de la plaisanterie de l'ogresse et disparut sans que son départ fût remarqué.

Au moment où cet homme sortit, Rodolphe aperçut dans la rue le charbonnier à figure noire et à taille colossale dont nous avons parlé ; avant que la porte fût refermée, Rodolphe eut le temps de manifester par un geste d'impatience combien lui était importune l'espèce de surveillance protectrice du charbonnier ; mais ce dernier, sans tenir compte de la contrariété de Rodolphe, ne quitta pas les abords du tapis-franc.

Malgré le verre d'eau-de-vie qu'elle avait bu, la Goualeuse ne retrouvait pas sa gaieté ; sous l'influence de cet excitant, sa physionomie devenait au contraire de plus en plus triste : le dos appuyé au mur, la tête baissée sur sa poitrine, ses grands yeux bleus errant machinalement autour d'elle, la malheureuse créature semblait accablée des plus sombres pensées.

1. Qui avons préparé, ménagé le vol.

Deux ou trois fois Fleur-de-Marie, rencontrant le regard fixe de Rodolphe, avait détourné la vue ; elle ne se rendait pas compte de l'impression que lui causait cet inconnu. Gênée, oppressée par sa présence, elle se reprochait de se montrer si peu reconnaissante envers celui qui l'avait arrachée des mains du Chourineur ; elle regrettait presque d'avoir si sincèrement raconté sa vie devant Rodolphe.

Le Chourineur, au contraire, se trouvait fort en gaieté ; à lui seul il avait dévoré l'*arlequin* ; le vin et l'eau-de-vie le rendaient très communicatif ; la honte d'avoir trouvé *son maître*, comme il disait, s'était effacée devant les généreux procédés de Rodolphe, et il lui reconnaissait d'ailleurs une si grande supériorité que son humiliation avait fait place à un sentiment qui tenait de l'admiration, de la crainte et du respect.

Cette absence de rancune, la sauvage franchise avec laquelle il avouait avoir tué et avoir été justement puni, l'orgueil féroce avec lequel il se défendait d'avoir jamais volé, prouvaient au moins que, malgré ses crimes, le Chourineur n'était pas un être complètement endurci.

Cette nuance n'avait pas échappé à la sagacité de Rodolphe ; il attendait curieusement le récit du Chourineur.

L'ambition de l'homme est si insatiable, si bizarre dans ses prétentions infinies, que Rodolphe désirait l'arrivée du Maître d'école, de ce brigand terrible qu'il venait presque de détrôner. Il engagea donc le Chourineur à tromper son impatience par la narration de ses aventures.

— Allons... mon garçon, lui dit-il, nous t'écoutons.

Le Chourineur vida son verre et commença ainsi :

— Toi, ma pauvre Goualeuse, t'as au moins été recueillie par la Chouette, que l'enfer confonde !

tu as eu un gîte jusqu'au moment où l'on t'a emprisonnée comme vagabonde… Moi, je ne me rappelle pas avoir couché dans ce qui s'appelle un lit avant dix-neuf ans… bel âge où je me suis fait troupier.

— Tu as servi, Chourineur ? dit Rodolphe.

— Trois ans ; mais ça viendra tout à l'heure. Les pierres du Louvre, les fours à plâtre de Clichy et les carrières de Montrouge, voilà les hôtels de ma jeunesse. Vous voyez, j'avais maison à Paris et à la campagne, rien que ça.

— Et quel métier faisais-tu ?

— Ma foi, mon maître… j'ai comme un brouillard d'avoir *gouépé*[1] dans mon enfance avec un vieux chiffonnier qui m'assommait de coups de croc. Faut que ça soit vrai, car je n'ai jamais pu rencontrer un de ces cupidons à carquois d'osier sans avoir envie de tomber dessus : preuve qu'ils avaient dû me battre dans mon enfance. Mon premier métier a été d'aider les équarisseurs à égorger les chevaux à Montfaucon… J'avais dix ou douze ans. Quand j'ai commencé à chouriner ces pauvres vieilles bêtes, ça me faisait une espèce d'effet : au bout d'un mois, je n'y pensais plus ; au contraire, je prenais goût à mon état. Il n'y avait personne pour avoir des couteaux affilés et aiguisés comme les miens… Ça donnait envie de s'en servir, quoi ! Quand j'avais égorgé mes bêtes, on me jetait pour ma peine un morceau de la culotte d'un cheval mort de maladie, car ceux qu'on abattait se vendaient aux fricoteurs du quartier de l'École-de-Médecine, qui en faisaient du bœuf, du mouton, du veau, du gibier, au goût des personnes… Ah ! mais c'est que, lorsque j'avais attrapé mon lopin de chair de cheval, le roi n'était pas mon maître, au moins !

1. Vagabondé.

Je m'ensauvais avec ça dans mon four à plâtre, comme un loup dans sa tanière ; et là, avec la permission des chaufourniers, je faisais sur les charbons, une grillade soignée. Quand les chaufourniers ne travaillaient pas, j'allais ramasser du bois sec à Romainville, je battais le briquet, et je faisais mon rôti au coin d'un des murs du charnier. Dame ! c'était saignant et presque cru : mais de cette manière-là, je ne mangeais pas toujours la même chose.

— Et ton nom ? Comment t'appelait-on ? dit Rodolphe.

— J'avais les cheveux encore plus couleur de filasse que maintenant, le sang me portait toujours aux yeux ; eu égard à ça, on m'appelait l'Albinos. Les Albinos sont les lapins blancs des hommes, et ils ont les yeux rouges, ajouta gravement le Chourineur, en manière de parenthèse physiologique.

— Et tes parents, ta famille ?

— Mes parents ? Logés au même numéro que ceux de la Goualeuse… Lieu de ma naissance ? Le premier coin de n'importe quelle rue, la borne à gauche ou à droite, en descendant ou en remontant vers le ruisseau.

— Tu as maudit ton père et ta mère de t'avoir abandonné ?

— Ça m'aurait fait une belle jambe !… Mais c'est égal, ils m'ont joué une vilaine farce en me mettant au monde… Je ne m'en plaindrais pas, si encore ils m'avaient fait comme le *meg des megs*[1] devrait faire les gueux, c'est-à-dire sans froid, ni faim, ni soif ; ça ne lui coûterait rien, et ça coûterait pas tant aux gueux d'être honnêtes.

— Tu as eu faim, tu as eu froid, et tu n'as pas volé, Chourineur ?

1. Dieu. N'est-il pas étrange et significatif que le nom de Dieu se trouve jusque dans cette langue corrompue ?

— Non ! et pourtant j'ai eu bien de la misère, allez… J'ai *fait la tortue*[1] quelquefois pendant deux jours, et plus souvent qu'à mon tour… Eh bien ! je n'ai pas volé.

— Par peur de la prison ?

— Oh ! c'te garce ! dit le Chourineur en haussant les épaules et riant aux éclats. J'aurais donc pas volé du pain *par peur d'avoir du pain* ?… Honnête, je crevais de faim ; voleur on m'aurait nourri en prison !… Non, je n'ai pas volé parce que… parce que… enfin parce que ce n'est pas dans mon idée de voler.

Cette réponse véritablement belle, et dont le Chourineur ne comprit pas la portée, étonna profondément Rodolphe.

Il sentit que le pauvre qui restait honnête au milieu des plus cruelles privations était doublement respectable, puisque la punition du crime pouvait devenir pour lui une ressource assurée.

Rodolphe tendit la main à ce malheureux sauvage de la civilisation, que la misère n'avait pas absolument perdu.

Le Chourineur regarda son amphitryon avec étonnement, presque avec respect ; à peine il osa toucher la main qu'on lui offrait. Il pressentit qu'entre lui et Rodolphe il y avait un abîme.

— Bien, bien ! lui dit Rodolphe, tu as encore du cœur et de l'honneur…

— Ma foi ! je n'en sais rien, dit le Chourineur tout ému ; mais ce que vous me dites là… voyez-vous… jamais je n'avais rien senti de pareil… Ce qu'il y a de sûr, c'est que ça… et les coups de poing de la fin de ma raclée… qui étaient si bien festonnés, et qui auraient pu ne finir que demain, tandis qu'au contraire vous me

1. J'ai jeûné.

payez à souper… et vous me dites des choses… Enfin suffit, c'est à la vie et à la mort, vous pouvez compter sur le Chourineur.

Rodolphe reprit plus froidement, ne voulant pas laisser deviner l'émotion qu'il ressentait :

— Es-tu resté longtemps aide-équarisseur ?

— Je crois bien… D'abord ça avait commencé par m'écœurer d'égorger ces pauvres vieilles bêtes… après, ça m'avait amusé ; mais quand j'ai eu dans les environs de seize ans et que ma voix a mué, est-ce que ça n'est pas devenu pour moi une rage, une passion que de chouriner ! J'en perdais le boire et le manger… je ne pensais qu'à ça !… Il fallait me voir au milieu de l'*ouvrage* : à part un vieux pantalon de toile, j'étais tout nu. Quand, mon grand couteau bien aiguisé à la main, j'avais autour de moi – je ne me vante pas – jusqu'à quinze et vingt chevaux qui faisaient queue pour attendre leur tour… tonnerre ! quand je me mettais à les égorger, je ne sais pas ce qui me prenait… c'était comme une furie ; les oreilles me bourdonnaient ! je voyais rouge, tout rouge, et je chourinais… et je chourinais… et je chourinais jusqu'à ce que le couteau me fût tombé des mains ! Tonnerre ! c'était une jouissance ! J'aurais été millionnaire que j'aurais payé pour faire ce métier-là…

— C'est ce qui t'aura donné l'habitude de chouriner, dit Rodolphe…

— Ça se peut bien ; mais, quand j'ai eu seize ans, cette rage-là a fini par devenir si forte qu'une fois en train de chouriner je devenais comme fou, et je gâtais l'ouvrage… Oui, j'abîmais les peaux à force d'y donner des coups de couteau à tort et à travers. Finalement, on m'a mis à la porte du charnier. J'ai voulu m'employer chez les bouchers : j'ai toujours eu du goût pour cet état-là… Ah bien, oui ! ils ont fait les fiers ! ils m'ont méprisé comme des bottiers mépriseraient des savetiers. Voyant ça, et d'ailleurs ma rage de chouriner s'étant passée avec mes seize ans, j'ai cherché mon pain ailleurs… et je ne l'ai pas trouvé tout de suite ; alors souvent j'ai *fait la tortue*. Enfin, j'ai travaillé dans les carrières de Montrouge. Mais au bout de deux ans ça m'a scié de faire toujours l'écureil dans les grandes rouges pour tirer la pierre, moyennant vingt sous par jour. J'étais grand et fort, je me suis engagé dans un régiment. On m'a demandé mon nom, mon âge et mes papiers. Mon nom ? l'Albinos ; mon âge ? voyez ma barbe ; mes papiers ? voilà le certificat de mon maître carrier. Je pouvais faire un grenadier soigné, on m'a enrôlé.

— Avec ta force, ton courage et ta manie de chouriner, s'il y avait eu la guerre, dans ce temps-là, tu serais peut-être devenu officier.

— Tonnerre ! à qui le dites-vous. Chouriner des Anglais ou des Prussiens, ça m'aurait bien autrement flatté que de chouriner des rosses… Mais voilà le malheur, il n'y avait pas de guerre, et il y avait la discipline. Un apprenti essaye de communiquer une raclée à son bourgeois, c'est bien : s'il est le plus faible, il la reçoit ; s'il est le plus fort, il la donne : on le met à la porte, quelquefois au violon, il n'en est que ça. Dans le militaire, c'est autre chose. Un jour mon sergent me bouscule pour me faire obéir plus vite ; il avait raison, car je faisais le clampin : ça m'embête, je regimbe ; il me pousse, je le pousse ; il me prend au collet, je lui envoie un coup de poing. On tombe sur moi ; alors la rage me prend, le sang me monte aux yeux, j'y vois rouge… j'avais mon couteau à la main, j'étais de cuisine, et allez donc ! je me mets à chouriner… à chouriner…

comme à l'abattoir. J'*entaille*[1] le sergent, je blesse deux soldats !… une vraie boucherie ! onze coups de couteau à eux trois, oui, onze !… du sang, du sang comme dans un charnier !

Le brigand baissa la tête d'un air sombre, hagard, et resta un moment silencieux.

— À quoi penses-tu, Chourineur ? dit Rodolphe l'observant avec intérêt.

— À rien, à rien, reprit-il brusquement. (Puis il reprit avec sa brutale insouciance :) Enfin on m'empoigne, on me met sur la *planche au pain*, et *j'ai une fièvre cérébrale*[2].

— Tu t'es donc sauvé ?

— Non, mais j'ai été quinze ans *au pré* au lieu d'être *fauché*[3]. J'ai oublié de vous dire qu'au régiment j'avais repêché deux camarades qui se noyaient dans la Seine ; nous étions en garnison à Melun. Une autre fois, vous allez rire et dire que je suis un amphibie au feu et à l'eau, sauveur pour hommes et pour femmes ! une autre fois, étant en garnison à Rouen, toutes maisons de bois, de vraies cassines, le feu prend à un quartier ; ça brûlait comme des allumettes ; je suis de corvée pour l'incendie ; nous arrivons au feu ; on me crie qu'il y a une vieille femme, qui ne peut pas descendre de sa chambre qui commençait à chauffer : j'y cours. Tonnerre ! oui, ça chauffait… car ça me rappelait mes fours à plâtre dans les bons jours ; finalement je sauve la vieille. Mon *rat de prison*[4] s'est tant tortillé des quatre pattes et de la langue qu'il a fait changer ma peine ; au lieu

1. Je tue.
2. On me met en jugement, et je suis condamné à mort.
3. Aux galères au lieu d'avoir été exécuté.
4. Avocat.

d'aller à l'*abbaye de Monte-à-regret*[1], j'en ai eu pour quinze années de pré. Quand j'ai vu que je ne serais pas tué, mon premier mouvement a été de sauter sur mon bavard pour l'étrangler. Vous comprenez ça, mon maître ?

— Tu regrettais de voir ta peine commuée ?

— Oui… à ceux qui jouent du couteau, le couteau de *Charlot*[2], c'est juste ; à ceux qui volent, des fers aux pattes, chacun son lot. Mais vous forcer à vivre quand on a assassiné, tenez, les *curieux*[3] ne savent pas la chose que ça vous fait dans les premiers temps.

— Tu as donc eu des remords, Chourineur ?

— Des remords ! Non, puisque j'ai fait mon temps, dit le sauvage ; mais autrement il ne se passait presque pas de nuit où je ne visse, en manière de cauchemar, le sergent et les soldats que j'ai chourinés, c'est-à-dire ils n'étaient pas seuls, ajouta le brigand avec une sorte de terreur ; ils étaient des dizaines, des centaines, des milliers à attendre leur tour dans une espèce d'abattoir, comme les chevaux que j'égorgeais à Montfaucon attendaient leur tour aussi. Alors je voyais rouge, et je commençais à chouriner… à chouriner sur ces hommes, comme autrefois sur les chevaux. Mais, plus je chourinais de soldats, plus il en revenait. Et en mourant ils me regardaient d'un air si doux, si doux que je me maudissais de les tuer ; mais je ne pouvais pas m'en empêcher. Ce n'était pas tout… je n'ai jamais eu de frère, et il se faisait que tous ces gens que j'égorgeais étaient mes frères… et des frères pour qui je me serais mis au feu. À la fin, quand je n'en pouvais plus, je

1. À l'échafaud.
2. Le bourreau.
3. Les juges.

m'éveillais tout trempé d'une sueur aussi froide que de la neige fondue.

— C'était un vilain rêve, Chourineur.

— Oh ! oui, allez. Eh bien ! dans les premiers temps que j'étais au pré, toutes les nuits je l'avais… ce rêve-là. Voyez-vous, c'était à en devenir fou ou enragé. Aussi deux fois j'ai essayé de me tuer, une fois en avalant du vert-de-gris, l'autre fois en voulant m'étrangler avec une chaîne ; mais je suis fort comme un taureau. Le vert-de-gris m'a donné soif, voilà tout. Quant au tour de chaîne que je m'étais passé au cou, ça m'a fait une cravate bleue naturelle. Après cela, l'habitude de vivre a repris le dessus, mes cauchemars sont devenus plus rares, et j'ai fait comme les autres.

— Tu étais à bonne école pour apprendre à voler.

— Oui, mais le goût n'y était pas. Les autres *fagots*[1] me blaguaient là-dessus, mais je les assommais à coups de chaîne. C'est comme ça que j'ai connu le Maître d'école… mais pour celui-là respect aux poignets ! il m'a donné ma paye comme vous me l'avez donnée tout à l'heure.

— C'est donc un forçat libéré ?

— C'est-à-dire, il était *fagot à perte de vue*[2], mais il s'est libéré lui-même.

— Il est évadé ? On ne le dénonce pas ?

— Ce n'est pas moi qui le dénoncerai, toujours, j'aurais l'air de le craindre.

— Comment la police ne le découvre-t-elle pas ? Est-ce qu'on n'a pas son signalement ?

— Son signalement ! Ah bien, oui ! il y a longtemps qu'il a effacé de sa frimousse celui que le *meg des*

1. Forçats.
2. Forçat à perpétuité.

megs[1] y avait mis. Maintenant, il n'y a que le *boulanger qui met les âmes au four*[2] qui pourrait le reconnaître, le Maître d'école.

— De quelle manière s'y est-il pris ?

— Il a commencé par se rogner le nez, qu'il avait long d'une aune ; par là-dessus il s'est débarbouillé avec du vitriol.

— Tu plaisantes ?

— S'il vient ce soir, vous le verrez ; il avait un grand nez de perroquet, maintenant il est aussi camard... que la *carline*[3], sans compter qu'il a des lèvres grosses comme le poing, et un visage olive aussi couturé que la veste d'un chiffonnnier.

— Il est à ce point méconnaissable !

— Depuis six mois qu'il s'est échappé de Rochefort, les *railles*[4] l'ont cent fois rencontré sans le reconnaître.

— Pourquoi était-il au bagne ?

— Pour avoir été faussaire, voleur et assassin. On l'appelle le Maître d'école parce qu'il a une écriture superbe et qu'il est très savant.

— Et il est redouté ?

— Il ne le sera plus quand vous l'aurez rincé comme vous m'avez rincé. Et, tonnerre ! je serais curieux de voir ça !

— Que fait-il pour vivre ?

— On dit qu'il s'est vanté d'avoir tué et dévalisé, il y a trois semaines, un marchand de bœufs sur la route de Poissy.

— On l'arrêtera tôt ou tard.

1. Dieu.
2. Le diable.
3. La mort.
4. Mouchards.

— Il faudra qu'on soit plus de deux pour ça, car il porte toujours sous sa blouse, deux pistolets chargés et un poignard. Charlot l'attend, il ne sera fauché qu'une fois. Il tuera tout ce qu'il pourra tuer pour s'échapper. Oh ! il ne s'en cache pas ; et, comme il est deux fois fort comme vous et moi, on aura du mal à l'abattre.

— Et en sortant du bagne qu'as-tu fait, Chourineur ?

— J'ai été me proposer au maître débardeur du quai Saint-Paul, et j'y gagne ma vie.

— Mais, puisque, après tout, tu n'es pas *grinche*[1], pourquoi vis-tu dans la Cité ?

— Et où voulez-vous que je vive ? Qui est-ce qui voudrait fréquenter un repris de justice ? Et puis je m'ennuie tout seul, moi ; j'aime la société, et ici je vis avec mes pareils. Je me cogne quelquefois... On me craint comme le feu dans la Cité, et le *quart d'œil*[2] n'a rien à me dire, sauf pour les batteries, qui me valent quelquefois vingt-quatre heures de violon.

— Et qu'est-ce que tu gagnes par jour ?

— Trente-cinq sous. Ça durera tant que j'aurai des bras ; quand je n'en aurai plus, je prendrai un crochet et un carquois d'osier, comme le vieux chiffonnier que je vois dans les brouillards de mon enfance.

— Avec tout ça tu n'es pas malheureux ?

— Il y en a des pires que moi, bien sûr ; sans mes rêves du sergent et des soldats égorgés, rêves que j'ai encore souvent, je pourrais tranquillement crever comme un autre au coin d'une borne ou à l'hôpital ; mais ce rêve... Tenez... nom de nom ! je n'aime pas à penser à ça, dit le Chourineur.

1. Voleur.
2. Le commissaire.

Et il vida sur un coin de la table le fourneau de sa pipe.

La Goualeuse avait écouté le Chourineur avec distraction, elle semblait absorbée dans une rêverie douloureuse.

Rodolphe lui-même restait pensif.

Les deux récits qu'il venait d'entendre éveillaient en lui des idées nouvelles.

Un incident tragique vint rappeler à ces trois personnages dans quel lieu ils se trouvaient.

V

L'ARRESTATION

L'homme qui était sorti un moment, après avoir recommandé à l'ogresse son broc et son assiette, revint bientôt, accompagné d'un autre personnage à larges épaules, à figure énergique.

Il lui dit :

— Voilà un hasard de se rencontrer comme ça, Borel ! Entre donc, nous boirons un verre de vin.

Le Chourineur dit tout bas à Rodolphe et à la Goualeuse, en leur montrant le nouveau venu :

— Il va y avoir de la grêle… c'est un raille. Attention !

Les deux bandits, dont l'un, coiffé d'un bonnet grec enfoncé jusque sur ses sourcils, avait demandé plusieurs fois le Maître d'école, échangèrent un coup d'œil rapide, se levèrent simultanément de table et se dirigèrent vers la porte ; mais les deux agents se jetèrent sur eux en poussant un cri particulier.

Une lutte terrible s'engagea.

La porte de la taverne s'ouvrit ; d'autres agents se précipitèrent dans la salle, et l'on vit briller au dehors les fusils des gendarmes.

Profitant du tumulte, le charbonnier dont nous avons parlé s'avança jusqu'au seuil du tapis-franc, et, rencontrant par hasard le regard de Rodolphe, il porta à ses lèvres l'index de la main droite.

Rodolphe, d'un geste aussi rapide qu'impérieux, lui ordonna de s'éloigner ; puis il continua d'observer ce qui se passait dans la taverne.

L'homme au bonnet grec poussait des hurlements de rage ; à demi étendu sur la table, il faisait des soubresauts si désespérés que trois hommes le contenaient à peine.

Anéanti, morne, la figure livide, les lèvres blanches, la mâchoire inférieure tombante et convulsivement agitée, son compagnon ne fit aucune résistance, il tendit de lui-même ses mains aux menottes.

L'ogresse, assise dans son comptoir et habituée à de pareilles scènes, restait impassible, les mains dans les poches de son tablier.

— Qu'est-ce qu'ils ont donc fait, ces deux hommes, mon bon monsieur Borel ? demanda-t-elle à un des agents qu'elle connaissait.

— Ils ont assassiné hier une vieille femme dans la rue Saint-Christophe, pour dévaliser sa chambre. Avant de mourir, la malheureuse a dit qu'elle avait mordu l'un des meurtriers à la main. On avait l'œil sur ces deux scélérats ; mon camarade est venu tout à l'heure s'assurer de leur identité, et les voilà pincés.

— Heureusement qu'ils m'ont payé d'avance leur

chopine, dit l'ogresse. Vous ne voulez rien prendre, monsieur Borel ? un verre de parfait-amour, de consolation ?

— Merci, mère Ponisse ; il faut que j'enfourne ces brigands-là. En voilà un qui regimbe encore !…

En effet, l'assassin au bonnet grec se débattait avec rage. Lorsqu'il s'agit de le mettre dans un fiacre qui attendait dans la rue, il se défendit tellement qu'il fallut le porter.

Son complice, saisi d'un tremblement nerveux, pouvait à peine se soutenir : ses lèvres violettes remuaient comme s'il eût parlé… On jeta cette masse inerte dans la voiture.

— Ah çà ! mère Ponisse, dit l'agent, défiez-vous de Bras-Rouge ; il est malin, il pourrait vous compromettre.

— Bras-Rouge ! il y a des semaines qu'on ne l'a vu dans le quartier, monsieur Borel.

— C'est toujours quand il est quelque part… qu'on ne l'y voit pas, vous savez bien ça… Mais n'acceptez de lui en garde ou en consignation aucun paquet, aucun ballot : ce serait du recel.

— Soyez tranquille, monsieur Borel, j'ai aussi peur de Bras-Rouge que du diable. On ne sait jamais où il va ni d'où il vient. La dernière fois que je l'ai vu, il m'a dit qu'il arrivait d'Allemagne.

— Enfin, je vous préviens… faites-y attention.

Avant de quitter le tapis-franc, l'agent regarda attentivement les autres buveurs, et il dit au Chourineur, d'un ton presque affectueux :

— Te voilà, mauvais sujet ? il y a longtemps qu'on n'a entendu parler de toi ! Tu n'as pas eu de batteries ? Tu deviens donc sage ?

— Sage comme une image, monsieur Borel ; vous

savez que je ne casse guère la tête qu'à ceux qui me le demandent.

— Il ne te manquerait plus que cela, de provoquer les autres, fort comme tu es !

— Voilà pourtant mon maître, monsieur Borel, dit le Chourineur en mettant la main sur l'épaule de Rodolphe.

— Tiens ! je ne le connais pas, celui-là, dit l'agent, en examinant Rodolphe.

— Et nous ne ferons pas connaissance, mon camarade, répondit celui-ci.

— Je le désire pour vous, mon garçon, dit l'agent. (Puis, s'adressant à l'ogresse :) Bonsoir, mère Ponisse : c'est une vraie souricière que votre tapis-franc, voilà le troisième assassin que j'y prends.

— Et j'espère bien que ce ne sera pas le dernier, monsieur Borel ; c'est bien à votre service..., dit gracieusement l'ogresse en s'inclinant avec déférence.

Après le départ de l'agent de police, le jeune homme à figure plombée, qui fumait en buvant de l'eau-de-vie, rechargea sa pipe, et dit, d'une voix enrouée, au Chourineur :

— Est-ce que tu n'as pas reconnu le bonnet grec ? c'est l'homme à la Boulotte, c'est Vélu. Quand j'ai vu entrer les agents, j'ai dit : « Il y a quelque chose » ; avec ça que Vélu cachait toujours sa main sous la table.

— C'est tout de même heureux pour le Maître d'école qu'il ne se soit pas trouvé là, reprit l'ogresse. Le bonnet grec l'a demandé plusieurs fois pour des affaires qu'ils ont ensemble... Mais je ne *mangerai* jamais mes pratiques. Qu'on les arrête, bon... chacun son métier... mais je ne les vends pas... Tiens, quand on parle du loup on en voit la queue, ajouta l'ogresse au moment où un homme et une femme entraient dans le cabaret ; voilà justement le Maître d'école et *sa largue* (sa femme).

Une sorte de frémissement de terreur courut parmi les hôtes du tapis-franc.

Rodolphe lui-même, malgré son intrépidité naturelle, ne put vaincre une légère émotion à la vue de ce redoutable brigand, qu'il contempla pendant quelques instants avec une curiosité mêlée d'horreur.

Le Chourineur avait dit vrai, le Maître d'école s'était affreusement mutilé.

On ne pouvait voir quelque chose de plus épouvantable que le visage de ce brigand. Sa figure était sillonnée en tous sens de cicatrices profondes, livides ; l'action corrosive du vitriol avait boursouflé ses lèvres ; les cartilages du nez ayant été coupés, deux trous difformes remplaçaient les narines. Ses yeux gris, très clairs, très petits, très ronds, étincelaient de férocité ; son front, aplati comme celui d'un tigre, disparaissait à demi sous une casquette de fourrure à longs poils fauves… on eût dit la crinière du monstre.

Le Maître d'école n'avait guère plus de cinq pieds deux ou trois pouces ; sa tête, démesurément grosse, était enfoncée entre ses deux épaules larges, élevées, puissantes, charnues, qui se dessinaient même sous les plis flottants de sa blouse de toile écrue ; il avait les bras longs, musculeux ; les mains courtes, grosses et velues jusqu'à l'extrémité des doigts ; ses jambes étaient un peu arquées, mais leurs mollets énormes annonçaient une force athlétique.

Cet homme offrait, en un mot, l'exagération de ce qu'il y a de court, de trapu, de ramassé dans le type de l'Hercule Farnèse.

Quant à l'expression de férocité qui éclatait sur ce masque affreux, quant à ce regard inquiet, mobile, ardent comme celui d'une bête sauvage, il faut renoncer à les peindre.

La femme qui accompagnait le Maître d'école était vieille, assez proprement vêtue d'une robe brune, d'un tartan à carreaux rouges et noirs, et d'un bonnet blanc.

Rodolphe la voyait de profil ; son œil vert et rond, son nez crochu, ses lèvres minces, son menton saillant, sa physionomie à la fois méchante et rusée, lui rappelèrent la Chouette.

Il allait faire part de cette observation à la Goualeuse, lorsqu'en levant les yeux sur la jeune fille il la vit pâlir ; elle regardait avec une terreur muette la hideuse compagne du Maître d'école ; enfin, saisissant le bras de Rodolphe, d'une main tremblante, Fleur-de-Marie lui dit à voix basse :

— La Chouette ! mon Dieu !... la Chouette... la borgnesse !

À ce moment, le Maître d'école, échangeant quelques paroles à voix basse avec un des habitués du tapis-franc, s'avança lentement vers la table où s'attablaient Rodolphe, la Goualeuse et le Chourineur.

Alors, s'adressant à Fleur-de-Marie, d'une voix rauque et creuse comme le rugissement d'un tigre :

— Eh ! dis donc, la belle blonde, tu vas quitter ces deux *mufles* et t'en venir avec moi...

La Goualeuse ne répondit rien, se serra contre Rodolphe ; ses dents se choquaient d'effroi.

— Et moi... je ne serai pas jalouse, dit l'horrible Chouette en riant aux éclats.

Elle ne reconnaissait pas encore dans la Goualeuse la Pégriotte, sa victime.

— Ah çà, petite, est-ce que tu ne m'entends pas ? dit le monstre en s'avançant. Si tu ne viens pas, je t'éborgne pour faire le pendant de la Chouette. Et toi, l'homme à moustache… (il s'adressait à Rodolphe) … si tu ne me jettes pas cette blonde par-dessus la table… je te crève…

— Mon Dieu, mon Dieu ! défendez-moi ! s'écria la Goualeuse à Rodolphe, en joignant les mains. (Puis, réfléchissant qu'elle allait l'exposer à un grand danger, elle reprit à voix basse :) Non, non, ne bougez pas, monsieur Rodolphe ; s'il approche, je crierai au secours, et, de peur d'un esclandre qui attirerait la police, l'ogresse prendra mon parti.

— Sois tranquille, ma fille, dit Rodolphe en regardant intrépidement le Maître d'école. Tu es à côté de moi, tu n'en bougeras pas ; et comme ce hideux animal te fait mal au cœur et à moi aussi, je vais le porter dans la rue…

— Toi ? dit le Maître d'école.

— Moi ! reprit Rodolphe.

Et malgré les efforts de la Goualeuse, il se leva de table.

Le Maître d'école recula d'un pas au terrible aspect de la physionomie de Rodolphe.

Fleur-de-Marie et le Chourineur furent aussi frappés de l'expression de méchanceté, de rage diabolique qui, en ce moment, contracta la noble figure de leur compagnon : il devint méconnaissable. Dans sa lutte contre le Chourineur, il s'était montré dédaigneux et railleur ; mais face à face avec le Maître d'école, il semblait possédé d'une haine féroce : ses pupilles, dilatées par la fureur, luisaient d'un éclat étrange.

Certains regards ont une puissance magnétique irrésistible : quelques duellistes célèbres doivent, dit-on, leurs sanglants triomphes à cette action fascinatrice de leur regard, qui démoralise, qui atterre leurs adversaires.

Rodolphe était doué de cet effrayant coup d'œil fixe, perçant, qui épouvante, et que ceux qu'il obsède ne peuvent éviter… Ce regard les trouble, les domine ; ils le ressentent presque physiquement, et, malgré eux, ils le recherchent… ils ne peuvent en détacher leur vue.

Le Maître d'école tressaillit, recula encore d'un pas, et, ne se fiant plus à sa force prodigieuse, il chercha sous sa blouse le manche de son poignard.

Un meurtre eût peut-être ensanglanté le tapis-franc si la Chouette, saisissant le Maître d'école par le bras, ne se fût écriée :

— Minute… minute… *fourline*[1], laisse-moi dire un mot… Tu mangeras ces deux mufles tout à l'heure, ils ne t'échapperont pas…

Le Maître d'école regarda la borgnesse avec étonnement.

Depuis quelques minutes la Chouette observait Fleur-de-Marie avec une attention croissante, cherchant à rassembler ses souvenirs.

Enfin elle ne conserva plus le moindre doute : elle reconnut la Goualeuse.

— Est-il possible ! s'écria la borgnesse en joignant les mains avec étonnement, c'est la Pégriotte, la voleuse de sucres d'orge. Mais d'où donc que tu sors ? c'est donc le *boulanger*[2] qui t'envoie ! ajouta-t-elle en montrant le poing à la jeune fille. Tu retomberas donc toujours sous ma griffe ? Sois tranquille, si je ne t'arrache plus de dents, je t'arracherai toutes les larmes de ton corps. Ah ! vas-tu *rager* ! Tu ne sais donc pas ? je connais tes parents… Le Maître d'école a vu au *pré* l'homme qui t'avait donnée à moi quand tu étais toute petite… Il lui

1. Diminution de *fourloureur* : assassin.
2. Le diable.

a dit le nom de ta mère… C'est des *daims huppés*[1], tes parents…

— Mes parents ! vous les connaissez ?… s'écria Fleur-de-Marie.

— Oui, mon homme sait le nom de ta mère… mais je lui arracherai plutôt la langue que de le laisser te le dire… Il a encore vu hier celui qui t'a amenée dans mon chenil, parce qu'on ne payait plus sa femme, qui t'avait nourrie… car elle ne tenait guère à toi, ta mère, elle aurait autant aimé te savoir crevée, bien sûr… Mais c'est égal, si tu savais son nom maintenant, tu pourrais joliment la rançonner, ma petite bâtarde… L'homme que je te dis a des papiers… oui, Pégriotte, il a des lettres de ta mère… et s'il ne s'en sert pas, c'est qu'il a des raisons pour ça… Hein ! tu rages… tu pleures, Pégriotte… Eh bien, non, tu ne la connaîtras pas, ta mère… Tu ne la connaîtras pas.

— J'aime autant qu'elle me croie morte…, dit Fleur-de-Marie en essuyant ses yeux.

Rodolphe, oubliant le Maître d'école, avait attentivement écouté la Chouette, dont le récit l'intéressait.

Pendant ce temps, le brigand n'étant plus sous l'influence du regard de Rodolphe avait repris courage ; il ne pouvait croire que ce jeune homme, de taille moyenne et svelte, fût en état de se mesurer avec lui sûr de sa force herculéenne, il s'approcha du défenseur de la Goualeuse et dit à la Chouette avec autorité :

— Assez bavardé comme ça… Je veux dévisager ce beau mufle-là et lui défoncer la frimousse… pour que la belle blonde me trouve plus gentil que lui.

D'un bond Rodolphe sauta par-dessus la table.

— Prenez garde à mes assiettes ! répéta l'ogresse.

1. Des gens riches.

Et le Maître d'école se mit en défense, les deux mains en avant, le haut du corps en arrière, bien campé sur ses robustes reins, et pour ainsi dire arc-bouté sur une de ses jambes énormes… qui ressemblait à un balustre de pierre.

Au moment où Rodolphe s'élançait sur lui, la porte du tapis-franc s'ouvrit violemment ; le charbonnier dont nous avons parlé, et qui avait presque six pieds de haut, se précipita dans la salle, écarta rudement le Maître d'école, s'approcha de Rodolphe et lui dit en anglais à l'oreille :

— Monsieur, Tom et Sarah… ils sont au bout de la rue.

À ces mots mystérieux, Rodolphe fit un mouvement de colère, jeta un louis sur le comptoir de l'ogresse et courut vers la porte.

Le Maître d'école tenta de s'opposer au passage de Rodolphe ; mais celui-ci, se retournant, lui détacha au milieu du visage deux coups de poing si rudement assenés que le taureau chancela tout étourdi et tomba pesamment à demi renversé sur une table.

— Vive la Charte ! je reconnais là mes coups de poing de la fin, s'écria le Chourineur. Encore quelques leçons comme ça, et je les saurai…

Revenu à lui au bout de quelques secondes, le Maître d'école s'élança à la poursuite de Rodolphe.

Ce dernier avait disparu avec le charbonnier dans le sombre dédale des rues de la Cité ; il était impossible de le rejoindre.

Au moment où le Maître d'école rentrait écumant de rage, deux hommes, accourant du côté opposé à celui par lequel Rodolphe avait disparu, se précipitèrent dans le tapis-franc, essouflés, comme s'ils eussent fait rapidement une longue course.

Leur premier mouvement fut de jeter les yeux de côté et d'autre dans la taverne.

— Malheur sur moi ! dit l'un, il nous échappe encore !...

— Patience !... les jours ont vingt-quatre heures, et la vie est longue, répondit l'autre personnage.

Ces deux nouveaux venus s'exprimaient en anglais.

VI

THOMAS SEYTON ET LA COMTESSE SARAH

Les deux personnages qui venaient d'entrer dans le tapis-franc appartenaient à une classe beaucoup plus élevée que celle des habitués de cette taverne.

L'un, grand, élancé, avait des cheveux presque blanc, les sourcils et les favoris noirs, une figure osseuse et brune, l'air dur, sévère. À son chapeau rond on voyait un crêpe ; sa longue redingote noire se boutonnait jusqu'au cou ; il portait, par-dessus son pantalon de drap gris collant, des bottes autrefois appelées à la Suwarow.

Son compagnon, de très petite taille, aussi vêtu de deuil, était pâle et beau. Ses longs cheveux, ses sourcils et ses yeux d'un noir foncé faisaient ressortir la blancheur mate de son visage ; à sa démarche, à sa taille, à la délicatesse de ses traits, il était facile de reconnaître dans ce personnage une femme déguisée en homme.

— Tom, demandez à boire, et interrogez ces gens-là sur *lui*, dit Sarah, toujours en anglais.

— Oui, Sarah, répondit l'homme à cheveux blancs et à sourcils noirs.

S'asseyant à une table pendant que Sarah s'essuyait le front, il dit à l'ogresse en très bon français et presque sans aucun accent :

— Madame, faites-nous donner quelque chose à boire, s'il vous plaît.

L'entrée de ces deux personnes dans le tapis-franc avait vivement excité l'attention ; leurs costumes, leurs manières, annonçaient qu'ils ne fréquentaient jamais ces ignobles tavernes. À leur physionomie inquiète, affairée, on devinait que des motifs importants les amenaient dans ce quartier.

Le Chourineur, le Maître d'école et la Chouette les considéraient avec une avide curiosité.

La Goualeuse, épouvantée de sa rencontre avec la borgnesse, redoutant les menaces du Maître d'école, qui voulait l'emmener avec lui, profita de l'inattention de ces deux misérables, se glissa par la porte restée entrouverte et sortit du cabaret.

Le Chourineur et le Maître d'école, dans leur position respective, n'avaient aucun intérêt à élever de nouvelles rixes.

Surprise de l'apparition d'hôtes si nouveaux, l'ogresse partageait l'attention générale. Tom lui dit une seconde fois avec impatience :

— Nous avons demandé quelque chose à boire, madame ; ayez la bonté de nous servir.

La mère Ponisse, flattée de cette courtoisie, se leva de son comptoir, vint gracieusement s'appuyer à la table de Tom, et lui dit :

— Voulez-vous un litre de vin ou une bouteille cachetée ?

— Donnez-nous une bouteille de vin, des verres et de l'eau.

L'ogresse servit ; Tom lui jeta cent sous, et, refusant la monnaie qu'elle voulait lui rendre :

— Gardez cela pour vous, notre hôtesse, et acceptez un verre de vin avec nous.

— Vous êtes bien honnête, monsieur, dit la mère Ponisse en regardant Tom avec plus d'étonnement que de reconnaissance.

— Mais dites-moi, reprit celui-ci, nous avions donné rendez-vous à un de nos camarades dans un cabaret de cette rue ; nous nous sommes peut-être trompés.

— C'est ici le Lapin-Blanc, pour vous servir, monsieur.

— C'est bien cela, dit Tom en faisant un signe d'intelligence à Sarah. Oui, c'est bien au Lapin-Blanc qu'il devait nous attendre.

— Et il n'y a pas deux Lapin-Blanc dans la rue, dit orgueilleusement l'ogresse. Mais comment était-il, votre camarade ?

— Grand et mince, cheveux et moustaches châtain clair, dit Tom.

— Attendez donc, attendez donc, c'est mon homme de tout à l'heure ; un charbonnier d'une très grande taille est venu le chercher, et ils sont partis ensemble.

— Ce sont eux, dit Tom.

— Et ils étaient seuls ici ? demanda Sarah.

— C'est-à-dire, le charbonnier n'est venu qu'un moment, votre autre camarade a soupé ici avec la Goualeuse et le Chourineur ; et du regard l'ogresse désigna celui des convives de Rodolphe qui était resté dans le cabaret.

Tom et Sarah se retournèrent vers le Chourineur.

Après quelques minutes d'examen, Sarah dit en anglais à son compagnon :

— Connaissez-vous cet homme ?

— Non, Karl avait perdu les traces de Rodolphe à l'entrée de ces rues obscures. Voyant Murph, déguisé en charbonnier, rôder autour de ce cabaret et venir sans cesse regarder au travers des vitres, il s'est douté de quelque chose et il est venu nous avertir.

Pendant cette conversation, tenue à voix basse et en langue étrangère, le Maître d'école disait tout bas à la Chouette en regardant Tom et Sarah :

— Le grand maigre a dégainé cent sous à l'ogresse. Il est bientôt minuit ; il pleut, il vente : quand ils vont sortir, nous les suivrons ; j'étourdirai le grand et je lui prendrai son argent. Il est avec une femme, il n'osera pas souffler.

— Si la petite crie à la garde, j'ai mon vitriol dans ma poche, je lui casserai la bouteille sur la figure, dit la borgnesse ; il faut toujours donner à boire aux enfants pour les empêcher de crier. (Puis elle ajouta :) Dis donc, fourline, la première fois que nous trouverons la Pégriotte, faudra l'emmener *d'autor*[1]. Une fois que nous la tiendrons chez nous, nous lui frotterons le museau avec mon vitriol, ça fait qu'elle ne fera plus la fière avec sa jolie frimousse…

— Tiens, la Chouette, je finirai par t'épouser, dit le Maître d'école ; tu n'as pas ta pareille pour l'adresse et le courage… La nuit du marchand de boeufs, je t'ai jugée… j'ai dit : « Voilà ma femme : elle travaillera mieux qu'un homme. »

Après avoir réfléchi un moment, Sarah dit à Tom en lui indiquant le Chourineur :

— Si nous interrogions cet homme sur Rodolphe, peut-être saurions-nous ce qui l'amène ici.

1. D'autorité.

— Essayons, dit Tom.

Puis, s'adressant au Chourineur :

— Camarade, nous devions retrouver dans ce cabaret un de nos amis ; il y a soupé avec vous ; puisque vous le connaissez, dites-nous si vous savez où il est allé.

— Je le connais parce qu'il m'a rincé il y a deux heures en défendant la Goualeuse.

— Et vous ne l'aviez jamais vu ?

— Jamais… Nous nous sommes rencontrés dans l'allée de la maison de Bras-Rouge.

— L'hôtesse ! encore une bouteille cachetée, et du meilleur, dit Tom.

Sarah et lui avaient à peine trempé leurs lèvres dans leurs verres encore pleins ; la mère Ponisse, pour faire honneur sans doute à sa propre cave, avait plusieurs fois vidé le sien.

— Et vous nous servirez sur la table de monsieur, s'il veut bien le permettre, ajouta Tom en allant se mettre avec Sarah à côté du Chourineur, aussi étonné que flatté de cette politesse.

Le Maître d'école et la Chouette causaient toujours à voix basse de leurs sinistres projets.

La bouteille servie, Tom et Sarah attablés avec le Chourineur et l'ogresse, qui avait regardé une seconde invitation comme superflue, l'entretien continua.

— Vous nous disiez donc, mon brave, que vous aviez rencontré notre camarade Rodolphe dans la maison de Bras-Rouge ? dit Tom en trinquant avec le Chourineur.

— Oui, mon brave, répondit celui-ci en vidant lestement son verre.

— Voilà un singulier nom… Bras-Rouge ! Qu'est-ce que c'est que ce Bras-Rouge ?

— Il *pastique la maltouze*, dit négligemment le

Chourineur ; puis il ajouta : Voilà de fameux vin, mère Ponisse !

— C'est pour ça qu'il ne faut pas laisser votre verre vide, mon brave, reprit Tom en versant de nouveau à boire au Chourineur.

— À votre santé, dit celui-ci, et à celle de votre petit ami qui… enfin suffit… Si ma tante était un homme, ça serait mon oncle, comme dit le proverbe… Allons donc, farceur, je m'entends !

Sarah rougit imperceptiblement. Tom continua :

— Je n'ai pas bien compris ce que vous m'avez dit sur ce Bras-Rouge. Rodolphe sortait de chez lui, sans doute ?

— Je vous ai dit que Bras-Rouge *pastiquait la maltouze.*

Tom regarda le Chourineur avec surprise.

— Qu'est-ce que ça veut dire, *pastiquer la mal…* Comment dites-vous cela ?

— *Pastiquer la maltouze*, faire la contrebande, donc ! Il paraît que vous ne *dévidez pas le jars*[1] ?

— Mon brave, je ne vous comprends plus.

— Je vous dis : Vous ne parlez donc pas argot comme monsieur Rodolphe ?

— Argot ? dit Tom en regardant Sarah d'un air surpris.

— Allons, vous êtes des *sinves*[2]… mais le camarade Rodolphe est un fameux *zig*[3], lui : tout peintre en éventails qu'il est, il m'en remontrerait à moi-même pour l'argot… Eh bien, puisque vous ne parlez pas ce beau langage-là, je vous dis en bon français que Bras-Rouge

1. Que vous ne parlez pas argot.
2. Hommes simples.
3. Camarade.

est contrebandier : je le dis sans traîtrise… car il ne s'en cache pas, il s'en vante au nez des gabelous : mais cherche, et attrape si tu peux, car Bras-Rouge est malin.

— Et qu'est-ce que Rodolphe allait faire chez cet homme ? demanda Sarah.

— Ma foi, monsieur… ou madame, à votre choix, je n'en sais rien de rien, aussi vrai que je bois ce verre de vin. Ce soir, je voulais battre la Goualeuse ; j'avais tort : c'était une bonne fille ; elle s'enfonce dans l'allée de la maison de Bras-Rouge, je la poursuis… c'était noir comme le diable ; au lieu d'empoigner la Goualeuse, je tombe sur maître Rodolphe, qui me donne ma paye, et d'une fière force… oh ! oui… il y avait surtout les coups de poing de la fin… tonnerre ! c'était-il bien festonné ! il m'a promis de me montrer ce coup-là.

— Et Bras-Rouge, quel homme est-ce ? demanda Tom. Quelle espèce de marchandises vend-il ?

— Bras-Rouge ? dame ! il vend tout ce qu'il est défendu de vendre, il fait tout ce qu'il est défendu de faire. Voilà sa partie et son négoce. N'est-ce pas, mère Ponisse ?

— Oh ! c'est un cadet qui a le fil, dit l'ogresse.

— Et il met les gabelous joliment dedans, reprit le Chourineur. On a descendu plus de vingt fois dans sa cassine, jamais on n'a rien trouvé, pourtant il en sort souvent avec ses ballots.

— C'est malin ! dit l'ogresse ; on dit qu'il a chez lui une cachette qui descend à un puits qui mène aux catacombes.

— Ça n'empêche pas qu'on ne l'a jamais trouvée, sa cachette ; il faudra démolir sa cassine pour en venir à bout, dit le Chourineur.

— Et quel est le numéro de la maison de Bras-Rouge ?

— N° 13, rue des Fèves : Bras-Rouge, marchand

de tout ce qu'on veut… C'est connu dans la Cité, dit le Chourineur.

— Je vais écrire cette adresse sur mon carnet ; si nous ne trouvons pas Rodolphe, je tâcherai d'avoir des informations sur lui chez M. Bras-Rouge, reprit Tom.

Et il inscrivit le nom de la rue et le numéro du contrebandier.

— Et vous pouvez vous vanter d'avoir, dans maître Rodolphe, un ami solide…, dit le Chourineur, et un bon enfant… Sans le charbonnier il allait se donner un coup de peigne avec le Maître d'école qui est là-bas dans son coin avec la Chouette… Tonnerre ! faut que je me tienne à quatre pour ne pas l'exterminer, cette vieille sorcière, quand je pense à ce qu'elle à fait à la Goualeuse… Mais patience… un coup de poing n'est jamais perdu, comme dit c't'autre.

— Rodolphe vous a battu ? vous devez le haïr ! dit Sarah.

— Moi, haïr un homme qui se déploie comme ça ! plus souvent ! Au fait, c'est drôle… Tenez, v'là le Maître d'école qui ma battu, et ça me réjouirait de le voir étrangler… M. Rodolphe, qui m'a battu et même plus fort… c'est tout le contraire : je ne lui veux que du bien. Enfin, il me semble que je me mettrais au feu pour lui, et je ne le connais que de ce soir.

— Vous dites ça parce que nous sommes ses amis, mon brave.

— Non, tonnerre ! non, foi d'homme !… Voyez-vous, il a pour lui les coups de poing de la fin… dont il n'est pas plus fier qu'un enfant : il n'y a pas là à dire… c'est un maître, un maître fini… Et puis il vous dit des mots… des choses qui vous remettent le cœur au ventre : puis enfin, quand il vous regarde… il a dans les yeux quelque chose… Tenez, j'ai été troupier…

avec un chef *pareil*… voyez-vous, on mangeait la lune et les étoiles.

Tom et Sarah se regardèrent en silence.

— Cette incroyable puissance de domination le suivrait-elle donc partout et toujours ? dit amèrement Sarah.

— Oui… jusqu'à ce que nous ayons conjuré le charme…, reprit Tom.

— Oui, et quoi qu'il arrive, il le faut, il le faut, dit Sarah en passant sa main sur son front comme pour chasser un souvenir pénible.

Minuit sonna à l'Hôtel de Ville.

Le quinquet de la taverne ne jetait plus qu'une lueur douteuse.

À l'exception du Chourineur et de ses deux convives, du Maître d'école et de la Chouette, tous les habitués du tapis-franc s'étaient peu à peu retirés.

Le Maître d'école dit tout bas à la Chouette :

— Nous allons nous cacher dans l'allée en face, nous verrons sortir les *messières*[1], et nous les suivrons. S'ils vont à gauche, nous les attendrons dans le recoin de la rue Saint-Éloi : s'ils vont à droite, nous les attendrons dans les démolitions, du côté de la triperie, il y a là un grand trou : j'ai mon idée.

Et le Maître d'école et la Chouette se dirigèrent vers la porte.

— Vous ne *pitanchez* donc rien ce soir ? leur dit l'ogresse.

— Non, mère Ponisse… Nous étions entrés pour nous mettre à l'abri, dit le Maître d'école.

Et il sortit avec la Chouette.

1. Les victimes.

VII

LA BOURSE OU LA VIE

Au bruit que fit la porte en se fermant, Tom et Sarah sortirent de leur rêverie ; ils se levèrent et remercièrent le Chourineur des renseignements qu'il leur avait donnés : celui-ci leur inspirait moins de confiance depuis qu'il avait vulgairement, mais sincèrement exprimé sa grossière admiration pour Rodolphe.

Au moment où le Chourineur sortit, le vent redoublait de violence, la pluie tombait à torrents.

Le Maître d'école et la Chouette, embusqués dans une allée qui faisait face au tapis-franc, virent le Chourineur s'éloigner du côté de la rue où se trouvait une maison en démolition. Bientôt ses pas, un peu alourdis par ses fréquentes libations de la soirée, se perdirent au milieu des sifflements du vent et du bruit de la pluie qui fouettait les murailles.

Tom et Sarah sortirent de la taverne malgré la tourmente, et prirent une direction opposée à celle du Chourineur.

— Ils sont *enflaqués*[1], dit tout bas le Maître d'école à la Chouette ; débouche ton vitriol : attention !

— Ôtons nos souliers, ils ne nous entendront pas marcher derrière eux, dit la Chouette.

— Tu as raison, la Chouette, toujours raison, je n'aurais pas pensé à ça : faisons patte de velours.

Le hideux couple ôta ses chaussures et se glissa dans l'ombre en rasant les maisons…

Grâce à ce stratagème, le bruit des pas de la Chouette

1. Perdus.

et du Maître d'école fut tellement amorti qu'ils suivirent Tom et Sarah presque à les toucher sans que ceux-ci les entendissent.

— Heureusement notre fiacre est au coin de la rue, dit Tom ; car la pluie va nous tremper. N'avez-vous pas froid, Sarah ?

— Peut-être apprendrons-nous quelque chose par le contrebandier, par ce Bras-Rouge, dit Sarah pensive sans répondre à la question de Tom.

Tout à coup celui-ci s'arrêta.

Ils n'étaient qu'à une petite distance de l'endroit désigné par le Maître d'école pour commettre son crime.

— Je me suis trompé de rue, dit Tom, il fallait prendre à gauche en sortant du cabaret ; nous devons passer devant une maison en démolition pour retrouver notre fiacre. Retournons sur nos pas.

Le Maître d'école et la Chouette se jetèrent dans l'embrasure d'une porte pour n'être pas aperçus de Tom et de Sarah, qui les coudoyèrent presque.

— Au fait j'aime mieux qu'ils aillent du côté des décombres, dit tout bas le Maître d'école ; si le *messière* regimbe… j'ai mon idée.

Tom et Sarah, après avoir de nouveau passé devant le tapis-franc, arrivèrent près d'une maison en ruine.

Cette masure étant à moitié démolie, ses caves découvertes formaient une espèce de gouffre le long duquel la rue se prolongeait en cet endroit.

Le Maître d'école bondit avec la vigueur et la souplesse d'un tigre ; d'une de ses larges mains il saisit Tom à la gorge et lui dit :

— Ton argent ou je te jette dans ce trou.

Et le brigand, repoussant Tom en arrière, lui fit

perdre l'équilibre, d'une main le retint pour ainsi dire suspendu au-dessus de la profonde excavation, tandis que de l'autre main il saisit le bras de Sarah comme dans un étau.

Avant que Tom eût fait un mouvement, la Chouette le dévalisa avec une dextérité merveilleuse.

Sarah ne cria pas, ne chercha pas à se débattre ; elle dit d'une voix calme :

— Donnez-leur votre bourse, Tom. (Et s'adressant au brigand :) Nous ne crierons pas, ne nous faites pas de mal.

La Chouette, après avoir scrupuleusement fouillé les poches des deux victimes de ce guet-apens, dit à Sarah :

— Voyons tes mains, s'il y a des bagues. Non, dit la vieille femme en grommelant. Tu n'as donc personne pour te donner des anneaux ?… quelle misère !

Le sang-froid de Tom ne se démentit pas pendant cette scène aussi rapide qu'imprévue.

— Voulez-vous faire un marché ? Mon portefeuille contient des papiers qui vous seront inutiles ; rapportez-le-moi, et demain je vous donne vingt-cinq louis, dit Tom au Maître d'école, dont la main l'étreignait moins rudement.

— Oui, pour nous tendre une souricière ! répondit le brigand. Allons, file sans regarder derrière toi. Tu as du bonheur d'en être quitte pour si peu.

— Un moment, dit la Chouette ; s'il est gentil, il aura son portefeuille ; il y a un moyen. (Puis s'adressant à Tom :) Vous connaissez la plaine Saint-Denis ?

— Oui.

— Savez-vous où est Saint-Ouen ?

— Oui.

— En face de Saint-Ouen, au bout du chemin de

la Révolte, la plaine est plate ; à travers champs, on y voit de loin ; venez-y demain matin tout seul, aboulez l'argent, vous m'y trouverez avec le portefeuille, donnant, donnant, je vous le rendrai.

— Mais il te fera pincer, la Chouette !

— Pas si bête ! il n'y a pas mèche… on voit de trop loin. Je n'ai qu'un œil… mais il est bon : si le *messière* vient avec quelqu'un, il ne trouvera plus personne, j'aurai déménagé.

Sarah parut frappée d'une idée subite ; elle dit au brigand :

— Veux-tu gagner de l'argent ?

— Oui.

— As-tu vu dans le cabaret d'où nous sortons, car maintenant je te reconnais, as-tu vu l'homme que le charbonnier est venu chercher ?

— Un mince à moustaches ? Oui, j'allais manger un morceau de ce mufle-là ; mais il ne m'a pas donné le temps… il m'a étourdi de deux coups de poing et m'a renversé sur une table… C'est la première fois que cela m'arrive… Oh ! je m'en vengerai !

— Eh bien ! il s'agit de lui, dit Sarah.

— De lui ? s'écria le Maître d'école. Donnez-moi mille francs, je vous le tue…

— Sarah ! s'écria Tom avec épouvante.

— Misérable ! il ne s'agit pas de le tuer…, dit Sarah au Maître d'école.

— De quoi donc, alors ?

— Venez demain à la plaine Saint-Denis, vous y trouverez mon compagnon, reprit-elle ; vous verrez bien qu'il est seul ; il vous dira ce qu'il faut faire. Ce n'est pas mille francs, mais deux mille francs que je vous donnerai… si vous réussissez.

— Fourline, dit tout bas la Chouette au Maître

d'école, il y a de l'argent à gagner ; *c'est des daims huppés* qui veulent monter un coup à un ennemi ; cet ennemi, c'est ce gueux que tu voulais crever… Faut y aller : j'irais, moi, à ta place… Deux mille balles ! mon homme, ça en vaut la peine.

— Eh bien ! ma femme ira, dit le Maître d'école ; vous lui direz ce qu'il y a à faire, et je verrai.

— Soit, demain à une heure.

— À une heure.

— Dans la plaine Saint-Denis.

— Dans la plaine Saint-Denis.

— Entre Saint-Ouen et le chemin de la Révolte, au bout de la route.

— C'est dit.

— Et je vous rapporterai votre portefeuille.

— Et vous aurez les cinq cents francs promis, et un acompte sur l'autre affaire si vous êtes raisonnable.

— Maintenant allez à droite, nous à gauche ; ne nous suivez pas, sinon…

Et le Maître d'école et la Chouette s'éloignèrent rapidement.

— Le démon nous est venu en aide, dit Sarah ; ce bandit peut nous servir.

— Sarah, maintenant j'ai peur…, dit Tom.

— Moi, je n'ai pas peur. J'espère, au contraire… Mais, venez, venez, je me reconnais ; le fiacre ne doit pas être loin.

Et les deux personnages se dirigèrent à grands pas vers le parvis Notre-Dame.

Un témoin invisible avait assisté à cette scène. C'était le Chourineur, qui s'était tapi dans les décombres pour se mettre à l'abri de la pluie.

La proposition que fit Sarah au brigand, relativement à Rodolphe, intéressa vivement le Chourineur ; effrayé des périls qui menaçaient son nouvel ami, il regretta de ne pouvoir l'en garantir. Sa haine contre le Maître d'école et contre la Chouette fut peut-être pour quelque chose dans ce bon sentiment.

Le Chourineur se résolut d'avertir Rodolphe du danger qu'il courait ; mais comment y parvenir ? Il avait oublié l'adresse du soi-disant peintre en éventails. Peut-être Rodolphe ne reviendrait-il pas au tapis-franc ; comment le trouver ?

En faisant ces réflexions, le Chourineur avait machinalement suivi Tom et Sarah ; il les vit monter dans un fiacre qui les attendait devant le parvis Notre-Dame.

Le fiacre partit.

Une idée lumineuse vint au Chourineur ; il monta derrière cette voiture.

À une heure du matin, ce fiacre s'arrêta sur le boulevard de l'Observatoire, et Tom et Sarah disparurent dans une des ruelles qui aboutissent à cet endroit.

La nuit était noire, le Chourineur ne put signaler aucun indice qui lui servît à reconnaître plus précisément, le lendemain, les lieux où il se trouvait. Alors, avec une sagacité de sauvage, il tira son couteau de sa poche, fit une large ct profonde entaille à un des arbres auprès desquels s'était arrêtée la voiture. Puis il regagna son gîte, dont il s'était considérablement éloigné.

Pour la première fois depuis longtemps le Chourineur goûta dans son taudis un sommeil profond, qui ne fut pas interrompu par l'horrible vision de l'abattoir aux sergents, comme il disait dans son rude langage.

VIII

PROMENADE

Le lendemain de la soirée où s'étaient passés les différents événements que nous venons de raconter, un radieux soleil d'automne brillait au milieu d'un ciel pur ; la tourmente de la nuit avait cessé. Quoique toujours obscurci par la hauteur des maisons, le hideux quartier où le lecteur nous a suivi semblait moins horrible, vu à la clarté d'un beau jour.

Soit que Rodolphe ne craignît plus la rencontre des deux personnes qu'il avait évitées la veille, soit qu'il la bravât, vers les onze heures du matin il entra dans la rue aux Fèves, et se dirigea vers la taverne de l'ogresse.

Rodolphe était toujours habillé en ouvrier, mais on remarquait dans ses vêtements une certaine recherche ; sa blouse neuve, ouverte sur la poitrine, laissait voir sa chemise de laine rouge, fermée par plusieurs boutons d'argent ; le col d'une autre chemise de toile blanche se rabattait sur sa cravate de soie noire, négligemment nouée autour de son cou ; de sa casquette de velours bleu de ciel, à visière vernie, s'échappaient quelques boucles de cheveux châtains ; des bottes parfaitement cirées, remplaçant les gros souliers ferrés de la veille, mettaient en valeur un pied charmant, qui paraissait d'autant plus petit qu'il sortait d'un large pantalon de velours olive.

Ce costume ne nuisait en rien à l'élégance de la tournure de Rodolphe, rare mélange de grâce, de souplesse et de force.

Nos habits sont tellement laids qu'on ne peut que

gagner à les quitter, même pour les vêtements les plus vulgaires.

L'ogresse se prélassait sur le seuil du tapis-franc lorsque Rodolphe s'y présenta.

— Votre servante, jeune homme ! Vous venez sans doute chercher la monnaie de vos vingt francs ! dit-elle avec une sorte de déférence, n'osant pas oublier que la veille le vainqueur du Chourineur lui avait jeté un louis sur son comptoir ; il vous revient dix-sept livres dix sous… Ça n'est pas tout… On est venu vous demander hier : un grand monsieur, bien couvert ; il avait aux jambes des bottes à cœur, comme un tambour-major en bourgeois, et au bras une petite femme déguisée en homme. Ils ont bu du *cacheté* avec le Chourineur.

— Ah ! ils ont bu avec le Chourineur ! Et que lui ont-ils dit ?

— Quand je dis qu'ils ont bu, je me trompe, ils n'ont fait que tremper leurs lèvres dans leurs verres ; et…

— Je te demande ce qu'ils ont dit au Chourineur ?

— Ils lui ont parlé de choses et d'autres, quoi ! De Bras-Rouge, de la pluie et du beau temps.

— Ils connaissent Bras-Rouge ?

— Au contraire, le Chourineur leur a expliqué qui c'était… et comment vous l'aviez battu.

— C'est bon, il ne s'agit pas de ça.

— Vous demandez votre monnaie ?

— Oui… et j'emmènerai la Goualeuse passer la journée à la campagne.

— Oh ! impossible, ça, mon garçon.

— Pourquoi ?

— Elle n'a qu'à ne pas revenir ? Ses nippes sont à moi, sans compter qu'elle me doit encore deux cent vingt francs pour finir de s'acquitter de sa nourriture et de son logement, depuis que je l'ai prise chez moi ; si elle n'était pas honnête comme elle l'est, je ne la laisserais pas aller plus loin que le coin de la rue, au moins.

— La Goualeuse te doit deux cent vingt francs ?

— Deux cent vingt francs dix sous... Mais qu'est-ce que ça vous fait, mon garçon ? Ne dirait-on pas que vous allez les payer ? Faites donc le milord !

— Tiens, dit Rodolphe en jetant onze louis sur l'étain du comptoir de l'ogresse. Maintenant, combien vaut la défroque que tu lui loues ?

La vieille, ébahie, examinait les louis l'un après l'autre d'un air de doute et de défiance.

— Ah çà, crois-tu que je te donne de la fausse monnaie ? Envoie changer cet or, et finissons... Combien vaut la défroque que tu loues à cette malheureuse ?

L'ogresse, partagée entre le désir de faire une bonne affaire, l'étonnement de voir un ouvrier posséder autant d'argent, la crainte d'être dupée, et l'espoir de gagner davantage encore, l'ogresse garda un moment le silence, puis elle reprit :

— Ses hardes valent au moins... cent francs.

— De pareilles guenilles ! allons donc ! Tu garderas la monnaie d'hier et je te donnerai encore un louis, rien de plus. Se laisser rançonner par toi, c'est voler les pauvres qui ont droit à des aumônes.

— Eh bien ! mon garçon, je garde mes hardes : la Goualeuse ne sortira pas d'ici : je suis libre de vendre mes effets ce que je veux.

— Que Lucifer te brûle un jour selon tes mérites ! Voilà ton argent, va me chercher la Goualeuse.

L'ogresse empocha l'or, pensant que l'ouvrier avait commis un vol ou fait un héritage, et lui dit, avec un ignoble sourire :

— Pourquoi, mon fils, ne monteriez-vous pas chercher vous-même la Goualeuse !... Cela lui ferait plaisir… car, foi de mère Ponisse, hier elle vous reluquait joliment !

— Va la chercher et dis-lui que je l'emmènerai à la campagne… rien de plus. Surtout qu'elle ne sache pas que je t'ai payé sa dette.

— Pourquoi donc ?

— Que t'importe ?

— Au fait, ça m'est égal, j'aime mieux qu'elle se croie encore sous ma coupe.

— Te tairas-tu ! Monteras-tu !…

— Oh ! quel air méchant ! Je plains ceux à qui vous en voulez… Allons, j'y vais… j'y vais…

Et l'ogresse monta.

Quelques minutes après, elle redescendit.

— La Goualeuse ne voulait pas me croire ; elle est devenue cramoisie quand elle a su que vous étiez là… Mais quand je lui ai dit que je lui permettais de passer la journée à la campagne, j'ai cru qu'elle devenait folle ; pour la première fois de sa vie, elle a eu envie de me sauter au cou.

— C'était la joie de te quitter.

Fleur-de-Marie entra dans ce moment, vêtue comme la veille : robe d'alépine brune, châle orangé noué derrière le dos, marmotte à carreaux rouges laissant voir seulement deux grosses nattes de cheveux blonds.

Elle rougit en reconnaissant Rodolphe, et baissa les yeux d'un air confus.

— Voulez-vous venir passer la journée à la campagne avec moi, mon enfant ? dit Rodolphe.

— Bien volontiers, monsieur Rodolphe, dit la Goualeuse, puisque madame le permet.

— Je t'y autorise, ma petite chatte, par rapport à ta bonne conduite… dont tu fais l'ornement… Allons, viens m'embrasser.

Et la mégère tendit à Fleur-de-Marie son visage couperosé.

La malheureuse, surmontant sa répugnance, approcha son front des lèvres de l'ogresse ; mais d'un violent coup de coude Rodolphe repoussa la vieille dans son comptoir, prit le bras de Fleur-de-Marie et sortit du tapis-franc au bruit des malédictions de la mère Ponisse.

— Prenez garde, monsieur Rodolphe, dit la Goualeuse, l'ogresse va vous jeter quelque chose à la tête, elle est si méchante !

— Rassurez-vous, mon enfant. Mais qu'avez-vous ? Vous semblez embarrassée... triste ? Êtes-vous fâchée de venir avec moi ?

— Au contraire... mais... mais vous me donnez le bras.

— Eh bien ?

— Vous êtes ouvrier... quelqu'un peut dire à votre bourgeois qu'on vous a rencontré avec moi... ça vous fera du tort. Les maîtres n'aiment pas que leurs ouvriers se dérangent.

Et la Goualeuse dégagea doucement son bras de celui de Rodolphe, en ajoutant :

— Allez tout seul... je vous suivrai jusqu'à la barrière. Une fois dans les champs, je reviendrai auprès de vous.

— Ne craignez rien, dit Rodolphe, touché de cette délicatesse, et, reprenant le bras de Fleur-de-Marie : Mon bourgeois ne demeure pas dans le quartier, et puis d'ailleurs nous allons trouver un fiacre sur le quai aux Fleurs.

— Comme vous voudrez, monsieur Rodolphe ; je vous disais cela pour ne pas vous faire arriver de la peine...

— Je le crois, et je vous en remercie. Mais, franchement, vous est-il égal d'aller à la campagne dans un endroit ou dans un autre ?

— Ça m'est égal, monsieur Rodolphe, pourvu que ce soit à la campagne… Il fait si beau… le grand air est si bon à respirer ! Savez-vous que voilà cinq mois que je n'ai pas été plus loin que le marché aux Fleurs ? Et encore, si l'ogresse me permettait de sortir de la Cité, c'est qu'elle avait confiance en moi.

— Et quand vous veniez à ce marché, c'était pour acheter des fleurs ?

— Oh ! non ; je n'avais pas d'argent ; je venais seulement les voir, respirer leur bonne odeur… Pendant la demi-heure que l'ogresse me laissait passer sur le quai les jours de marché, j'étais si contente que j'oubliais tout.

— Et en rentrant chez l'ogresse… dans ces vilaines rues ?

— Je revenais plus triste que je n'étais partie… et je renfonçais mes larmes pour ne pas être battue ! Tenez… au marché… ce qui me faisait envie, oh ! bien envie, c'était de voir des petites ouvrières bien proprettes, qui s'en allaient toutes gaies, avec un beau pot de fleurs dans leurs bras.

— Je suis sûr que si vous aviez eu seulement quelques fleurs sur votre fenêtre, cela vous aurait tenu compagnie ?

— C'est bien vrai ce que vous dites là, monsieur Rodolphe ! Figurez-vous qu'un jour l'ogresse, à sa fête, sachant mon goût, m'avait donné un petit rosier. Si vous saviez comme j'étais heureuse ! Je ne m'ennuyais plus, allez ! Je ne faisais que regarder mon rosier… Je m'amusais à compter ses feuilles, ses fleurs… Mais l'air est si mauvais dans la Cité qu'au bout de deux jours, il a commencé à jaunir Alors… Mais vous allez vous moquer de moi, monsieur Rodolphe.

— Non, non, continuez.

— Eh bien ! alors, j'ai demandé à l'ogresse la permission de sortir et d'aller promener mon rosier… oui… comme j'aurais promené un enfant. Je l'emportais au quai, je me figurais que d'être avec les autres fleurs, dans ce bon air frais et embaumé, ça lui faisait du bien ; je trempais ses pauvres feuilles flétries dans la belle eau de la fontaine, et puis, pour le ressuyer, je le mettais un bon quart d'heure au soleil… Cher petit rosier, il n'en voyait jamais de soleil, dans la Cité, car dans notre rue il ne descend pas plus bas que le toit… Enfin je rentrais… Eh bien ! je vous assure, monsieur Rodolphe, que, grâce à ces promenades, mon rosier a peut-être vécu dix jours de plus qu'il n'aurait vécu sans cela.

— Je vous crois ; mais quand il est mort, ç'a été une grande perte pour vous ?

— Je l'ai pleuré, ç'a été un vrai chagrin… Et tenez, monsieur Rodolphe, puisque vous comprenez qu'on aime les fleurs, je peux bien vous dire ça. Eh bien ! je lui avais aussi comme de la reconnaissance… de… Ah ! pour cette fois vous allez vous moquer de moi…

— Non, non ! j'aime… j'adore les fleurs ; ainsi je comprends toutes les folies qu'elles font faire ou qu'elles inspirent.

— Eh bien ! je lui étais reconnaissante, à ce pauvre rosier, de fleurir si gentiment pour moi… quoique… enfin… malgré ce que j'étais.

Et la Goualeuse baissa la tête et devint pourpre de honte…

— Malheureuse enfant ! Avec cette conscience de votre horrible position, vous avez dû souvent…

— Avoir envie d'en finir, n'est-ce pas, monsieur

Rodolphe ? dit la Goualeuse en interrompant son compagnon ; oh ! oui, allez, plus d'une fois j'ai regardé la Seine par-dessus le parapet… mais après je regardais les fleurs, le soleil… Alors je me disais : « La rivière sera toujours là ; je n'ai pas dix-sept ans… qui sait ? »

— Quand vous disiez *Qui sait ?*... vous espériez ?

— Oui.

— Et qu'espériez-vous ?

— Je ne sais pas… j'espérais… oui, j'espérais presque malgré moi… Dans ces moments-là, il me semblait que mon sort n'était pas mérité, qu'il y avait en moi quelque chose de bon. Je me disais : « On m'a bien tourmentée ; mais au moins, je n'ai jamais fait de mal à personne… Si j'avais eu quelqu'un pour me conseiller, je ne serais pas où j'en suis !… » Alors, ça chassait un peu ma tristesse… Après, il faut dire que ces pensées-là m'étaient surtout venues à la suite de la perte de mon rosier, ajouta la Goualeuse d'un air solennel qui fit sourire Rodolphe.

— Toujours ce grand chagrin…

— Oui… tenez, le voilà.

Et la Goualeuse tira de sa poche un petit paquet de bois soigneusement coupé et attaché avec une faveur rose.

— Vous l'avez conservé ?

— Je le crois bien… c'est tout ce que je possède au monde.

— Comment ! vous n'avez rien à vous ?

— Rien.

— Mais ce collier de corail ?

— C'est à l'ogresse.

— Comment ! vous ne possédez pas un chiffon, un bonnet, un mouchoir ?

— Non, rien… rien… que les branches sèches de mon pauvre rosier. C'est pour cela que j'y tiens tant…

À chaque mot, l'étonnement de Rodolphe redoublait ; il ne pouvait comprendre cet épouvantable esclavage, cette horrible vente du corps et de l'âme pour un abri sordide, quelques haillons et une nourriture immonde[1].

Rodolphe et la Goualeuse arrivèrent au quai aux Fleurs : un fiacre les attendait. Rodolphe y fit monter la Goualeuse ; il monta après elle et dit au cocher :

— À Saint-Denis… Je dirai plus tard le chemin qu'il faudra prendre.

La voiture partit : le soleil était radieux, le ciel sans nuages, le froid un peu piquant ; l'air circulait vif et frais à travers l'ouverture des glaces baissées.

— Tiens ! un manteau de femme ! dit la Goualeuse en remarquant qu'elle s'était assise sur ce vêtement qu'elle n'avait pas aperçu.

— Oui, c'est pour vous, mon enfant : je l'ai pris dans la crainte que vous n'ayez froid ; enveloppez-vous bien.

Peu habituée à ces prévenances, la pauvre fille regarda Rodolphe avec surprise. L'espèce d'intimidation que ce dernier lui causait augmentait encore, ainsi qu'une tristesse vague, dont elle ne se rendait plus compte.

— Mon Dieu ! Monsieur Rodolphe, comme vous êtes bon ! Ça me rend honteuse.

1. S'il nous était permis d'entrer dans des détails devant lesquels nous reculons, nous prouverions que ce servage existe, que les lois de police sont ainsi faites, qu'une malheureuse créature, souvent vendue par ses proches et jetée dans cet abîme d'infamie, est pour ainsi dire à jamais condamnée à y vivre ; que son repentir, que ses remords sont vains, et qu'il lui est presque matériellement impossible de sortir de cette fange. (Voir le précieux ouvrage du Dr Parent-Duchâtelet, œuvre d'un philosophe et d'un grand homme de bien.)

— Parce que je suis bon ?

— Non ; mais… il me semble que vous ne parlez plus maintenant comme hier, que vous êtes tout autre…

— Voyons, Fleur-de-Marie, qu'aimez-vous mieux, que je sois le Rodolphe d'hier, ou le Rodolphe d'aujourd'hui ?

— Je vous aime bien mieux comme maintenant… Pourtant, hier il me semblait que j'étais plus votre égale…

Puis, se reprenant aussitôt, craignant d'avoir humilié Rodolphe, elle reprit :

— Quand je dis votre égale… monsieur Rodolphe, je sais bien que cela ne peut pas être…

— Il y a une chose qui m'étonne en vous, Fleur-de-Marie.

— Quoi donc, monsieur Rodolphe ?

— Vous semblez oublier ce que la Chouette vous a dit hier de vos parents… qu'elle connaissait votre mère…

— Oh ! je n'ai pas oublié cela… J'y ai pensé cette nuit… et j'ai bien pleuré… mais je suis sûre que cela n'est pas vrai… la borgnesse aura inventé cette histoire pour me faire de la peine…

— Il se peut que la Chouette soit mieux instruite que vous ne le croyez. Si cela était, ne seriez-vous pas heureuse de retrouver votre mère ?

— Hélas ! monsieur Rodolphe ! Si ma mère ne m'a jamais aimée… à quoi bon la retrouver ?… Elle ne voudra pas seulement me voir… Si elle m'a aimée… quelle honte je lui ferais !… Elle en mourrait peut-être.

— Si votre mère vous a aimée, Fleur-de-Marie, elle vous plaindra, elle vous pardonnera, elle vous aimera encore… Si elle vous a délaissée… en voyant à quel sort affreux son abandon vous a réduite… sa honte vous vengera.

— À quoi ça sert-il de se venger ? Et puis, si je me vengeais, il me semble que je n'aurais plus le droit de me trouver malheureuse… Et souvent cela me console…

— Vous avez peut-être raison… N'en parlons plus…

À ce moment, la voiture arrivait près de Saint-Ouen, à l'embranchement de la route de Saint-Denis et du chemin de la Révolte.

Malgré la monotonie du paysage, Fleur-de-Marie fut si transportée de voir des *champs*, comme elle disait, qu'oubliant les tristes pensées que le souvenir de la Chouette venait d'éveiller en elle, son charmant visage s'épanouit. Elle se pencha à la portière en battant des mains et s'écria :

— Monsieur Rodolphe, quel bonheur !… de l'herbe ! des champs ! Si vous vouliez me permettre de descendre… il fait si beau !… J'aimerais tant à courir dans ces prairies…

— Courons, mon enfant… Cocher, arrête !

— Comment ! Vous aussi, monsieur Rodolphe ?

— Moi aussi… Je m'en fais une fête.

— Quel bonheur, monsieur Rodolphe !

Et Rodolphe et la Goualeuse de se prendre par la main et de courir à perdre haleine dans une vaste pièce de regain tardif, récemment fauché.

Dire les bonds, les petits cris joyeux, le ravissement de Fleur-de-Marie, serait impossible. Pauvre gazelle si longtemps prisonnière, elle aspirait le grand air avec ivresse. Elle allait, venait, s'arrêtait, repartait avec de nouveaux transports.

À la vue de plusieurs touffes de pâquerettes et de quelques boutons d'or épargnés par les premières gelées blanches, la Goualeuse ne put retenir de nouvelles exclamations de plaisir ; elle ne laissa pas une de ces petites fleurs, et glana tout le pré.

Après avoir ainsi couru au milieu des champs, lassée vite, car elle avait perdu l'habitude de l'exercice, la jeune fille, s'arrêtant pour reprendre haleine, s'assit sur un tronc d'arbre renversé au bord d'un fossé profond.

Le teint transparent et blanc de Fleur-de-Marie, ordinairement un peu pâle, se nuançait des plus vives couleurs. Ses grands yeux bleus brillaient doucement ; sa bouche vermeille, haletante, laissait voir deux rangées de perles humides, son sein battait sous son vieux petit châle orange ; elle appuyait une de ses mains sur son cœur pour en comprimer les pulsations, tandis que, de l'autre main, elle tendait à Rodolphe le bouquet de fleurs des champs qu'elle avait cueilli.

Rien de plus charmant que l'expression de joie innocente et pure qui rayonnait sur cette physionomie candide.

Lorsque Fleur-de-Marie put parler, elle dit à Rodolphe, avec un accent de félicité profonde, de reconnaissance presque religieuse :

— Que le bon Dieu est bon de nous donner un si beau jour !

Une larme vint aux yeux de Rodolphe en entendant cette pauvre créature abandonnée, méprisée, perdue, sans asile et sans pain, jeter un cri de bonheur et de gratitude ineffable envers le Créateur, parce qu'elle jouissait d'un rayon de soleil et de la vue d'une prairie.

Rodolphe fut tiré de sa contemplation par un incident imprévu.

IX

LA SURPRISE

Nous l'avons dit, la Goualeuse s'était assise sur un tronc d'arbre renversé au bord d'un fossé profond.

Tout à coup un homme, se dressant du fond de cette excavation, secoua la litière sous laquelle il s'était tapi, et poussa un éclat de rire formidable.

La Goualeuse se retourna en jetant un cri d'effroi.

C'était le Chourineur.

— N'aie pas peur, ma fille, reprit le Chourineur en voyant la frayeur de la jeune fille, qui se réfugia auprès de son compagnon. Voilà une fameuse rencontre, hein ! Maître Rodolphe, vous ne vous attendiez pas à cela ? Ni moi non plus… (Puis il ajouta d'un ton sérieux :) Tenez, maître… voyez-vous, on dira ce qu'on voudra… mais il y a quelque chose en l'air… là-haut… au-dessus de nos têtes… Le *meg des megs* est un malin, il me fait l'effet de dire à l'homme : « Va comme je te pousse… » vu qu'il vous a poussé ici, ce qui est diablement étonnant !

— Que fais-tu là ? dit Rodolphe très surpris.

— Je veille au grain pour vous, mon maître… Mais, tonnerre ! quelle bonne farce que vous veniez justement dans les environs de ma maison de campagne… Tenez, il y a quelque chose : décidément, il y a quelque chose.

— Mais, encore une fois, que fais-tu là ?

— Tout à l'heure vous le saurez, donnez-moi seulement le temps de percher sur votre observatoire à un cheval.

Et le Chourineur courut vers le fiacre arrêté à peu de distance, jeta çà et là sur la plaine immense un coup d'œil perçant, et revint prestement rejoindre Rodolphe.

— M'expliqueras-tu ce que tout cela signifie ?

— Patience ! patience, maître ! Encore un mot. Quelle heure est-il ?

— Midi et demi, dit Rodolphe en consultant sa montre.

— Bon… nous avons le temps. La Chouette ne sera ici que dans une demi-heure.

— La Chouette ! s'écrièrent à la fois Rodolphe et la jeune fille.

— Oui, la Chouette. En deux mots, maître, voilà l'histoire : hier, quand vous avez eu quitté le tapis-franc, il est venu…

— Un homme d'une grande taille avec une femme habillée en homme ; ils m'ont demandé, je sais cela. Ensuite ?

— Ensuite, ils m'ont payé à boire, et ont voulu me faire jaspiner sur votre compte. Moi, je n'ai rien voulu dire… vu que vous ne m'avez pas communiqué autre chose que la raclée dont vous m'avez fait la politesse… je ne savais rien de plus de vos secrets. Après ça, j'aurais su quelque chose, ça aurait été tout de même. C'est entre nous à la vie à la mort, maître Rodolphe. Que le diable me brûle si je sais pourquoi je me sens pour vous comme qui dirait l'attachement d'un bouledogue pour son maître ; mais c'est égal, ça est. C'est plus fort que moi, je ne m'en brûle plus… ça vous regarde, arrangez-vous.

— Je te remercie, mon garçon, mais continue.

— Le grand monsieur et la petite femme habillée en homme, voyant qu'ils ne tiraient rien de moi, sont sortis de chez l'ogresse, et moi aussi ; eux du côté du Palais de Justice, moi du côté de Notre-Dame. Arrivé au bout de la rue, je commence à m'apercevoir qu'il tombait par trop de hallebardes… une pluie de déluge !

Il y avait tout proche une maison en démolition. Je me dis : « Si l'averse dure longtemps, je dormirai aussi bien là que dans mon garni. » Je me laisse couler dans une espèce de cave où j'étais à couvert ; je fais mon lit d'une vieille poutre, mon oreiller d'un plâtras, et me voilà couché comme un roi.

— Après, après ?

— Nous avions bu ensemble, maître Rodolphe ; j'avais encore bu avec le grand et la petite habillée en homme : c'est pour vous dire que j'avais la tête un peu lourde… avec ça il n'y a rien qui me berce comme le bruit de la pluie qui tombe. Je commence donc à roupiller. Il n'y avait pas, je crois, longtemps que je *pionçais*, quand un bruit m'éveille en sursaut : c'était le Maître d'école qui causait comme qui dirait *amicalement* avec un autre. J'écoute… tonnerre ! Qu'est-ce que je reconnais ? La voix du grand qui était venu au tapis-franc avec la petite habillée en homme !

— Ils causaient avec le Maître d'école et la Chouette ? dit Rodolphe stupéfait.

— Avec le Maître d'école et la Chouette. Ils causaient de se retrouver le lendemain.

— C'est aujourd'hui ! dit Rodolphe.

— À une heure.

— C'est dans un instant !

— À l'embranchement de la route de Saint-Denis et de la Révolte.

— C'est ici !

— Comme vous dites, maître Rodolphe, c'est ici !

— Le Maître d'école ! Prenez garde, monsieur Rodolphe !… s'écria Fleur-de-Marie.

— Calme-toi, ma fille… lui ne doit pas venir… mais seulement la Chouette.

— Comment cet homme a-t-il pu se mettre en rapport avec ces deux misérables ? dit Rodolphe.

— Je n'en sais, ma foi, rien. Après ça, maître, peut-être que je ne me serai éveillé qu'à la fin de la chose ; car le grand parlait de ravoir son portefeuille que la Chouette doit lui rapporter ici... en échange de cinq cents francs. Faut croire que le Maître d'école avait commencé par les voler, et que c'est après qu'ils se seront mis à causer de bonne amitié.

— Cela est étrange !

— Mon Dieu ! ça m'effraye pour vous, monsieur Rodolphe, dit Fleur-de-Marie.

— Maître Rodolphe n'est pas un enfant, ma fille ; mais, comme tu dis, ça pourrait chauffer pour lui, et me voilà.

— Continue, mon garçon.

— Le grand et la petite ont promis deux mille francs au maître d'école, pour vous faire... je ne sais pas quoi. C'est la Chouette qui doit venir ici tout à l'heure rapporter le portefeuille, et savoir de quoi il retourne, pour aller le redire au Maître d'école, qui se charge du reste.

Fleur-de-Marie tressaillit.

Rodolphe sourit dédaigneusement.

— Deux mille francs pour vous faire quelque chose, maître Rodolphe ! Ça me fait penser – sans comparaison – que lorsque je vois afficher cinq cents francs de récompense pour un chien perdu, je me dis modestement à moi-même : « Tu te perdrais, animal, qu'on ne donnerait pas seulement cent sous pour te ravoir. » Deux mille francs pour vous faire quelque chose ! Qui êtes-vous donc ?

— Je te l'apprendrai tout à l'heure.

— Suffit, maître... Quand j'ai entendu cette proposition faite à la Chouette, je me dis : « Il faut que je sache où perchent ces richards qui veulent lâcher le Maître d'école aux trousses de M. Rodolphe, ça peut servir. » Quand ils s'éloignent, je sors de mes décombres, je les suis à pas de loup ; le grand et la petite rejoignent un fiacre au parvis Notre-Dame ; ils montent dedans, moi derrière, et nous arrivons boulevard de l'Observatoire. Il faisait noir comme dans un four, je ne pouvais rien voir ; j'entaille un arbre pour m'y reconnaître le lendemain.

— Très bien, mon garçon.

— Ce matin j'y suis retourné. À dix pas de mon arbre, j'ai vu une ruelle fermée par une barrière ; dans la boue de la ruelle, des petits pas et des grands pas : au bout de la ruelle, une maison… Le nid du grand et de la petite doit être là.

— Merci, mon brave… Tu me rends, sans t'en douter, un grand service.

— Pardon, excuse ! maître Rodolphe, je m'en doutais, c'est pour cela que je l'ai fait.

— Je le sais, mon garçon, et je voudrais pouvoir récompenser ton service autrement que par un remerciement : malheureusement je ne suis qu'un pauvre diable d'ouvrier… quoiqu'on donne, comme tu dis, deux mille francs pour me faire quelque chose. Je vais t'expliquer cela.

— Bon, si ça vous amuse, sinon ça m'est égal. On vous monte un coup, je m'y oppose… Le reste ne me regarde pas.

— Je devine ce qu'ils veulent. Écoute-moi bien : j'ai un secret pour tailler l'ivoire des éventails à la mécanique ; mais ce secret ne m'appartient pas à moi seul ; j'attends mon associé pour mettre ce procédé en pratique, et c'est sûrement du modèle de la machine que j'ai chez moi qu'on veut s'emparer à tout prix : car il y a beaucoup d'argent à gagner avec cette découverte.

— Le grand et la petite sont donc… ?

— Des fabricants chez qui j'ai travaillé, et à qui je n'ai pas voulu donner mon secret.

Cette explication parut satisfaisante au Chourineur, dont l'intelligence n'était pas singulièrement développée, et il reprit :

— Je comprends maintenant. Voyez-vous, les gueusards ! Et ils n'ont pas seulement le courage de faire leurs mauvais coups eux-mêmes. Mais, pour en finir, voilà ce que je me suis dit ce matin : « Je sais le rendez-vous de la Chouette et du grand, je vais aller les attendre, j'ai de bonnes jambes : mon maître débardeur m'attendra, tant pis… » J'arrive ici : je vois ce trou, je vais prendre une brassée de fumier là-bas, je me cache jusqu'au bout du nez, et j'attends la Chouette. Mais voilà-t-il pas que vous déboulez dans la plaine, et que cette pauvre Goualeuse vient justement s'asseoir au bord de mon parc ; alors, ma foi, j'ai voulu vous faire une farce, et j'ai crié comme un brûlé en sortant de ma litière.

— Maintenant, quel est ton dessein ?

— Attendre la Chouette, qui, bien sûr, arrivera la première : tâcher d'entendre ce qu'elle dira au grand, parce que cela peut vous servir. Il n'y a que ce tronc d'arbre-là renversé dans ce champ ; de cet endroit on voit partout dans la plaine, c'est comme fait exprès pour s'y asseoir. Le rendez-vous de la Chouette est à quatre pas, à l'embranchement de la route ; il y a à parier qu'ils viendront s'asseoir ici. S'ils n'y viennent pas, si je ne peux rien entendre… quand ils seront séparés, je tombe sur la Chouette, ça sera toujours ça ; je lui paye ce que je lui dois pour la dent de la Goualeuse, et je lui tords le cou jusqu'à ce qu'elle me dise le nom des parents de la pauvre fille… Qu'est-ce que vous dites de mon idée, maître Rodolphe ?

— Il y a du bon, mon garçon ; mais il faut corriger quelque chose à ton plan.

— Oh ! d'abord, Chourineur, ne vous faites pas de mauvaise querelle pour moi. Si vous battez la Chouette, le Maître d'école…

— Assez, ma fille. La Chouette me passera par les mains. Tonnerre ! C'est justement parce qu'elle a le Maître d'école pour la défendre que je doublerai la dose.

— Écoute, mon garçon, j'ai un meilleur moyen de venger la Goualeuse des méchancetés de la Chouette. Je te dirai cela plus tard. Quant à présent, dit Rodolphe en s'éloignant de quelques pas de la Goualeuse, et en baissant la voix, quant à présent, veux-tu me rendre un vrai service ?…

— Parlez, maître Rodolphe.

— La Chouette ne te connaît pas ?

— Je l'ai vue hier pour la première fois au tapis-franc.

— Voilà ce qu'il faudra que tu fasses. Tu te cacheras d'abord ; mais lorsque tu la verras près d'ici, tu sortiras de ton trou…

— Pour lui tordre le cou ?…

— Non… plus tard ! Aujourd'hui il faut seulement l'empêcher de parler avec le grand. Voyant quelqu'un avec elle, il n'osera pas approcher. S'il approche, ne la quitte pas d'une minute… Il ne pourra pas lui faire ses propositions devant toi.

— Si l'homme me trouve curieux, j'en fais mon affaire. Ça n'est ni un Maître d'école, ni un maître Rodolphe.

— Je connais le bourgeois, il ne se frottera pas à toi.

— C'est bien. Je suis la Chouette comme son ombre. L'homme ne dit pas un mot que je ne l'entende, et il finit par filer…

— S'ils conviennent d'un autre rendez-vous, tu le sauras, puisque tu ne les quittes pas. D'ailleurs ta présence suffira pour éloigner le bourgeois.

— Bon, bon. Après, je donne une tournée à la Chouette ?… Je tiens à ça.

— Pas encore. La borgnesse ne sait pas si tu es voleur ou non ?

— Non ; à moins que le Maître d'école lui ait dit que c'était pas dans mon idée.

— S'il lui a dit, tu auras l'air d'avoir changé de principes.

— Moi ?

— Toi !

— Tonnerre ! monsieur Rodolphe. Mais dites donc… Hum ! hum ! Ça ne me va guère, cette farce-là.

— Tu ne feras que ce que tu voudras. Tu verras bien si je te propose une infamie…

— Oh ! pour ça, je suis tranquille.

— Et tu as raison.

— Parlez, maître… j'obéirai.

— Une fois l'homme éloigné, tu tâcheras d'amadouer la Chouette.

— Moi ? Cette vieille gueuse… J'aimerais mieux me battre avec le Maître d'école. Je ne sais pas seulement comme je ferai pour ne pas lui sauter tout de suite sur le casaquin.

— Alors tu perdrais tout.

— Mais qu'est-ce qu'il faut donc que je fasse ?

— La Chouette sera furieuse de la bonne aubaine qu'elle aura manquée ; tu tâcheras de la calmer en lui disant que tu sais un bon coup à faire ; que tu es là pour attendre ton complice, et que, si le Maître d'école veut en être, il y a beaucoup d'or à gagner.

— Tiens… tiens…

— Au bout d'une heure d'attente, tu lui diras : « Mon camarade ne vient pas, c'est remis… » et tu prendras rendez-vous avec la Chouette et le Maître d'école… pour demain de bonne heure. Tu comprends ?

— Je comprends.

— Et ce soir, tu te trouveras, à dix heures, au coin des Champs-Élysées et de l'allée des Veuves ; je t'y rejoindrai et je te dirai le reste.

— Si c'est un piège, prenez garde ! Le Maître d'école est malin… Vous l'avez battu : au moindre doute, il est capable de vous tuer.

— Sois tranquille.

— Tonnerre ! c'est farce… mais vous faites de moi ce que vous voulez. C'est pas l'embarras, quelque chose me dit qu'il y a un bouillon à boire pour le Maître d'école et pour la Chouette. Pourtant… un mot encore, monsieur Rodolphe.

— Parle.

— Ce n'est pas que je vous croie susceptible de tendre une souricière au Maître d'école pour le faire pincer par la police. C'est un gueux fini, qui mérite cent fois la mort ; mais le faire arrêter… c'est pas ma partie.

— Ni la mienne, mon garçon. Mais j'ai un compte à régler avec lui et avec la Chouette, puisqu'ils complotent avec les gens qui m'en veulent, et, à nous deux, nous en viendrons à bout, si tu m'aides.

— Oh bien ! alors, comme le mâle ne vaut pas mieux que la femelle, j'en suis.

— Et si nous réussissons, ajouta Rodolphe d'un ton sérieux, presque solennel, qui frappa le Chourineur, tu seras aussi fier que lorsque tu as sauvé du feu et de l'eau l'homme et la femme qui te doivent la vie !

— Comme vous dites ça, maître Rodolphe ! Je ne vous ai jamais vu ce regard-là... Mais vite, vite, s'écrie le Chourineur, j'aperçois là-bas, là-bas, un point blanc : ça doit être le béguin de la Chouette. Partez, je me remets dans mon trou.

— Et ce soir, à dix heures...

— Au coin de l'allée des Veuves et des Champs-Élysées, c'est dit.

Fleur-de-Marie n'avait pas entendu cette dernière partie de l'entretien du Chourineur et de Rodolphe. Elle remonta en fiacre avec son compagnon de voyage.

X

LA FERME

Après son entretien avec le Chourineur, Rodolphe resta quelques moments préoccupé, pensif.

Fleur-de-Marie, n'osant interrompre le silence de son compagnon, le regardait tristement.

Rodolphe, relevant la tête, lui dit en souriant avec bonté :

— À quoi pensez-vous, mon enfant ? La rencontre du Chourineur vous a été désagréable, n'est-ce pas ? Nous étions si gais !

— C'est au contraire un bien pour nous, monsieur Rodolphe, puisque le Chourineur pourra vous être utile.

— Cet homme ne passait-il pas, parmi les habitués

du tapis-franc, pour avoir encore quelques bons sentiments ?

— Je l'ignore, monsieur Rodolphe… Avant la scène d'hier, je l'avais vu souvent, je lui avais à peine parlé… Je le croyais aussi méchant que les autres…

— Ne pensons plus à tout cela, ma petite Fleur-de-Marie. J'aurais du malheur si je vous attristais, moi qui justement voulais vous faire passer une bonne journée.

— Oh ! je suis bien heureuse ! Il y a si longtemps que je ne suis sortie de Paris !

— Depuis vos parties en milord, avec Rigolette.

— Mon Dieu, oui… monsieur Rodolphe. C'était au printemps… mais, quoique nous soyons presque en hiver, ça me fait tout autant de plaisir. Quel beau soleil il fait !… Voyez donc ces petits nuages roses là-bas… là-bas… et cette colline !… avec ces jolies maisons blanches au milieu des arbres… Comme il y a encore des feuilles ! C'est étonnant au mois de novembre, n'est-ce pas, monsieur Rodolphe ? Mais à Paris les feuilles tombent si vite… Et là-bas… cette volée de pigeons… les voilà qui s'abattent sur le toit d'un moulin… À la campagne on ne se lasse pas de regarder, tout est amusant.

— C'est plaisir de voir combien vous êtes sensible à ces riens qui font le charme de l'aspect de la campagne, Fleur-de-Marie.

En effet, à mesure que la jeune fille contemplait le tableau calme et riant qui se déroulait autour d'elle, sa physionomie s'épanouissait de nouveau.

— Et là-bas, ce feu de chaume dans les terres labourées, la belle fumée blanche qui monte au ciel… et cette charrue avec ses deux bons chevaux gris… Si j'étais homme, comme j'aimerais l'état de laboureur !… Être au milieu d'une plaine bien silencieuse, à suivre sa charrue… en voyant bien loin de grands bois, par un temps comme aujourd'hui, par exemple !… C'est pour le coup que ça vous donnerait envie de chanter de ces chansons un peu tristes, qui vous font venir les larmes aux yeux… comme *Geneviève de Brabant*. Est-ce que vous connaissez la chanson de *Geneviève de Brabant*, monsieur Rodolphe ?

— Non, mon enfant ; mais si vous êtes gentille, vous me la chanterez une fois arrivés à la ferme.

— Quel bonheur ! Nous allons à une ferme, monsieur Rodolphe ?

— Oui, à une ferme tenue par ma nourrice, bonne et digne femme qui m'a élevé.

— Et nous pourrons avoir du lait ? s'écria la Goualeuse en frappant dans ses mains.

— Fi donc ! du lait… de l'excellente crème, s'il vous plaît, et du beurre que la fermière fera devant nous, et des œufs tout frais.

— Que nous irons dénicher nous-mêmes ?

— Certainement…

— Et nous irons voir les vaches dans l'étable ?

— Je crois bien.

— Et nous irons aussi dans la laiterie ?

— Aussi dans la laiterie.

— Et au pigeonnier ?

— Et au pigeonnier.

— Ah ! tenez, monsieur Rodolphe, c'est à n'y pas croire… Comme je vais m'amuser ! Quelle bonne journée !… quelle bonne journée ! s'écria la jeune fille toute joyeuse.

Puis, par un brusque revirement de pensée, la malheureuse, songeant qu'après ces heures de liberté passées à la campagne, elle rentrerait dans son bouge infect, cacha sa tête dans ses mains et fondit en larmes.

Rodolphe, surpris, dit à la Goualeuse :

— Qu'avez-vous, Fleur-de-Marie, qui vous chagrine ?

— Rien… rien, monsieur Rodolphe. (Et elle essuya ses yeux en tâchant de sourire.) Pardon, si je m'attriste… n'y faites pas attention… je n'ai rien, je vous jure… c'est une idée… je vais être gaie…

— Mais vous étiez si joyeuse tout à l'heure !

— C'est pour ça…, répondit naïvement Fleur-de-Marie en levant sur Rodolphe ses yeux encore humides de larmes.

Ces mots éclairèrent Rodolphe ; il devina tout.

Voulant chasser l'humeur sombre de la jeune fille, il lui dit en souriant :

— Je parie que vous pensiez à votre rosier ? Vous regrettez, j'en suis sûr, de ne pouvoir lui faire partager notre promenade à la ferme… Pauvre rosier ! Vous auriez été capable de lui faire manger aussi un peu de crème !

La Goualeuse prit le prétexte de cette plaisanterie pour sourire : peu à peu ce léger nuage de tristesse s'effaça de son esprit ; elle ne pensa qu'à jouir du présent et à s'étourdir sur l'avenir.

La voiture arrivait près de Saint-Denis, la haute flèche de l'église se voyait au loin.

— Oh ! le beau clocher ! s'écria la Goualeuse.

— C'est le clocher de Saint-Denis, une église superbe… Voulez-vous la voir ? nous ferons arrêter le fiacre.

La Goualeuse baissa les yeux.

— Depuis que je suis chez l'ogresse, je ne suis point entrée dans une église ; je n'ai pas osé. À la prison, au contraire, j'aimais tant à chanter à la messe ! Et, à la Fête-Dieu, nous faisions de si beaux bouquets d'autel !

— Mais Dieu est bon et clément : pourquoi craindre de le prier, d'entrer dans une église ?

— Oh ! non, non… monsieur Rodolphe… ce serait comme une impiété… C'est bien assez d'offenser le bon Dieu autrement.

Après un moment de silence, Rodolphe dit à la Goualeuse :

— Jusqu'à présent avez-vous aimé quelqu'un ?

— Jamais, monsieur Rodolphe.

— Pourquoi cela ?

— Vous avez vu les gens qui fréquentaient le tapis-franc… Et puis, pour aimer, il faut être honnête.

— Comment cela ?

— Ne dépendre que de soi… Mais tenez, si ça vous est égal, monsieur Rodolphe, je vous en prie, ne parlons pas de ça…

— Soit, Fleur-de-Marie, parlons d'autre chose… Mais qu'avez-vous à me regarder ainsi ? Voilà encore vos beaux yeux pleins de larmes. Vous ai-je chagrinée ?

— Oh ! au contraire ; mais vous êtes si bon pour moi que cela me donne envie de pleurer… et puis vous ne me tutoyez pas… et puis, enfin, on dirait que vous ne m'avez emmenée que pour mon plaisir à moi, tant vous avez l'air content de me voir heureuse. Non content de m'avoir défendue hier… vous me faites passer aujourd'hui une pareille journée avec vous…

— Vraiment, vous êtes heureuse ?

— D'ici à bien longtemps je n'oublierai ce bonheur-là.

— C'est si rare, le bonheur !

— Oui, bien rare…

— Ma foi, moi, à défaut de ce que je n'ai pas, je m'amuse quelquefois à rêver ce que je voudrais avoir, à me dire : « Voilà ce que je désirerais être… voilà la fortune que j'ambitionnerais… » Et vous, Fleur-de-Marie, quelquefois ne faites-vous pas aussi de ces rêves-là, de beaux châteaux en Espagne ?

— Autrefois, oui, en prison ; avant d'entrer chez l'ogresse, je passais ma vie à çà et à chanter ; mais depuis, c'est plus rare… Et vous, monsieur Rodolphe, qu'est-ce que vous ambitionneriez donc ?

— Moi, je voudrais être riche, très riche… avoir des domestiques, des équipages, un hôtel, aller dans un beau monde, tous les jours au spectacle. Et vous, Fleur-de-Marie ?

— Moi, je ne serais pas si difficile : de quoi payer l'ogresse, quelque argent d'avance pour avoir le temps de trouver de l'ouvrage, une gentille chambre bien propre d'où je verrais des arbres en travaillant.

— Beaucoup de fleurs sur votre fenêtre…

— Oh ! bien sûr… Habiter la campagne, si ça se pouvait, et voilà tout…

— Une petite chambre, de l'ouvrage, c'est le nécessaire ; mais quand on n'a qu'à désirer, on peut bien se permettre le superflu… Est-ce que vous ne voudriez pas avoir des voitures, des diamants, de belles toilettes ?

— Je n'en voudrais pas tant… Ma liberté, vivre à la campagne, et être sûre de ne pas mourir à l'hôpital… Oh ! cela surtout… ne pas mourir là !… Tenez, monsieur Rodolphe, souvent cette pensée-là me vient… elle est affreuse !

— Hélas ! nous autres pauvres gens…

— Ce n'est pas pour la misère.. que je dis cela… Mais après… quand on est morte…

— Eh bien ?

— Vous ne savez donc pas ce que l'on fait de vous après, monsieur Rodolphe ?

— Non…

— Il y a une jeune fille que j'avais connue en prison… elle est morte à l'hôpital… on a abandonné son corps aux chirurgiens…, murmura la malheureuse en frissonnant.

— Ah ! c'est horrible ! Comment, malheureuse enfant, vous avez souvent de ces sinistres pensées ?…

— Cela vous étonne, n'est-ce pas, monsieur Rodolphe, que j'aie de la honte… pour après ma mort… Hélas ! mon Dieu… on ne m'a laissé que celle-là…

Ces douloureuses et amères paroles frappèrent Rodolphe.

Il cacha sa tête dans ses mains en frémissant : il songeait à la fatalité qui s'était appesantie sur Fleur-de-Marie… Il songeait à la mère de cette créature pauvre… Sa mère… elle était heureuse, riche, honorée, peut-être…

Honorée… riche… heureuse… et son enfant, qu'elle avait sans doute atrocement sacrifiée à la honte, avait quitté le grenier de la Chouette pour la prison, la prison pour l'antre de l'ogresse ; de cet antre elle pouvait aller mourir sur le grabat d'un hôpital… et après sa mort…

Cela était épouvantable.

La pauvre Goualeuse, voyant l'air sombre de son compagnon, lui dit tristement :

— Pourtant, monsieur Rodolphe, je ne devrais pas avoir de ces idées-là… Vous m'emmenez avec vous pour être joyeuse, et je vous dis toujours des choses si tristes… si tristes ! Mon Dieu, je ne sais pas comment cela se fait, c'est malgré moi… Je n'ai jamais été plus heureuse qu'aujourd'hui ; et pourtant à chaque instant les larmes me viennent aux yeux… Vous ne m'en voulez pas, dites, monsieur Rodolphe ? D'ailleurs… vous voyez ? cette tristesse s'en va… comme elle est venue… bien vite. Tenez, maintenant… je n'y songe déjà plus… Je serai raisonnable… Tenez, monsieur Rodolphe… regardez mes yeux…

Et Fleur-de-Marie, après avoir deux ou trois fois fermé ses yeux pour en chasser une larme rebelle, les ouvrit tout grands… bien grands, et regarda Rodolphe avec une naïveté charmante.

— Fleur-de-Marie, je vous en prie, ne vous contraignez pas… Soyez gaie, si vous avez envie d'être gaie… triste, s'il vous plaît d'être triste. Mon Dieu, moi qui vous parle, quelquefois j'ai comme vous des idées sombres… Je serais très malheureux de feindre une joie que je ne ressentirais pas…

— Vraiment, monsieur Rodolphe, vous êtes triste aussi quelquefois ?

— Sans doute ; mon avenir n'est guère plus beau que le vôtre… Je suis sans père ni mère… que demain je tombe malade, comment vivre ? Je dépense ce que je gagne au jour le jour.

— Ça, c'est un tort, voyez-vous… un grand tort, monsieur Rodolphe, dit la Goualeuse d'un ton de grave remontrance qui fit sourire Rodolphe, vous devriez mettre à la caisse d'épargne… Moi, tout mon mauvais sort est venu de ce que je n'ai pas économisé mon argent… Avec deux cents francs devant lui, un ouvrier n'est jamais aux crochets de personne, jamais embarrassé… et c'est bien souvent l'embarras qui vous conseille mal.

— Cela est très sage, très sensé, ma bonne petite ménagère. Mais deux cents francs… comment amasser deux cents francs ?

— Mais, monsieur Rodolphe, c'est bien simple : faisons un peu votre compte ; vous allez voir… Vous gagnez, n'est-ce pas, quelquefois jusqu'à cinq francs par jour ?

— Oui, quand je travaille.

— Il faut travailler tous les jours. Êtes-vous donc si à plaindre ? Un joli état comme le vôtre… peintre en éventails… mais ça devrait être pour vous un plaisir… Tenez, vous n'êtes pas raisonnable, monsieur Rodolphe !… ajouta la Goualeuse d'un ton sévère. Un ouvrier peut vivre, mais très bien vivre avec trois francs ; il vous reste donc quarante sous, au bout d'un mois soixante francs d'économie… Soixante francs par mois… mais c'est une somme !

— Oui ; mais c'est si bon de flâner, de ne rien faire !

— Monsieur Rodolphe, encore une fois, vous n'avez pas plus de raison qu'un enfant…

— Eh bien ! je serai raisonnable, petite grondeuse ; vous me donnez de bonnes idées… Je n'avais pas songé à cela…

— Vraiment ? dit la jeune fille en frappant dans ses mains, avec joie. Si vous saviez combien vous me rendez contente !… Vous économiserez quarante sous par jour ! Bien vrai ?

— Allons… j'économiserai quarante sous par jour, dit Rodolphe en souriant malgré lui.

— Bien vrai ? Bien vrai ?

— Je vous le promets…

— Vous verrez comme vous serez fier aux premières économies que vous aurez faites… Et puis ce n'est pas tout… si vous voulez me promettre de ne pas vous fâcher…

— Est-ce que j'ai l'air bien méchant ?

— Non, certainement… mais je ne sais pas si je dois…

— Vous devez tout me dire, Fleur-de-Marie…

— Eh bien ! enfin, vous qui… on voit ça, êtes au-dessus de votre état… comment est-ce que vous fréquentez des cabarets comme celui de l'ogresse ?

— Si je n'étais pas venu dans le tapis-franc, je n'aurais pas le plaisir d'aller à la campagne aujourd'hui avec vous, Fleur-de-Marie.

— C'est bien vrai, mais c'est égal, monsieur Rodolphe… Tenez, je suis aussi heureuse que possible de ma journée, eh bien ! je renoncerais de bon cœur à en passer une pareille si cela pouvait vous faire du tort…

— Au contraire, puisque vous m'avez donné d'excellents conseils de ménage.

— Et vous les suivrez ?

— Je vous l'ai promis, parole d'honneur. J'économiserai au moins quarante sous par jour…

XI

LES SOUHAITS

À ce moment, Rodolphe dit au cocher, qui avait dépassé le village de Sarcelles :

— Prends le premier chemin à droite, tu traverseras Villiers-le-Bel, et puis à gauche, toujours tout droit.

Puis, s'adressant à la Goualeuse :

— Maintenant que vous êtes contente de moi, Fleur-de-Marie, nous pouvons nous amuser, comme nous le disions tout à l'heure, à faire des châteaux en Espagne. Ça ne côute pas cher, vous ne me reprocherez pas ces dépenses-là.

— Non… Voyons, faisons votre château en Espagne.

— D'abord… le vôtre, Fleur-de-Marie.

— Voyons si vous devinerez mon goût, monsieur Rodolphe.

— Essayons… Je suppose que cette route-ci… je dis celle-ci parce que nous y sommes…

— C'est juste, il ne faut pas aller chercher si loin.

— Je suppose donc que cette route-ci nous mène à un charmant village, très éloigné de la grande route.

— Oui, c'est bien plus tranquille.

— Il est bâti à mi-côte et entremêlé de beaucoup d'arbres.

— Il y a tout auprès une petite rivière.

— Justement… une petite rivière. À l'extrémité du village on voit une jolie ferme ; d'un côté de la maison il y a un verger, de l'autre un beau jardin rempli de fleurs.

— Je vois ça d'ici, monsieur Rodolphe !

— Au rez-de-chaussée une vaste cuisine pour les gens de la ferme, et une salle à manger pour la fermière.

— La maison a des persiennes vertes… C'est si gai, n'est-ce pas, monsieur Rodolphe ?

— Des persiennes vertes… je suis de votre avis… il n'y a rien de plus gai que des persiennes vertes… Naturellement la fermière serait votre tante.

— Naturellement… et ce serait une bien bonne femme.

— Excellente : elle vous aimerait comme une mère.

— Bonne tante ! Ça doit être si bon d'être aimée par quelqu'un !

— Et vous l'aimeriez bien aussi ?

— Oh ! s'écria Fleur-de-Marie en joignant les mains et en levant les yeux avec une expression de bonheur indicible à rendre ; oh ! oui, je l'aimerais ; et puis je l'aiderais à travailler, à coudre, à ranger le linge, à blanchir, à serrer les fruits pour l'hiver, à tout le ménage, enfin… Elle ne se plaindrait pas de ma paresse, je vous en réponds !… Le matin…

— Attendez donc, Fleur-de-Marie… êtes-vous impatiente !… que je finisse de vous peindre la maison.

— Allez, allez, monsieur le peintre, on voit bien que vous avez l'habitude de peindre de jolis paysages sur vos éventails, dit la Goualeuse en riant.

— Petite babillarde… laissez-moi donc achever ma maison…

— C'est vrai, je babille ; mais c'est si amusant !… Monsieur Rodolphe, je vous écoute, finissez la maison de la fermière.

— Votre chambre est au premier.

— Ma chambre ! Quel bonheur ! Voyons ma chambre, voyons.

Et la jeune fille se pressa contre Rodolphe, ses grands yeux bien ouverts, bien curieux.

— Votre chambre a deux fenêtres qui donnent sur le jardin de fleurs et sur un pré au bas duquel coule la petite rivière. De l'autre côté de la petite rivière s'élève un coteau tout planté de vieux châtaigniers, au milieu desquels on aperçoit le clocher de l'église.

— Que c'est donc joli !… Que c'est donc joli, monsieur Rodolphe ! Ça donne envie d'y être !

— Trois ou quatre belles vaches paissent dans la prairie, qui est séparée du jardin par une haie d'aubépine.

— Et de ma fenêtre je vois les vaches ?

— Parfaitement.

— Il y en a une qui sera ma favorite, n'est-ce pas, monsieur Rodolphe ? Je lui ferai un beau collier avec une clochette, et je l'habituerai à venir manger dans ma main.

— Elle n'y manquera pas. Elle est toute blanche, toute jeune ; elle s'appelle Musette.

— Ah ! le joli nom ! Cette pauvre Musette, comme je l'aime !

— Finissons votre chambre, Fleur-de-Marie ; elle est tendue d'une jolie toile perse, avec les rideaux pareils ; un grand rosier et un énorme chèvrefeuille couvrent les murs de la ferme de ce côté-là et entourent vos croisées, de façon que tous les matins vous n'avez qu'à allonger la main pour cueillir un beau bouquet de roses et de chèvrefeuille.

— Ah ! monsieur Rodolphe, quel bon peintre vous êtes !

— Maintenant, voici comme vous passez votre journée.

— Voyons ma journée.

— Votre bonne tante vient d'abord vous éveiller en vous baisant tendrement au front ; elle vous apporte un bol de lait bien chaud, parce que votre poitrine est faible, pauvre enfant ! Vous vous levez ; vous allez faire un tour dans la ferme, voir Musette, les poulets, vos amis les pigeons, les fleurs du jardin. À neuf heures, arrive votre maître d'écriture.

— Mon maître ?

— Vous sentez bien qu'il faut apprendre à lire, à écrire et à compter, pour pouvoir aider votre tante à tenir ses livres de fermage.

— C'est vrai, monsieur Rodolphe, je ne pense à rien… il faut bien que j'apprenne à écrire pour aider ma tante, dit sérieusement la pauvre fille, tellement absorbée par la riante peinture de cette vie paisible qu'elle croyait à ses réalités.

— Après votre leçon, vous travaillez au linge de la maison, ou vous vous brodez un joli bonnet à la paysanne… Sur les deux heures vous travaillez à votre écriture, et puis vous allez avec votre tante faire une bonne promenade, voir les moissonneurs dans l'été, les laboureurs dans l'automne : vous vous fatiguez bien, et vous rapportez une belle poignée d'herbes des champs, choisies par vous pour votre chère Musette.

— Car nous revenons par la prairie, n'est-ce pas, monsieur Rodolphe ?

— Sans doute : il y a un pont de bois sur la rivière. Au retour, il est, ma foi, bien six ou sept heures : dans ce temps-ci un bon feu bien gai flambe dans la grande cuisine de la ferme ; vous allez vous y réchauffer et causer un moment avec les braves gens qui soupent en rentrant du labour. Ensuite vous dînez avec votre tante. Quelquefois le curé ou un des vieux amis de la maison se met à table avec vous. Après cela, vous lisez ou vous travaillez pendant que votre tante fait sa partie de cartes. À dix heures, elle vous baise au front, vous remontez chez vous : et le lendemain matin c'est à recommencer…

— On vivrait cent ans comme cela, monsieur Rodolphe, sans penser à s'ennuyer un moment…

— Mais cela n'est rien. Et les dimanches ! Et les jours de fêtes !

— Ces jours-là, monsieur Rodolphe ?

— Vous vous faites belle, vous mettez une jolie robe à la paysanne, avec ça de charmants bonnets ronds qui vous vont à ravir ; vous montez en carriole d'osier avec votre tante et Jacques, le garçon de ferme, pour aller à la grand-messe du village ; après, dans l'été, vous ne manquez pas d'assister, avec votre tante, à toutes les fêtes des paroisses voisines. Vous êtes si gentille, si douce, si bonne ménagère, votre tante vous aime tant, le curé rend de vous un si bon témoignage, que tous les jeunes fermiers des environs veulent vous faire danser, parce que c'est comme cela que commencent toujours les mariages… Aussi, peu à peu vous en remarquez un… et…

Rodolphe, étonné du silence de la Goualeuse, la regarda.

La malheureuse fille étouffait à grand-peine ses sanglots.

Un moment abusée par les paroles de Rodolphe, elle avait oublié le présent, et le contraste de ce présent avec le rêve d'une existence douce et riante lui rappelait l'horreur de sa position.

— Fleur-de-Marie, qu'avez-vous ?

— Ah ! monsieur Rodolphe, sans le vouloir, vous m'avez fait bien du chagrin… j'ai cru un instant à ce paradis…

— Mais, pauvre enfant, ce paradis existe… tenez, regardez… Cocher, arrête !

La voiture s'arrêta.

La Goualeuse releva machinalement la tête. Elle se trouvait au sommet d'une petite colline.

Quel fut son étonnement, sa stupeur !

Le joli village bâti à mi-côte, la ferme, la prairie, les belles vaches, la petite rivière, la châtaigneraie, l'église dans le lointain, le tableau était sous ses yeux… rien n'y manquait, jusqu'à Musette, belle génisse blanche, future favorite de la Goualeuse.

Ce charmant paysage était éclairé par un beau soleil de novembre… Les feuilles jaunes et pourpres des châtaigniers les couvraient encore et se découpaient sur l'azur du ciel.

— Eh bien ! Fleur-de-Marie, que dites-vous ? Suis-je bon peintre ? dit Rodolphe en souriant.

La Goualeuse le regardait avec une surprise mêlée d'inquiétude. Cela lui semblait presque surnaturel.

— Comment se fait-il, monsieur Rodolphe ?... Mais, mon Dieu, est-ce un rêve ? Ça me fait presque peur... Comment ! ce que vous m'avez dit...

— Rien de plus simple, mon enfant... La fermière est ma nourrice, j'ai été élevé ici... Je lui ai écrit ce matin de très bonne heure que je viendrais la voir : je peignais d'après nature.

— Ah ! c'est vrai, monsieur Rodolphe ! dit la Goualeuse avec un profond soupir.

XII

LA FERME

La ferme où Rodolphe conduisait Fleur-de-Marie était située en dehors et à l'extrémité du village de Bouqueval, petite paroisse solitaire, ignorée, enfoncée dans les terres, et éloignée d'Écouen d'environ deux lieues.

Le fiacre, suivant les indications de Rodolphe, descendit un chemin rapide et entra dans une longue avenue bordée de cerisiers et de pommiers. La voiture roulait sans bruit sur un tapis de ce gazon fin et ras dont la plupart des routes vicinales sont ordinairement couvertes.

Fleur-de-Marie, silencieuse, triste, restait, malgré ses efforts, sous une impression douloureuse, que Rodolphe se reprochait presque d'avoir causée.

Au bout de quelques minutes, la voiture passa devant

la grande porte de la cour de la ferme, continua son chemin le long d'une épaisse charmille et s'arrêta en face d'un petit porche de bois rustique à demi caché sous un vigoureux cep de vigne aux feuilles empourprées par l'automne.

— Nous voici arrivés, Fleur-de-Marie, dit Rodolphe, êtes-vous contente ?

— Oui, monsieur Rodolphe… pourtant il me semble à présent que je vais avoir honte devant la fermière ; je n'oserai jamais la regarder…

— Pourquoi cela, mon enfant ?

— Vous avez raison, monsieur Rodolphe, elle ne me connaît pas.

Et la Goualeuse étouffa un soupir.

On avait sans doute guetté l'arrivée du fiacre de Rodolphe.

Le cocher ouvrait la portière, lorsqu'une femme de cinquante ans environ, vêtue comme le sont les riches fermières des environs de Paris, ayant une physionomie à la fois triste et douce, parut sous le porche et s'avança au-devant de Rodolphe avec un respectueux empressement.

La Goualeuse devint pourpre et descendit de voiture après un moment d'hésitation…

— Bonjour, ma bonne madame Georges…, dit Rodolphe à la fermière ; vous le voyez, je suis exact…

Puis, se retournant vers le cocher et lui mettant de l'argent dans la main :

— Tu peux t'en retourner à Paris.

Le cocher, petit homme trapu, avait son chapeau enfoncé sur les yeux et la figure presque entièrement cachée par le collet fourré de son carrick : il empocha l'argent, ne répondit rien, remonta sur son siège, fouetta son cheval et disparut rapidement dans l'allée verte.

— Après une si longue course, ce cocher muet est bien pressé de s'en aller…, pensa d'abord Rodolphe. Bah ! il n'est que deux heures ; il veut être assez tôt de retour à Paris pour pouvoir utiliser le restant de sa journée.

Et Rodolphe n'attacha aucune importance à sa première observation.

Fleur-de-Marie s'approcha de lui, l'air inquiet, troublé, presque alarmé, et lui dit tout bas, de manière à ne pas être entendue de Mme Georges :

— Mon Dieu ! monsieur Rodolphe, pardon… Vous renvoyez la voiture… Mais l'ogresse, hélas !… Il faut que je retourne chez elle ce soir… sinon… elle me regardera comme une voleuse… Mes habits lui appartiennent… et je lui dois…

— Rassurez-vous, mon enfant, c'est à moi à vous demander pardon…

— Pardon ! et de quoi ?

— De ne pas vous avoir dit plus tôt que vous ne deviez plus rien à l'ogresse, et que vous pouviez quitter ces ignobles vêtements pour d'autres que ma bonne Mme Georges va vous donner. Elle en a à peu près de votre taille, elle voudra bien vous prêter de quoi vous habiller. Vous le voyez, elle commence déjà son rôle de tante.

Fleur-de-Marie croyait rêver ; elle regardait tour à tour la fermière et Rodolphe, ne pouvant croire à ce qu'elle entendait.

— Comment, dit-elle la voix palpitante d'émotion, je ne retournerai plus à Paris ? je pourrai rester ici ? Madame me le permettra ?… ce serait possible, ce château en Espagne de tantôt ?…

— C'était cette ferme… le voilà réalisé.

— Non, non, ce serait trop beau, trop heureux.

— On n'a jamais trop de bonheur, Fleur-de-Marie.

— Ah ! par pitié, monsieur Rodolphe, ne me trompez pas, cela me ferait bien mal.

— Ma chère enfant, croyez-moi, dit Rodolphe d'une voix toujours affectueuse, mais avec un accent de dignité que Fleur-de-Marie ne lui connaissait pas encore ; oui, vous pouvez, si cela vous convient, mener dès aujourd'hui, auprès de Mme Georges, cette vie paisible dont tout à l'heure le tableau vous enchantait. Quoique Mme Georges ne soit pas votre tante, elle aura pour vous, lorsqu'elle vous connaîtra, le plus tendre intérêt ; vous passerez même pour sa nièce aux yeux des gens de la ferme ; ce petit mensonge rendra votre position plus convenable. Encore une fois, si cela vous plaît, Fleur-de-Marie, vous pourrez réaliser votre rêve de tantôt. Dès que vous serez habillée en petite fermière, ajouta-t-il en souriant, nous vous mènerons voir votre future favorite, Musette, jolie génisse blanche qui n'attend plus que le collier que vous lui avez promis. Nous irons aussi donner un coup d'œil à vos amis les pigeons, et puis à la laiterie ; nous parcourrons enfin toute la ferme : je tiens à remplir ma promesse.

Fleur-de-Marie joignit les mains avec force. La surprise, la joie, la reconnaissance, le respect se peignirent sur sa ravissante figure ; ses yeux se noyèrent de larmes, elle s'écria :

— Monsieur Rodolphe, vous êtes donc un ange du bon Dieu, que vous faites tant de bien aux malheureux sans les connaître, et que vous les délivrez de la honte et de la misère !

— Ma pauvre enfant, répondit Rodolphe avec un sourire de mélancolie profonde et d'ineffable bonté, quoique bien jeune, j'ai dans ma vie déjà souffert ; cela vous explique ma compassion pour ceux qui souffrent. Fleur-de-Marie, ou plutôt Marie, allez avec Mme Georges. Oui, Marie, gardez désormais ce nom, doux et joli comme vous ! Avant mon départ, nous causerons ensemble, et je vous quitterai bien heureux de vous savoir heureuse.

Fleur-de-Marie ne répondit rien, s'approcha de Rodolphe, fléchit à demi les genoux, et prit sa main et la porta respectueusement à ses lèvres avec un mouvement rempli de grâce et de modestie.

Puis elle suivit Mme Georges, qui la contemplait avec un intérêt profond.

XIII

MURPH ET RODOLPHE

Rodolphe se dirigea vers la cour de la ferme et y trouva l'homme de grande taille qui, la veille, déguisé en charbonnier, était venu l'avertir de l'arrivée de Tom et de Sarah.

Murph, tel est le nom de ce personnage, avait cinquante ans environ ; quelques mèches blanches argentaient deux petites touffes de cheveux d'un blond vif qui frisaient de chaque côté de son crâne presque entièrement chauve : son visage large, coloré, était complètement rasé, sauf des favoris très courts, d'un blond ardent, qui ne dépassaient pas le niveau de l'oreille, et s'arrondissaient en croissant sur ses joues rebondies. Malgré son âge et son embonpoint, Murph était alerte et robuste. Sa physionomie, quoique flegmatique, était à la fois bienveillante et résolue ; il portait une cravate blanche, un grand gilet et un long habit noir à larges basques ; sa culotte, d'un gris verdâtre, était de même étoffe que ses guêtres à boutons de nacre, ne rejoignant pas tout à fait ses jarretières. Elles laissaient apercevoir ses bas de voyage, en laine écrue.

L'habillement et la mâle tournure de Murph rappelaient le type parfait de ce que les Anglais appellent le gentilhomme fermier. Hâtons-nous d'ajouter que Murph était Anglais gentilhomme (squire), mais non fermier.

Au moment où Rodolphe entra dans la cour, Murph remettait dans la poche d'une petite calèche de voyage une paire de pistolets qu'il venait de soigneusement essuyer.

— À qui diable en as-tu avec tes pistolets ? lui dit Rodolphe.

— Cela me regarde, monseigneur, dit Murph en descendant du marchepied. Faites vos affaires, je fais les miennes.

— Pour quelle heure as-tu commandé les chevaux ?

— Selon vos ordres, à la nuit tombante.

— Tu es arrivé ce matin ?

— À huit heures. Mme Georges a eu le loisir de tout préparer.

— Tu as de l'humeur… Est-ce que tu n'es pas content de moi ?

— Je ne le suis que trop, monseigneur… que trop. Un jour ou l'autre… enfin, le danger… c'est votre vie.

— Il te sied bien de parler ! Si je te laissais faire, il n'y aurait de péril que pour toi et…

— Et quand vous feriez le bien sans risquer votre vie, où serait le grand mal, monseigneur ?

— Où serait le grand plaisir, maître Murph ?

— Vous, dit le squire en haussant les épaules, vous dans de pareilles tavernes !

— Oh ! que vous voilà bien, vous autres John Bull, avec vos scrupules aristocratiques ! croyant les grands seigneurs d'une essence supérieure à la vôtre, pauvres moutons, fiers de vos bouchers !

— Si vous étiez anglais, monseigneur, vous comprendriez cela... on honore qui honore. D'ailleurs, je serais turc, chinois ou américain, que je trouverais encore que vous ayez eu tort de vous exposer ainsi. Hier soir, dans cette abominable rue de la Cité, en allant pour déterrer avec vous ce Bras-Rouge, que l'enfer confonde ! il m'a fallu la crainte de vous irriter, de vous désobéir, pour m'empêcher d'aller vous secourir dans votre lutte contre le bandit que vous avez trouvé dans l'allée de ce bouge.

— C'est-à-dire, monsieur Murph, que vous doutez de ma force et de mon courage !

— Malheureusement vous m'avez cent fois mis à même de ne douter ni de l'un ni de l'autre. Grâce à Dieu, Crabb de Ramsgate vous a appris à boxer ; Lacour de Paris[1] vous a enseigné la canne, le chausson, et par curiosité l'argot ; le fameux Bertrand vous a appris l'escrime, et dans vos essais contre ces professeurs vous avez eu souvent l'avantage. Vous tuez les hirondelles au vol avec un pistolet de munition, vous avez des muscles d'acier ; quoique svelte et mince, vous me battriez aussi facilement qu'un cheval de course battrait un cheval de brasseur... Cela est vrai.

Rodolphe avait complaisamment écouté cette énumération de ses qualités de gladiateur ; il reprit en souriant :

— Eh bien ! alors que crains-tu ?

— Je maintiens, monseigneur, qu'il n'est pas

1. Célèbre professeur de savate.

convenable que vous prêtiez le collet au premier goujat venu. Je ne vous dis pas cela à cause de l'inconvénient qu'il y a pour un honorable gentilhomme de ma connaissance à se noircir la figure avec du charbon et à avoir l'air d'un diable : malgré mes cheveux gris, mon embonpoint et ma gravité, je me déguiserais en danseur de corde, si cela pouvait vous servir ; mais j'en suis pour ce que j'ai dit.

— Oh ! je le sais bien, vieux Murph, lorsqu'une idée est rivée sous ton crâne de fer, lorsque le dévouement est implanté dans ton ferme et vaillant cœur, le démon userait ses dents et ses ongles à les en retirer.

— Vous me flattez, monseigneur, vous méditez quelque…

— Ne te gêne pas.

— Quelque folie, monseigneur.

— Mon pauvre Murph, tu prends mal ton temps pour me sermonner.

— Pourquoi ?

— Je suis dans un de mes meilleurs moments d'orgueil et de bonheur… je suis ici…

— Dans un endroit où vous avez fait du bien ?

— C'est un lieu de refuge contre tes homélies, c'est mon Temple-Bar…

— S'il en est ainsi, où diable voulez-vous que je vous prenne, monseigneur ?

— Maître Murph, vous me flattez, vous voulez m'empêcher de faire quelque folie.

— Monseigneur, il y a des folies pour lesquelles je suis indulgent.

— Les folies d'argent ?

— Oui, car, après tout, avec près de deux millions de revenu…

— On est souvent bien gêné, mon pauvre Murph.

— À qui le dites-vous, monseigneur !

— Et pourtant il y a des plaisirs si vifs, si purs, si profonds, qui coûtent si peu ! Qu'y a-t-il de comparable à ce que j'ai éprouvé tout à l'heure, lorsque cette malheureuse créature s'est vue en sûreté ici, et que dans sa reconnaissance elle m'a baisé la main ? Ce n'est pas tout : mon bonheur a un long avenir : demain, après-demain, pendant bien des jours, enfin, je pourrai songer avec délices à ce qu'éprouvera cette pauvre enfant en se réveillant dans cette tranquille retraite, auprès de cette excellente Mme Georges, qui l'aimera tendrement ; car le malheur est sympathique au malheur.

— Oh ! pour Mme Georges, jamais bienfaits n'ont été mieux placés. Noble, courageuse femme !... un ange de vertu, un ange ! Je m'émeus rarement, et je me suis ému aux malheurs de Mme Georges... Mais votre nouvelle protégée !... Tenez, ne parlons pas de cela, monseigneur.

— Pourquoi, Murph ?

— Monseigneur, vous faites ce que bon vous semble.

— Je fais ce qui est juste, dit Rodolphe avec une nuance d'impatience.

— Ce qui est juste... selon vous.

— Ce qui est juste devant Dieu et devant ma conscience, reprit sévèrement Rodolphe.

— Tenez, monseigneur, nous ne nous entendrons pas. Je vous le répète, ne parlons plus de cela.

— Et moi, je vous ordonne de parler ! s'écria impérieusement Rodolphe.

— Je ne me suis jamais exposé à ce que monseigneur m'ordonnât de me taire : j'espère qu'il ne m'ordonnera pas de parler, répondit fièrement Murph.

— Monsieur Murph ! s'écria Rodolphe avec un accent d'irritation croissante.

— Monseigneur !...

— Vous le savez, monsieur, je n'aime pas les réticences.

— Il me convient d'avoir des réticences, dit brusquement Murph.

— Apprenez, monsieur, que si je descends avec vous jusqu'à la familiarité, c'est à condition que vous vous élèverez jusqu'à la franchise.

Il est impossible de peindre la hauteur souveraine de la physionomie de Rodolphe en prononçant ces dernières paroles.

— Monseigneur, j'ai cinquante ans, je suis gentilhomme ; vous ne devez pas me parler ainsi.

— Taisez-vous !

— Monseigneur !

— Taisez-vous !

— Monseigneur, il est indigne de forcer un homme de cœur à se souvenir des services qu'il a rendus.

— Tes services ? Est-ce que je ne les paye pas de toutes façons ?

Il faut le dire, Rodolphe n'avait pas attaché à ces mots cruels un sens humiliant qui plaçât Murph dans la position d'un mercenaire ; malheureusement celui-ci les interpréta de la sorte. Il devint pourpre de honte, porta ses deux poings crispés à son front chauve avec une expression de douloureuse indignation ; puis tout à coup, par un revirement subit, jetant les yeux sur Rodolphe, dont la noble figure était alors contractée, enlaidie par la violence d'un dédain farouche, Murph étouffa un soupir, regarda le jeune homme avec une sorte de tendre commisération, et lui dit d'une voix émue :

— Monseigneur, revenez à vous, vous n'êtes pas raisonnable.

Ces mots mirent le comble à l'irritation de Rodolphe ; son regard brilla d'un éclat sauvage ; ses lèvres blanchirent, et, s'avançant vers Murph avec un geste de menace, il s'écria :

— Oses-tu bien… !

Murph se recula, et dit vivement, comme malgré lui ;

— Monseigneur, monseigneur, SOUVENEZ-VOUS DU 13 JANVIER !

Ces mots produisirent un effet magique sur Rodolphe. Son visage, crispé par la colère, se détendit.

Il regarda fixement Murph, baissa la tête ; puis, après un moment de silence, il murmura d'une voix altérée :

— Ah ! monsieur, vous êtes cruel… Je croyais pourtant !… Et vous encore !… Vous !…

Rodolphe ne put achever, sa voix s'éteignit ; il tomba sur un banc de pierre et cacha sa tête dans ses deux mains.

— Monseigneur, s'écria Murph désolé, mon bon seigneur, pardonnez-moi, pardonnez à votre vieux et fidèle Murph ! Ce n'est que poussé à bout, et craignant, hélas ! non pour moi, mais pour vous, les suites de votre emportement, que j'ai dit cela… Je l'ai dit sans colère, sans reproche, je l'ai dit malgré moi et avec compassion. Monseigneur, j'ai eu tort d'être susceptible… Mon Dieu ! qui doit connaître votre caractère, si ce n'est moi, moi qui ne vous ai pas quitté depuis votre enfance ! De grâce, dites que vous me pardonnez de vous avoir rappelé ce jour funeste… Hélas ! que d'expiations n'avez-vous pas…

Rodolphe releva la tête ; il était très pâle. Il dit à son compagnon d'une voix douce et triste :

— Assez, assez, mon vieil ami, je te remercie d'avoir éteint d'un mot ce fatal emportement ; je ne te fais pas d'excuses, moi, des duretés que j'ai dites ; tu sais bien qu'il y a loin du cœur aux lèvres, comme disent les bonnes gens de chez nous. J'étais fou, ne parlons plus de cela.

— Hélas ! maintenant vous voilà triste pour longtemps… Suis-je assez malheureux !… Je ne désire rien tant que de vous voir sortir de votre humeur sombre et je vous y replonge par ma sotte susceptibilité. Mordieu ! à quoi sert d'être honnête homme et d'avoir des cheveux gris, si ce n'est à endurer patiemment les reproches qu'on ne mérite pas !

— Mais non, reprit Murph avec une exaltation comique, car elle contrastait avec son flegme habituel, mais non, il faut sans doute qu'on me flatte à la journée, qu'on me dise : « Monsieur Murph, vous êtes le modèle des serviteurs ; monsieur Murph, il n'y a pas de fidélité pareille à la vôtre : monsieur Murph, vous êtes un homme admirable ; monsieur Murph ! diable, peste ! oh ! oh ! qu'il est beau, monsieur Murph ! brave Murph ! » Allons, vieux perroquet, fais donc gratter ta tête grise !!!

Puis, se ressouvenant des affectueuses paroles que Rodolphe lui avait dites au commencement de la conversation, il s'écria avec un redoublement de violence grotesque :

— Mais c'est qu'il m'avait appelé son bon, son vieux, son fidèle Murph !… Et moi qui vais comme un rustre, pour une boutade involontaire ! à mon âge… Mordieu !… c'est à s'arracher les cheveux.

Et le digne gentilhomme porta ses deux mains à ses tempes.

Ces mots et ce geste étaient chez lui le signe du désespoir arrivé à son paroxysme. Malheureusement ou heureusement pour Murph, il était presque complètement chauve, ce qui rendait cette manifestation

XIV

LES ADIEUX

Marie (désormais nous donnerons ce nom à la Goualeuse), grâce aux soins de Mme Georges, n'était plus reconnaissable.

Un joli bonnet rond à la paysanne et deux épais bandeaux de cheveux blonds encadraient la figure virginale de la jeune fille. Un ample fichu de mousseline blanche se croisait sur son sein et disparaissait à demi sous la haute bavette carrée d'un petit tablier de taffetas changeant, dont les reflets bleus et roses miroitaient sur le fond sombre d'une robe carmélite qui semblait avoir été faite pour Marie.

Sa physionomie était profondément recueillie ; certaines félicités jettent l'âme dans une ineffable tristesse, dans une sainte mélancolie.

Rodolphe ne fut pas surpris de la gravité de Marie, il s'y attendait. Joyeuse et babillarde, il aurait eu d'elle une idée moins élevée.

Avec un tact parfait, il ne lui fit pas le moindre compliment sur sa beauté, qui brillait pourtant ainsi du plus pur éclat.

Rodolphe sentait qu'il y avait quelque chose de solennel, d'auguste, dans cette espèce de rédemption d'une âme arrachée au vice.

On voyait sur les traits sérieux et résignés de Mme Georges la trace de longues souffrances, de profonds chagrins ; elle regardait Marie avec une mansuétude, une compassion presque maternelle, tant la grâce et la douceur de cette jeune fille étaient sympathiques.

— Voilà mon enfant… qui vient vous remercier de

vos bontés, monsieur Rodolphe, dit Mme Georges en présentant Marie à Rodolphe.

À ces mots de « mon enfant », la Goualeuse tourna lentement ses grands yeux vers sa protectrice et la contempla pendant quelques moments avec une expression de reconnaissance inexprimable.

— Merci pour Marie, ma chère madame Georges ; elle est digne de ce tendre intérêt… et elle le méritera toujours.

— Monsieur Rodolphe, dit Marie d'une voix tremblante, vous comprenez… n'est-ce pas, que je ne trouve rien à vous dire ?

— Votre émotion me dit tout, Marie…

— Oh ! elle sent combien le bonheur qui lui arrive est providentiel, dit Mme Georges attendrie. Son premier mouvement, en entrant dans ma chambre, a été de se jeter à genoux devant mon crucifix.

— C'est que maintenant grâce à vous, monsieur Rodolphe… j'ose prier…, dit Marie en regardant son ami.

Murph se retourna brusquement : son flegme d'Anglais, sa dignité de squire, ne lui permettaient pas de laisser voir à quel point le touchaient les simples paroles de Marie.

Rodolphe dit à la jeune fille :

— Mon enfant, j'aurais à causer avec Mme Georges… Mon ami Murph vous conduira dans la ferme… et vous fera faire connaissance avec vos futurs protégés… Nous vous rejoindrons tout à l'heure… Eh bien ! Murph… Murph, tu ne m'entends pas ?…

Le bon gentilhomme tournait alors le dos et feignait de se moucher avec un bruit, un retentissement formidables ; il remit son mouchoir dans sa poche, enfonça son chapeau sur ses yeux et, se retournant à demi, il offrit son bras à Marie.

Murph avait si habilement manœuvré que ni Rodolphe ni Mme Georges ne purent apercevoir son visage. Prenant le bras de la jeune fille, il se dirigea rapidement vers les bâtiments de la ferme, en marchant si vite que, pour le suivre, la Goualeuse fut obligée de courir, comme elle courait dans son enfance après la Chouette.

— Eh bien ! madame Georges, que pensez-vous de Marie ? dit Rodolphe.

— Monsieur Rodolphe, je vous l'ai dit : à peine entrée dans ma chambre… voyant mon christ, elle a couru s'agenouiller… Il m'est impossible de vous exprimer tout ce qu'il y a de spontané, de naturellement religieux dans ce mouvement. J'ai compris à l'instant que son âme n'était pas dégradée. Et puis, monsieur Rodolphe, l'expression de sa reconnaissance pour vous n'a rien d'exagéré, d'emphatique ; elle n'en est que plus sincère. Encore un mot qui vous prouvera combien l'instinct religieux est puissant en elle ; je lui ai dit : « Vous avez dû être bien étonnée, bien heureuse, lorsque M. Rodolphe vous a annoncé que vous resteriez ici désormais ?… Quelle profonde impression cela a dû vous causer !…

« — Oh ! oui, m'a-t-elle répondu ; quand M. Rodolphe m'a dit cela, alors je ne sais ce qui s'est passé en moi tout à coup ; mais j'ai éprouvé l'espèce de bonheur pieux, de saint respect que j'éprouvais lorsque j'entrais dans une église… quand je pouvais y entrer, a-t-elle ajouté, car vous savez, madame… »

« Je ne l'ai pas laissée achever en voyant sa figure se couvrir de honte. “Je sais, mon enfant… et je vous appellerai toujours mon enfant… si vous le voulez bien… je sais que vous avez beaucoup souffert : mais

Dieu bénit ceux qui l'aiment et ceux qui le craignent… ceux qui ont été malheureux et ceux qui se repentent…"

— Allons, ma bonne madame Georges, je suis doublement content de ce que j'ai fait. Cette pauvre fille vous intéressera… Vous n'aurez qu'à semer pour recueillir ; vous avez deviné juste, ses instincts sont excellents.

— Ce qui m'a encore touchée, monsieur Rodolphe, c'est qu'elle ne s'est pas permis la moindre question sur vous, quoique sa curiosité dût être bien excitée. Frappée de cette réserve pleine de délicatesse, je voulus savoir si elle en avait la conscience. Je lui dis : « Vous devez être bien curieuse de savoir quel est votre mystérieux bienfaiteur ?

« — Je le sais… me répondit-elle avec une naïveté charmante, il s'appelle mon bienfaiteur. »

— Ainsi donc vous l'aimerez ? Excellente femme, sa compagnie vous sera douce… Elle occupera du moins votre cœur…

— Oui, je m'occuperai d'elle comme je me serais occupée de *lui*, dit Mme Georges d'une voix déchirante.

Rodolphe lui prit la main.

— Allons, allons, ne vous découragez pas encore… Si nos recherches ont été vaines jusqu'ici, peut-être un jour…

Mme Georges secoua tristement la tête et dit amèrement :

— Mon pauvre fils aurait vingt ans maintenant !…

— Dites donc qu'il a cet âge.

— Dieu vous entende et vous exauce, monsieur Rodolphe !

— Il m'exaucera… je l'espère bien… Hier j'étais allé – mais en vain – chercher un certain drôle surnommé Bras-Rouge, qui pouvait peut-être, m'avait-on dit, me renseigner sur votre fils. En descendant de chez Bras-Rouge, à la suite d'une rixe, j'ai rencontré cette malheureuse enfant…

— Hélas ! tant mieux !… au moins votre bonne résolution pour moi vous a mis sur la voie d'une nouvelle infortune, monsieur Rodolphe.

— Depuis longtemps d'ailleurs je voulais explorer ces classes misérables… presque certain qu'il y avait là aussi quelques âmes à enlever au vieux Satan, que je m'amuse à contrecarrer souvent, ajouta Rodolphe en souriant, et à qui je dérobe quelquefois ses meilleurs morceaux. (Puis il reprit d'un ton plus sérieux :) Vous n'avez aucune nouvelle de Rochefort ?

— Aucune, dit Mme Georges à voix basse en tressaillant.

— Tant mieux ! ce monstre aura trouvé la mort dans les bancs de vase en cherchant à s'évader. Son signalement est assez répandu ; c'est un scélérat assez redoutable pour qu'on ait mis toute l'activité possible à le découvrir ; et, depuis six mois environ qu'il est sorti du ba…

Rodolphe s'arrêta au moment de prononcer ce terrible mot.

— Du bagne ! oh ! dites-le… du bagne ! s'écria la malheureuse femme avec horreur et d'une voix presque égarée. Le père de mon fils !… Ah ! si ce malheureux enfant vit encore… si, comme moi, il n'a pas changé de nom, quelle honte ! Et cela n'est rien encore… Son père a peut-être tenu son horrible promesse. Ah ! monsieur Rodolphe, pardonnez-moi ; mais, malgré vos bienfaits, je suis encore bien malheureuse !

— Pauvre femme, calmez-vous.

— Quelquefois il me prend d'horribles frayeurs. Je me figure que mon mari s'est échappé sain et sauf de

Rochefort ; qu'il me cherche pour me tuer comme il a peut-être tué notre enfant. Car enfin, qu'en a-t-il fait ? qu'en a-t-il fait ?

— Ce mystère est le tombeau de mon esprit, dit Rodolphe d'un air pensif. Dans quel intérêt ce misérable a-t-il emporté votre fils, lorsqu'il y a quinze ans, m'avez-vous dit, il a tenté de passer en pays étranger ? Un enfant de cet âge ne pouvait qu'embarrasser sa fuite.

— Hélas ! monsieur Rodolphe, lorsque mon mari (la malheureuse frissonna en prononçant ce mot), arrêté sur la frontière, a été ramené à Paris et jeté dans la prison où l'on m'a permis de pénétrer, ne m'a-t-il pas dit ces horribles paroles : « J'ai emporté ton enfant parce que tu l'aimes, et que c'est un moyen de te forcer de m'envoyer de l'argent, dont il profitera ou ne profitera pas… ça me regarde. Qu'il vive ou qu'il meure, peu t'importe ; mais s'il vit, il sera entre bonnes mains ; tu boiras la honte du fils comme tu as bu la honte du père. » Hélas ! un mois après, mon mari était condamné pour la vie. Depuis, les instances, les prières dont mes lettres étaient remplies, tout a été vain ; je n'ai rien pu savoir sur le sort de cet enfant… Ah ! monsieur Rodolphe, mon fils, où est-il à présent ? Ces épouvantables paroles me reviennent toujours à la pensée : « Tu boiras la honte du fils comme tu as bu celle du père ! »

— Mais ce serait une atrocité inexplicable ; pourquoi vicier, corrompre ce malheureux enfant ? pourquoi surtout vous l'enlever ?

— Je vous l'ai dit, monsieur Rodolphe, pour me forcer à lui envoyer de l'argent ; quoiqu'il m'ait ruinée, il me restait quelques dernières ressources qui s'épuisèrent ainsi. Malgré sa scélératesse, je ne pouvais croire qu'il n'employât au moins une partie de cette somme à faire élever ce malheureux enfant.

— Et votre fils n'avait aucun signe, aucun indice qui pût servir à le faire reconnaître ?

— Aucun autre que celui dont je vous ai parlé, monsieur Rodolphe : un petit saint-esprit sculpté en lapis-lazuli, attaché à son cou par une petite chaînette d'argent. Cette relique, bénie par le saint-père, venait de ma mère ; elle l'avait portée étant petite, et y attachait une grande vénération. Je l'avais aussi portée : je l'avais mise au cou de mon fils ! Hélas ! ce talisman a perdu sa vertu.

— Qui sait, bonne mère ? Dieu est tout-puissant.

— La Providence ne m'a-t-elle pas placée sur votre chemin, monsieur Rodolphe ?

— Trop tard, ma bonne madame Georges, trop tard. Je vous aurais épargné peut-être bien des années de chagrin.

— Ah ! monsieur Rodolphe, ne m'avez-vous pas comblée ?

— En quoi ? J'ai acheté cette ferme. Au temps de votre prospérité, vous faisiez, par goût, valoir vos biens ; vous avez consenti à me servir de régisseur ; grâce à vos soins excellents, à votre intelligente activité, cette métairie me rapporte…

— Vous rapporte, monsieur ? dit Mme Georges interrompant Rodolphe ; n'est-ce pas moi qui paye le fermage à notre bon abbé Laporte ? et cette somme n'est-elle pas, selon vos ordres, distribuée par lui en aumônes ?

— Eh bien ! n'est-ce pas un excellent rapport ? Mais vous avez fait prévenir ce cher abbé de mon arrivée, n'est-ce pas ? Je tiens à lui recommander ma protégée. Il a reçu ma lettre ?

— M. Murph la lui a portée ce matin en arrivant.

— Dans cette lettre, je racontais, en peu de mots,

à notre bon curé, l'histoire de cette pauvre enfant. Je n'étais pas certain de pouvoir venir aujourd'hui ; dans ce cas, Murph vous aurait amené Marie.

Un valet de ferme interrompit cet entretien, qui avait eu lieu dans le jardin.

— Madame, M. le curé vous attend.

— Les chevaux de poste sont-ils arrivés, mon garçon ? dit Rodolphe.

— Oui, monsieur Rodolphe ; on attelle.

Et le valet quitta le jardin.

Mme Georges, le curé et les habitants de la ferme ne connaissaient le protecteur de Fleur-de-Marie que sous le nom de M. Rodolphe.

La discrétion de Murph était impénétrable ; autant il mettait de ponctualité à *monseigneuriser* Rodolphe dans le tête-à-tête, autant devant les étrangers il avait soin de ne jamais l'appeler autrement que M. Rodolphe.

— J'oubliais de vous prévenir, ma chère madame Georges, dit Rodolphe en regagnant la maison, que Marie a, je crois, la poitrine faible ; les privations, la misère, ont altéré sa santé. Ce matin, au grand jour, j'ai été frappé de sa pâleur, quoique ses joues fussent colorées d'un rose vif ; ses yeux aussi m'ont paru briller d'un éclat un peu fébrile. Il lui faudra de grands soins.

— Comptez sur moi, monsieur Rodolphe. Mais, Dieu merci ! il n'y a rien de grave. À cet âge, à la campagne… au bon air, avec du repos, du bonheur, elle se remettra vite.

— Je le crois ; mais il n'importe : je ne me fie pas à vos médecins de campagne… Je dirai à Murph d'amener ici un docteur habile, et il indiquera le meilleur régime à suivre. Vous me donnerez souvent des nouvelles de Marie. Dans quelque temps, lorsqu'elle sera bien reposée, bien calmée, nous songerons à son avenir.

Peut-être vaudrait-il mieux pour elle de rester toujours auprès de vous… si son caractère et sa conduite vous conviennent.

— Ce serait mon désir, monsieur Rodolphe ; elle me tiendrait lieu de l'enfant que je regrette tous les jours.

— Enfin, espérons pour vous, espérons pour elle.

Au moment où Rodolphe et Mme Georges approchaient de la ferme, Murph et Marie arrivaient de leur côté.

Marie était animée par la promenade. Rodolphe fit remarquer à Mme Georges la coloration des pommettes de la jeune fille, couleurs vives, circonscrites, qui contrastaient beaucoup avec la blancheur délicate de son teint.

Le digne gentilhomme abandonna le bras de la Goualeuse, et vint dire à l'oreille de Rodolphe, d'un air presque confus :

— Cette petite fille m'a ensorcelé ; je ne sais pas maintenant qui m'intéresse le plus, d'elle ou de Mme Georges. J'étais une bête sauvage et féroce.

— Ne t'arrache pas les cheveux pour cela, vieux Murph, dit Rodolphe en souriant et en serrant la main du squire.

Mme Georges, s'appuyant sur le bras de Marie, entra avec elle dans le petit salon du rez-de-chaussée, où attendait l'abbé Laporte.

Murph alla veiller aux préparatifs du départ.

Mme Georges, Marie, Rodolphe et le curé restèrent seuls.

Simple, mais très confortable, ce petit salon était tendu et meublé de toile de perse, comme le reste de la maison, d'ailleurs exactement dépeinte à la Goualeuse par Rodolphe.

Un épais tapis couvrait le plancher, un bon feu

flambait dans l'âtre, et deux énormes bouquets de reines-marguerites de toutes couleurs, placés dans deux vases de cristal, répandaient dans cette pièce leur légère odeur balsamique.

À travers les persiennes vertes à demi fermées, on voyait la prairie, la petite rivière, et au-delà le coteau planté de châtaigniers.

L'abbé Laporte, assis auprès de la cheminée, avait quatre-vingts ans passés ; depuis les derniers jours de la Révolution il desservait cette pauvre paroisse.

On ne pouvait rien voir de plus vénérable, de plus doucement imposant que sa physionomie sénile, amaigrie et un peu souffrante, encadrée de longs cheveux blancs qui tombaient sur le collet de sa soutane noire, rapiécée en plus d'un endroit ; l'abbé aimant mieux, disait-il, habiller deux ou trois pauvres enfants d'un bon drap bien chaud, que de faire le muguet, c'est-à-dire garder ses soutanes moins de deux ou trois ans.

Le bon abbé était si vieux, si vieux, que ses mains tremblaient toujours ; il y avait quelque chose de touchant dans ce mouvement : aussi, lorsque quelquefois il les élevait en parlant, on eût dit qu'il bénissait.

Rodolphe observait Marie avec intérêt.

S'il l'eût moins connue, ou plutôt moins devinée, il se fût peut-être étonné de la voir approcher de l'abbé avec une sorte de pieuse sérénité.

L'admirable instinct de Marie lui disait que la honte finit où le repentir et l'expiation commencent.

— Monsieur l'abbé, dit respectueusement Rodolphe, Mme Georges veut bien se charger de cette jeune fille, pour laquelle je vous demande vos bontés.

— Elle y a droit, monsieur, comme tous ceux qui viennent à nous. La clémence de Dieu est inépuisable, ma chère enfant… il vous l'a prouvé en ne vous abandonnant pas… dans de bien douloureuses épreuves… Je sais tout. (Et il prit la main de Marie dans ses mains tremblantes et vénérables.) L'homme généreux qui vous a sauvée a réalisé cette parole de l'Écriture : « Le Seigneur est près de ceux qui l'invoquent ; il accomplira les désirs de ceux qui le redoutent ; il écoutera leurs cris et les sauvera. » Maintenant, méritez ses bontés par votre conduite ; vous me trouverez toujours pour vous encourager, pour vous soutenir… dans la bonne voie où vous entrez. Vous aurez dans Mme Georges un exemple de tous les jours, en moi un conseil vigilant. Le Seigneur terminera son œuvre.

— Et je le prierai pour ceux qui ont eu pitié de moi, et qui m'ont ramenée à lui, mon père, dit la Goualeuse.

Par un mouvement presque involontaire, elle se jeta à genoux devant le prêtre.

L'émotion était trop forte, les sanglots l'étouffaient.

Mme Georges, Rodolphe, l'abbé… étaient profondément touchés.

— Relevez-vous, ma chère enfant, dit le curé, vous mériterez bientôt… l'absolution de grandes fautes dont vous avez été plutôt victime que coupable ; car, pour parler encore avec le prophète : « Le Seigneur soutient tous ceux qui sont près de tomber, et il relève tous ceux qu'on accable. »

— Adieu, Marie, lui dit Rodolphe en lui donnant une petite croix d'or, dite à la Jeannette, attachée à un ruban de velours noir.

Il ajouta :

— Gardez cette petite croix en souvenir de moi ; j'y ai fait graver ce matin la date du jour de votre délivrance… de votre rédemption. Bientôt je reviendrai vous voir.

Marie porta la croix à ses lèvres.

Murph, à ce moment, ouvrit la porte du salon.

— Monsieur Rodolphe, les chevaux sont prêts.

— Adieu, mon père ; adieu, ma bonne madame Georges… Je vous recommande votre enfant. Encore adieu, Marie.

Le vénérable prêtre, appuyé sur le bras de Mme Georges et de la Goualeuse, qui soutenaient ses pas chancelants, sortit du salon pour voir partir Rodolphe.

Les derniers rayons du soleil coloraient vivement ce groupe intéressant et triste :

Un vieux prêtre, symbole de charité, de pardon et d'espérance éternelle ;

Une femme éprouvée par toutes les douleurs qui peuvent accabler une épouse, une mère ;

Une jeune fille sortant à peine de l'enfance, naguère jetée dans l'abîme du vice par la misère et par l'infâme obsession du crime.

Rodolphe monta en voiture ; Murph prit place à ses côtés.

Les chevaux partirent au galop.

XV

LE RENDEZ-VOUS

Le lendemain du jour où il avait confié la Goualeuse aux soins de Mme Georges, Rodolphe, toujours vêtu en ouvrier, se trouvait à midi précis à la porte du cabaret le Panier-Fleuri, situé non loin de la barrière de Bercy.

La veille, à dix heures du soir, le Chourineur s'était

exactement trouvé au rendez-vous que lui avait assigné Rodolphe. La suite de ce récit fera connaître le résultat de ce rendez-vous.

Il était donc midi. Il pleuvait à torrents ; la Seine, gonflée par des pluies presque continuelles, avait atteint une hauteur énorme et inondait une partie du quai.

Rodolphe regardait de temps à autre avec impatience du côté de la barrière ; enfin, avisant au loin un homme et une femme qui s'avançaient abrités par un parapluie, il reconnut la Chouette et le Maître d'école.

Ces deux personnages étaient complètement métamorphosés : le brigand avait abandonné ses méchants habits et son air de brutalité féroce ; il portait une longue redingote de castorine verte et un chapeau rond ; sa cravate et sa chemise étaient d'une extrême blancheur. Sans l'épouvantable hideur de ses traits et le fauve éclat de son regard, toujours ardent et mobile, on eût pris cet homme, à sa démarche paisible, assurée, pour un honnête bourgeois.

La borgnesse, aussi endimanchée, portait un bonnet blanc, un grand châle en bourre de soie, façon cachemire, et tenait à la main un vaste cabas.

La pluie avait un moment cessé ; Rodolphe surmonta un moment de dégoût et marcha droit au couple affreux.

À l'argot du tapis-franc le Maître d'école avait substitué un langage presque recherché, qui paraissait d'autant plus horrible qu'il annonçait un esprit cultivé et qu'il contrastait avec les forfanteries sanguinaires de ce brigand.

Lorsque Rodolphe s'approcha de lui, le Maître d'école le salua profondément ; la Chouette fit la révérence.

— Monsieur… votre très humble serviteur…, dit le Maître d'école. À vous rendre mes devoirs, enchanté de faire… ou plutôt de refaire votre connaissance… car avant-hier vous m'avez octroyé deux coups de poing à assommer un rhinocéros. Mais ne parlons pas de cela maintenant : c'était une plaisanterie de votre part, j'en suis sûr… une simple plaisanterie. N'y pensons plus… de graves intérêts nous rassemblent. J'ai vu hier soir, à onze heures, le Chourineur au tapis-franc ; je lui ai donné rendez-vous ici ce matin, dans le cas où il voudrait être notre collaborateur ; mais il paraît qu'il refuse décidément.

— Vous acceptez donc !

— Si vous vouliez, monsieur… Votre nom ?

— Rodolphe.

— Monsieur Rodolphe… nous entrerions au Panier-Fleuri… ni moi ni madame nous n'avons déjeuné… Nous parlerions de nos petites affaires en cassant une croûte.

— Volontiers.

— Nous pouvons toujours causer en marchant. Vous et le Chourineur devez sans reproche un dédommagement à ma femme et à moi… Vous nous avez fait perdre plus de deux mille francs. La Chouette avait rendez-vous, près de Saint-Ouen, avec un grand monsieur en deuil qui était venu vous demander l'autre soir au tapis-franc ; il proposait deux mille francs pour vous faire quelque chose… Le Chourineur m'a à peu près expliqué cela… Mais j'y pense, Finette, dit le brigand, va choisir un cabinet au Panier-Fleuri et commander le déjeuner : des côtelettes, un morceau de veau, une salade et deux bouteilles de Beaune première ; nous te rejoignons.

La Chouette n'avait pas un instant quitté Rodolphe du regard ; elle partit après avoir échangé un coup d'œil avec le Maître d'école. Celui-ci reprit :

— Je vous disais donc, monsieur Rodolphe, que le

Chourineur m'avait édifié sur cette proposition de deux mille francs.

— Qu'est-ce que ça signifie, *édifier* ?

— C'est juste... ce langage est un peu ambitieux pour vous ; je voulais dire que le Chourineur m'avait à peu près appris ce que voulait de vous ce grand monsieur en deuil, avec ses deux mille francs.

— Bien, bien...

— Ça n'est pas déjà si bien, jeune homme ; car le Chourineur ayant rencontré hier matin la Chouette près de Saint-Ouen, il ne l'a pas quittée d'une semelle dès qu'il a vu arriver le grand monsieur en deuil ; de sorte que celui-ci n'a pas osé approcher. C'est donc deux mille francs qu'il faut que vous me fassiez regagner, sans compter cinq cents francs pour un portefeuille que nous devions rendre, mais que nous n'aurions pas d'ailleurs rendu, inspection faite des papiers qui nous ont paru valoir mieux que ça.

— Il contient donc de grandes valeurs ?

— Il contient des papiers qui m'ont paru fort curieux, quoique la plupart soient écrits en anglais ; et je les garde là, dit le brigand en frappant sur la poche de côté de sa redingote.

En apprenant que le Maître d'école avait encore les papiers saisis l'avant-veille sur Tom, Rodolphe fut très satisfait ; ils étaient pour lui d'une haute importance. Ses instructions au Chourineur n'avaient pas eu d'autre but que d'empêcher Tom de s'approcher de la Chouette ; celui-ci garderait alors le portefeuille, et Rodolphe espérait s'en rendre possesseur.

— Je garde donc ces papiers comme une poire pour la soif, dit le brigand ; car j'ai trouvé l'adresse du monsieur en deuil, et, d'une façon ou d'une autre, je le reverrai.

— Nous pourrons faire affaire si vous voulez ; si notre coup réussit, je vous achèterai ces papiers, moi qui connais l'homme ; ça me va mieux qu'à vous.

— Nous verrons… Mais d'abord revenons à nos moutons.

— Eh bien ! donc, j'avais proposé une affaire superbe au Chourineur ; il avait d'abord accepté, puis il s'est dédit.

— Il a toujours eu des idées singulières…

— Mais en se dédisant il m'a observé…

— Il vous a fait observer…

— Diable… vous êtes à cheval sur la grammaire.

— Maître d'école, c'est mon état.

— Il m'a fait observer que s'il ne mangeait pas de *pain rouge* il ne fallait pas en dégoûter les autres ; et que vous pourriez me donner un coup de main.

— Et pourrais-je savoir, sans indiscrétion, pourquoi vous aviez donné rendez-vous au Chourineur hier matin à Saint-Ouen ? Ce qui lui a procuré l'avantage de rencontrer la Chouette ? Il a été embarrassé pour me répondre à ce sujet.

Rodolphe se mordit imperceptiblement les lèvres et répondit en haussant les épaules :

— Je le crois bien, je ne lui avais dit mon projet qu'à moitié… vous comprenez… ne sachant pas s'il était tout à fait décidé.

— C'était plus prudent…

— D'autant plus prudent que j'avais deux cordes à mon arc.

— Ah, bah !

— Certainement.

— Vous êtes un homme de précaution… Vous aviez donc donné rendez-vous au Chourineur à Saint-Ouen pour…

Rodolphe, après un moment d'hésitation, eut le bonheur de trouver une fable vraisemblable pour couvrir la maladresse du Chourineur ; il reprit :

— Voici l'affaire… Le coup que je propose est très bon, parce que le maître de la maison en question est à la campagne… toute ma peur était qu'il revienne. Pour être tranquille, je me dis : « Je n'ai qu'une chose à faire… »

— C'était de vous assurer de la présence réelle dudit maître à la campagne.

— Comme vous dites… Je pars donc pour Pierrefitte, où est sa maison de campagne… j'ai ma cousine, domestique là… vous comprenez !

— Parfaitement, mon gaillard. Eh bien ?

— Ma cousine m'a dit que son maître ne revenait à Paris qu'après-demain…

— Après-demain ?

— Oui.

— Très bien. Mais j'en reviens à ma question… Pourquoi donner rendez-vous au Chourineur à Saint-Ouen ?

— Vous n'êtes pas intelligent… Combien y a-t-il de Pierrefitte à Saint-Ouen ?

— Une lieue environ.

— Et de Saint-Ouen à Paris ?

— Autant.

— Eh bien ? Si je n'avais trouvé personne à Pierrefitte, c'est-à-dire la maison déserte… il y avait là aussi un bon coup à faire… moins bon qu'à Paris, mais passable… Je revenais à Saint-Ouen rechercher le Chourineur qui m'attendait. Nous retournions à Pierrefitte par un chemin de traverse que je connais, et…

— Je comprends. Si, au contraire, le coup était pour Paris… ?

— Nous gagnions la barrière de l'Étoile par le chemin de la Révolte, et de là à l'allée des Veuves…

— Il n'y a qu'un pas… c'est tout simple. À Saint-Ouen vous étiez à cheval sur vos deux opérations… cela était fort adroit. Maintenant je m'explique la présence du Chourineur à Saint-Ouen… Nous disons donc que la maison de l'allée des Veuves sera inhabitée jusqu'à après-demain.

— Inhabitée… sauf le portier.

— Bien entendu… Et c'est une opération avantageuse ?

— Ma cousine m'a parlé de soixante mille francs en or dans le cabinet de son maître.

— Et vous connaissez les êtres ?

— Comme ma poche… ma cousine est là depuis un an… et c'est à force de l'entendre parler des sommes que son maître retire de la banque pour les placer autrement que l'idée m'est venue… Comme le portier est vigoureux, j'en avais parlé au Chourineur… Il avait, après bien des façons, consenti… mais il a rechigné… Du reste, il n'est pas capable de vendre un ami.

— Non, il a du bon… Mais nous voici arrivés. Je ne sais pas si vous êtes comme moi, mais l'air du matin m'a donné de l'appétit…

La Chouette était sur le seuil de la porte du cabaret.

— Par ici, dit-elle, par ici !… J'ai commandé notre déjeuner.

Rodolphe voulut faire passer le brigand devant lui ; il avait pour cela ses raisons… mais le Maître d'école mit tant d'instance à se défendre de cette politesse que Rodolphe passa d'abord.

Avant de se mettre à table, le Maître d'école frappa

légèrement sur l'une et l'autre des cloisons, afin de s'assurer de leur épaisseur et de leur sonorité.

— Nous n'aurons pas besoin de parler trop bas, dit-il, la cloison n'est pas mince. On nous servira tout d'un coup, et nous ne serons pas dérangés dans notre conversation.

Une servante de cabaret apporta le déjeuner.

Avant que la porte fût fermée, Rodolphe vit le charbonnier Murph gravement attablé dans un cabinet voisin.

La chambre où se passait la scène que nous décrivons était longue, étroite, et éclairée par une fenêtre qui donnait sur la rue et faisait face à la porte.

La Chouette tournait le dos à cette croisée, le Maître d'école était d'un côté de la table, Rodolphe de l'autre.

La servante sortie, le brigand se leva, prit son couvert et alla s'asseoir à côté de Rodolphe de façon à lui masquer la porte.

— Nous causerons mieux, dit-il, et nous n'aurons pas besoin de parler si haut...

— Et puis vous voulez vous mettre entre la porte et moi pour m'empêcher de sortir..., répliqua froidement Rodolphe.

Le Maître d'école fit un signe affirmatif ; puis, tirant à demi de la poche de côté de sa redingote un long stylet rond et gros comme une forte plume d'oie, emmanché dans une poignée de bois qui disparaissait sous ses doigts velus :

— Vous voyez ça ?...

— Oui.

— Avis aux amateurs.

Et, fronçant ses sourcils par un mouvement qui rida son front large et plat comme celui d'un tigre, il fit un geste significatif.

— Et fiez-vous à moi. J'ai affilé le *surin*[1] de mon homme, ajouta la Chouette.

Rodolphe, avec une merveilleuse aisance, mit la main sous sa blouse, et en tira un pistolet à deux coups, le fit voir au Maître d'école et le remit dans sa poche.

— Nous sommes faits pour nous entendre, dit le brigand ; mais vous ne m'entendez pas… Je vais supposer l'impossible… Si on venait m'arrêter, que vous m'ayez ou non tendu la souricière… je vous refroidirais !

Et il jeta un regard féroce sur Rodolphe.

— Tandis que moi je saute sur lui, pour t'aider, fourline ! s'écria la Chouette.

Rodolphe ne répondit rien, haussa les épaules, se versa un verre de vin et le but.

Ce sang-froid imposa au Maître d'école.

— Je vous prévenais seulement.

— Bien, bien ! renfoncez votre lardoire dans votre poche, il n'y a pas ici de poulet à larder. Je suis un vieux coq, et j'ai de bons ergots, mon homme, dit Rodolphe. Maintenant, parlons affaires…

— Parlons affaires… mais ne dites pas de mal de ma lardoire. Ça ne fait pas de bruit, ça ne dérange personne…

— Et on fait de l'ouvrage bien propre, n'est-ce pas, fourline ? ajouta la Chouette.

— À propos, dit Rodolphe à la Chouette, est-ce que c'est vrai que vous connaissez les parents de la Goualeuse ?

— Mon homme a mis dans le portefeuille du grand *messière* en noir deux lettres qui parlent de ça… Mais elle ne les verra pas, la petite *gironde*… Je lui arracherais plutôt les yeux de ma propre main… Oh !

1. Poignard.

quand je la retrouverai au tapis-franc, son compte sera bon…

— Ah çà ! Finette, nous parlons, nous parlons, et les affaires ne marchent pas.

— On peut *jaspiner* devant elle ? demanda Rodolphe.

— En toute confiance ; elle est éprouvée et pourra nous être d'un grand secours pour faire le guet, prendre des informations, receler, vendre, etc. ; elle a toutes les qualités d'une excellente femme de ménage… Bonne Finette ! ajouta le brigand en tendant la main à l'horrible vieille, vous n'avez pas d'idée des services qu'elle m'a rendus… Mais si tu ôtais ton châle, Finette, tu pourrais avoir froid en sortant… mets-le sur la chaise avec ton cabas…

La Chouette se débarrassa de son châle.

Malgré sa présence d'esprit et l'empire qu'il avait sur lui-même, Rodolphe ne put retenir un mouvement de surprise en voyant, suspendu par un anneau d'argent à une grosse chaîne de similor que la vieille avait au cou, un petit saint-esprit de lapis-lazuli, en tout conforme à la description de celui que le fils de Mme Georges portait à son cou lors de sa disparition.

À cette découverte, une idée subite vint à l'esprit de Rodolphe. Selon le Chourineur, le Maître d'école, évadé du bagne depuis six mois, avait mis en défaut toutes les recherches de la police en se défigurant… et depuis six mois le mari de Mme Georges avait disparu du bagne, sans qu'on sût ce qu'il était devenu.

À cet étrange rapprochement, Rodolphe songea que le Maître d'école pouvait bien être le mari de cette infortunée.

Ce misérable avait appartenu à la classe aisée de la société… et le Maître d'école s'exprimait en termes choisis.

Un souvenir en éveille un autre : Rodolphe se rappela encore que Mme Georges lui ayant un jour raconté, en frémissant, l'arrestation de son mari, parla de la résistance désespérée de ce monstre, qui fut sur le point de s'échapper, grâce à sa force herculéenne…

Si ce brigand était le mari de Mme Georges, il devait connaître le sort de son fils. De plus, le Maître d'école conservait quelques papiers relatifs à la naissance de la Goualeuse dans le portefeuille volé par lui sur l'étranger connu sous le nom de Tom.

Rodolphe avait donc de nouveaux et graves motifs de persévérer dans ses projets.

Heureusement sa préoccupation échappa au brigand, fort occupé de servir la Chouette.

Rodolphe dit à la borgnesse :

— Morbleu !… vous avez là une belle chaîne…

— Belle… et pas chère…, dit en riant la vieille. C'est du faux *orient*, en attendant que mon homme m'en donne une de vrai…

— Cela dépendra de monsieur, Finette… si nous faisons une bonne affaire, sois tranquille.

— C'est étonnant comme c'est bien imité, poursuivit Rodolphe. Et au bout… qu'est-ce donc que cette petite chose bleue ?

— C'est un cadeau de mon homme, en attendant qu'il me donne une *toquante*… n'est-ce pas, fourline ?

Rodolphe voyait ses soupçons à demi confirmés. Il attendait avec anxiété la réponse du Maître d'école. Celui-ci répondit tout en mangeant :

— Et il faudra garder ça malgré la toquante, Finette… c'est un talisman… ça porte bonheur.

— Un talisman ? dit négligemment Rodolphe. Vous croyez aux talismans, vous ? Et où diable avez-vous trouvé celui-là ?… Donnez-moi donc l'adresse de la fabrique.

— On n'en fait plus, mon cher monsieur, la boutique est fermée… Tel que vous le voyez, ce bijou-là remonte à une haute antiquité… à trois générations… J'y tiens beaucoup, c'est une tradition de famille, ajouta-t-il avec un hideux sourire. C'est pour cela que je l'ai donné à Finette… pour lui porter bonheur dans les entreprises où elle me seconde avec beaucoup d'habileté… Vous la verrez à l'ouvrage, vous la verrez… si nous faisons ensemble quelque opération *commerciale*… Mais, pour en revenir à nos moutons… vous dites donc que dans l'allée des Veuves…

— Il y a, numéro 17, une maison habitée par un richard… il s'appelle… monsieur…

— Je ne commettrai pas l'indiscrétion de demander son nom… Il y a, dites-vous, soixante mille francs en or dans un cabinet ?

— Soixante mille francs en or ! s'écria la Chouette.

Rodolphe fit un signe de tête affirmatif.

— Et vous connaissez les êtres de cette maison ? dit le Maître d'école.

— Très bien.

— Et l'entrée est difficile ?

— Un mur de sept pieds du côté de l'allée des Veuves, un jardin, les fenêtres de plain-pied, la maison n'a qu'un rez-de-chaussée.

— Et il n'y a qu'un portier pour garder ce trésor ?

— Oui !

— Et quel serait votre plan de campagne, jeune homme ? demanda négligemment le Maître d'école.

— C'est tout simple… Monter par-dessus le mur, crocheter la porte de la maison ou forcer les volets en dehors.

— Et si le portier s'éveille ? dit le Maître d'école en regardant fixement le jeune homme.

— Ce sera de sa faute, dit celui-ci avec un… geste significatif. Eh bien ! ça vous convient-il ?

— Vous sentez bien que je ne puis pas vous répondre avant d'avoir tout examiné par moi-même, c'est-à-dire avec l'aide de ma femme ; mais si tout ce que vous me dites est exact, cela me semble bon à prendre tout chaud… ce soir.

Et le brigand regarda fixement Rodolphe.

— Ce soir… impossible, répondit froidement celui-ci.

— Pourquoi, puisque le bourgeois ne revient qu'après-demain ?

— Oui, mais moi, je ne puis pas ce soir…

— Vraiment ? Eh bien ! moi, je ne puis pas demain.

— Pour quelle raison ?

— Pour celle qui vous empêche d'agir ce soir…, dit le brigand en ricanant.

Après un moment de réflexion, Rodolphe reprit :

— Eh bien ! à la bonne heure… va pour ce soir. Où nous retrouverons-nous ?

— Nous retrouver ? Nous ne nous quitterons pas, dit le Maître d'école.

— Comment ?

— À quoi bon nous quitter ? Si le temps s'éclaircit un peu, nous irons en nous promenant donner un coup d'œil jusqu'à l'allée des Veuves ; vous verrez comment ma femme sait travailler. Ceci fait, nous reviendrons faire un cent de piquet et manger un morceau dans une cave des Champs-Élysées… que je connais… tout près de la rivière ; et, comme l'allée des Veuves est déserte de bonne heure, nous nous y acheminerons vers les dix heures.

— Moi, à neuf heures, je vous rejoindrai.

— Voulez-vous ou non faire l'affaire ensemble ?

— Je le veux.

— Eh bien ! ne nous quittons pas avant ce soir... sinon...

— Sinon ?

— Je croirais que vous voulez me *donner un pont à faucher*[1], et que c'est pour ça que vous voulez vous en aller...

— Si je veux vous tendre un piège... qui m'empêche de vous le tendre ce soir ?

— Tout... Vous ne vous attendiez pas à ce que je vous proposerais l'affaire si tôt. Et, en ne nous quittant pas, vous ne pourrez prévenir personne...

— Vous vous défiez de moi ?...

— Infiniment... mais comme il peut y avoir du vrai dans ce que vous m'offrez, et que la moitié de soixante mille francs vaut la peine d'une démarche... je veux bien la tenter ; mais ce soir ou jamais... Si ce n'est jamais, je saurai à quoi m'en tenir sur vous... et je vous servirai à mon tour... un jour ou l'autre, un plat de mon métier...

— Et je vous rendrai votre politesse... comptez-y.

— Tout ça, c'est des bêtises ! dit la Chouette. Je pense comme fourline : ce soir, ou rien.

Rodolphe se trouvait dans une anxiété cruelle : s'il laissait échapper cette occasion de s'emparer du Maître d'école, il ne la retrouverait sans doute jamais ; ce brigand, désormais sur ses gardes, ou peut-être reconnu, arrêté et reconduit au bagne, emporterait avec lui les secrets que Rodolphe avait tant d'intérêt à savoir.

1. Me tendre un piège.

Se confiant au hasard, à son adresse et à son courage, il dit au Maître d'école :

— J'y consens, nous ne nous quitterons pas d'ici à ce soir.

— Alors, je suis votre homme… Mais voici bientôt deux heures… D'ici à l'allée des Veuves il y a loin ; il pleut à verse ; payons l'écot, et prenons un fiacre.

— Si nous prenons un fiacre, je pourrai bien auparavant fumer un cigare.

— Sans doute, dit le Maître d'école, Finette ne craint pas l'odeur du tabac.

— Eh bien ! je vais aller chercher des cigares, dit Rodolphe en se levant.

— Ne vous donnez pas cette peine, dit le Maître d'école en l'arrêtant, Finette ira…

Rodolphe se rassit.

Le Maître d'école avait pénétré son dessein.

La Chouette sortit.

— Quelle bonne ménagère j'ai là, hein ! dit le scélérat, et si complaisante ! Elle se jetterait dans le feu pour moi.

— À propos de feu, il ne fait mordieu pas chaud ici, dit Rodolphe en cachant ses deux mains sous sa blouse.

Alors, tout en continuant la conversation avec le Maître d'école, il prit un crayon et un morceau de papier dans la poche de son gilet, et, sans qu'on pût l'apercevoir, il écrivit quelques mots à la hâte, ayant soin d'écarter les lettres pour ne pas les confondre, car il écrivait sous sa blouse et sans y voir.

Ce billet soustrait à la pénétration du Maître d'école, il s'agissait de le faire parvenir à son adresse.

Rodolphe se leva, s'approcha machinalement de la

fenêtre et se mit à chantonner entre ses dents en s'accompagnant sur les vitres.

Le Maître d'école vint regarder par cette croisée et dit négligemment à Rodolphe :

— Quel air jouez-vous donc là ?

— Je joue... *Tu n'auras pas ma rose.*

— C'est un très joli air... Je voulais seulement voir s'il ferait assez d'effet sur les passants pour les engager à se retourner.

— Je n'ai pas cette prétention-là.

— Vous avez tort, jeune homme ; car vous tambourinez de première force sur les carreaux. Mais, j'y songe... le gardien de cette maison de l'allée des Veuves est peut-être un gaillard déterminé... S'il regimbe... vous n'avez qu'un pistolet... et c'est bien bruyant, tandis qu'un outil comme cela (et il fit voir à Rodolphe le manche de son poignard) ça ne fait pas de tapage... ça ne dérange personne...

— Est-ce que vous prétendriez l'assassiner ? s'écria Rodolphe. Si vous êtes dans ces idées-là... n'y pensons plus... il n'y a rien de fait... ne comptez pas sur moi...

— Mais s'il s'éveille ?

— Nous nous sauverons...

— À la bonne heure, je vous avais mal compris ; il vaut mieux convenir de tout... avant... Ainsi il s'agira d'un simple vol avec escalade et effraction...

— Rien de plus...

— Va comme il est dit...

« Et comme je ne te quitterai pas d'une seconde, pensa Rodolphe, je t'empêcherai bien de répandre le sang. »

XVI

PRÉPARATIFS

La Chouette rentra dans le cabinet apportant du tabac.

— Il me semble qu'il ne pleut plus, dit Rodolphe, en allumant son cigare ; si nous allions chercher le fiacre nous-mêmes ?... Ça nous dégourdirait les jambes.

— Comment, il ne pleut plus ? reprit le Maître d'école, vous êtes donc aveugle ?... Est-ce que vous croyez que je vais exposer Finette à s'enrhumer ?... Risquer une vie si précieuse... et abîmer son beau châle neuf ?...

— T'as raison, mon homme, il fait un temps de chien !

— Eh bien ! la servante va venir... en la payant nous lui dirons d'aller nous chercher une voiture, reprit Rodolphe.

— Voilà ce que vous avez dit de plus judicieux, jeune homme. Nous pourrons aller flâner du côté de l'allée des Veuves.

La servante entra. Rodolphe lui donna cent sous.

— Ah ! Monsieur... vous abusez... je ne souffrirai pas..., s'écria le Maître d'école.

— Allons donc !... chacun son tour.

— Je me soumets donc... mais à la condition que je vous offrirai quelque chose tantôt dans un petit cabaret des Champs-Élysées... que je connais... un excellent endroit.

— Bien... bien... j'accepte.

La servante payée, on descendit. Rodolphe voulut passer le dernier, par politesse pour la Chouette. Le

Maître d'école ne le souffrit pas et le suivit de très près, observant ses moindres mouvements.

Le traiteur tenait aussi un débit de vin. Parmi plusieurs consommateurs un charbonnier, à la figure noircie, son large chapeau enfoncé sur les yeux, soldait sa dépense au comptoir, lorsque nos trois personnages parurent.

Malgré l'attentive surveillance du Maître d'école et de la borgnesse, Rodolphe, qui marchait devant le hideux couple, échangea un rapide et imperceptible regard avec Murph.

La portière du fiacre était ouverte ; Rodolphe s'arrêta, décidé cette fois à monter le dernier ; car le charbonnier s'était insensiblement rapproché de lui.

En effet, la Chouette passa la première, mais après beaucoup de façons : Rodolphe fut obligé de la suivre, car le Maître d'école lui dit à l'oreille :

— Vous voulez donc que je me défie décidément de vous ?

Rodolphe monté, le charbonnier s'avança en sifflant sur le seuil de la porte, et regarda Rodolphe d'un air surpris et inquiet.

— Où faut-il aller, bourgeois ? dcmanda le cocher.

Rodolphe répondit à voix haute :

— Allée des…

— Des Acacias, au bois de Boulogne, s'écria le Maître d'école en l'interrompant ; puis il ajouta : Et on vous payera bien, cocher.

La portière se referma.

— Comment diable dites-vous où nous allons devant ces badauds ! reprit le Maître d'école. Que demain tout soit découvert, un pareil indice peut nous perdre ! Ah ! jeune homme, jeune homme, vous êtes bien imprudent !

La voiture commençait à marcher, Rodolphe répondit :

— C'est vrai, je n'avais pas songé à cela. Mais avec mon cigare je vais vous enfumer comme des harengs ; si nous ouvrions une des glaces ?

Et Rodolphe, joignant l'action à la parole, laissa très adroitement tomber en dehors de la voiture le petit papier ployé très mince, sur lequel il avait eu le temps d'écrire à la hâte et sous sa blouse quelques mots au crayon.

Le coup d'œil du Maître d'école était si perçant que, malgré l'impassibilité de la physionomie de Rodolphe, le brigand y démêla sans doute une rapide expression de triomphe, car, passant la tête par la portière, il cria au cocher :

— Tapez… tapez ! il y a quelqu'un derrière votre voiture.

Rodolphe frémit, mais il joignit ses cris à ceux de son compagnon.

La voiture s'arrêta. Le cocher monta sur son siège, regarda et dit :

— Non, non, bourgeois, il n'y a personne.

— Parbleu ! je veux m'en assurer, répondit le Maître d'école en sautant dans la rue.

Il ne vit personne, il n'aperçut rien. Depuis que Rodolphe avait jeté son billet par la portière, le fiacre avait fait quelques pas.

Le Maître d'école crut s'être trompé.

— Vous allez rire, dit-il en remontant, je ne sais pourquoi je m'étais imaginé que quelqu'un nous suivait.

Le fiacre prit à ce moment une rue transversale.

La voiture disparue, Murph, qui ne l'avait pas quittée des yeux et qui s'était aperçu de la manœuvre de

Rodolphe, accourut et ramassa le petit billet caché dans un creux formé par l'écartement de deux pavés.

Au bout d'un quart d'heure, le Maître d'école dit au fiacre :

— Au fait, cocher, nous avons changé d'idée : place de la Madeleine !

Rodolphe le regarda avec étonnement.

— Sans doute, jeune homme ; de cette place on peut aller à mille endroits différents. Si l'on voulait nous inquiéter, la déposition du fiacre ne serait d'aucune utilité.

Au moment où le fiacre approchait de la barrière, un homme de haute taille, vêtu d'une longue redingote blanchâtre, ayant son chapeau enfoncé sur ses yeux et paraissant fort brun de figure, passa rapidement sur la route, courbé sur l'encolure d'un grand et magnifique cheval de chasse d'une vitesse de trot extraordinaire.

— À beau cheval bon cavalier ! dit Rodolphe en se penchant à la portière et suivant Murph des yeux. Quel train va ce gros homme… Avez-vous vu ?

— Ma foi ! il a passé si vite, dit le Maître d'école, que je n'ai pas remarqué.

Rodolphe dissimula parfaitement sa joie : Murph avait déchiffré les signes presque hiéroghyphiques de son billet. Le Maître d'école, certain que le fiacre n'était pas suivi, se rassura, et voulant imiter la Chouette, qui sommeillait ou plutôt qui avait l'air de sommeiller, il dit à Rodolphe :

— Pardonnez-moi, jeune homme, mais le mouvement de la voiture me fait toujours un singulier effet : cela m'endort comme un enfant…

Le brigand, à l'abri de ce faux sommeil, se proposait

d'examiner si la physionomie de son compagnon ne trahirait aucune émotion.

Rodolphe éventa cette ruse et répondit :

— Je me suis levé de bonne heure ; j'ai sommeil, je vais faire comme vous…

Et il ferma les yeux.

Bientôt la respiration sonore du Maître d'école et de la Chouette, qui ronflaient à l'unisson, trompèrent si complètement Rodolphe, que, croyant ses compagnons profondément endormis, il entrouvrit les paupières.

Le Maître d'école et la Chouette, malgré leurs ronflements sonores, avaient les yeux ouverts, et échangeaient quelques signes mystérieux au moyen de leurs doigts bizarrement placés ou pliés sur la paume de leurs mains.

Tout à coup ce langage symbolique cessa. Le brigand, s'apercevant sans doute à un signe presque imperceptible que Rodolphe ne dormait pas, s'écria en riant :

— Ah ! ah ! camarade, vous éprouvez donc les amis, vous ?

— Ça ne doit pas vous étonner, vous ronflez les yeux ouverts.

— Moi, c'est différent, jeune homme, je suis somnambule.

Le fiacre s'arrêta place de la Madeleine.

La pluie avait un moment cessé ; mais les nuages, chassés par la violence du vent, étaient si noirs, si bas, qu'il faisait déjà presque nuit.

Rodolphe, la Chouette et le Maître d'école se dirigèrent vers le Cours-la-Reine.

— Jeune homme, j'ai une idée qui n'est pas mauvaise, dit le brigand.

— Laquelle ?

— De m'assurer si tout ce que vous nous avez dit de l'intérieur de la maison de l'allée des Veuves est exact.

— Voudriez-vous y aller maintenant sous un prétexte quelconque ? Ça éveillerait les soupçons.

— Je ne suis pas assez innocent pour ça, jeune homme ; mais pourquoi a-t-on une femme qui s'appelle Finette ?

La Chouette redressa la tête.

— La voyez-vous, jeune homme ? On dirait un cheval de trompette qui entend sonner la charge.

— Vous voulez l'envoyer en éclaireuse ?

— Comme vous dites.

— N° 17, allée des Veuves, n'est-ce pas, mon homme ? s'écria la Chouette dans son impatience. Sois tranquille, je n'ai qu'un œil, mais il est bon.

— La voyez-vous, jeune homme, la voyez-vous ? Elle brûle déjà d'y être.

— Si elle s'y prend adroitement pour entrer, je ne trouve pas votre idée mauvaise.

— Garde le parapluie, fourline... Dans une demi-heure je suis ici, et tu verras ce que je sais faire, s'écria la Chouettc.

— Un instant, Finette, nous allons descendre au Cœur-Saignant, c'est à deux pas d'ici. Si le petit *Tortillard*[1] est là, tu l'emmèneras avec toi ; il restera en dehors de la porte à faire le guet pendant que tu entreras.

— Tu as raison ; il est fin comme renard, ce petit Tortillard ; il n'a pas dix ans, et c'est lui qui l'autre jour...

Un signe du Maître d'école interrompit la Chouette.

1. Boiteux.

— Qu'est-ce que le Cœur-Saignant ? Voilà une drôle d'enseigne pour un cabaret, demanda Rodolphe.

— Il faudra vous en plaindre au cabaretier.

— Comment s'appelle-t-il ?

— Le cabaretier du Cœur-Saignant ?

— Oui.

— Il ne demande pas le nom de ses pratiques.

— Mais encore…

— Appelez-le comme vous voudrez, Pierre, Thomas, Christophe ou Barnabé, il répondra toujours. Mais nous voici arrivés, et bien à temps, car l'averse recommence, et la rivière, comme elle gronde ! on dirait un torrent… regardez donc ! Encore deux jours de pluie, et l'eau dépassera les arches du pont.

— Vous dites que nous voici arrivés… Où diable est donc le cabaret ? Je ne vois pas de maison ici !

— Si vous regardez autour de vous, bien sûr.

— Et où voulez-vous que je regarde ?

— À vos pieds.

— À mes pieds ?

— Oui.

— Où cela ?

— Tenez, là… voyez-vous le toit ? Prenez garde de marcher dessus.

Rodolphe n'avait pas, en effet, remarqué un de ces cabarets souterrains que l'on voyait, il y a quelques années encore, dans certains endroits des Champs-Élysées, et notamment près le Cours-la-Reine.

Un escalier creusé dans la terre humide et grasse conduisait au fond de cette espèce de large fossé ; à l'un de ses pans, coupés à pic, s'adossait une masure basse, sordide, lézardée : son toit, recouvert de tuiles moussues, s'élevait à peine au niveau du sol où se trouvait Rodolphe ; deux ou trois huttes en planches vermoulues, servant de cellier, de hangar, de cabane à lapins, faisaient suite à ce misérable bouge.

Une allée très étroite, traversant le fossé dans sa longueur, conduisait de l'escalier à la porte de la maison ; le reste du terrain disparaissait sous un berceau de treillage qui abritait deux rangées de tables grossières plantées dans le sol.

Le vent faisait tristement grincer sur ses gonds une méchante plaque de tôle : à travers la rouille qui la couvrait on distinguait encore un cœur rouge percé d'un trait. L'enseigne se balançait à un poteau dressé au-dessus de cet antre, véritable terrier humain.

Une brume épaisse, humide, se joignait à la pluie ; la nuit approchait.

— Que dites-vous de cet hôtel, jeune homme ? reprit le Maître d'école.

— Grâce aux averses qui tombent depuis quinze jours... ça ne doit pas être trop humide pour un étang, il doit y avoir une belle pêche... Allons, passez.

— Un instant ; il faut que je sache si l'hôte est là. Attention.

Et le brigand, frôlant avec force sa langue contre son palais, fit entendre un cri singulier, une espèce de roulement guttural, sonore et prolongé, que l'on pourrait accentuer ainsi :

— Prrrrr !...

Un cri pareil sortit des profondeurs de la masure.

— Il y est, dit le Maître d'école. Pardon, jeune homme... Respect aux dames ; laissez passer la Chouette, je vous suis. Prenez garde de tomber, c'est glissant.

XVII

LE CŒUR-SAIGNANT

L'hôte du Cœur-Saignant, après avoir répondu au signal du Maître d'école, avança civilement jusqu'au seuil de sa porte.

Ce personnage, que Rodolphe avait été chercher dans la Cité, et qu'il ne devait pas encore connaître sous son vrai nom ou plutôt son surnom habituel, était Bras-Rouge.

Petit et grêle, chétif et débile, cet homme pouvait avoir cinquante ans environ. Sa physionomie tenait à la fois de la fouine et du rat ; son nez pointu, son menton fuyant, ses pommettes osseuses, ses petits yeux noirs, vifs, perçants, donnaient à ses traits une inimitable expression de ruse, de finesse et d'intelligence. Une vieille perruque blonde, ou plutôt jaune comme son teint bilieux, posée sur le sommet de son crâne, laissait voir sa nuque grisonnante. Il portait une veste ronde et un de ces longs tabliers noirâtres dont se servent les garçons marchands de vin.

Nos trois personnages avaient à peine descendu la dernière marche de l'escalier qu'un enfant de dix ans au plus, très petit, l'air fin, mais maladif, boiteux et un peu contrefait, vint rejoindre Bras-Rouge, auquel il ressemblait d'une manière si frappante qu'on ne pouvait le méconnaître pour son fils.

C'était le même regard pénétrant et astucieux ; le front de l'enfant disparaissait à demi sous une forêt de cheveux jaunâtres, durs et roides comme des crins. Un pantalon marron et une blouse sanglée d'une ceinture de cuir, complétaient le costume de Tortillard, ainsi nommé à cause de son infirmité ; il se tenait à côté de son père, debout sur sa bonne jambe, comme un héron au bord d'un marais.

— Justement voilà le *môme*, dit le Maître d'école. Finette, le temps presse, la nuit vient, il faut profiter de ce qui reste de jour.

— T'as raison, mon homme, je vas demander le moutard à son père.

— Bonjour, vieux, dit Bras-Rouge en s'adressant au Maître d'école d'une petite voix de fausset, aigre et aiguë ; qu'est-ce qu'il y a pour ton service ?

— Il y a que tu vas prêter ton gamin à ma femme pendant un quart d'heure ; elle a ici près perdu quelque chose, il l'aidera à chercher.

Bras-Rouge cligna de l'œil, fit un signe d'intelligence au Maître d'école et dit à son fils :

— Tortillard, suis madame.

Le hideux enfant, attiré par la laideur et par l'air méchant de la Chouette, comme d'autres sont charmés par un extérieur bienveillant, accourut en boitant prendre la main de la borgnesse.

— Amour de petit momaque, va ! Voilà un enfant, dit Finette, comme ça vient tout de suite à vous ! C'est pas comme la petite Pégriotte, qui avait toujours l'air d'avoir mal au cœur quand elle m'approchait, cette petite mendiante !

— Allons, dépêche-toi, Finette, ouvre l'œil et veille au grain. Je t'attends ici.

— Ce ne sera pas long. Passe devant, Tortillard !

Et la borgnesse et le petit boiteux gravirent le glissant escalier.

— Finette, prends donc le parapluie, cria le brigand.

— Ça me gênerait, mon homme, répondit la vieille, qui disparut bientôt avec Tortillard au milieu des vapeurs amoncelées par le crépuscule, et des tristes murmures du vent qui agitait les branches noires et dépouillées des grands ormes des Champs-Élysées.

— Entrons, dit Rodolphe.

Il lui fallut se baisser pour passer sous la porte de ce cabaret, divisé en deux salles. Dans l'une, on voit un comptoir et un billard en mauvais état ; dans l'autre, des tables et des chaises de jardin, autrefois peintes en vert. Deux croisées étroites, aux carreaux fêlés, couverts de toiles d'araignée, éclairent à peine ces pièces aux murailles verdâtres, salpêtrées par l'humidité.

Rodolphe est resté seul une minute à peine ; Bras-Rouge et le Maître d'école ont eu le temps d'échanger rapidement quelques mots et quelques signes mystérieux.

— Vous boirez un verre de bière ou un verre d'eau-de-vie en attendant Finette ? dit le Maître d'école.

— Non, je n'ai pas soif.

— Chacun son goût. Moi, je boirai un verre d'eau-de-vie, reprit le brigand.

Et il s'assit à une des petites tables vertes de la seconde pièce.

L'obscurité commençait à envahir tellement ce repaire qu'il était impossible de voir, dans un des angles de la seconde chambre, l'entrée béante d'une de ces caves auxquelles on descend par une trappe à deux battants, dont l'un reste toujours ouvert pour la commodité du service.

La table où s'assit le Maître d'école était toute proche de ce trou noir et profond, auquel il tournait le dos et qu'il cachait complètement aux yeux de Rodolphe.

Ce dernier regardait à travers les fenêtres, pour se donner une contenance et dissimuler sa préoccupation. La vue de Murph se rendant en toute hâte à l'allée des Veuves ne le rassurait pas complètement ; il craignait que le digne squire n'eût pas compris toute la signification de son billet forcément si laconique qui ne contenait que ces mots : « Pour ce soir dix heures. »

Bien résolu de ne pas se rendre à l'allée des Veuves avant ce moment, et de ne pas quitter le Maître d'école jusque-là, il tremblait néanmoins de perdre cette unique occasion de posséder les secrets qu'il avait tant d'intérêt à connaître. Quoiqu'il fût très vigoureux et bien armé, il devait lutter de ruse avec un meurtrier redoutable et capable de tout.

Faut-il le dire ? telle était la trempe énergique de ce caractère bizarre, avide d'émotions nerveuses et violentes, que Rodolphe trouvait une sorte de charme terrible dans les inquiétudes et dans les obstacles qui venaient entraver le plan combiné la veille avec son fidèle Murph et le Chourineur.

Ne voulant pas néanmoins se laisser pénétrer, il vint s'asseoir à la table du Maître d'école et demanda un verre par contenance.

Bras-Rouge, depuis quelques mots échangés à voix basse avec le brigand, considérait Rodolphe d'un air curieux, sardonique et méfiant.

— M'est avis, jeune homme, dit le Maître d'école, que si ma femme nous apprend que les personnes que nous voulons voir sont chez elles, nous pourrons aller leur faire notre visite sur les huit heures ?

— Ce serait trop tôt de deux heures, dit Rodolphe, ça les gênerait.

— Vous croyez ?

— J'en suis sûr.

— Bah ! entre amis on ne fait pas de façons.

— Je les connais ; je vous répète qu'il ne faut pas y aller avant dix heures.

— Êtes-vous entêté, jeune homme !

— C'est mon idée, et que le diable me brûle si je bouge d'ici avant dix heures !

— Ne vous gênez pas, je ne ferme jamais mon établissement avant minuit, dit Bras-Rouge de sa voix de fausset. C'est le moment où arrivent mes meilleures pratiques, et mes voisins ne se plaignent pas du bruit que l'on fait chez moi.

— Il faut consentir à tout ce que vous voulez, jeune homme, reprit le Maître d'école. Soit, nous ne partirons qu'à dix heures pour notre visite.

— Voilà la Chouette ! dit Bras-Rouge en entendant et en répondant à un cri d'appel semblable à celui que le Maître d'école avait poussé avant de descendre dans la maison souterraine.

Une minute après, la Chouette entra seule dans le billard.

— Ça y est, mon homme, c'est empaumé ! s'écria la borgnesse en entrant.

Bras-Rouge se retira discrètement sans demander des nouvelles de Tortillard, qu'il ne s'attendait probablement pas à revoir encore.

Les vêtements de la vieille ruisselaient d'eau ; elle s'assit en face de Rodolphe et du brigand.

— Eh bien ! dit le Maître d'école.

— Ce garçon a dit vrai jusqu'ici.

— Voyez-vous ! s'écria Rodolphe.

— Laissez la Chouette s'expliquer, jeune homme. Voyons, va, Finette.

— Je suis arrivée au n° 17 en laissant Tortillard blotti dans un trou et aux aguets. Il faisait encore jour. J'ai carillonné à une petite porte bâtarde, gonds en dehors, deux pouces de jour sous le seuil, enfin rien du tout. Je sonne, le gardien m'ouvre : c'est un grand, gros homme, dans les cinquante ans, l'air endormi et bon enfant, favoris roux, en croissant, tête chauve… Avant de sonner, j'avais mis mon bonnet dans ma poche pour avoir l'air d'être une voisine. Dès que j'aperçois le gardien, je me mets à pleurnicher de toutes mes forces, en criant que j'ai perdu ma perruche. Cocotte, une petite bête que j'adore. Je dis que je demeure avenue de Marbœuf, et que de jardin en jardin je poursuis Cocotte. Enfin je supplie le monsieur de me laisser chercher ma bête.

— Hein ! dit le Maître d'école d'un air d'orgueilleuse satisfaction en montrant Finette, quelle femme !

— C'est très adroit, dit Rodolphe ; mais ensuite ?

— Le gardien me permet de chercher ma bête, et me voilà trottant dans le jardin en appelant : « Cocotte ! Cocotte ! », en regardant en l'air et de tous les côtés, pour bien tout voir… En dedans des murs, reprit la vieille en continuant de détailler le logis, en dedans des murs, partout du treillage, véritable escalier ; au coin du mur, à gauche, un pin fait comme une échelle, une femme en couches y descendrait. La maison a six fenêtres au rez-de-chaussée, pas d'autre étage, quatre soupiraux de cave sans barres. Les fenêtres du rez-de-chaussée se ferment à volets, loquet par le bas, gâchette par le haut ; peser sur la plinthe, tirer le fil de fer…

— Un zest…, dit le Maître d'école, et c'est ouvert.

La Chouette continua :

— La porte d'entrée vitrée, deux persiennes en dehors.

— Pour mémoire, dit le brigand.

— C'est ça, c'est absolument comme si on y était, dit Rodolphe.

— À gauche, reprit la Chouette, près de la cour, un puits : la corde peut servir, parce que là il n'y a pas de treillage au mur, dans le cas où la retraite serait bouchée du côté de la porte… En entrant dans la maison…

— Tu es entrée dans la maison ? Elle y est entrée ! jeune homme, dit le Maître d'école avec orgueuil.

— Certainement, j'y suis entrée. Ne trouvant pas Cocotte, j'avais tant gémi que j'ai fait comme si je m'étais époumonée ; j'ai demandé au gardien la permission de m'asseoir sur le pas de sa porte ; le brave homme m'a dit d'entrer, m'a offert un verre d'eau et de vin. « Un simple verre d'eau, ai-je dit, un simple verre d'eau, mon bon monsieur. » Alors, il m'a fait entrer dans l'antichambre… tapis partout : bonne précaution, on n'entend ni marcher, ni les éclats des vitres, s'il fallait *faire* un carreau ; à droite et à gauche, portes et serrures à becs-de-cane. Ça ouvre en soufflant dessus… Au fond, une forte porte, fermée à clef ; une tournure de caisse… ça sentait l'argent !… J'avais ma cire dans mon cabas…

— Elle avait sa cire, jeune homme… elle ne marche jamais sans sa cire !… dit le brigand.

La Chouette continua :

— Il fallait m'approcher de la porte qui sentait l'argent. Alors, j'ai fait comme s'il me prenait une quinte si forte que j'étais obligée de m'appuyer sur le mur. En m'entendant tousser, le gardien a dit : « Je vas vous mettre un morceau de sucre. » Il a probablement cherché une cuiller, car j'ai entendu rire de l'argenterie… argenterie dans la pièce à main droite… n'oublie pas ça, fourline. Enfin, tout en toussant, tout en geignant, je m'étais approchée de la porte du fond… j'avais ma cire dans la paume de ma main… je me suis appuyée sur la serrure, comme si de rien n'était. Voilà l'empreinte. Si ça ne sert pas aujourd'hui, ça servira un autre jour.

Et la Chouette donna au brigand un morceau de cire jaune où l'on voyait parfaitement l'empreinte.

— Ça fait que vous allez nous dire si c'est bien la porte de la caisse, dit la Chouette.

— Justement ! c'est là où est l'argent, reprit Rodolphe.

Et il se dit tout bas : « Murph a-t-il donc été dupe de cette vieille misérable ? Cela se peut ; il ne s'attend à être attaqué qu'à dix heures… à cette heure-là, toutes ses précautions seront prises. »

— Mais tout l'argent n'est pas là ! reprit la Chouette, dont l'œil vert étincela. En m'approchant des fenêtres, toujours pour chercher Cocotte, j'ai vu dans une des chambres, à gauche de la porte, des sacs d'écus sur un bureau… Je les ai vus comme je te vois, mon homme… Il y en avait au moins une douzaine.

— Où est Tortillard ? dit brusquement le Maître d'école.

— Il est toujours dans son trou… à deux pas de la porte du jardin… Il voit dans l'ombre comme les chats. Il n'y a que cette entrée-là au n° 17 ; lorsque nous irons, il nous avertira si quelqu'un est venu.

— C'est bon.

À peine avait-il prononcé ces mots que le Maître d'école se rua sur Rodolphe à l'improviste, le saisit à la gorge et le précipita dans la cave qui était béante derrière la table.

Cette attaque fut si prompte, si inattendue, si vigoureuse, que Rodolphe n'avait pu ni la prévoir ni l'éviter.

La Chouette, effrayée, poussa un cri perçant, car elle n'avait pas vu d'abord le résultat de cette lutte d'un instant.

Lorsque le bruit du corps de Rodolphe roulant sur les degrés eut cessé, le Maître d'école, qui connaissait parfaitement les êtres souterrains de cette maison, descendit lentement dans la cave en prêtant l'oreille avec attention.

— Fourline… défie-toi !… cria la borgnesse en se penchant à l'ouverture de la trappe. Tire ton poignard !…

Le brigand ne répondit pas et disparut.

D'abord on n'entendit rien ; mais, au bout de quelques instants, le bruit lointain d'une porte rouillée qui criait sur ses gonds résonna sourdement dans les profondeurs de la cave, et il se fit un nouveau silence.

L'obscurité était complète.

La Chouette fouilla dans son cabas, fit pétiller une allumette chimique et alluma une petite bougie dont la lueur se répandit dans cette lugubre salle.

À ce moment-là, la figure monstrueuse du Maître d'école apparut à l'ouverture de la trappe.

La Chouette ne put retenir une exclamation d'effroi à la vue de cette tête pâle, couturée, mutilée, horrible, aux yeux presque phosphorescents, qui semblait ramper sur le sol au milieu des ténèbres… que la clarté de la bougie dissipait à peine.

Remise de son émotion, la vieille s'écria avec une sorte d'épouvantable flatterie :

— Faut-il que tu sois affreux, fourline ! tu m'as fait peur… à moi !

— Vite, vite, à l'allée des Veuves, dit le brigand en assujettissant les deux battants de la trappe avec une barre de fer ; dans une heure peut-être il sera trop tard ! Si c'est une souricière, elle n'est pas encore tendue… si ça n'en est pas une, nous ferons le coup nous seuls.

XVIII

LE CAVEAU

Sous le coup de son horrible chute, Rodolphe était resté évanoui, sans mouvement, au bas de l'escalier de la cave.

Le Maître d'école, le traînant jusqu'à l'entrée d'un second caveau beaucoup plus profond, l'y avait descendu et enfermé au moyen d'une porte épaisse garnie de ferrures ; puis il avait rejoint la Chouette, pour aller avec elle commettre un vol, peut-être un assassinat, dans l'allée des Veuves.

Au bout d'une heure environ, Rodolphe reprit peu à peu ses sens.

Il était couché par terre, au milieu d'épaisses ténèbres ; il étendit ses bras autour de lui et toucha des degrés de pierre. Ressentant à ses pieds une vive impression de fraîcheur, il y porta la main… C'était une flaque d'eau.

D'un effort violent il parvint à s'asseoir sur la dernière marche de l'escalier ; son étourdissement se dissipait peu à peu, il fit quelques mouvements. Heureusement aucun de ses membres n'était fracturé. Il écouta… il n'entendit rien… rien qu'une espèce de petit clapotement sourd, faible, mais continu.

D'abord il n'en soupçonna pas la cause.

À mesure que sa pensée s'éveillait plus lucide, les circonstances de la surprise dont il avait été la victime se retraçaient à son esprit, mais incomplètement, mais avec lenteur… Il était sur le point de rassembler tous ses souvenirs, lorsqu'il ressentit aux pieds une nouvelle impression de fraîcheur : il se baissa, tâta ; il avait de l'eau jusqu'à la cheville.

Et, au milieu du morne silence qui l'environnait, il entendit plus distinctement encore le petit clapotement sourd, faible, continu.

Cette fois, il en comprit la cause : l'eau envahissait le caveau… La crue de la Seine était formidable, et ce lieu souterrain se trouvait au niveau du fleuve…

Ce danger rappela tout à fait Rodolphe à lui-même ; prompt comme l'éclair, il gravit l'humide escalier. Arrivé au faîte, il se heurta contre une porte ; en vain il voulut l'ébranler, elle resta immobile sur ses gonds de fer.

Dans cette position désespérée, son premier cri fut pour Murph.

— S'il n'est pas sur ses gardes, ce monstre va l'assassiner… et c'est moi, s'écria-t-il, moi qui aurai causé sa mort !… Pauvre Murph !…

Cette cruelle pensée exaspéra les forces de Rodolphe ; s'arc-boutant sur ses pieds et courbant les épaules, il s'épuisa en efforts inouïs contre la porte… il ne lui imprima pas le plus léger ébranlement.

Espérant trouver un levier dans le caveau, il redescendit ; à l'avant-dernière marche, deux ou trois corps ronds, élastiques, roulèrent et fuirent sous ses pieds : c'étaient des rats que l'eau chassait de leurs retraites.

Rodolphe parcourut la cave à tâtons, en tous sens, ayant de l'eau jusqu'à mi-jambe ; il ne trouva rien. Il remonta lentement l'escalier, dans un sombre désespoir.

Il compta les marches : il y en avait treize ; trois étaient déjà submergées.

Treize ! nombre fatal !… Dans certaines positions, les esprits les plus fermes ne sont pas à l'abri des idées superstitieuses ; il vit dans ce nombre un mauvais présage. Le sort possible de Murph lui revint à la pensée. Il chercha en vain quelque ouverture entre le sol et la porte, dont l'humidité avait sans doute gonflé le bois, car il joignait hermétiquement la terre humide et grasse.

Rodolphe poussa des cris violents, croyant qu'ils parviendraient peut-être jusqu'aux hôtes du cabaret, et puis il écouta.

Il n'entendit rien, rien que le petit clapotement sourd, faible, continu, de l'eau qui toujours montait, montait, montait.

Rodolphe s'assit avec accablement, le dos appuyé contre la porte ; il pleura sur son ami, qui se débattait peut-être alors sous le couteau d'un assassin.

Bien amèrement alors il regretta ses imprudents et audacieux projets, quoique leur motif fût généreux. Il se rappelait avec déchirement mille preuves de dévouement de Murph, qui, riche, honoré, avait quitté une femme, un enfant bien-aimé, ses intérêts les plus chers, pour suivre et aider Rodolphe dans la vaillante mais étrange expiation que celui-ci s'imposait.

L'eau montait toujours… il n'y avait plus que cinq marches à sec. En se levant debout près de la porte, Rodolphe de son front touchait à la voûte. Il pouvait calculer le temps que durerait son agonic. Cette mort était lente, muette, affreuse.

Il se souvint du pistolet qu'il avait sur lui. Au risque de se mutiler en tirant contre la porte à brûle-bourre, il pourrait peut-être la renverser. Malheur !… malheur !… dans cette chute, cette arme avait été perdue ou enlevée par le Maître d'école.

Sans ses craintes pour Murph, Rodolphe eût attendu la mort avec sérénité… Il avait beaucoup vécu… il avait ardemment aimé… il avait fait du bien, il aurait voulu en faire davantage. Dieu le savait ! Ne murmurant pas contre l'arrêt qui le frappait, il vit dans cette destinée une juste punition d'une fatale action non encore expiée ; ses pensées s'élevaient, grandissaient avec le péril.

Un nouveau supplice vint éprouver la résignation de Rodolphe.

Les rats, chassés par l'eau, s'étaient réfugiés de degré en degré, ne trouvant pas d'issue. Pouvant difficilement gravir une porte ou un mur perpendiculaire, ils grimpèrent le long des vêtements de Rodolphe. Lorsqu'il les sentit fourmiller sur lui, son dégoût, son horreur furent indicibles… Il voulut les chasser, les morsures aiguës et froides ensanglantèrent ses mains ; dans sa chute, sa blouse et sa veste s'étaient ouvertes, il sentit sur sa poitrine nue l'impression de pattes glacées et d'un corps velu. Il jetait au loin ces animaux immondes, après les avoir arrachés de ses habits ; mais ils revenaient à la nage.

Rodolphe poussa de nouveaux cris, on ne l'entendit pas… Dans peu d'instants il ne pourrait plus crier, l'eau avait atteint la hauteur de son cou, bientôt elle arriverait jusqu'à sa bouche.

L'air, refoulé, commençait à manquer dans cet espace étroit. Les premiers symptômes de l'asphyxie accablèrent Rodolphe ; les artères de ses tempes battirent avec violence, il eut des vertiges, il allait mourir. Il donna une dernière pensée à Murph et éleva son âme à Dieu… non pour qu'il l'arrachât au danger, mais pour qu'il agréât ses souffrances.

À ce moment suprême, sur le point de quitter, non seulement tout ce qui fait la vie heureuse, brillante, enviée, mais encore un titre presque royal, un pouvoir souverain… forcé de renoncer à une entreprise qui, en satisfaisant ses deux instincts passionnés : l'amour du bien et la haine des méchants, pouvait lui être un jour comptée pour la remise de ses fautes ; prêt à périr d'une mort effroyable… Rodolphe n'eut pas un de ces mouvements de rage, de frénésie impuissante pendant lesquels les âmes faibles accusent ou maudissent tour à tour les hommes, le destin et Dieu.

Non : tant que sa pensée demeura lucide, Rodolphe supporta son sort avec soumission, avec respect… Lorsque l'agonie obscurcit ses idées, absolument livré à l'instinct vital, il se débattit, si cela peut dire, physiquement, mais non moralement, contre la mort.

Le vertige emportait la pensée de Rodolphe dans son rapide et effrayant tourbillon ; l'eau bouillonnait à ses oreilles ; il croyait se sentir tournoyer sur lui-même ; la dernière lueur de sa raison allait s'éteindre, lorsque des pas précipités et un bruit de voix retentirent auprès de la porte de la cave.

L'espérance ranima ses forces expirantes ; par une suprême tension d'esprit, il put saisir ces mots, les derniers qu'il entendit et qu'il comprit :

— Tu le vois bien, il n'y a personne.

— Tonnerre ! c'est vrai…, répondit tristement la voix du Chourineur.

Et les pas s'éloignèrent.

Rodolphe, anéanti, n'eut pas la force de se soutenir davantage, il glissa le long de l'escalier.

Tout à coup, la porte du caveau s'ouvrit brusquement en dehors ; l'eau contenue dans le souterrain s'échappa comme par l'ouverture d'une écluse… et le Chourineur put saisir les deux bras de Rodolphe qui, à demi noyé, se cramponnait encore au seuil de la porte par un mouvement convulsif.

XIX

LE GARDE-MALADE

Arraché à une mort certaine par le Chourineur, et transporté dans la maison de l'allée des Veuves explorée par la Chouette avant la tentative du Maître d'école, Rodolphe est couché dans une chambre confortablement meublée ; un grand feu brille dans la cheminée, une lampe placée sur une commode répand une vive clarté dans l'appartement ; le lit de Rodolphe, entouré d'épais rideaux de damas vert, reste dans l'obscurité.

Un nègre de moyenne taille, à cheveux et sourcils blancs, vêtu avec recherche et portant un ruban orange et vert à la boutonnière de son habit bleu, tient à la main gauche une montre d'or à secondes, et qu'il semble consulter en comptant de sa main droite les pulsations du pouls de Rodolphe.

Ce Noir est triste, pensif ; il regarde Rodolphe endormi avec l'expression de la plus tendre sollicitude.

Le Chourineur, vêtu de haillons, souillé de boue, est immobile au pied du lit ; il a les bras pendants et les mains croisées ; sa barbe rousse est longue ; son épaisse chevelure couleur de filasse est en désordre et imbibée d'eau ; ses gros traits sont durs, bronzés ; pourtant sous cette laide et rude écorce perce une ineffable expression d'intérêt et de pitié… Osant à peine respirer, il ne soulève qu'avec contrainte sa large poitrine ; inquiet de l'attitude méditative du docteur nègre, redoutant un fâcheux pronostic, il se hasarde à faire à voix basse cette réflexion philosophique en contemplant Rodolphe :

— Qui est-ce qui dirait pourtant, à le voir faible comme ça, que c'est lui qui m'a si crânement festonné les coups de poing de la fin !... Il ne sera pas longtemps à reprendre ses forces... n'est-ce pas, monsieur le médecin ? Foi d'homme, je voudrais bien qu'il me tambourinât sa convalescence sur le dos... ça le secouerait... n'est-ce pas, monsieur le médecin ?

Le Noir, sans répondre, fit un léger signe de la main.

Le Chourineur resta muet.

— La potion ? dit le Noir.

Aussitôt le Chourineur, qui avait respectueusement laissé ses souliers ferrés à la porte, alla vers la commode en marchant sur le bout des orteils le plus légèrement possible ; mais cela avec des contorsions d'enjambements, des balancements de bras, des renflements de dos et d'épaules, qui eussent paru fort plaisants dans toute autre circonstance.

Le pauvre diable avait l'air de vouloir ramener toute sa pesanteur dans la partie de lui-même qui ne touchait pas le sol ; ce qui, malgré le tapis, n'empêchait pas le parquet de gémir sous la pesante stature du Chourineur. Malheureusement, dans son ardeur de bien faire et de peur de laisser échapper la fiole diaphane qu'il apportait précieusement, il en serra tellement le goulot dans sa large main que le flacon se brisa, et la potion inonda le tapis.

À la vue de ce méfait, le Chourineur resta immobile une de ses grosses jambes en l'air, les orteils nerveusement contractés et regardant alternativement, d'un air confus, et le docteur et le goulot qui lui restait à la main.

— Diable de maladroit ! s'écria le nègre avec impatience.

— Tonnerre d'imbécile ! s'écria le Chourineur en s'apostrophant lui-même.

— Ah ! reprit l'Esculape en regardant la commode, heureusement vous vous êtes trompé, je voulais l'autre fiole…

— La petite rougeâtre ? dit bien bas le malencontreux garde-malade.

— Sans doute… il n'y a que celle-là.

Le Chourineur, en tournant prestement sur ses talons par une vieille habitude militaire, écrasa les débris du flacon : des pieds plus délicats eussent été cruellement déchirés ; mais l'ex-débardeur devait à la spécialité de sa profession une paire de sandales naturelles, dures comme le sabot d'un cheval.

— Prenez donc garde, vous allez vous blesser ! s'écria le médecin.

Le Chourineur ne fit pas l'ombre d'attention à cette recommandation. Profondément préoccupé de sa nouvelle mission, dont il voulait se tirer à sa gloire afin de faire oublier sa première maladresse, il fallut voir avec quelle délicatesse, avec quelle légèreté, avec quel scrupule, écartant ses deux gros doigts, il saisit le mince cristal… Un papillon n'eût pas laissé un atome de la poussière dorée de ses ailes entre le pouce et l'index du Chourineur.

Le docteur noir frémit d'un nouvel accident qui pouvait arriver par excès de précaution. Heureusement la potion évita cet écueil.

Le Chourineur, en s'approchant du lit, broya de nouveau sous ses pieds ce qui restait de l'autre flacon.

— Mais, malheureux, vous voulez donc vous estropier ? dit le docteur à voix basse.

Le Chourineur le regarda tout surpris.

— Eh ! de quoi m'estropier, monsieur le médecin ?

— Voilà deux fois que vous marchez sur du verre.

— Si ce n'est que ça, ne faites pas attention… J'ai le dessous des *arpions* doublé en *cuir de brouette*[1].

— Une petite cuiller ! dit le docteur.

Le Chourineur recommença ses évolutions *sylphidiques* et apporta ce que le docteur lui demandait.

Après quelques cuillerées de cette potion, Rodolphe fit un mouvement et agita faiblement les mains.

— Bien ! bien ! il sort de sa torpeur, dit le médecin. La saignée l'a soulagé, bientôt il sera hors d'affaire.

— Sauvé ! bravo ! vive la Charte ! s'écria le Chourineur dans l'explosition de sa joie.

— Mais tenez-vous donc tranquille !

— Oui, monsieur le médecin.

— Le pouls se règle… À merveille !… à merveille !

— Et le pauvre ami de M. Rodolphe, monsieur le médecin. Tonnerre ! quand il va savoir ! Heureusement que…

— Silence !

— Oui, monsieur le médecin.

— Asseyez-vous.

— Mais, monsieur le…

— Asseyez-vous donc ; vous m'inquiétez en rôdant toujours autour de moi, cela me distrait. Voyons, asseyez-vous !

— Monsieur le médecin, je suis aussi malpropre qu'une bûche de bois flottée qu'on va débarder de son train, je salirais les meubles.

— Alors, asseyez-vous par terre.

— Je salirais le tapis.

— Faites comme vous voudrez ; mais, au nom du ciel, restez en repos, dit le docteur avec impatience ; et, se plongeant dans un fauteuil, il appuya son front sur ses mains.

1. Le dessous des pieds doublé en bois.

Après un moment de cogitation profonde, le Chourineur, moins par besoin de se reposer que pour obéir au médecin, prit une chaise avec les plus grandes précautions, et la renversa d'un air parfaitement satisfait, le dossier sur le tapis, dans l'honnête intention de s'asseoir proprement et modestement sur les bâtons antérieurs, afin de ne rien salir… ce qu'il fit avec toute sorte de ménagements délicats.

Malheureusement le Chourineur connaissait peu les lois du levier et de la pondération des corps : la chaise bascula ; le malheureux, par un mouvement involontaire, tendit les bras en avant, renversa un guéridon chargé d'un plateau, d'une tasse et d'une théière.

À ce bruit formidable, le docteur nègre releva la tête en bondissant sur son fauteuil.

Rodolphe, réveillé en sursaut, se dressa sur son séant, regarda autour de lui avec anxiété, rassembla ses idées et s'écria :

— Murph ! où est Murph ?

— Que Votre Altesse se rassure, dit respectueusement le Noir, il y a beaucoup d'espoir.

— Il est blessé ? s'écria Rodolphe.

— Hélas ! oui, monseigneur.

— Où est-il ?… je veux le voir.

Et Rodolphe essaya de se lever ; mais il retomba vaincu par la douleur des contusions dont il ressentait alors le contrecoup.

— Qu'on me porte à l'instant auprès de Murph, puisque je ne puis pas marcher ! s'écria-t-il.

— Monseigneur, il repose… Il serait dangereux à cette heure de lui causer une vive émotion.

— Ah ! vous me trompez ! il est mort… Il est mort assassiné !… Et c'est moi… c'est moi qui en suis cause ! s'écria Rodolphe d'une voix déchirante, en levant les mains au ciel.

— Monseigneur sait que je suis incapable de mentir... Je lui affirme sur l'honneur que M. Murph est vivant... assez grièvement blessé, il est vrai, mais il a des chances de guérison presque certaines.

— Vous me dites cela pour me préparer à quelque affreuse nouvelle. Il est sans doute dans un état désespéré !

— Monseigneur...

— J'en suis sûr... vous me trompez... Je veux à l'instant qu'on me porte auprès de lui... La vue d'un ami est toujours salutaire...

— Encore une fois, monseigneur, je vous affirme sur l'honneur qu'à moins d'accidents improbables M. Murph peut être bientôt convalescent.

— Vrai, bien vrai ! mon cher David ?

— Bien vrai, monseigneur.

— Écoutez, vous savez ma considération pour vous ; depuis que vous appartenez à ma maison, vous avez toujours eu ma confiance... jamais je n'ai mis votre rare savoir en doute... mais pour l'amour du ciel, si une consultation est nécessaire...

— Ç'a été ma première pensée, monseigneur. Quant à présent, une consultation est absolument inutile, vous pouvez me croire... et puis, d'ailleurs, je n'ai pas voulu introduire d'étrangers ici avant de savoir si vos ordres d'hier...

— Mais comment tout ceci est-il arrivé ? dit Rodolphe en interrompant le Noir ; qui m'a tiré de ce caveau où je me noyais ?... J'ai un souvenir confus d'avoir entendu le Chourineur ; me serais-je trompé ?

— Non ! non ! ce brave homme peut tout vous apprendre, monseigneur, car il a tout fait.

— Mais où est-il ? où est-il ?

Le docteur chercha des yeux le garde-malade improvisé, qui, confus de sa chute, s'était réfugié derrière le rideau du lit.

— Le voici, dit le médecin, il a l'air tout honteux.

— Voyons, avance donc, mon brave ! dit Rodolphe en tendant la main à son sauveur.

XX

RÉCIT DU CHOURINEUR

La confusion du Chourineur était d'autant plus profonde, qu'il venait d'entendre le médecin noir appeler Rodolphe *monseigneur* à plusieurs reprises.

— Mais approche donc… donne-moi ta main ! dit Rodolphe.

— Pardon, monsieur… non, je voulais dire monseigneur… mais…

— Appelle-moi monsieur Rodolphe, comme toujours… J'aime mieux cela.

— Et moi aussi je serai moins gêné… Mais, pour ma main, excusez… j'ai fait tant d'ouvrage depuis tantôt…

Et il avança timidement sa main noire et calleuse.

Rodolphe la serra cordialement.

— Voyons, assieds-toi et raconte-moi tout… comment as-tu découvert la cave ?… Mais j'y songe, le Maître d'école ?

— Il est en sûreté, dit le médecin noir.

— Ficelés comme deux carottes de tabac… lui et la Chouette… Vu la figure qu'ils doivent se faire s'ils se regardent, ils doivent joliment se répugner à l'heure qu'il est.

— Et mon pauvre Murph ! Mon Dieu, j'y pense seulement maintenant ! David, où a-t-il été blessé ?

— Au côté droit, monseigneur… heureusement vers la dernière fausse côte..

— Oh ! il me faudra une vengeance terrible, terrible !… David ! je compte sur vous.

— Monseigneur le sait, je suis à lui âme et corps, répondit froidement le Noir.

— Mais comment es-tu arrivé à temps, mon brave ? dit Rodolphe au Chourineur.

— Si vous vouliez, monseign… non, monsieur Rodolphe… je commencerais par le commencement.

— Tu as raison ; je t'écoute.

— Vous savez qu'hier soir vous m'avez dit, en revenant de la campagne, où vous étiez allé avec la pauvre Goualeuse : « Tâche de trouver le Maître d'école dans la Cité ; tu lui diras que tu sais un bon coup à faire, que tu ne veux pas en être ; mais que s'il veut ta place il n'a qu'à se trouver demain – c'était ce matin – à la barrière de Bercy, au Panier-Fleuri, et que là il verrait celui qui *a nourri le poupard*[1]. »

— Très bien !

— En vous quittant, je trotte à la Cité… Je vas chez l'ogresse : pas de Maître d'école ; je fais la rue Saint-Éloi, la rue aux Fèves, la rue de la Vieille-Draperie… personne… Enfin je l'empaume avec cette limace de Chouette au parvis Notre-Dame, chez un petit tailleur, revendeur, receleur et voleur ; ils voulaient flamber avec l'argent volé du grand monsieur en deuil qui voulait vous faire quelque chose ; ils achetaient des

1. Qui a préparé le vol.

défroques d'hasard. La Chouette marchandait un châle rouge… Vieux monstre !… Je dévide *mon chapelet* au Maître d'école : il me dit que ça lui va, et qu'il sera au rendez-vous. Bon ! Ce matin, selon vos ordres d'hier, j'accours ici vous rendre la réponse… Vous me dites : « Mon garçon, reviens demain matin avant le jour, tu passeras la journée dans la maison, et le soir… tu verras quelque chose qui en vaut la peine… » Vous ne m'en jaspinez pas plus ; mais j'en comprends d'avantage. Je me dis : « C'est un coup monté pour faire une farce au Maître d'école demain, en l'amorçant pour une affaire. C'est un vrai scélérat… Il a assassiné le marchand de bœufs… J'en suis… »

— Et mon tort a été de ne pas tout te dire, mon garçon… Cet affreux malheur ne serait peut-être pas arrivé.

— Ça vous regardait, monsieur Rodolphe ; ce qui me regardait, moi, c'était de vous servir… parce que enfin… je ne sais comment ça se fait, je vous l'ai déjà dit, je me sens comme votre bouledogue ; enfin… suffit… Je dis donc : « C'est demain la noce, aujourd'hui j'ai congé, M. Rodolphe m'a payé les deux journées que j'ai perdues, et deux autres d'avance, car voilà trois jours que je ne parais pas chez mon maître débardeur, et, n'étant pas millionnaire, le travail… c'est mon pain. » Je m'ajoute : « Tiens, au fait, M. Rodolphe me paye mon temps, mon temps lui appartient, je vas l'employer pour lui. » Ça me donne l'idée que voilà : « Le Maître d'école est malin, il doit craindre une souricière. M. Rodolphe lui proposera la chose pour demain, c'est vrai ; mais le gueux est capable de venir dans la journée flâner par ici pour reconnaître les alentours et, s'il se défie de M. Rodolphe, d'amener un autre *grinche*, ou bien encore de dire : “À demain”, et de faire le coup pour son compte aujourd’hui. »

— Tu as deviné juste… c’est ce qui est arrivé… Et la Providence a voulu que je te doive la vie !

— C’est étonnant, monsieur Rodolphe, comme depuis que je vous connais il m’aboule des choses qui ont l’air de se manigancer là-haut ! Et puis j’ai des idées que je n’avais jamais eues, depuis que vous m’avez dit : « Mon garçon, il y a en toi du cœur et de l’honneur. » Du cœur ! de l’honneur ! tonnerre ! ces mots-là vous remuent quelque chose dans le ventre. Allez, monsieur Rodolphe, quand on est habitué à s’entendre crier au loup, au chien enragé ! quand on veut seulement approcher des honnêtes gens…

— Ainsi, tu as depuis quelques jours des pensées nouvelles pour toi ?

— Bien sûr, monsieur Rodolphe. Tenez, je me disais encore : « Maintenant, je connaîtrais quelqu’un qui aurait fait un mauvais coup… la boisson, la colère… enfin… n’importe quoi… je lui dirais : “Mon homme, tu as fait un mauvais coup, c’est bon… Mais c’est pas tout ça ; ce n’est pas pour le roi de Prusse que le bon Dieu compose les gens qui se noient, qui rôtissent ou qui crèvent de faim ; tu vas me faire l’amitié, si tu gagnes quarante sous, d’en donner vingt à des pauvres vieux, ou à des petits enfants ; enfin à ceux qui, plus malheureux que toi, n’ont ni pain ni force… et surtout n’oublie pas, mon homme, que s’il y a quelqu’un à sauver en risquant sa peau à coup sûr, c’est actuellement ton négoce ! Moyennant ça, et que tu ne recommences pas tes bêtises, tu me trouveras toujours…” » Mais, pardon, monsieur Rodolphe, je bavarde… et vous êtes curieux…

— Non ; j’aime à entendre parler ainsi. Et puis je ne

saurai que trop tôt comment est arrivé l'horrible malheur dont mon pauvre Murph a été la victime… Je me croyais certain de ne pas quitter le Maître d'école d'un pas, d'une minute, durant cette dangereuse entreprise… Alors il m'eût tué mille fois… avant que de toucher à Murph. Hélas ! le sort en a décidé autrement… Continue, mon garçon.

— Voulant donc employer mon temps pour vous, monsieur Rodolphe, je me dis : « Faut aller m'embosser quelque part d'où je puisse voir les murs, la porte du jardin, il n'y a que cette entrée-là… Si je trouve un bon coin… il pleut, j'y resterai toute la journée, toute la nuit surtout, et demain matin je serai tout porté… » Je m'étais dit ça sur le coup de deux heures, à Batignolles, où j'avais été manger un morceau en vous quittant, monsieur Rodolphe… Je reviens aux Champs-Élysées… Je cherche à me nicher… Qu'est-ce que je vois ? Un petit bouchon à dix pas de votre porte… Je m'établis au rez-de-chaussée, près de la fenêtre, je demande un litre et un quarteron de noix, disant que j'attends des amis… un bossu et une grande femme, ça a l'air plus naturel. Je m'installe, et me voilà à dévisager votre porte… Il pleuvait, le tremblement ; personne ne passait, la nuit venait…

— Mais, dit Rodolphe en interrompant le Chourineur, pourquoi n'es-tu pas allé chez moi ?

— Vous m'avez dit de revenir le lendemain matin, monsieur Rodolphe… Je n'ai pas osé revenir avant. J'aurais eu l'air de faire le câlin, le *brosseur*, comme disent les troupiers. Après tout, je sais ce que je suis, un *fagot affranchi*[1], et quand quelqu'un comme vous est avec moi comme vous êtes, monsieur Rodolphe…

1. Forçat libéré.

il ne faut pas aller à lui que s'il vous dit : « Viens ! » Après ça, je verrais une araignée sur le collet de votre habit que je vous l'ôterais et je l'écraserais sans vous en demander la permission… Vous comprenez ?… J'étais donc à la fenêtre du bouchon, cassant mes noix et buvant ma piquette, lorsqu'à travers le brouillard je vois débouler la Chouette avec le *môme* à Bras-Rouge, le petit Tortillard…

— Bras-Rouge ! Il est donc le maître du cabaret souterrain des Champs-Élysées ? s'écria Rodolphe.

— Oui, monsieur Rodolphe ; vous ne le saviez pas ?

— Non, je croyais qu'il demeurait dans la Cité…

— Il y demeure aussi… il demeure partout, Bras-Rouge… C'est un fin et fier gueux, allez, avec sa perruque jaune et son nez pointu !… Finalement, quand je vois débouler la Chouette et Tortillard, je me dis : « Bon, ça va chauffer ! » En effet, Tortillard se blottit dans un des fossés de l'allée, en face de votre porte, comme s'il se mettait à l'abri de l'ondée, et il fait la taupe… La Chouette, elle, ôte son bonnet, le met dans sa poche et sonne à la porte. Ce pauvre M. Murph, votre ami, vient ouvrir à la borgnesse ; et la voilà qui fait ses grands bras en courant dans le jardin. Je donnais en moi-même ma langue aux chiens de ne pouvoir deviner ce que venait faire la Chouette… Enfin elle ressort, remet son bonnet, dit deux mots à Tortillard, qui rentre dans son trou ; et elle détale… Je me continue : « Minute !… ne nous embrouillons pas. Tortillard est venu avec la Chouette ; le Maître d'école et M. Rodolphe sont donc chez Bras-Rouge. La Chouette est venue *battre l'antif*[1] dans la maison ; ils vont donc faire le coup ce soir ; M. Rodolphe, qui croit qu'il se fera demain, est donc

1. Espionner.

enfoncé. Si M. Rodolphe est enfoncé, je dois aller chez Bras-Rouge voir de quoi il retourne ; oui, mais si pendant ce temps-là le Maître d'école arrive… c'est juste. Alors, tant pis, je vais entrer dans la maison et dire à M. Murph : "Méfiez-vous." Oui, mais cette petite vermine de Tortillard est près de la porte, il m'entendra sonner, il me verra, il donnera l'éveil à la Chouette ; si elle revient… ça gâtera tout… d'autant plus que M. Rodolphe s'est peut-être arrangé autrement pour ce soir… » Tonnerre ! ces oui et ces non me papillotaient dans la cervelle… J'étais abruti, je n'y voyais plus que du feu… je ne savais que faire ; je me dis : « Je vais sortir, le grand air me conseillera peut-être. » Je sors… il me conseille ; j'ôte ma blouse et ma cravate, je vas au fossé de Tortillard, je prends le moutard par la peau du dos ; il a beau gigoter, m'égratigner et piailler… je l'entortille dans ma blouse comme dans un sac, j'en noue un bout avec les manches, l'autre avec ma cravate, il pouvait respirer ; je prends le paquet sous mon bras, je vois près de là un jardin maraîcher entouré d'un petit mur ; je jette Tortillard au milieu d'un plant de carottes ; il grognait sourd comme un cochon de lait, mais à deux pas on ne l'entendait pas… Je file, il était temps ! Je grimpe sur un des grands arbres de l'allée, juste en face votre porte, au-dessus du fossé de Tortillard. Dix minutes après j'entends marcher ; il pleuvait toujours. Il faisait si noir… si noir, que le *boulanger*[1] aurait marché sur sa queue… J'écoute : c'était la Chouette : « Tortillard !… Tortillard !… » qu'elle dit tout bas. Oui, cherche ton Tortillard ! « Il pleut, le *môme* se sera lassé d'attendre, dit le Maître d'école, en jurant. Si je l'attrape, je l'écorche !

1. Le diable.

« — Fourline, prends garde, reprit la Chouette, peut-être qu'il sera venu nous prévenir de quelque chose. Si c'était une souricière !… L'autre ne voulait faire le coup qu'à dix heures.

« — C'est pour ça, répond le Maître d'école, il n'en est que sept. Tu as vu l'argent… Qui ne risque rien n'a rien ; donne-moi la pince et le ciseau froid. »

— Ces instruments ? demanda Rodolphe.

— Ils venaient de chez Bras-Rouge ; oh ! il a une maison bien montée. En un rien la porte est forcée. « Reste-là, dit le Maître d'école à la Chouette ; attention, et *crible à la grive*[1] si tu entends quelque chose. Passe ton *surin* dans une boutonnière de ton gilet, pour pouvoir le tirer tout de suite », dit la borgnesse. Et le Maître d'école entre dans le jardin. Je me dis tout de suite : « M. Rodolphe n'est pas là ; il est mort ou vivant dans ce moment-ci ; je n'y peux rien, mais les amis de nos amis sont nos… » Oh ! non ; pardon, monseigneur !

— Va, va. Eh bien ?

— Je me dis : « Le Maître d'école peut assassiner M. Murph, l'ami à Rodolphe, qui ne s'attend à rien. C'est là où ça chauffe d'abord. » Je saute de mon arbre, je tombe sur la Chouette : je l'étourdis de deux coups de poing… choisis… Elle tombe sans souffler… J'entre dans le jardin… Tonnerre ! monsieur Rodolphe !… c'était trop tard…

— Pauvre Murph !…

— Entendant du bruit à la porte, il était sans doute sorti du vestibule ; il se roulait avec le Maître d'école sur le petit perron ; déjà blessé, il tenait toujours ferme, sans crier au secours. Brave homme ! il est comme les bons chiens : « Des coups de dent, pas de coups de

1. Crie : prends garde.

gueule », que je me dis… et je me jette à pile ou face sur tous les deux, en empoignant le Maître d'école par une gigue, c'était le seul morceau de disponible pour le moment.

« — Vive la Charte ! c'est moi ! le Chourineur ! Part à deux, monsieur Murph !

« — Ah ! brigand ! mais d'où sors-tu donc ? me crie le Maître d'école, étourdi de ça.

« — Curieux, va ! que je lui réponds en lui tenaillant une de ses jambes entre mes genoux, et en lui empoignant un aileron : c'était celui du poignard, c'était le bon.

« — Et… Rodolphe ? me crie M. Murph, tout en m'aidant.

— Brave, excellent homme ! murmura Rodolphe avec douleur.

— « Je n'en sais rien, que je réponds. Ce gueux-là l'a peut-être tué. » Et je redouble sur le Maître d'école, qui tâchait de me larder avec son poignard ; mais j'étais couché la poitrine sur son bras, il n'avait que le poignet de libre. « Vous êtes donc tout seul ? que je dis à M. Murph, en continuant de nous débattre avec le Maître d'école.

« — Il y a du monde près d'ici, mais on ne m'entendrait pas crier.

« — Est-ce loin ?

« — Il y en a pour dix minutes.

« — Crions au secours, s'il y a des passants, ils viendront nous aider.

« — Non ; puisque nous le tenons, il faut le garder ici… Mais je me sens faible.. je suis blessé, me dit M. Murph.

« — Tonnerre ! alors… courez chercher du secours, si vous en avez le temps. Je tâcherai de le retenir ;

ôtez-lui son couteau, aidez-moi seulement à me battre sur lui ; quoiqu'il soit deux fois fort comme moi, je m'en charge, une fois que je l'aurai accroché. » Le Maître d'école ne disait rien, on ne l'entendait que souffler comme un bœuf ; mais, tonnerre ! quels efforts. M. Murph n'avait pas pu lui arracher son poignard, la poigne de cet homme-là c'est un étau. Enfin, en pesant toujours de tout mon corps sur son bras droit, je lui passe mes deux mains derrière le cou et je les joins… comme si je voulais l'embrasser. De le crocher comme ça, c'était mon ambition, alors je dis à Murph : « Dépêchez-vous… je vous attends. Si vous avez quelqu'un de trop, faite ramasser la Chouette derrière la porte du jardin, je l'ai engourdie. » Je reste seul avec le Maître d'école. Il savait ce qui l'attendait.

— Il ne le savait pas !… ni toi non plus, mon brave, dit Rodolphe d'un air sombre, les traits contractés par cette expression dure, presque féroce, dont nous avons parlé.

Le Chourineur, étonné, dit à Rodolphe :

— Je croyais que le Maître d'école se doutait de ce qui l'attendait ; car, tonnerre ! c'est pas pour me vanter… mais il y a eu un moment où je n'étais pas à la noce. Nous étions moitié par terre, moitié sur la dernière dalle du perron… J'avais mes bras autour de son cou… ma joue contre sa joue. J'entendais ses dents grincer. Il faisait noir… il pleuvait toujours, et la lampe restée dans le vestibule, nous éclairait un peu. J'avais passé une de ses jambes dans les miennes. Malgré ça, il avait les reins si forts qu'il nous soulevait tous les deux à un pied de terre. Il voulait me mordre, mais il ne pouvait pas. Jamais je ne m'étais senti si vigoureux. Tonnerre ! le cœur me battait, mais dans un bon endroit. Je me disais : « Je suis comme quelqu'un qui s'accrocherait à un chien enragé pour l'empêcher de se jeter sur le monde. »

« — Laisse-moi me sauver, et je ne te ferai rien, me dit le Maître d'école.

« — Ah ! tu es lâche ! que je lui dis ; ton courage n'est donc que ta force ? Tu n'aurais pas osé assassiner le marchand de bœufs de Poissy pour le voler s'il avait été seulement aussi fort que moi, hein !

« — Non, me dit-il, mais je vais te tuer comme lui.

« En disant ça, il fit un haut-le-corps si violent, en roidissant les jambes en même temps, qu'il me jeta de côté ; mais j'avais toujours mes mains croisées sous sa tête, et son bras droit sous moi. Une fois qu'il a eu les deux jambes libres, il s'en est solidement servi. Ça lui a donné de l'élan. Il m'a retourné à demi. Si je n'avais pas tenu bon le bras du poignard, j'étais fini. Dans ce moment-là, mon poignet gauche a porté à faux ; j'ai été obligé de desserrer les doigts. Ça se gâtait. Je me dis : "Je suis dessous, il est dessus ; il va me tuer. C'est égal, j'aime mieux ma place que la sienne... M. Rodolphe m'a dit que j'avais du cœur et de l'honneur. Je sens que c'est vrai." J'en étais là, quand j'aperçois la Chouette tout debout sur le perron... avec son œil rond et son châle rouge. Tonnerre ! j'ai cru avoir le cauchemar. "Finette ! lui crie le Maître d'école, j'ai laissé tomber le couteau ; ramasse-le... là... sous lui... et frappe... dans le dos, entre les épaules.

« — Attends, attends, fourline, que je m'y reconnaisse..."

« Et voilà la Chouette qui tourne... qui tourne autour de nous comme un oiseau de malheur qu'elle était. Enfin elle voit le poignard... veut sauter dessus. J'étais à plat ventre, je lui envoie un coup de talon dans l'estomac, je la renverse ; mais elle se lève et s'acharne. Je n'en pouvais plus ; je me cramponnais encore au Maître d'école ; mais il me donnait en dessous des coups si forts dans la mâchoire que j'allais tout lâcher. Je commençais à m'étourdir… lorsque je vois trois ou quatre gaillards armés qui dégringolent le perron… et M. Murph, tout pâle, se soutenant à peine sur M. le médecin. On empoigne le Maître d'école et la Chouette, et ils sont ficelés. C'était pas tout, ça. Il me fallait M. Rodolphe. Je saute sur la Chouette, je me souviens de la dent de la pauvre Goualeuse, je lui empoigne le bras, et je le lui tords en lui disant : "Où est M. Rodolphe ?" Elle tient bon. Au second tour, elle me crie : "Chez Bras-Rouge, dans la cave, au Cœur-Saignant." Bon. En passant, je veux prendre Tortillard dans sa planche de carottes ; c'était mon chemin. Je regarde… il n'y avait plus rien que ma blouse. Il l'avait rongée avec ses dents. J'arrive au Cœur-Saignant, je saute à la gorge de Bras-Rouge. "Où est le jeune homme qui est venu ici ce soir avec le Maître d'école ?

« — Ne me serre pas si fort, je vais te le dire : on a voulu lui faire une farce, on l'a enfermé dans ma cave ; nous allons lui ouvrir." Nous descendons… personne : "Il sera sorti pendant que j'avais le dos tourné, dit Bras-Rouge ; tu vois bien qu'il n'y a personne." Je m'en allais tout triste, lorsqu'à la lueur de la lanterne je vois une autre porte. J'y cours, je tire à moi, je reçois comme qui dirait un fameux seau d'eau sur la boule. Je voix vos deux pauvres bras en l'air. Je vous repêche et je vous rapporte ici sur mon dos, vu qu'il n'y avait personne pour aller chercher un fiacre. Voilà, monsieur Rodolphe, et je puis dire, sans me vanter, que je suis fièrement content…

— Mon garçon, je te dois la vie… c'est une dette… je l'acquitterai, sois-en sûr, et de toutes les façons…

tu as tant de cœur… que tu partageras le sentiment qui m'anime à cette heure… je ressens une affreuse inquiétude pour l'ami que tu as si vaillamment sauvé, et un besoin de vengeance féroce contre celui qui a failli vous tuer tous deux.

— Je comprends ça, monsieur Rodolphe… sauter sur vous en traître, vous jeter dans un cave et vous porter évanoui dans un caveau pour vous noyer, ça mérite ce qui revient au Maître d'école… il m'a avoué qu'il avait assassiné le marchand de bœufs. Je ne suis pas capon, mais, tonnerre ! j'irais cette fois de bon cœur chercher la garde pour le faire empoigner, le brigand !

— David, voulez-vous aller savoir des nouvelles de Murph ! dit Rodolphe sans répondre au Chourineur. Vous reviendrez ensuite.

Le Noir sortit.

— Sais-tu où est le Maître d'école, mon garçon ?

— Dans une salle basse avec la Chouette. Vous allez envoyer chercher la garde, monsieur Rodolphe ?

— Non…

— Est-ce que vous voudriez le lâcher ? Ah ! monsieur Rodolphe, pas de ces générosités-là. J'en reviens à ce que j'ai dit, c'est un chien enragé. Prenez garde aux passants !

— Il ne mordra plus personne… rassure-toi.

— Vous allez donc le renfermer quelque part ?

— Non ! dans une demi-heure il sortira d'ici.

— Le Maître d'école ?

— Oui.

— Sans gendarmes ?

— Oui…

— Comment ! il sortira d'ici libre ?

— Libre…

— Et tout seul ?

— Oui, tout seul…
— Mais il ira… ?
— Où il voudra, dit Rodolphe en interrompant le Chourineur avec un sourire qui l'épouvanta…
Le Noir rentra.
— Eh bien ! David… et Murph… ?
— Il sommeille, monseigneur, dit tristement le médecin. La respiration est toujours… oppressée…
— Toujours du danger ?
— Sa position… est très grave, monseigneur… Pourtant, il faut espérer…
— Oh ! Murph ! vengeance !… vengeance !… s'écria Rodolphe avec une fureur froide et concentrée. (Puis il ajouta :) David… un mot…
Et il parla tout bas à l'oreille du Noir.
Celui-ci tressaillit.
— Vous hésitez ? lui dit Rodolphe. Je vous ai pourtant souvent entretenu de cette idée… Le moment de l'appliquer est venu…
— Je n'hésite pas, monseigneur… Cette idée, je l'approuve… elle renferme toute une réforme pénale digne de l'examen des grands criminalistes, car cette peine serait à la fois… simple… terrible… et juste… Dans ce cas-ci, elle est applicable. Sans nombrer les crimes qui ont jeté ce brigand au bagne pour sa vie… il a commis trois meurtres… le marchand de bœufs… Murph… et vous, c'est justice…
— Et il aura encore devant lui l'horizon sans bornes du repentir, ajouta Rodolphe. Bien, David… vous me comprenez…
— Nous concourrons à la même œuvre… monseigneur…
Après un moment de silence, Rodolphe ajouta :
— Ensuite cinq mille francs lui suffiront-ils, David ?

— Parfaitement, monseigneur.

— Mon garçon, dit Rodolphe au Chourineur ébahi, j'ai deux mots à dire à monsieur. Pendant ce temps-là, va dans la chambre à côté… tu trouveras un grand portefeuille rouge sur un bureau ; tu y prendras cinq billets de mille francs que tu m'apporteras…

— Et pour qui ces cinq mille francs ? s'écria involontairement le Chourineur.

— Pour le Maître d'école… et tu diras en même temps qu'on l'amène ici…

XXI

LA PUNITION

La scène se passa dans un salon tendu de rouge, brillamment éclairé.

Rodolphe, revêtu d'une longue robe de chambre de velours noir, qui augmente encore la pâleur de sa figure, est assis devant une grande table recouverte d'un tapis. Sur cette table on voit deux portefeuilles, celui qui a été volé à Tom par le Maître d'école dans la Cité, et celui qui appartient à ce brigand ; la chaîne de similor de la Chouette, à laquelle est suspendu le petit saint-esprit de lapis-lazuli, le stylet encore ensanglanté qui a frappé Murph, la pince de fer qui a servi à l'effraction de la porte, et enfin les cinq billets de mille francs que le Chourineur a été chercher dans une pièce voisine.

Le docteur nègre est assis d'un côté de la table, le Chourineur de l'autre.

Le Maître d'école, étroitement garrotté, hors d'état de

faire un mouvement, est placé dans un grand fauteuil à roulettes, au milieu du salon.

Les gens qui ont apporté cet homme se sont retirés.

Rodolphe, le docteur, le Chourineur et l'assassin restent seuls.

Rodolphe n'est plus irrité : il reste calme, triste, recueilli ; il va accomplir une mission solennelle et formidable.

Le docteur est pensif.

Le Chourineur ressent une crainte vague ; il ne peut détacher son regard du regard de Rodolphe.

Le Maître d'école est livide… il a peur…

Une arrestation légale lui eût paru moins redoutable peut-être, son audace ne l'eût pas abandonné devant un tribunal ordinaire ; mais tout ce qui l'entoure le surprend, l'effraye ; il est au pouvoir de Rodolphe, qu'il considérait comme un artisan capable de le trahir ou de faiblir à l'heure du crime, et qu'il a voulu sacrifier à ce soupçon et à l'espoir de profiter seul du vol…

Et à cette heure Rodolphe lui apparaît terrible et imposant comme la justice.

Le plus profond silence règne au-dehors. Seulement l'on entend le bruit de la pluie qui tombe… tombe du toit sur le pavé.

Rodolphe s'adresse au Maître d'école :

— Échappé du bagne de Rochefort où vous aviez été condamné à perpétuité… pour crime de faux, de vol et de meurtre… vous êtes Anselme Duresnel.

— C'est faux ; qu'on me le prouve ! dit le Maître d'école d'une voix altérée, en jetant autour de lui son regard fauve et inquiet.

— Comment ! s'écria le Chourineur, nous n'étions pas ensemble à Rochefort ?

Rodolphe fit un signe au Chourineur, qui se tut.

Rodolphe continua :

— Vous êtes Anselme Duresnel... vous en conviendrez plus tard... vous avez assassiné et volé un marchand de bestiaux sur la route de Poissy.

— C'est faux !

— Vous en conviendrez plus tard.

Le brigand regarda Rodolphe avec surprise.

— Cette nuit, vous vous êtes introduit ici pour voler ; vous avez poignardé le maître de cette maison...

— C'est vous qui m'avez proposé ce vol, dit le Maître d'école en reprenant un peu d'assurance ; on m'a attaqué... je me suis défendu.

— L'homme que vous avez frappé ne vous a pas attaqué... il était sans armes ! Je vous ai proposé ce vol... c'est vrai... je vous dirai tout à l'heure dans quel but. La veille, après avoir dévalisé un homme et une femme dans la Cité, après leur avoir volé le portefeuille que voici, vous leur avez offert de me tuer, pour mille francs !...

— Je l'ai entendu ! s'écria le Chourineur.

Le Maître d'école lui lança un regard de haine féroce.

Rodolphe reprit :

— Vous le voyez, vous n'aviez pas besoin d'être tenté par moi pour faire le mal !...

— Vous n'êtes pas juge d'instruction, je ne vous répondrai plus...

— Voici pourquoi je vous ai proposé ce vol. Je vous savais évadé du bagne... Vous connaissiez les parents d'une infortunée dont la Chouette, votre complice, a presque causé tous les malheurs... Je voulais vous attirer ici par l'appât d'un vol, seul appât capable de vous séduire. Une fois en mon pouvoir, je vous laissais le choix ou d'être mis entre les mains de la justice, qui vous faisait payer de votre tête l'assassinat du marchand de bestiaux…

— C'est faux ! ce n'est pas moi.

— Ou d'être conduit hors de France, par mes soins, et dans un lieu de réclusion perpétuelle, mais à la condition que vous me donneriez les renseignements que je voulais avoir. Vous étiez condamné à perpétuité, vous aviez rompu votre ban. En m'emparant de vous, en vous mettant désormais dans l'impossibilité de nuire, je servais la société, et par vos aveux je trouvais moyen de rendre peut-être une famille à une pauvre créature plus malheureuse encore que coupable. Tel était d'abord mon projet ; il n'était pas légal ; mais, par votre évasion et par vos nouveaux crimes, vous êtes hors la loi… Hier, une révélation providentielle m'a appris votre véritable nom.

— C'est faux ! je ne m'appelle pas Duresnel.

Rodolphe prit sur la table la chaîne de la Chouette, et, montrant au Maître d'école le petit saint-esprit de lapis-lazuli :

— Sacrilège ! s'écria Rodolphe d'une voix menaçante. Vous avez prostitué à une créature infâme cette relique sainte… trois fois sainte !… car votre enfant tenait ce don pieux de sa mère et de son aïeule !

Le Maître d'école, stupéfait de cette découverte, baissa la tête sans répondre.

— Hier j'ai appris que vous aviez enlevé votre fils à sa mère il y a quinze ans, et que vous seul possédiez le secret de son existence ; ce nouveau méfait m'a été un motif de plus de m'assurer de vous ; sans parler de ce qui m'est personnel… ce n'est pas cela que je venge… Cette nuit vous avez encore une fois versé le sang sans provocation. L'homme que vous avez assassiné est venu à vous avec confiance, ne soupçonnant pas votre rage sanguinaire. Il vous a demandé ce que vous vouliez. « Ton argent et ta vie !... » et vous l'avez frappé d'un coup de poignard.

— Tel a été le récit de M. Murph lorsque je lui ai donné les premiers secours, dit le docteur.

— C'est faux, il a menti.

— Murph ne ment jamais, dit froidement Rodolphe. Vos crimes demandent une réparation éclatante. Vous vous êtes introduit à main armée dans ce jardin, vous avez poignardé un homme pour le voler. Vous avez commis un autre meurtre... Vous allez mourir ici... Par pitié pour votre femme et pour votre fils, on vous sauvera la honte de l'échafaud... On dira que vous avez été tué dans une attaque à main armée... Préparez-vous... les armes sont chargées.

La physionomie de Rodolphe était implacable...

Le Maître d'école avait remarqué dans une pièce précédente deux hommes armés de carabines... Son nom était connu : il pensa en effet qu'on allait se débarrasser de lui pour ensevelir dans l'ombre ses derniers crimes et sauver ce nouvel opprobre à sa famille.

Comme ses pareils, cet homme était aussi lâche que férocc. Croyant son heure arrivée, il trembla convulsivement ; ses lèvres blanchirent ; d'une voix strangulée il cria :

— Grâce !

— Il n'y a pas de grâce pour vous, dit Rodolphe. Si l'on ne vous brûle pas la cervelle ici, l'échafaud vous attend...

— J'aime mieux l'échafaud... Je vivrai au moins deux ou trois mois encore... Qu'est-ce que cela vous fait, puisque je serai puni ensuite !... Grâce !... grâce !...

— Mais votre femme... mais votre fils... ils portent votre nom...

— Mon nom est déjà déshonoré… Quand je ne devrais vivre que huit jours, grâce !…

— Pas même ce mépris de la vie qu'on trouve quelquefois chez les grands criminels ! dit Rodolphe avec dégoût.

— D'ailleurs la loi défend de se faire justice soi-même, reprit le Maître d'école avec assurance.

— La loi ! s'écria Rodolphe, la loi !… Vous osez invoquer la loi, vous qui depuis vingt ans vivez en révolte ouverte et armée contre la société ?

Le brigand baissa la tête sans répondre, puis il dit d'un ton humble :

— Au moins laissez-moi vivre, par pitié !

— Me direz-vous où est votre fils ?

— Oui, oui… Je vous dirai tout ce que j'en sais.

— Me direz-vous quels sont les parents de cette jeune fille dont l'enfance a été torturée par la Chouette ?

— Il y a là, dans mon portefeuille, des papiers qui vous mettront sur leur trace. Il paraît que sa mère est une grande dame.

— Où est votre fils ?

— Vous me laisserez vivre ?

— Confessez tout d'abord…

— C'est que quand vous saurez…, dit le Maître d'école avec hésitation.

— Tu l'as tué !

— Non, non, je l'ai confié à un de mes complices qui, lorsque j'ai été arrêté, a pu s'évader.

— Qu'en a-t-il fait ?

— Il l'a élevé ; il lui a donné les connaissances nécessaires pour entrer dans le commerce, afin de nous servir et… Mais je ne dirai pas le reste, à moins que vous ne me promettiez de ne pas me tuer.

— Des conditions, misérable !

— Eh bien ! non, non ; mais pitié ; faites-moi seulement arrêter comme coupable du crime d'aujourd'hui ; ne parlez pas de l'autre. Laissez-moi la chance de sauver ma tête.

— Tu veux donc vivre ?

— Oh ! oui, oui ; qui sait ? On ne peut pas prévoir ce qui arrive, dit involontairement le brigand.

Il songeait déjà à la possibilité d'une nouvelle évasion.

— Tu veux vivre à tout prix… vivre ?

— Mais vivre… quand ce serait à la chaîne ! pour un mois, pour huit jours… Oh ! que je ne meure pas à l'instant…

— Confesse tous tes crimes, tu vivras.

— Je vivrai ! oh ! bien vrai ? je vivrai ?

— Écoute, par pitié, pour ta femme, pour ton fils, je veux te donner un sage conseil : meurs aujourd'hui, meurs…

— Oh ! non, non, ne revenez pas sur votre promesse, laissez-moi vivre, l'existence la plus affreuse, la plus épouvantable, n'est rien auprès de la mort.

— Tu le veux ?

— Oh ! oui, oui…

— Tu le veux ?

— Oh ! je ne m'en plaindrai jamais.

— Et ton fils, qu'en as-tu fait ?

— Cet ami dont je vous parle lui avait fait apprendre la tenue des livres pour le mettre dans une maison de banque, afin qu'il pût nous renseigner… à certains égards. C'était convenu entre nous. Quoiqu'à Rochefort, et en attendant mon évasion, je dirigeais le plan de cette entreprise, nous correspondions par chiffres.

— Cet homme m'épouvante ! s'écria Rodolphe en frémissant ; il est des crimes que je ne soupçonnais pas.

Avoue… avoue… pourquoi voulais-tu faire entrer ton fils chez un banquier ?

— Pour… vous entendez bien… étant d'accord avec nous… sans le paraître… inspirer de la confiance au banquier… nous seconder… et…

— Oh ! mon Dieu ! son fils, son fils ! s'écria Rodolphe avec une douloureuse horreur, en cachant sa tête dans ses mains.

— Mais il ne s'agissait que de faux ! s'écria le brigand ; et encore, quand on lui a révélé ce qu'on attendait de lui, mon fils s'est indigné… Après une scène violente avec la personne qui l'avait élevé pour nos projets, il a disparu… Il y a dix-huit mois de cela… Depuis, on ne sait pas ce qu'il est devenu… Vous verrez là, dans mon portefeuille, l'indication des démarches que cette personne a tentées pour le retrouver, dans la crainte qu'il ne dénonçât l'association ; mais on a perdu ses traces à Paris. La dernière maison qu'il a habitée était rue du Temple, n° 14, sous le nom de François-Germain ; l'adresse est aussi dans mon portefeuille. Vous voyez, j'ai tout dit, tout… Tenez votre promesse, faites-moi seulement arrêter pour le vol de ce soir.

— Et le marchand de bestiaux de Poissy ?

— Il est impossible que cela se découvre, il n'y a pas de preuves. Je veux bien vous l'avouer à vous, pour montrer ma bonne volonté ; mais devant le juge je nierais…

— Tu l'avoues donc ?

— J'étais dans la misère, je ne savais comment vivre… C'est la Chouette qui m'a conseillé… Maintenant je me repens… vous le voyez, puisque j'avoue… Ah ! si vous étiez assez généreux pour ne pas me livrer à la justice, je vous donnerais ma parole d'honneur de ne pas recommencer.

— Tu vivras… et je ne te livrerai pas à la justice.

— Vous me pardonnez ? s'écria le Maître d'école, ne croyant pas à ce qu'il entendait ; vous me pardonnez ?

— Je te juge… et je te punis ! s'écria Rodolphe d'une voix tonnante. Je ne te livrerai pas à la justice, parce que tu irais au bagne ou à l'échafaud, et il ne faut pas cela… non, il ne le faut pas… Au bagne ! pour dominer encore cette tourbe par ta force et par ta scélératesse ! pour satisfaire encore tes instincts d'oppression brutale !… pour être abhorré, redouté de tous ; car le crime a son orgueil, et tu te réjouis dans ta monstruosité !… Au bagne ! non, non : ton corps de fer défie les labeurs de la chiourme et le bâton des argousins. Et puis les chaînes se brisent, les murs se percent, les remparts s'escaladent ; et quelque jour encore tu romprais ton ban pour te jeter de nouveau sur la société comme une bête féroce enragée, marquant ton passage par la rapine et par le meurtre… car rien n'est à l'abri de ta force d'Hercule et de ton couteau ; et il ne faut pas que cela soit… non il ne le faut pas ! Puisque au bagne tu briserais ta chaîne… pour garantir la société de ta rage, que faire ? Te livrer au bourreau ?

— Mais c'est donc ma mort que vous voulez ? s'écria le brigand, c'est donc ma mort ?

— La mort ! ne l'espère pas… Tu es si lâche, tu la crains tant… la mort… que jamais tu ne la croirais imminente ! Dans ton acharnement à vivre, dans ton espérance obstinée, tu échapperais aux angoisses de sa formidable approche ! Espérance stupide, insensée !… il n'importe… elle te voilerait l'horreur expiatrice du supplice ; tu n'y croirais que sous l'ongle du bourreau ! Et alors, abruti par la terreur, ce ne serait plus qu'une masse inerte, insensible, qu'on offrirait en holocauste aux mânes de tes victimes… Cela ne se peut pas… tu aurais cru te sauver jusqu'à la dernière minute… toi, monstre… espérer ? Comment ! l'espérance viendrait suspendre ses doux et consolants mirages aux murs de ton cabanon… jusqu'à ce que la mort ait terni ta prunelle ?… Allons donc !… le vieux Satan rirait trop !… Si tu ne te repens pas… je ne veux plus que tu espères dans cette vie, moi…

— Mais qu'est-ce que j'ai fait à cet homme ?… Qui est-il ? Que veut-il de moi ? Où suis-je ?… s'écria le Maître d'école presque dans le délire.

Rodolphe continua :

— Si au contraire tu bravais effrontément la mort, il ne faudrait pas non plus te livrer au supplice… Pour toi l'échafaud serait un sanglant tréteau où, comme tant d'autres, tu ferais parade de ta férocité… où, insouciant d'une vie misérable, tu damnerais ton âme dans un dernier blasphème !… Il ne faut pas cela non plus… Il n'est pas bon au peuple de voir le condamné badiner avec le couperet, narguer le bourreau et souffler en ricanant sur la divine étincelle que le Créateur a mise en nous… C'est quelque chose de sacré que le salut d'une âme. Tout crime s'expie et se rachète, a dit le Sauveur, mais pour qui veut sincèrement expiation et repentir. Du tribunal à l'échafaud le trajet est trop court. Il ne faut pas que tu meures ainsi.

Le Maître d'école était anéanti… Pour la première fois de sa vie, il y eut quelque chose qu'il redouta plus que la mort… Cette crainte vague était horrible…

Le docteur nègre et le Chourineur regardaient Rodolphe avec angoisse, ils écoutaient en frémissant cet accent sonore, tranchant, impitoyable comme le fer d'une hache ; ils sentaient leur cœur se serrer douloureusement.

Rodolphe continua :

— Anselme Duresnel, tu n'iras donc pas au bagne… tu ne mourras donc pas…

— Mais que voulez-vous de moi ? C'est donc l'enfer qui vous envoie ?

— Écoute…, dit Rodolphe en se levant d'un air solennel et en donnant à son geste une autorité menaçante : Tu as criminellement abusé de ta force… je paralyserai ta force… Les plus vigoureux tremblaient devant toi… tu trembleras devant les plus faibles… Assassin… tu as plongé des créatures de Dieu dans la nuit éternelle… les ténèbres de l'éternité commenceront pour toi dans cette vie… aujourd'hui… tout à l'heure… Ta punition enfin égalera tes crimes… Mais, ajouta Rodolphe avec une sorte de pitié douloureuse, cette punition épouvantable te laissera du moins l'horizon sans bornes de l'expiation… Je serais aussi criminel que toi si, en te punissant, je ne satisfaisais qu'une vengeance, si juste qu'elle fût… Loin d'être stérile comme la mort… ta punition doit être féconde ; loin de te damner… elle te peut racheter… Si pour te mettre hors d'état de nuire… je te dépossède à jamais des splendeurs de la création… si je te plonge dans une nuit impénétrable… seul… avec le souvenir de tes forfaits… c'est pour que tu contemples incessamment leur énormité… Oui… pour toujours isolé du monde extérieur, tu seras forcé de regarder toujours en toi… et alors, je l'espère, ton front bronzé par l'infamie rougira de honte… ton âme endurcie par la férocité… corrodée par le crime… s'amollira par la commisération… Chacune de tes paroles est un blasphème… chacune de tes paroles sera une prière… Tu es audacieux et cruel parce que tu es fort… tu seras doux et humble parce que tu seras faible… Ton cœur est fermé au repentir… un jour tu pleureras tes victimes… Tu as dégradé l'intelligence que Dieu avait mise en toi, tu l'as réduite à des instincts de rapine et de meurtre… d'homme tu t'es fait bête sauvage… un jour ton intelligence se retrempera par le remords, se relèvera par l'expiation… Tu n'as pas même respecté ce que respectent les bêtes sauvages… leurs femelles et leurs petits… Après une longue vie consacrée à la rédemption de tes crimes, ta dernière prière sera pour supplier Dieu de t'accorder le bonheur inespéré de mourir entre ta femme et ton fils.

En disant ces dernières paroles, la voix de Rodolphe s'était tristement émue.

Le Maître d'école ne ressentait presque plus de terreur… Il crut que Rodolphe avait voulu l'effrayer avant que d'arriver à cette moralité. Presque rassuré par la douceur de l'accent de son juge, le brigand, d'autant plus insolent qu'il était moins effrayé, dit avec un rire grossier :

— Ah çà, devinons-nous des charades, ou sommes-nous au catéchisme, ici ?…

Le Noir regarda Rodolphe avec inquiétude ; il s'attendait à un accès de fureur de sa part.

Il n'en fut rien… le jeune homme secoua la tête avec une ineffable expression de tristesse et dit au docteur :

— Faites, David… Que Dieu me punisse seul si je me trompe !…

Et Rodolphe cacha sa figure dans ses deux mains…

À ces mots : « Faites, David ! », le nègre sonna.

Deux hommes vêtus de noir entrèrent. D'un signe le docteur leur montra la porte d'un cabinet latéral.

Les deux hommes y roulèrent le fauteuil où le Maître d'école était garrotté de façon à ne pouvoir faire aucun mouvement. La tête était fixée au dossier par une écharpe qui entourait le cou et les épaules.

— Assujettissez le front au fauteuil avec un mouchoir, et bâillonnez-le avec un autre, dit David sans entrer dans le cabinet.

— Vous voulez donc m'égorger maintenant ?... grâce !... dit le Maître d'école, grâce !... et...

Puis l'on n'entendit plus rien qu'un murmure confus.

Les deux hommes reparurent... Le docteur leur fit un signe, ils sortirent.

— Monseigneur ?... dit une dernière fois le Noir à Rodolphe, d'un air interrogatif.

— Faites, répondit Rodolphe sans charger de position.

David entra lentement dans le cabinet.

— Monsieur Rodolphe, j'ai peur, dit le Chourineur tout pâle et d'une voix tremblante. Monsieur Rodolphe, parlez-moi donc... j'ai peur... est-ce que je rêve ?... Mais qu'est-ce donc qu'il lui fait, au Maître d'école, le nègre ? Monsieur Rodolphe, on n'entend rien... Ça me fait plus peur encore.

David sortit du cabinet ; il était pâle comme le sont les nègres. Ses lèvres étaient blanches.

Il sonna.

Les deux hommes reparurent.

— Ramenez le fauteuil.

On ramena le Maître d'école.

— Ôtez-lui son bâillon.

On le lui ôta.

— Vous voulez donc me mettre à la torture ?... s'écria le Maître d'école avec plus de colère que de douleur. Pourquoi vous êtes-vous amusé à me piquer les yeux ainsi ?... Vous m'avez fait mal... Est-ce pour me martyriser encore dans l'ombre que vous avez éteint les lumières ici comme là-dedans ?

Il y eut un moment de silence effrayant.

— Vous êtes aveugle, dit enfin David d'une voix émue.

— Ça n'est pas vrai ! ça n'est pas possible ! Vous avez fait la nuit exprès !... s'écria le brigand en faisant de violents efforts sur son fauteuil.

— Ôtez-lui ses liens, qu'il se lève, qu'il marche, dit Rodolphe.

Les deux hommes firent tomber les liens du Maître d'école.

Il se leva brusquement, fit un pas en tendant ses mains devant lui, puis retomba dans le fauteuil en levant les bras au ciel.

— David, donnez-lui ce portefeuille, dit Rodolphe.

Le nègre mit dans les mains tremblantes du Maître d'école un petit portefeuille.

— Il y a dans ce portefeuille assez d'argent pour t'assurer un abri... et du pain... jusqu'à la fin de tes jours dans quelque solitude. Maintenant tu es libre... va-t'en... et repens-toi... le Seigneur est miséricordieux !

— Aveugle ! répéta le Maître d'école en tenant machinalement le portefeuille à sa main.

— Ouvrez les portes... qu'il parte ! dit Rodolphe.

On ouvrit les portes avec fracas.

— Aveugle ! aveugle ! aveugle ! répéta le brigand anéanti. Mon Dieu ! c'est donc vrai !

— Tu es libre, tu as de l'argent, va-t'en !

— Mais je ne puis m'en aller... moi ! Comment voulez-vous que je fasse ? Je n'y vois plus ! s'écria-t-il avec désespoir. Mais c'est un crime affreux que d'abuser ainsi de sa force pour...

— C'est un crime affreux d'abuser de sa force ! répéta Rodolphe en l'interrompant d'une voix solennelle. Et toi, qu'en as-tu fait, de ta force ?

— Oh ! la mort… Oui, j'aurais préféré la mort ! s'écria le Maître d'école. Être à la merci de tout le monde, avoir peur de tout ! Un enfant me battrait maintenant ! Que faire ? Mon Dieu ! que faire ?

— Tu as de l'argent.

— On me le volera ! dit le brigand.

— On te le volera ! Entends-tu ces mots… que tu dis avec crainte, toi qui as volé ? Va-t'en !

— Pour l'amour de Dieu, dit le Maître d'école d'un air suppliant, que quelqu'un me conduise ! Comment vais-je faire dans les rues ?… Ah ! tuez-moi ! tenez, tuez-moi ! je vous le demande, par pitié… tuez-moi !

— Non, un jour tu te repentiras.

— Jamais, jamais je ne me repentirai ! s'écria le Maître d'école avec rage. Oh ! je me vengerai ! Allez… je me vengerai !…

Et, grinçant les dents de rage, il se précipita hors du fauteuil, les poings fermés et menaçants.

Au premier pas qu'il fit, il trébucha.

— Non, non, je ne pourrai pas !… et être si fort pourtant ! Ah ! je suis bien à plaindre… Personne n'a pitié de moi, personne.

Et il pleura.

Il est impossible de peindre l'effroi, la stupeur du Chourineur pendant cette scène terrible : sa sauvage et rude figure exprimait la compassion. Il s'approcha de Rodolphe et lui dit à voix basse :

— Monsieur Rodolphe, il n'a peut-être que ce qu'il mérite… c'est un fameux scélérat ! Il a aussi voulu me tuer tantôt ; mais maintenant il est aveugle, il pleure. Tenez, tonnerre ! il me fait de la peine… il ne sait comment s'en aller. Il peut se faire écraser dans les rues. Voulez-vous que je le conduise quelque part où il pourra être tranquille au moins ?

— Bien…, dit Rodolphe, ému de cette générosité et prenant la main du Chourineur ; bien, va…

Le Chourineur s'approcha du Maître d'école et lui mit la main sur l'épaule.

Le brigand tressaillit.

— Qu'est-ce qui me touche ? dit-il d'une voix sourde.

— Moi…

— Qui, toi ?

— Le Chourineur.

— Tu viens aussi te venger, n'est-ce pas ?

— Tu ne sais comment sortir !… Prends mon bras… Je vais te conduire.

— Toi ! toi !

— Oui, tu me fais de la peine… maintenant ; viens !

— Tu veux donc me tendre un piège ?

— Tu sais bien que je ne suis pas lâche… je n'abuserai pas de ton malheur. Allons, partons, il fait jour.

— Il fait jour ! ah ! Je ne verrai plus jamais quand il fera jour, moi ! s'écria le Maître d'école.

Rodolphe ne put supporter davantage cette scène, il rentra brusquement, suivi de David, en faisant signe aux deux domestiques de s'éloigner.

Le Chourineur et le Maître d'école restèrent seuls.

— Est-ce vrai qu'il y a de l'argent dans le portefeuille qu'on m'a donné ? dit le brigand, après un long silence.

— Oui, j'y ai mis moi-même cinq mille francs. Avec cela tu peux te placer en pension quelque part, dans quelque coin, à la campagne, pour le restant de tes jours… ou bien veux-tu que je te conduise chez l'ogresse ?

— Non, elle me volerait.

— Chez Bras-Rouge ?

— Il m'empoisonnerait pour me voler !

— Où veux-tu donc que je te conduise ?

— Je ne sais pas. Tu n'es pas voleur, toi, Chourineur. Tiens, cache bien mon portefeuille dans ma veste, que la Chouette ne le voie pas, elle me dévaliserait.

— La Chouette ? on l'a portée à l'hospice Beaujon. En me débattant contre vous deux, cette nuit, je lui ai *déformé* une jambe.

— Mais qu'est-ce que je vais devenir ? mon Dieu ! qu'est-ce que je vais devenir ? avec ce rideau noir, là, là toujours devant moi ! Et sur ce rideau noir si je voyais paraître les figures pâles et mortes de ceux…

Il tressaillit et dit d'une voix sourde au Chourineur :

— Cet homme de cette nuit, est-ce qu'il est mort ?

— Non.

— Tant mieux !

Et le brigand resta quelque temps silencieux ; puis tout à coup il s'écria en bondissant de rage :

— C'est pourtant toi, Chourineur, qui me vaux cela ! Brigand… sans toi je refroidissais l'homme et j'emportais l'argent. Si je suis aveugle, c'est ta faute ! Oui, c'est ta faute !

— Ne pense plus à cela, c'est malsain pour toi. Voyons, viens-tu, oui ou non ?… Je suis fatigué, je veux dormir. C'est assez nocé comme ça. Demain je retourne à mon train de bois. Je vas te conduire où tu voudras, j'irai me coucher après.

— Mais je ne sais où aller, moi. Dans mon garni… je n'ose pas… il faudrait dire…

— Eh bien ! écoute : veux-tu, pour un jour ou deux, venir dans mon chenil ? Je te trouverai peut-être bien des braves gens qui, ne sachant pas qui tu es, te prendront en pension chez eux comme un infirme. Tiens… il y a justement un homme du port Saint-Nicolas, que je connais, dont la mère habite Saint-Mandé ; une digne femme, qui n'est pas heureuse. Peut-être bien qu'elle pourrait se charger de toi… Viens-tu, oui ou non ?

— On peut se fier à toi, Chourineur. Je n'ai pas peur d'aller chez toi avec mon argent. Tu n'as jamais volé, toi… tu n'es pas méchant, tu es généreux.

— Allons, c'est bon, assez d'épitaphes comme ça.

— C'est que je suis reconnaissant de ce que tu veux bien faire pour moi, Chourineur. Tu es sans haine et sans rancune, toi…, dit le brigand avec humilité, tu vaux mieux que moi.

— Tonnerre ! je le crois bien ; M. Rodolphe m'a dit que j'avais du cœur.

— Mais quel est-il donc, cet homme ? Ce n'est pas un homme, s'écria le Maître d'école avec un redoublement de fureur désespérée, c'est un bourreau, un monstre !

Le Chourineur haussa les épaules et dit :

— Partons-nous ?

— Nous allons chez toi, n'est-ce pas, Chourineur ?

— Oui.

— Tu n'as pas de rancune de cette nuit, tu me le jures, n'est-ce pas ?

— Oui.

— Et tu es sûr qu'il n'est pas mort… *l'homme* ?

— J'en suis sûr.

— Ça sera toujours celui-là de moins, dit le brigand d'une voix sourde.

Et, s'appuyant sur le bras du Chourineur, il quitta la maison de l'allée des Veuves.

DEUXIÈME PARTIE

I

L'ÎLE-ADAM

Un mois s'était passé depuis les événements dont nous avons parlé. Nous conduirons le lecteur dans la petite ville de l'Île-Adam, située dans une position ravissante, au bord de la rivière de l'Oise, au pied d'une forêt.

Les plus petits faits deviennent des événements en province. Aussi, les oisifs de l'Île-Adam, qui se promenaient ce matin-là sur la place de l'Église, se préoccupaient-ils beaucoup de savoir quand arriverait l'acquéreur du plus beau fonds de boucherie de la ville tout récemment cédé par la veuve Dumont, à laquelle il appartenait.

Sans doute l'acquéreur était riche : car il avait fait splendidement peindre et décorer la boutique. Depuis trois semaines, les ouvriers avaient travaillé jour et nuit. Une belle grille de bronze, rehaussée d'or, s'étendait sur toute l'ouverture de l'étal, et le fermait en laissant circuler l'air. De chaque côté de la grille s'élevaient de larges pilastres, surmontés de deux grosses têtes de taureaux à cornes dorées ; ils soutenaient le vaste entablement destiné à recevoir l'enseigne de la boutique. Le reste de la maison, composé d'un étage, avait été peint d'une couleur de pierre ; les persiennes, d'un gris clair. Les travaux étaient terminés, sauf le placement de l'enseigne, impatiemment attendu par les oisifs, très désireux de connaître le nom du successeur de la veuve.

Enfin les ouvriers apportèrent un grand tableau, et les curieux purent lire, en lettres dorées sur un fond noir : *Francœur, marchand boucher*.

La curiosité des oisifs de l'Île-Adam ne fut qu'en partie satisfaite par ce renseignement. Quel était ce M. Francœur ? Un des plus impatients alla s'en informer auprès du garçon boucher, qui, l'air joyeux et ouvert, s'occupait activement des derniers soins de l'étalage.

Le garçon, interrogé sur son maître, M. Francœur, répondit qu'il ne le connaissait pas encore, car il avait fait acheter ce fonds par procuration ; mais le garçon ne doutait pas que son *bourgeois* ne fît tous ses efforts pour mériter la pratique de MM. les bourgeois de l'Île-Adam.

Ce petit compliment, fait d'un air avenant et cordial, joint à l'excellente tenue de la boutique, disposa les curieux en faveur de M. Francœur ; plusieurs même promirent à l'instant leur pratique à son garçon.

La maison avait une porte charretière ouvrant sur la rue de l'Église.

Deux heures après l'ouverture de la boutique, une carriole d'osier toute neuve, attelée d'un bon et vigoureux cheval percheron, entra dans la cour de la boucherie ; deux hommes descendirent de cette voiture.

L'un était Murph, complètement guéri de sa blessure, quoiqu'il fût encore pâle ; l'autre était le Chourineur.

Au risque de répéter une vulgarité, nous dirons que le prestige de l'habit est si puissant que l'hôte des tavernes de la Cité était presque méconnaissable sous les vêtements qu'il portait. Sa physionomie avait subi la même métamorphose ; il avait dépouillé avec ses haillons son air sauvage, brutal et turbulent ; à le voir marcher ses deux mains dans les poches de sa longue et chaude redingote de castorine couleur noisette, son menton fraîchement rasé enfoui dans une cravate blanche à coins brodés, on l'eût pris pour le bourgeois le plus inoffensif du monde.

Murph attacha la longe du licou du cheval à un anneau de fer scellé dans le mur, fit signe au Chourineur de le suivre ; ils entrèrent dans une jolie salle basse, meublée en noyer, qui formait l'arrière-boutique ; les deux fenêtres donnaient sur la cour, où le cheval piaffait d'impatience. Murph paraissait être chez lui, car il ouvrit une armoire, il prit une bouteille d'eau-de-vie, un verre, et dit au Chourineur :

— Le froid étant vif ce matin, mon garçon, vous boirez bien un verre d'eau-de-vie ?

— Si cela vous est égal, monsieur Murph... je ne boirai pas.

— Vous refusez ?

— Oui, je suis trop content ; et la joie, ça réchauffe. Après ça, quand je dis content... peut-être.

— Comment cela ?

— Hier, vous venez me trouver sur le port Saint-Nicolas, où je débardais crânement pour me réchauffer. Je ne vous avais pas vu depuis la nuit... où le Nègre à cheveux blancs avait aveuglé le Maître d'école. C'était la première chose qu'il n'ait pas volé, c'est vrai... mais enfin... tonnerre ! ça m'a remué. Et M. Rodolphe, quelle figure ! Lui qui avait l'air si bon enfant, il m'a fait peur dans ce moment-là.

— Bien, bien... Après ?

— Vous m'avez donc dit : « Bonjour, Chourineur.

« — Bonjour, monsieur Murph. Vous voilà donc debout ?... Tant mieux, tonnerre !... tant mieux. Et M. Rodolphe ?

« — Il a été obligé de partir quelques jours après l'affaire de l'allée des Veuves, et il vous a oublié, mon garçon.

« — Eh bien, monsieur Murph, que je vous réponds, si M. Rodolphe m'a oublié, vrai… ça me fait de la peine. »

— Je voulais dire, mon brave, qu'il avait oublié de récompenser vos services ; mais il en gardera toujours le souvenir.

— Aussi, monsieur Murph, ces paroles-là m'ont ragaillardi tout de suite… Tonnerre ! moi, je ne l'oublierai pas, allez !… Il m'a dit que j'avais du cœur et de l'honneur… enfin, suffit.

— Malheureusement, mon garçon, monseigneur est parti sans laisser d'ordre à votre sujet : moi, je ne possède rien que ce que me donne monseigneur : je ne puis reconnaître comme je le voudrais… tout ce que je vous dois pour ma part.

— Allons donc ! monsieur Murph, vous plaisantez.

— Mais pourquoi diable, aussi, n'êtes-vous pas revenu à l'allée des Veuves après cette nuit fatale ? Monseigneur ne serait pas parti sans songer à vous.

— Dame… M. Rodolphe ne m'a pas fait demander. J'ai cru qu'il n'avait plus besoin de moi.

— Mais vous deviez bien penser qu'il avait au moins besoin de vous témoigner sa reconnaissance.

— Puisque vous m'avez dit que M. Rodolphe ne m'avait pas oublié, monsieur Murph !

— Allons, bien ; allons, n'en parlons plus. Seulement j'ai eu beaucoup de peine à vous trouver… Vous n'allez donc plus chez l'ogresse ?

— Non.

— Pourquoi cela ?

— C'est des idées à moi… des bêtises.

II

RÉCOMPENSE

— Vive la Charte ! je suis crânement content de vous retrouver, monsieur Rodolphe, ou plutôt monseigneur, s'écria le Chourineur.

Il éprouvait une véritable joie à revoir Rodolphe ; car les cœurs généreux s'attachent autant par les services qu'ils rendent que par ceux qu'ils reçoivent.

— Bonjour, mon garçon ; je suis aussi ravi de vous voir.

— Farceur de M. Murph ! qui disait que vous étiez parti. Mais tenez, monseigneur…

— Appelez-moi monsieur Rodolphe, j'aime mieux ça.

— Eh bien ! monsieur Rodolphe… pardon de n'avoir pas été vous revoir après la nuit du Maître d'école… Je sens maintenant que j'ai fait une impolitesse ; mais enfin, vous ne m'en voudrez pas, n'est-ce pas ?

— Je vous la pardonne, dit Rodolphe en souriant.

Puis il ajouta :

— Murph vous a fait voir cette maison ?

— Oui, monsieur Rodolphe ; belle habitation, belle boutique ; c'est cossu, soigné. À propos de cossu, c'est moi qui vas l'être, monsieur Rodolphe : quatre francs par jour, que M. Murph me fait gagner… quatre francs !

— J'ai mieux que cela à vous proposer, mon garçon.

— Oh ! mieux… sans vous commander, c'est difficile. Quatre francs par jour !

— J'ai mieux à vous proposer, vous dis-je : car cette maison, ce qu'elle contient, cette boutique et mille écus que voici dans ce portefeuille, tout cela vous appartient.

Le Chourineur sourit d'un air stupide, aplatit son

castor à longs poils entre ses deux genoux, qu'il serrait convulsivement, et ne comprit pas ce que Rodolphe lui disait, quoique ses paroles fussent très claires.

Celui-ci reprit avec bonté :

— Je conçois votre surprise ; mais je vous le répète, cette maison et cet argent sont à vous, sont votre propriété.

Le Chourineur devint pourpre, passa sa main calleuse sur son front baigné de sueur et balbutia d'une voix altérée :

— Oh ! c'est-à-dire… c'est-à-dire… ma propriété…

— Oui, votre propriété, puisque je vous donne tout cela. Comprenez-vous ! je vous le donne, à vous…

Le Chourineur s'agita sur sa chaise, se gratta la tête, toussa, baissa les yeux et ne répondit pas. Il sentait le fil de ses idées lui échapper. Il entendait parfaitement ce que lui disait Rodolphe, et c'est justement pour cela qu'il ne pouvait croire à ce qu'il entendait. Entre la misère profonde, la dégradation où il avait toujours vécu, et la position que lui assurait Rodolphe, il y avait un abîme que le service qu'il avait rendu à Rodolphe ne comblait même pas.

Nc hâtant pas le moment où son protégé ouvrirait enfin les yeux à la réalité, Rodolphe jouissait avec délices de cette stupeur, de cet étourdissement du bonheur.

Il voyait, avec un mélange de joie et d'amertume indicibles, que, chez certains hommes, l'habitude de la souffrance et du malheur est telle que leur raison se refuse à admettre la possibilité d'un avenir qui serait, pour un grand nombre, une existence très peu enviable.

« Certes, pensait-il, si l'homme a jamais, à l'instar de Prométhée, ravi quelque rayon de la divinité, c'est dans ces moments où il fait (qu'on pardonne ce blasphème !)

ce que la Providence devrait faire de temps à autre pour l'édification du monde : prouver aux bons et aux méchants qu'il y a récompense pour les uns, punition pour les autres. »

Après avoir encore un peu joui du bienheureux hébétement du Chourineur, Rodolphe continua :

— Ce que je vous donne vous semble donc bien au-delà de vos espérances ?

— Monseigneur ! dit le Chourineur en se levant brusquement, vous me proposez cette maison et beaucoup d'argent… pour me tenter ; mais je ne peux pas.

— Vous ne pouvez pas, quoi ? dit Rodolphe avec étonnement.

Le visage du Chourineur s'anima, sa honte cessa ; il dit d'une voix ferme :

— Ce n'est pas pour m'engager à voler, que vous m'offrez tant d'argent, je le sais bien. D'ailleurs, je n'ai jamais volé de ma vie… C'est peut-être pour tuer… mais j'ai bien assez du rêve du sergent ! ajouta le Chourineur d'une voix sombre.

— Ah ! les malheureux ! s'écria Rodolphe avec amertume. La compassion qu'on leur témoigne est-elle donc rare à ce point qu'ils ne peuvent s'expliquer la libéralité que par le crime ?

Puis, s'adressant au Chourineur, il lui dit d'un ton plein de douceur :

— Vous me jugez mal… vous vous trompez, je n'exigerai rien de vous que d'honorable. Ce que je vous donne, je vous le donne parce que vous le méritez.

— Moi ! s'écria le Chourineur, dont les ébahissements recommencèrent, je le mérite, et comment ?

— Je vais vous le dire : sans notions du bien et du mal, abandonné à vos instincts sauvages, renfermé pendant quinze ans au bagne avec les plus affreux scélérats, pressé par la misère et par la faim, forcé, par votre flétrissure et par la réprobation des honnêtes gens, à continuer à fréquenter la lie des malfaiteurs, non seulement vous êtes resté probe, mais le remords de votre crime a survécu à l'expiation que la justice humaine vous avait imposée.

Ce langage simple et noble fut une nouvelle source d'étonnement pour le Chourineur. Il regardait Rodolphe avec un respect mêlé de crainte et de reconnaissance. Mais il ne pouvait encore se rendre à l'évidence.

— Comment, monsieur Rodolphe, parce que vous m'avez battu, parce que, vous croyant ouvrier comme moi, puisque vous parliez argot comme père et mère, je vous ai raconté ma vie entre deux verres de vin, et qu'après ça je vous ai empêché de vous noyer... Vous, comment ? Enfin, moi... une maison... de l'argent... moi comme un bourgeois... Tenez, monsieur Rodolphe, encore une fois, c'est pas possible.

— Me croyant un des vôtres, vous m'avez raconté votre vie naturellement et sans feinte, sans cacher ce qu'il y avait eu de coupable ou de généreux. Je vous ai jugé... bien jugé, et il me plaît de vous récompenser.

— Mais, monsieur Rodolphe, ça ne se peut pas. Non, enfin, il y a de pauvres ouvriers qui toute leur vie ont été honnêtes, et qui...

— Je le sais, et j'ai peut-être fait pour plusieurs de ceux-là plus que je ne fais pour vous. Mais si l'homme qui vit honnête au milieu des gens honnêtes, encouragé par leur estime, mérite intérêt et appui, celui qui, malgré l'éloignement des gens de bien, reste honnête au milieu des plus abominables scélérats de la terre, celui-là aussi mérite intérêt et appui. D'ailleurs, ce n'est pas tout : vous m'avez sauvé la vie, vous l'avez aussi sauvée à Murph, mon ami le plus cher. Ce que je fais pour vous m'est donc autant dicté par la reconnaissance personnelle que par le désir de retirer de la fange une bonne et forte nature qui s'est égarée, mais non perdue… Et ce n'est pas tout.

— Qu'est-ce donc que j'ai encore fait, monsieur Rodolphe ?

Rodolphe lui prit cordialement la main et lui dit :

— Rempli de commisération pour le malheur d'un homme qui auparavant avait voulu vous tuer, vous lui avez offert votre appui ; vous lui avez même donné asile dans votre pauvre demeure, impasse Notre-Dame, n° 9.

— Vous saviez où je demeurais, monsieur Rodolphe ?

— Parce que vous oubliez les services que vous m'avez rendus, je ne les oublie pas, moi. Lorsque vous avez quitté ma maison, on vous a suivi ; on vous a vu rentrer chez vous avec le Maître d'école.

— Mais M. Murph m'avait dit que vous ne saviez pas où je demeurais, monsieur Rodolphe.

— Je voulais tenter sur vous une dernière épreuve, je voulais savoir si vous aviez le désintéressement de la générosité. En effet, après votre généreuse action, vous êtes retourné à vos rudes labeurs de chaque jour, ne demandant rien, n'espérant rien, n'ayant pas même un mot d'amertume pour blâmer l'apparente ingratitude avec laquelle je méconnaissais vos services ; et quand hier Murph vous a proposé une occupation un peu mieux rétribuée que votre travail habituel, vous avez accepté avec joie, avec reconnaissance !

— Écoutez donc, monsieur Rodolphe, pour ce qui est de ça, quatre francs par jour sont toujours quatre francs par jour. Quant au service que je vous ai rendu, c'est plutôt moi qui vous en remercie.

— Comment cela ?

— Oui, oui, monsieur Rodolphe, ajouta-t-il d'un air

triste, il m'est encore revenu des choses… car, depuis que je vous connais et que vous m'avez dit ces deux mots : « Tu as encore du CŒUR et de l'HONNEUR », c'est étonnant comme je réfléchis. C'est tout de même drôle que deux mots, deux seuls mots, produisent ça. Mais au fait, semez deux petits grains de blé de rien du tout dans la terre, et il va pousser de grands épis.

Cette comparaison juste, presque poétique, frappa Rodolphe. En effet, deux mots, mais deux mots puissants et magiques pour ceux qui les comprennent, avaient presque subitement développé dans cette nature énergique les bons et généreux instincts qui existaient en germe.

— Voyez-vous, monseigneur, reprit le Chourineur, j'ai sauvé M. Rodolphe et un peu M. Murph, c'est vrai, mais j'en sauverais des centaines, des milliers, que ça ne rendrait pas la vie à ceux…

Et le Chourineur baissa la tête d'un air sombre.

— Ce remords est salutaire, mais une bonne action est toujours comptée.

— Et puis, dans ce que vous avez dit au Maître d'école sur les meurtriers, monsieur Rodolphe, il y avait des choses qui pouvaient m'aller, en bien comme en mal.

Voulant rompre le cours des pensées du Chourineur, Rodolphe lui dit :

— C'est vous qui avez placé le Maître d'école à Saint-Mandé ?

— Oui, monsieur Rodolphe… Il m'avait fait changer ses billets pour de l'or et acheter une ceinture que je lui ai cousue sur lui… Nous avons mis son quibus là-dedans, et bon voyage ! Il est en pension pour trente sous par jour, chez de bien bonnes gens à qui ça fait une petite douceur.

— Il faudra que vous me rendiez encore un service, mon garçon.

— Parlez, monsieur Rodolphe.

— Dans quelques jours vous irez le trouver… avec ce papier : c'est le titre d'une place à perpétuité aux Bons-Pauvres. Il donnera quatre mille cinq cents francs, et il sera admis pour sa vie à la présentation de ce titre : c'est convenu, tout arrangé. J'ai réfléchi que cela vaudrait mieux. Il s'assurera ainsi un abri et du pain pour le restant de ses jours, et il n'aura qu'à songer au repentir. Je regrette même de ne lui avoir pas de suite donné cette entrée, au lieu d'une somme qui peut être dissipée ou volée ; mais il m'inspirait une telle horreur que je voulais avant tout être délivré de sa présence. Vous lui ferez donc cette offre et vous le conduirez à l'hospice. Si par hasard il refuse, nous verrons à agir autrement. Il est donc convenu que vous irez le trouver ?

— Ce serait avec plaisir, monsieur Rodolphe, que je vous rendrais ce service, comme vous dites, mais je ne sais pas si je serai libre. M. Murph m'a engagé avec un bourgeois pour quatre francs par jour.

Rodolphe regarda le Chourineur avec étonnement.

— Comment ! Et votre boutique ? Et votre maison ?

— Voyons, monsieur Rodolphe, ne vous moquez pas d'un pauvre diable. Vous vous êtes déjà assez amusé à m'éprouver, comme vous dites. Votre maison et votre boutique, c'est une chanson sur le même air. Vous vous êtes dit : « Voyons donc si cet animal de Chourineur sera assez coq d'Inde pour se figurer que… » Assez, assez, monsieur Rodolphe. Vous êtes un jovial… fini !

— Comment ! Tout à l'heure ne vous ai-je pas expliqué…

— Pour donner de la couleur à la chose… connu…

et, foi d'homme, j'y avais un brin mordu. Fallait-il être buse !

— Mais, mon garçon, vous êtes fou !

— Non, non, monseigneur. Tenez, parlez-moi de M. Murph. Quoique ça soit déjà crânement étonnant, quatre francs par jour, à la rigueur ça se conçoit ; mais une maison, une boutique, de l'argent en masse, quelle farce ! Tonnerre, quelle farce !

Et il se mit à rire d'un gros rire bruyant et sincère.

— Mais, encore une fois…

— Écoutez, monseigneur, franchement vous m'avez d'abord un petit peu mis dedans ; c'est quand je me suis dit : « M. Rodolphe est un gaillard comme il n'y en a pas beaucoup, il a peut-être quelque chose à envoyer chercher chez le *boulanger*, il me donne la commission, et il veut me graisser la patte pour que je ne craigne pas le roussi. » Mais après ça j'ai réfléchi que j'avais tort de penser ça de vous, et c'est là où j'ai vu que vous me montiez une farce ; car si j'étais assez Job pour croire que vous me donnez toute une fortune pour rien de rien, c'est pour le coup, monseigneur, que vous diriez : « Pauvre Chourineur, va ! Tu me fais de la peine… tu es donc malade ? »

Rodolphe commençait à être assez embarrassé de convaincre le Chourineur. Il lui dit d'un ton grave et imposant, presque sévère :

— Je ne plaisante jamais avec la reconnaissance et l'intérêt que m'inspire une noble conduite… Je vous l'ai dit, cette maison et cet argent sont à vous, c'est moi qui vous les donne. Et, puisque vous hésitez à me croire, puisque vous me forcez de vous faire un serment, je vous jure sur l'honneur que tout ceci vous appartient, et que je vous le donne pour les raisons que je vous ai dites.

À cet accent ferme, digne ; à l'expression sérieuse des traits de Rodolphe, le Chourineur ne douta plus de la vérité. Pendant quelques moments il le regarda en silence, puis il lui dit sans emphase et d'une voix profondément émue :

— Je vous crois, monseigneur, et je vous remercie bien. Un pauvre homme comme moi ne sait pas faire de phrases. Encore une fois, tenez, je vous remercie bien. Tout ce que je peux vous dire, voyez-vous, c'est que je ne refuserai jamais un secours aux malheureux, parce que la faim et la misère, c'est des ogresses dans le genre de celles qui ont embauché cette pauvre Goualeuse, et qu'une fois dans l'égout, tout le monde n'a pas la poigne assez forte pour s'en retirer.

— Vous ne pouviez mieux me remercier, mon garçon… vous me comprenez. Vous trouverez dans ce secrétaire les titres de cette propriété, acquise pour vous au nom de M. Francœur.

— M. Francœur ?

— Vous n'avez pas de nom, je vous donne celui-là. Il est d'un bon présage. Vous l'honorerez, j'en suis sûr.

— Monseigneur, je vous le promets.

— Courage, mon garçon ! Vous pouvez m'aider dans une bonne œuvre.

— Moi, monseigneur ?

— Vous ; aux yeux du monde vous serez un vivant et salutaire exemple. L'heureuse position que la Providence vous fait prouvera que les gens tombés bien bas peuvent encore se relever et beaucoup espérer lorsqu'ils se repentent et qu'ils conservent pures quelques saillantes qualités. En vous voyant heureux, parce qu'après avoir commis une criminelle action, expiée par une punition terrible, vous êtes resté probe, courageux, désintéressé, ceux qui auront failli tâcheront de devenir meilleurs.

Je veux qu'on n'ignore rien de votre passé. Tôt ou tard on le connaîtrait ; il vaut mieux aller au-devant d'une révélation. Tout à l'heure donc, j'irai trouver avec vous le maire de cette commune ; je me suis informé de lui ; c'est un homme digne de concourir à mon œuvre. Je me nommerai et je serai votre caution ; et, pour établir dès à présent des relations honorables entre vous et les deux personnes qui représentent moralement la société de cette ville, j'assurerai pendant deux ans une somme mensuelle de mille francs destinée aux pauvres ; chaque mois je vous enverrai cette somme, dont l'emploi sera réglé par vous, par le maire et par le curé. Si l'un d'eux conservait les moindres scrupules à se mettre en rapport avec vous, ce scrupule s'effacerait devant les exigences de la charité. Ces relations une fois assurées, il dépendra de vous de mériter l'estime de ces gens recommandables, et vous n'y manquerez pas.

— Monseigneur, je vous comprends. Ce n'est pas moi, le Chourineur, à qui vous faites tout ce bien, c'est aux malheureux qui, comme moi, se sont trouvés dans la peine, dans le crime, et qui en sont sortis, comme vous dites, avec du cœur et de l'honneur. Sauf votre respect, c'est comme dans l'armée : quand tout un bataillon a donné à mort, on ne peut pas décorer tout le monde, il n'y a que quatre croix pour cinq cents braves ; mais ceux qui n'ont pas l'étoile se disent : « Bon, je l'aurai une autre fois », et l'autre fois ils chargent plus à mort encore.

Rodolphe écoutait son protégé avec bonheur. En rendant à cet homme l'estime de soi, en le relevant à ses propres yeux, en lui donnant pour ainsi dire la conscience de sa valeur, il avait presque instantanément développé dans son cœur et dans son esprit des réflexions remplies de sens, d'honorabilité, on dirait presque de délicatesse.

— Ce que vous me dites là, Francœur, reprit Rodolphe, est une nouvelle manière de me prouver votre reconnaissance, je vous en sais gré.

— Tant mieux, monseigneur, car je serais bien embarrassé de vous la prouver autrement.

— Maintenant allons visiter votre maison ; mon vieux Murph s'est donné ce plaisir, et je veux l'avoir aussi.

Rodolphe et le Chourineur descendirent.

Au moment où ils entraient dans la cour, le garçon, s'adressant au Chourineur, lui dit respectueusement :

— Puisque c'est vous qui êtes le bourgeois, monsieur Francœur, je viens vous dire que la pratique donne. Il n'y a plus de côtelettes ni de gigots, et il faudrait saigner un ou deux moutons tout de suite.

— Parbleu ! dit Rodolphe au Chourineur, voici une belle occasion d'exercer votre talent… et je veux en avoir l'étrenne… le grand air m'a donné de l'appétit, et je goûterai de vos côtelettes, bien qu'un peu dures, je le crains.

— Vous êtes bien bon, monsieur Rodolphe, dit le Chourineur d'un air joyeux ; vous me flattez ; je vas faire de mon mieux.

— Faut-il mener deux moutons à la tuerie, bourgeois ? dit le garçon.

— Oui, et apporte un couteau bien aiguisé, pas trop fin de tranchant, et fort de dos.

— J'ai votre affaire, bourgeois, soyez tranquille… c'est à se raser avec. Tenez.

— Tonnerre ! monsieur Rodolphe, dit le Chourineur en ôtant sa redingote avec empressement et en relevant les manches de sa chemise qui laissaient voir ses bras d'athlète. Ça me rappelle ma jeunesse et l'abattoir ; vous allez voir comme je taille là-dedans… Nom de nom, je voudrais déjà y être ! Ton couteau, garçon, ton couteau ! C'est ça… tu t'y entends. Voilà une lame ! Qui est-ce qui en veut ?… Tonnerre ! avec un chourin comme ça je mangerais un taureau furieux.

Et le Chourineur brandit le couteau. Ses yeux commençaient à s'injecter de sang ; la bête reprenait le dessus ; l'instinct, l'appétit sanguinaire reparaissait dans toute son effrayante énergie.

La tuerie était dans la cour.

C'était une pièce voûtée, sombre, dallée de pierres et éclairée de haut par une étroite ouverture.

Le garçon conduisit un des moutons jusqu'à la porte.

— Faut-il le passer à l'anneau, bourgeois ?

— L'attacher, tonnerre !… Et ces genoux-là ! Sois tranquille, je le serrerai là-dedans comme dans un étau. Donne-moi la bête et retourne à la boutique.

Le garçon rentra.

Rodolphe resta seul avec le Chourineur ; il l'examinait avec attention, presque avec anxiété.

— Voyons, à l'ouvrage ! lui dit-il.

— Et ça ne sera pas long, tonnerre ! Vous allez voir si je manie le couteau. Les mains me brûlent, ça me bourdonne aux oreilles… Les tempes me battent comme quand j'allais y voir rouge… Avance ici, toi… eh ! Madelon, que je te chourine à mort !

Et les yeux brillants d'un éclat sauvage, ne s'apercevant plus de la présence de Rodolphe, il souleva la brebis sans efforts, et d'un bond il l'emporta dans la tuerie avec une joie féroce.

On eût dit d'un loup se sauvant dans sa tanière avec sa proie.

Rodolphe le suivit, s'appuya sur un des ais de la porte qu'il ferma.

La tuerie était sombre ; un vif rayon de lumière, tombant d'aplomb, éclairait à la Rembrandt la rude figure du Chourineur, ses cheveux blond pâle et ses favoris roux. Courbé en deux, tenant aux dents un long couteau qui brillait dans le clair-obscur, il attirait la brebis entre ses genoux. Lorsqu'il l'y eut assujettie, il la prit par la tête, lui fit tendre le cou et l'égorgea.

Au moment où la brebis sentit la lame, elle poussa un petit bêlement doux, plaintif, tourna son regard mourant vers le Chourineur, et deux jets de sang frappèrent le tueur au visage.

Ce cri, ce regard, ce sang dont il dégouttait causèrent une épouvantable impression à cet homme. Son couteau lui tomba des mains, sa figure devint livide, contractée, effrayante sous le sang qui la couvrait ; ses yeux s'arrondirent, ses cheveux se hérissèrent ; puis, reculant tout à coup avec horreur, il s'écria d'une voix étouffée :

— Oh ! le sergent ! le sergent !

Rodolphe courut à lui.

— Reviens à toi, mon garçon.

— Là... là... le sergent..., répéta le Chourineur en se reculant pas à pas, l'œil fixe, hagard, et montrant du doigt quelque fantôme invisible.

Puis, poussant un cri effroyable comme si le spectre l'eût touché, il se précipita au fond de la tuerie, dans l'endroit le plus noir, et là, se jetant la face, la poitrine, les bras contre le mur, comme s'il eût voulu le renverser pour échapper à une horrible vision, il répétait encore d'une voix sourde et convulsive :

— Oh ! le sergent !... le sergent !... le sergent !...

III

LE DÉPART

Grâce au soin de Murph et de Rodolphe, qui calmèrent à grand-peine son agitation, le Chourineur revint complètement à lui après une longue crise.

Il se trouvait seul avec Rodolphe dans une des pièces du premier étage de la boucherie.

— Monseigneur, dit-il avec abattement, vous avez été bien bon pour moi… mais tenez, voyez-vous, j'aimerais mieux être mille fois plus malheureux encore que je ne l'ai été que d'accepter l'état que vous me proposez…

— Réfléchissez… pourtant.

— Tenez, monseigneur… quand j'ai entendu le cri de cette pauvre bête qui ne se défendait pas… quand j'ai senti son sang me sauter à la figure… un sang chaud… qui avait l'air d'être en vie… Oh ! vous ne savez pas ce que c'est… alors, j'ai revu mon rêve… le sergent… et ces pauvres jeunes soldats que je chourinais… qui ne se défendaient pas, ct qui en mourant me regardaient d'un air si doux… si doux… qu'ils avaient l'air de me plaindre !… Oh ! monseigneur ! C'est à devenir fou !…

Et le malheureux cacha sa tête dans ses mains avec un mouvement convulsif.

— Allons, calmez-vous.

— Excusez-moi, monseigneur, mais maintenant la vue du sang… d'un couteau… je ne pourrais la supporter… À chaque instant ça réveillerait mes rêves que je commençais à oublier… Avoir tous les jours les mains ou les pieds dans le sang… égorger de pauvres bêtes… qui ne se défendent pas… Oh ! non, non, je ne pourrais pas… J'aimerais mieux être aveugle, comme le Maître d'école, que d'être réduit à ce métier.

Il est impossible de peindre l'énergie du geste, de l'accent, de la physionomie du Chourineur en s'exprimant ainsi.

Rodolphe se sentait profondément ému. Il était satisfait de l'horrible impression que la vue du sang avait causée à son protégé.

Un moment chez le Chourineur, la bête sauvage, l'instinct sanguinaire avait vaincu l'homme ; mais le remords avait vaincu l'instinct. Cela était beau, cela était un grand enseignement.

Il faut le dire à la louange de Rodolphe, il n'avait pas désespéré de ce mouvement. Sa volonté, non le hasard, avait amené la scène de la tuerie.

— Pardonnez-moi, monseigneur, dit timidement le Chourineur, je récompense bien mal vos bontés pour moi… mais…

— Loin de là… vous comblez mes vœux… Pourtant, je l'avoue, je n'étais pas certain de trouver chez vous cette sainte exaltation du remords.

— Comment, monseigneur ?

— Écoutez, dit Rodolphe, voici quelle avait été ma pensée : j'avais choisi pour vous l'état de boucher, parce que vos goûts, vos instincts vous y portaient…

— Hélas ! monseigneur, c'est vrai… Sans ce que vous savez, ça aurait été mon bonheur… je le disais encore tantôt à M. Murph.

— Je le savais… aussi, mon pauvre Francœur, le bien nommé, si vous aviez accepté l'offre que je vous faisais… et vous le pouviez sans perdre de mon estime, tout ce qui est ici vous appartenait, je payais une dette sacrée… je vous retirais d'une position pénible, je constituais en vous un bon et frappant et salutaire exemple… et je continuais de m'intéresser à votre avenir. Si, au contraire, la vue du sang que vous vous apprêtiez à verser machinalement vous rappelait votre crime ; si un soulèvement involontaire me prouvait que le remords veillait toujours au fond de votre âme, mes vues pour vous changeaient ; car l'état que je vous offrais devenait un supplice de chaque jour…

— Oh ! c'est bien vrai, monsieur Rodolphe, un supplice horrible.

— Maintenant voici ce que je vous propose ; vous accepterez, je le crois, car j'ai agi d'après cette certitude. Une personne qui possède beaucoup de propriétés en Algérie m'a cédé pour vous – il n'y a plus du moins qu'à signer l'acte – une vaste ferme destinée à l'élève des bestiaux. Les terres qui en dépendent sont très fertiles et en pleine exploitation ; mais, je ne vous le cache pas, connaissant votre courage et le besoin où vous êtes de l'exercer, j'ai conditionnellement acquis ces biens, quoiqu'ils fussent situés sur les limites de l'Atlas, c'est-à-dire aux avant-postes, et exposés à de fréquentes attaques des Arabes… il faut être là au moins autant soldat que cultivateur ; c'est à la fois une redoute et une métairie. L'homme qui fait valoir cette habitation en l'absence du propriétaire vous mettrait au fait de tout ; il est, dit-on, honnête et dévoué ; vous le garderiez auprès de vous tant qu'il vous serait nécessaire. Une fois établi là, non seulement vous pourriez augmenter votre aisance par le travail et par l'intelligence, mais rendre de vrais services au pays par votre courage. Les colons se forment en milice. L'étendue de votre propriété, le nombre des tenanciers qui en dépendent vous rendraient le chef d'une troupe armée assez considérable. Disciplinée, électrisée par votre bravoure, elle pourrait être d'une extrême utilité pour protéger les propriétés éparses dans la plaine. Je vous le répète, j'ai choisi cela malgré le danger, ou plutôt à cause du danger, parce que je voulais utiliser votre intrépidité naturelle ; parce que, tout en ayant expié, presque racheté un grand crime, votre réhabilitation sera plus noble, plus entière, plus héroïque, si elle s'achève au milieu des périls d'un pays indompté qu'au milieu des paisibles habitudes d'une petite ville. Si je ne vous ai pas d'abord offert cette position, c'est qu'il était plus que probable que l'autre vous satisferait ; et celle-ci est si aventureuse que je ne voulais pas vous exposer sans vous laisser ce choix... Il en est temps encore, si cet établissement ne vous convient pas, dites-le-moi franchement, nous chercherons autre chose... sinon demain tout sera signé ; je vous remettrai les titres de votre propriété... et vous irez à Alger avec une personne désignée par l'ancien propriétaire de la métairie pour vous mettre en possession des biens... Il vous sera dû deux années de fermage ; vous les toucherez en arrivant. La terre rapporte trois mille francs ; travaillez, améliorez, soyez actif, vigilant, et vous accroîtrez facilement votre bien-être et celui des colons que vous serez à même de secourir ; car, je n'en doute pas, vous vous montrerez toujours charitable, généreux ; vous vous rappellerez qu'être riche, c'est donner beaucoup... Quoique éloigné de vous, je ne vous perdrai pas de vue. Je n'oublierai jamais que moi et mon meilleur ami nous vous devons la vie. L'unique preuve d'attachement et de reconnaissance que je vous demande est d'apprendre assez vite à lire et à écrire pour pouvoir m'instruire régulièrement une fois par semaine de ce que vous faites, et vous adresser directement à moi si vous avez besoin de conseil ou d'appui...

Il est inutile de peindre les transports et la joie du

Chourineur. Son caractère et ses instincts sont assez connus du lecteur pour que l'on comprenne qu'aucune proposition ne pouvait lui convenir davantage.

Le lendemain, en effet, le Chourineur partait pour Alger.

IV

RECHERCHES

La maison que possédait Rodolphe dans l'allée des Veuves n'était pas le lieu de sa résidence ordinaire. Il habitait un des plus grands hôtels du faubourg Saint-Germain, situé à l'extrémité de la rue Plumet.

Pour éviter les honneurs dus à son rang souverain, il avait gardé l'incognito depuis son arrivée à Paris, son chargé d'affaires près de la cour de France ayant annoncé que son maître rendrait les visites officielles indispensables sous les nom et titres de comte de Duren.

Grâce à cet usage, fréquent dans les cours du Nord, un prince voyage avec autant de liberté que d'agrément et échappe aux ennuis d'une représentation gênante.

Malgré son transparent incognito, Rodolphe tenait, ainsi qu'il convenait, un grand état de maison. Nous introduirons le lecteur dans l'hôtel de la rue Plumet, le lendemain du départ du Chourineur pour l'Algérie.

Dix heures du matin venaient de sonner.

Au milieu d'une grande pièce située au rez-de-chaussée, et précédant le cabinet de travail de Rodolphe,

Murph, assis devant un bureau, cachetait plusieurs dépêches.

Un huissier vêtu de noir, portant au cou une chaîne d'argent, ouvrit les deux battants de la porte du salon d'attente et annonça :

— Son Excellence le baron de Graün !

Murph, sans se déranger de son occupation, salua le baron d'un geste à la fois cordial et familier.

— Monsieur le chargé d'affaires..., dit-il en souriant, veuillez vous chauffer, je suis à vous dans l'instant.

— Sir Walter Murph, secrétaire intime de Son Altesse Sérénissime... j'attendrai vos ordres, répondit gaiement M. de Graün ; et il fit en plaisantant un profond et respectueux salut au digne squire.

Le baron avait cinquante ans environ, des cheveux gris, rares, légèrement poudrés et crêpés. Son menton, un peu saillant, disparaissait à demi dans une haute cravate de mousseline très empesée et d'une blancheur éblouissante. Sa physionomie était remplie de finesse, sa tournure de distinction, et sous les verres de ses besicles d'or brillait un regard aussi malin que pénétrant. Quoiqu'il fût dix heures du matin, M. de Graün portait un habit noir : l'étiquette le voulait ainsi ; un ruban rayé de plusieurs couleurs tranchantes était noué à sa boutonnière. Il posa son chapeau sur un fauteuil et s'approcha de la cheminée pendant que Murph continuait son travail.

— Son Altesse a sans doute veillé une partie de la nuit, mon cher Murph, car votre correspondance me paraît considérable.

— Monseigneur s'est couché ce matin à six heures. Il a écrit entre autres une lettre de huit pages au grand maréchal, et il m'en a dicté une non moins longue pour le chef du conseil suprême.

— Attendrai-je le lever de Son Altesse pour lui faire part des renseignements que j'apporte ?

— Non, mon cher baron… Monseigneur a ordonné qu'on ne l'éveillât pas avant deux ou trois heures de l'après-midi ; il désire que vous fassiez partir ce matin ces dépêches par un courrier spécial, au lieu d'attendre à lundi. Vous me confierez les renseignements que vous avez recueillis, et j'en rendrai compte à monseigneur à son réveil : tels sont ses ordres.

— À merveille ! Son Altesse sera, je crois, satisfaite de ce que j'ai à lui apprendre. Mais, mon cher Murph, j'espère que l'envoi de ce courrier n'est pas d'un mauvais augure. Les dernières dépêches que j'ai eu l'honneur de transmettre à Son Altesse…

— Annonçaient que tout allait au mieux *là-bas* ; et c'est justement parce que monseigneur tient à exprimer le plus tôt possible son contentement au chef du conseil suprême et au grand maréchal, qu'il désire que vous expédiez ce courrier aujourd'hui même.

— Je reconnais là Son Altesse… S'il s'agissait d'une réprimande, elle ne se hâterait pas ainsi ; du reste, il n'y a qu'une voix sur la ferme et habile administration de nos gouvernants par intérim. C'est tout simple, ajouta le baron en souriant ; la montre était excellente et parfaitement réglée par notre maître, il ne s'agissait que de la monter ponctuellement pour que sa marche invariable et sûre continuât d'indiquer chaque jour l'emploi de chaque heure et de chacun. L'ordre dans le gouvernement produit toujours la confiance et la tranquillité chez le peuple ; c'est ce qui m'explique les bonnes nouvelles que vous me donnez.

— Et ici, rien de nouveau, cher baron ? Rien n'a été ébruité ?… Nos mystérieuses aventures…

— Sont complètement ignorées. Depuis l'arrivée de

monseigneur à Paris, on s'est habitué à ne le voir que très rarement chez le peu de personnes qu'il s'était fait présenter ; on croit qu'il aime beaucoup la retraite, qu'il fait de fréquentes excursions dans les environs de Paris. Son Altesse s'est sagement débarrassée pour quelque temps du chambellan et de l'aide de camp qu'elle avait amenés d'Allemagne.

— Et qui nous eussent été des témoins fort incommodes.

— Ainsi, à l'exception de la comtesse Sarah MacGregor, de son frère Tom Seyton de Halsbury, et de Karl, leur âme damnée, personne n'est instruit des déguisements de Son Altesse ; or, ni la comtesse, ni son frère, ni Karl n'ont d'intérêt à trahir ce secret.

— Ah ! mon cher baron, dit Murph, en souriant, quel malheur que cette maudite comtesse soit veuve maintenant !

— Ne s'était-elle pas mariée en 1827 ou en 1828 ?

— En 1827, peu de temps après la mort de cette malheureuse petite fille qui aurait maintenant seize ou dix-sept ans, et que monseigneur pleure encore chaque jour, sans en parler jamais.

— Regrets d'autant plus concevables que Son Altesse n'a pas eu d'enfant de son mariage.

— Aussi, tenez, mon cher baron, j'ai bien deviné qu'à part la pitié qu'inspire la pauvre Goualeuse, l'intérêt que monseigneur porte à cette malheureuse créature vient surtout de ce que la fille qu'il regrette si amèrement – tout en détestant la comtesse sa mère – aurait maintenant le même âge.

— Il est réellement fatal que cette Sarah, dont on devait se croire pour toujours délivré, se retrouve libre justement dix-huit mois après que Son Altesse a perdu le modèle des épouses après quelques années de mariage.

La comtesse se croit, j'en suis certain, favorisée du sort par ce double veuvage.

— Et ses espérances insensées renaissent plus ardentes que jamais ; pourtant elle sait que monseigneur a pour elle l'aversion la plus profonde, la plus méritée. N'a-t-elle pas été cause de… Ah ! baron, dit Murph sans achever sa phrase, cette femme est funeste… Dieu veuille qu'elle ne nous amène pas d'autres malheurs !

— Que peut-on craindre d'elle, mon cher Murph ? Autrefois elle a eu sur monseigneur l'influence que prend toujours une femme adroite et intrigante sur un jeune homme qui aime pour la première fois et qui se trouve surtout dans les circonstances que vous savez ; mais cette influence a été détruite par la découverte des indignes manœuvres de cette créature, et surtout par le souvenir de l'événement épouvantable qu'elle a provoqué.

— Plus bas, mon cher de Graün, plus bas, dit Murph. Hélas ! nous sommes dans ce mois sinistre, et nous approchons de cette date non moins sinistre, le 13 janvier ; je crains toujours pour monseigneur ce terrible anniversaire.

— Pourtant, si une grande faute peut se faire pardonner par l'expiation, Son Altesse ne doit-elle pas être absoute ?

— De grâce, mon cher de Graün, ne parlons pas de cela ; j'en serais attristé pour toute la journée.

— Je vous dirais donc qu'à cette heure les visées de la comtesse Sarah sont absurdes, la mort de la pauvre petite fille dont vous parliez tout à l'heure a brisé le dernier lien qui pouvait encore attacher monseigneur à cette femme ; elle est folle si elle persiste dans ses espérances.

— Oui ! mais c'est une dangereuse folle. Son frère, vous le savez, partage ses ambitieuses et opiniâtres imaginations, quoique ce digne couple ait à cette heure autant de raisons de désespérer qu'il en avait d'espérer il y a dix-huit ans.

— Ah ! que de malheurs a aussi causés dans ce temps-là l'infernal abbé Polidori par sa criminelle complaisance !

— À propos de ce misérable, on m'a dit qu'il était ici depuis un an ou deux, plongé sans doute dans une profonde misère, ou se livrant à quelque ténébreuse industrie.

— Quelle chute pour un homme de tant de savoir, de tant d'esprit, de tant d'intelligence !

— Mais aussi d'une si abominable perversité... Fasse le ciel qu'il ne rencontre pas la comtesse ! L'union de ces deux mauvais esprits serait bien dangereuse.

— Encore une fois, mon cher Murph, l'intérêt même de la comtesse, si déraisonnable que soit son ambition, l'empêchera toujours de profiter du goût aventureux de monseigneur pour tenter quelque méchante action.

— Je l'espère comme vous ; cependant le hasard a déjoué je ne sais quelle proposition, détestable sans doute, que cette femme voulait faire au Maître d'école, cet affreux scélérat qui, à cette heure, hors d'état de nuire à personne, vit ignoré, peut-être repentant, chez d'honnêtes paysans du village de Saint-Mandé. Hélas ! j'en suis convaincu, c'était surtout pour me venger de cet assassin que monseigneur, en lui infligeant un châtiment terrible, risquait de se mettre dans une position très grave.

— Grave ! non, non, mon cher Murph ; car enfin la question est celle-ci : un forçat évadé, un meurtrier reconnu, s'introduit chez vous et vous frappe d'un coup de poignard ; vous pouvez le tuer par droit de légitime défense ou l'envoyer à l'échafaud ; dans les deux cas ce scélérat est voué à la mort ; maintenant, au lieu de le tuer ou de le jeter au bourreau, par un châtiment formidable mais mérité, vous mettez ce monstre hors d'état de nuire à la société. Qui vous accuserait ? La justice se portera-t-elle partie civile contre vous en faveur d'un pareil bandit ? Serez-vous condamnable pour avoir été moins loin que la loi ne vous permettait d'aller, pour avoir seulement privé de la vue celui que vous pouviez légalement tuer ? Comment, pour défendre ma vie ou pour me venger d'un flagrant adultère, la société me reconnaît le droit de vie et de mort sur mon semblable, droit formidable, droit sans contrôle, sans appel, qui me constitue juge et bourreau, et je ne pourrais pas modifier à mon gré la peine capitale que j'aurais pu infliger impunément ? Et surtout... surtout lorsqu'il s'agit du brigand dont nous parlons ? Car la question est là. Je laisse de côté notre position de prince souverain de la Confédération germanique. Je sais qu'en droit cela ne signifie rien ; mais en fait il est des immunités forcées ; d'ailleurs, supposez un tel procès soulevé contre monseigneur, que d'actions généreuses plaideraient pour lui ! que d'aumônes, que de bienfaits alors révélés ! Encore une fois, dans les conditions où elle se présente, supposez cette cause étrange appelée devant un tribunal, que pensez-vous qu'il arrive ?

— Monseigneur me l'a toujours dit : il accepterait l'accusation et ne profiterait en rien des immunités que sa position lui pourrait assurer. Mais qui ébruiterait ce malheureux événement ? Vous savez l'inébranlable discrétion de David et des quatre serviteurs hongrois de la maison de l'allée des Veuves. Le Chourineur, que monseigneur a comblé, n'a pas dit un mot de l'exécution du

Maître d'école, de peur de se trouver compromis. Avant son départ pour Alger, il m'a juré de garder le silence à ce sujet. Quant au brigand lui-même, il sait qu'aller se plaindre c'est porter sa tête au bourreau.

— Enfin, ni monseigneur, ni vous, ni moi, ne parlerons, n'est-ce pas ? Mon cher Murph, ce secret, pour être su de plusieurs personnes, n'en sera donc pas moins bien gardé. Au pis-aller, quelques contrariétés seules seraient à craindre ; et encore de si nobles, de si grandes choses apparaîtraient au grand jour à propos de cette cause étrange, qu'une telle accusation, je le répète, serait un triomphe pour Son Altesse.

— Vous me rassurez complètement. Mais vous m'apportez, dites-vous, les renseignements obtenus à l'aide des lettres trouvées sur le Maître d'école et des déclarations faites par la Chouette pendant son séjour à l'hôpital, dont elle est sortie depuis quelques jours, bien guérie de sa fracture à la jambe.

— Voici ces renseignements, dit le baron en tirant un papier de sa poche. Ils sont relatifs aux recherches faites sur la naissance de la jeune fille appelée la Goualeuse, et sur le lieu de résidence actuelle de François-Germain, fils du Maître d'école.

— Voulez-vous me lire ces notes, mon cher de Graün ? Je connais les intentions de monseigneur, je verrai si ces informations suffisent. Vous êtes toujours satisfait de votre agent ?

— C'est un homme précieux, plein d'intelligence, d'adresse et de discrétion. Je suis même parfois obligé de modérer son zèle, car, vous le savez, Son Altesse se réserve certains éclaircissements.

— Et il ignore toujours la part que monseigneur a dans tout ceci ?

— Absolument. Ma position diplomatique sert d'excellent prétexte aux investigations dont je me charge. M. Badinot – notre homme s'appelle ainsi – a beaucoup d'entregent et des relations patentes ou occultes dans presque toutes les classes de la société ; jadis avoué, forcé de vendre sa charge pour de graves abus de confiance, il n'en a pas moins conservé des notions très exactes sur la fortune et sur la position de ses anciens clients ; il sait maint secret dont il se glorifie effrontément d'avoir trafiqué ; deux ou trois fois enrichi et ruiné dans les affaires, trop connu pour tenter de nouvelles spéculations, réduit au jour le jour par une foule de moyens plus ou moins illicites, c'est une espèce de Figaro assez curieux à entendre. Tant que son intérêt le lui commande, il appartient corps et âme à qui le paye, il n'a pas d'intérêt à nous tromper ; je le fais d'ailleurs surveiller à son insu ; nous n'avons donc aucune raison de nous défier de lui.

— Les renseignements qu'il nous a déjà donnés étaient, du reste, fort exacts.

— Il a de la probité à sa manière, et je vous assure, mon cher Murph, que M. Badinot est le type très original d'une de ces existences mystérieuses que l'on ne rencontre et qui ne sont possibles qu'à Paris. Il amuserait fort Son Altesse s'il n'était pas nécessaire qu'il n'eût aucun rapport avec elle.

— On pourrait augmenter la paye de M. Badinot ; jugez-vous cette gratification nécessaire ?

— Cinq cents francs par mois et les faux frais… montant à peu près à la même somme, me paraissent suffisants ; il semble content : nous verrons plus tard.

— Et il n'a pas honte du métier qu'il fait ?

— Lui ? Il s'en honore beaucoup au contraire ; il ne manque jamais, en m'apportant ses rapports, de prendre un certain air important… je n'ose dire diplomatique ; car le drôle fait semblant de croire qu'il s'agit d'affaires d'État et de s'émerveiller des rapports occultes qui peuvent exister entre les intérêts les plus divers et les destinées des empires. Oui, il a l'impudence de me dire quelquefois : « Que de complications inconnues au vulgaire dans le gouvernement d'un État ! Qui dirait pourtant que les notes que je vous remets, monsieur le baron, ont sans doute leur part d'action dans les affaires de l'Europe ! »

— Allons, les coquins cherchent à faire illusion sur leur bassesse ; c'est toujours flatteur pour les honnêtes gens. Mais ces notes, mon cher baron ?

— Les voici presque entièrement rédigées d'après le rapport de M. Badinot.

— Je vous écoute.

M. de Graün lut ce qui suit :

NOTE RELATIVE À FLEUR-DE-MARIE

« Vers le commencement de l'année 1827, un homme appelé Pierre Tournemine, actuellement détenu au bagne de Rochefort pour crime de faux, a proposé à la femme Gervais, dite la Chouette, de se charger pour toujours d'une petite fille âgée de cinq ou six ans et de recevoir pour salaire la somme de mille francs une fois payée. »

— Hélas ! mon cher baron, dit Murph en interrompant M. de Graün… 1827… c'est justement cette année-là que monseigneur a appris la mort de la malheureuse enfant qu'il regrette si douloureusement… Pour cette cause et pour bien d'autres, cette année a été funeste à notre maître.

— Les heureuses années sont rares, mon pauvre Murph. Mais je continue :

« Le marché conclu, l'enfant est resté avec cette femme pendant deux ans, au bout desquels, voulant échapper aux mauvais traitements dont elle l'accablait, la petite fille a disparu. La Chouette n'en avait pas entendu parler depuis plusieurs années, lorsqu'elle l'a revue pour la première fois dans un cabaret de la Cité, il y a environ six semaines. L'enfant, devenue jeune fille, portait alors le surnom de la Goualeuse.

« Peu de jours après cette rencontre, le nommé Tournemine, que le Maître d'école a connu au bagne de Rochefort, avait fait remettre à Bras-Rouge (correspondant mystérieux et habituel des forçats détenus au bagne ou libérés) une lettre détaillée concernant l'enfant autrefois confié à la femme Gervais, dite la Chouette.

« De cette lettre et des déclarations de la Chouette, il résulte qu'une Mme Séraphin, gouvernante d'un notaire nommé Jacques Ferrand, avait, en 1827, chargé Tournemine de lui trouver une femme qui, pour la somme de mille francs, consentît à se charger d'un enfant de cinq ou six ans, qu'on voulait abandonner, ainsi qu'il a été dit plus haut.

« La Chouette accepta cette proposition.

« Le but de Tournemine, en adressant ces renseignements à Bras-Rouge, était de mettre ce dernier à même de faire rançonner Mme Séraphin par un tiers, en la menaçant d'ébruiter cette aventure depuis longtemps oubliée. Tournemine affirmait que cette Mme Séraphin n'était que la mandataire de personnages inconnus.

« Bras-Rouge avait confié cette lettre à la Chouette, cette associée depuis quelque temps aux crimes du

Maître d'école ; ce qui explique comment ce renseignement se trouvait en possession du brigand, et comment, lors de sa rencontre avec la Goualeuse au cabaret du Lapin-Blanc, la Chouette, pour tourmenter Fleur-de-Marie, lui dit : “On a retrouvé tes parents, mais tu ne les connaîtras pas.”

« La question était de savoir si la lettre de Tournemine concernant l'enfant autrefois remis par lui à la Chouette contenait la vérité.

« On s'est informé de Mme Séraphin et du notaire Jacques Ferrand.

« Tous deux existent.

« Le notaire demeure rue du Sentier, n° 41 ; il passe pour austère et pieux, du moins il fréquente beaucoup les églises ; il a dans la pratique des affaires une régularité excessive que l'on taxe de dureté ; son étude est excellente ; il vit avec une parcimonie qui approche de l'avarice ; Mme Séraphin est toujours sa gouvernante.

« M. Jacques Ferrand, qui était fort pauvre, a acheté sa charge trois cent cinquante mille francs ; ces fonds lui ont été fournis sous bonne garantie par M. Charles Robert, officier supérieur de l'état-major de la garde nationale de Paris, très beau jeune homme, fort à la mode dans un certain monde. Il partage avec le notaire le produit de son étude, qui est estimé cinquante mille francs environ, et ne se mêle en rien des affaires du notariat, bien entendu. Quelques médisants affirment que, par suite d'heureuses spéculations ou de coups de Bourse tentés de concert avec M. Charles Robert, le notaire serait à cette heure en mesure de rembourser le prix de sa charge ; mais la réputation de M. Jacques Ferrand est si bien établie que l'on s'accorde à regarder ces bruits comme d'horribles calomnies. Il paraît donc certain que Mme Séraphin, gouvernante de ce saint homme, pourra fournir de précieux éclaircissements sur la naissance de la Goualeuse. »

— À merveille ! cher baron, dit Murph ; il y a quelque apparence de réalité dans les déclarations de ce Tournemine. Peut-être trouverons-nous chez le notaire les moyens de découvrir les parents de cette malheureuse enfant. Maintenant avez-vous d'aussi bons renseignements sur le fils du Maître d'école ?

— Peut-être moins précis… ils sont pourtant assez satisfaisants.

— Vraiment votre M. Badinot est un trésor.

— Vous voyez que ce Bras-Rouge est la cheville ouvrière de tout ceci. M. Badinot, qui doit avoir quelques accointances avec la police, nous l'avait déjà signalé comme l'intermédiaire de plusieurs forçats lors des premières démarches de monseigneur pour retrouver le fils de Mme Georges Duresnel, femme infortunée de ce monstre de Maître d'école.

— Sans doute ; et c'est en allant chercher Bras-Rouge dans son bouge de la Cité, rue aux Fèves, n° 15, que monseigneur a rencontré le Chourineur et la Goualeuse. Son Altesse avait absolument voulu profiter de cette occasion pour visiter ces affreux repaires, pensant que peut-être elle trouverait là quelques malheureux à retirer de la fange. Ses pressentiments ne l'ont point trompée ; mais au prix de quels dangers, mon Dieu !

— Dangers que vous avez bravement partagés, mon cher Murph…

— Ne suis-je pas pour cela charbonnier ordinaire de Son Altesse ? répondit le squire en souriant.

— Dites donc intrépide garde du corps, mon digne ami. Mais parler de votre courage et de votre dévouement, c'est une redite. Je continue donc mon rapport... Voici la note concernant François-Germain, fils de Mme Georges et du Maître d'école, autrement dit Duresnel.

V

RENSEIGNEMENTS SUR FRANÇOIS-GERMAIN

M. de Graün continua :

« Il y a environ dix-huit mois, un jeune homme, nommé François-Germain, arriva à Paris venant de Nantes, où il était employé dans la maison du banquier Noël et compagnie.

« Il résulte des aveux du Maître d'école et de plusieurs lettres trouvées sur lui que le scélérat auquel il avait confié son fils pour le pervertir, afin de l'employer un jour à de criminelles actions, dévoila cette horrible trame à ce jeune homme, en lui proposant de favoriser une tentative de vol et de faux que l'on voulait commettre au préjudice de la maison Noël et compagnie où travaillait François-Germain.

« Ce dernier repoussa cette offre avec indignation ; mais, ne voulant pas dénoncer l'homme qui l'avait élevé, il écrivit une lettre anonyme à son patron, l'instruisit de l'espèce de complot que l'on tramait et quitta secrètement Nantes pour échapper à ceux qui avaient tenté de le rendre l'instrument et le complice de leurs crimes.

« Ces misérables, apprenant le départ de Germain,

vinrent à Paris, s'abouchèrent avec Bras-Rouge et se mirent à la poursuite du fils du Maître d'école, sans doute dans de sinistres intentions, puisque ce jeune homme connaissait leurs projets. Après de longues et nombreuses recherches, ils parvinrent à découvrir son adresse ; il était trop tard : Germain, ayant quelques jours auparavant rencontré celui qui avait essayé de le corrompre, changea brusquement de demeure, devinant le motif qui amenait cet homme à Paris. Le fils du Maître d'école échappa ainsi encore une fois à ses persécuteurs.

« Cependant, il y a six semaines environ, ceux-ci parvinrent à savoir qu'il demeurait rue du Temple, n° 17. Un soir, en rentrant chez lui, il manqua d'être victime d'un guet-apens (le Maître d'école avait caché cette circonstance à monseigneur).

« Germain devina d'où partait le coup, quitta la rue du Temple, et on ignora de nouveau le lieu de sa résidence. Les recherches en étaient à ce point lorsque le Maître d'école fut puni de ses crimes.

« C'est à ce point aussi que les recherches ont été reprises par l'ordre de monseigneur.

« En voici le résultat.

« François-Germain a habité environ trois mois la maison de la rue du Temple, n° 17, maison d'ailleurs extrêmement curieuse par les mœurs et les industries de la plupart des gens qui l'habitent. Germain y était fort aimé pour son caractère gai, serviable et ouvert. Quoiqu'il parût vivre de revenus ou d'appointements très modestes, il avait prodigué les soins les plus touchants à une famille d'indigents qui habitent les mansardes de cette maison. On s'est en vain informé rue du Temple de la nouvelle demeure de François-Germain et de la profession qu'il exerçait ; on suppose qu'il était employé dans quelque bureau ou maison de commerce, car il sortait le matin et rentrait le soir vers les dix heures.

« La seule personne qui sache certainement où habite actuellement ce jeune homme est une locataire de la maison de la rue du Temple ; cette jeune fille, qui paraissait intimement liée avec Germain, est une fort jolie grisette nommée Mlle Rigolette. Elle occupe une chambre voisine de celle où logeait Germain. Cette chambre, vacante depuis le départ de ce dernier, est à louer maintenant. C'est sous le prétexte de sa location que l'on s'est procuré les renseignements ultérieurs. »

— Rigolette ? dit tout à coup Murph, qui depuis quelques moments semblait réfléchir, Rigolette ? Je connais ce nom-là !

— Comment ! sir Walter Murph, reprit le baron en riant, comment, digne et respectable père de famille, vous connaissez des grisettes ?... Comment, le nom d'une Mlle Rigolette n'est pas nouveau pour vous ! Ah ! fi ! fi !

— Pardieu ! monseigneur m'a mis à même d'avoir de si bizarres connaissances que vous n'aurez guère le droit de vous étonner de celle-là, baron. Mais attendez donc... Oui, maintenant... je me le rappelle parfaitement : monseigneur, en me racontant l'histoire de la Goualeuse, n'a pu s'empêcher de rire de ce nom grotesque de Rigolette. Autant qu'il m'en souvient, c'était celui d'une amie de prison de cette pauvre Fleur-de-Marie.

— Eh bien, à cette heure, Mlle Rigolette peut nous devenir d'une excessive utilité. Je termine mon rapport :

« Peut-être y aurait-il quelque avantage à louer la chambre vacante dans la maison de la rue du Temple.

On n'avait pas l'ordre de pousser plus loin les investigations ; mais, d'après quelques mots échappés à la portière, on a tout lieu de croire non seulement qu'il serait possible de trouver dans cette maison des renseignements certains sur le fils du Maître d'école par l'intermédiaire de Mlle Rigolette, mais que monseigneur pourrait observer là des mœurs, des industries et surtout des misères dont il ne soupçonne pas l'existence. »

VI

LE MARQUIS D'HARVILLE

— Ainsi vous le voyez, mon cher Murph, dit M. de Graün en finissant la lecture de ce rapport, qu'il remit au squire, d'après nos renseignements, c'est chez le notaire Jacques Ferrand qu'il faut chercher la trace des parents de la Goualeuse, et c'est à Mlle Rigolette qu'il faut demander où demeure maintenant François-Germain. C'est déjà beaucoup, ce me semble, de savoir où chercher… ce qu'on cherche.

— Sans doute, baron ; de plus, monseigneur trouvera, j'en suis sûr, une ample moisson d'observations dans la maison dont on parle. Ce n'est pas tout encore : vous êtes-vous informé de ce qui concerne le marquis d'Harville ?

— Oui, et du moins quant à la question d'argent les craintes de Son Altesse ne sont pas fondées. M. Badinot affirme, et je le crois bien instruit, que la fortune du marquis n'a jamais été plus solide, plus sagement administrée.

— Après avoir en vain cherché la cause du profond chagrin qui minait M. d'Harville, monseigneur s'était imaginé que peut-être le marquis éprouvait quelque embarras d'argent : il serait alors venu à son aide avec la mystérieuse délicatesse que vous lui connaissez… mais, puisqu'il s'est trompé dans ses conjectures, il lui faudra renoncer à trouver le mot de cette énigme avec d'autant plus de regret qu'il aime beaucoup M. d'Harville.

— C'est tout simple, Son Altesse n'a jamais oublié tout ce que son père doit au père du marquis. Savez-vous, mon cher Murph, qu'en 1815, lors du remaniement des États de la Confédération germanique, le père de Son Altesse courait de grands risques d'élimination, à cause de son attachement connu, éprouvé pour Napoléon ? Feu le vieux marquis d'Harville rendit, dans cette occasion, d'immenses services au père de notre maître, grâce à l'amitié dont l'honorait l'empereur Alexandre, amitié qui datait de l'émigration du marquis en Russie, et qui, invoquée par lui, eut une puissante influence dans les délibérations du congrès où se débattaient les intérêts des princes de la Confédération germanique.

— Et voyez, baron, combien souvent les nobles actions s'enchaînent : en 92, le père du marquis est proscrit ; il trouva en Allemagne, auprès du père de monseigneur, l'hospitalité la plus généreuse ; après un séjour de trois ans dans notre cour, il part pour la Russie, y mérite les bontés du tsar, et à l'aide de ces bontés il est à son tour très utile au prince qui l'avait autrefois si noblement accueilli.

— N'est-ce pas en 1815, pendant le séjour du vieux marquis d'Harville auprès du grand-duc alors régnant, que l'amitié de monseigneur et du jeune d'Harville a commencé ?

— Oui, ils ont conservé les plus doux souvenirs de

cet heureux temps de leur jeunesse. Ce n'est pas tout : monseigneur a une si profonde reconnaissance pour la mémoire de l'homme dont l'amitié a été si utile à son père, que tous ceux qui appartiennent à la famille d'Harville ont droit à la bienveillance de Son Altesse. Ainsi c'est non moins à ses malheurs et à ses vertus qu'à cette parenté que la pauvre Mme Georges a dû les incessantes bontés de Son Altesse.

— Mme Georges ! La femme de Duresnel ! Le forçat surnommé le Maître d'école ? s'écria le baron.

— Oui, la mère de ce François-Germain que nous cherchons et que nous trouverons, je l'espère…

— Elle est parente de M. d'Harville ?

— Elle était cousine de sa mère et son intime amie. Le vieux marquis avait pour Mme Georges l'amitié la plus dévouée.

— Mais comment la famille d'Harville lui a-t-elle laissé épouser ce monstre de Duresnel, mon cher Murph ?

— Le père de cette infortunée, M. de Lagny, intendant du Languedoc avant la Révolution, possédait de grands biens ; il échappa à la proscription. Aux premiers jours de calme qui suivirent cette terrible époque, il s'occupa de marier sa fille. Duresnel se présenta ; il appartenait à une excellente famille parlementaire ; il était riche ; il cachait ses inclinations perverses sous des dehors hypocrites ; il épousa Mlle de Lagny. Quelque temps dissimulés, les vices de cet homme se développèrent bientôt : dissipateur, joueur effréné, adonné à la plus basse crapule, il rendit sa femme très malheureuse. Elle ne se plaignit pas, cacha ses chagrins et, après la mort de son père, se retira dans une terre qu'elle fit valoir pour se distraire. Bientôt son mari eut englouti leur fortune commune dans le jeu et dans la débauche ; la propriété fut vendue. Alors elle emmena son fils et alla rejoindre sa parente la marquise d'Harville, qu'elle aimait comme sa sœur. Duresnel, ayant dévoré son patrimoine et les biens de sa femme, se trouva réduit aux expédients ; il demanda au crime de nouvelles ressources, devint faussaire, voleur, assassin, fut condamné au bagne à perpétuité, enleva son fils à sa femme pour le confier à un misérable de sa trempe. Vous savez le reste.

— Mais comment monseigneur a-t-il retrouvé Mme Duresnel ?

— Lorsque Duresnel fut jeté au bagne, sa femme, réduite à la plus profonde misère, prit le nom de Georges.

— Dans cette cruelle position, elle ne s'est donc pas adressée à la marquise d'Harville, sa parente, sa meilleure amie ?

— La marquise était morte avant la condamnation de Duresnel, et depuis, par une honte invincible, jamais Mme Georges n'a osé se présenter à sa famille, qui aurait certainement eu pour elle des égards que méritaient tant d'infortunes. Pourtant… une seule fois, poussée à bout par la misère et par la maladie… elle se résolut à implorer les secours de M. d'Harville, le fils de sa meilleure amie… Ce fut ainsi que monseigneur la rencontra.

— Comment donc ?

— Un jour il allait voir M. d'Harville ; à quelques pas devant lui marchait une pauvre femme, vêtue misérablement, pâle, souffrante, abattue. Arrivée à la porte de l'hôtel d'Harville, au moment d'y frapper, après une longue hésitation, elle fit un brusque mouvement et revint sur ses pas, comme si le courage lui eût manqué. Très étonné, monseigneur suivit cette femme, vivement intéressé par son air de douceur et de chagrin. Elle entra dans un logis de triste apparence. Monseigneur prit quelques renseignements sur elle : ils furent des plus honorables. Elle travaillait pour vivre, mais l'ouvrage et la santé lui manquaient : elle était réduite au plus affreux dénuement. Le lendemain j'allai chez elle avec monseigneur. Nous arrivâmes à temps pour l'empêcher de mourir de faim. Après une longue maladie, où tous les soins lui furent prodigués, Mme Georges, dans sa reconnaissance, raconta sa vie à monseigneur, dont elle ne connaît encore ni le nom ni le rang, lui raconta, dis-je, sa vie, la condamnation de Duresnel et l'enlèvement de son fils.

— Ce fut ainsi que Son Altesse apprit que Mme Georges appartenait à la famille d'Harville ?

— Oui, et, après cette explication, monseigneur, qui avait apprécié de plus en plus les qualités de Mme Georges, lui fit quitter Paris et l'établit à la ferme de Bouqueval, où elle est à cette heure avec la Goualeuse. Elle trouva dans cette paisible retraite, sinon le bonheur, du moins la tranquillité, et put se distraire de ses chagrins en gérant cette métairie… Autant pour ménager la douloureuse susceptibilité de Mme Georges que parce qu'il n'aime pas à ébruiter ses bienfaits, monseigneur a laissé ignorer à M. d'Harville qu'il avait retiré sa parente d'une affreuse détresse.

— Je comprends maintenant le double intérêt de monseigneur à découvrir les traces du fils de cette pauvre femme.

— Vous jugez aussi par là, mon cher baron, de l'affection que porte Son Altesse à toute cette famille, et combien vif est son chagrin de voir le jeune marquis si triste avec tant de raisons d'être heureux.

— En effet, que manque-t-il à M. d'Harville ? Il

réunit tout, naissance, fortune, esprit, jeunesse ; sa femme est charmante, aussi sage que belle…

— Cela est vrai, et monseigneur n'a songé aux renseignements dont nous venons de parler qu'après avoir en vain tâché de pénétrer la cause de la noire mélancolie de M. d'Harville ; celui-ci s'est montré profondément touché des bontés de Son Altesse, mais il est toujours resté dans une complète réserve au sujet de sa tristesse. C'est peut-être une peine de cœur ?

— On le dit pourtant fort amoureux de sa femme ; elle ne lui donne aucun motif de jalousie. Je la rencontre souvent dans le monde : elle est fort entourée, comme l'est toujours une jeune et charmante femme, mais sa réputation n'a jamais souffert la moindre atteinte.

— Oui ; le marquis se loue toujours beaucoup de sa femme… Il n'a eu qu'une très petite discussion avec elle au sujet de la comtesse Sarah Mac-Gregor !

— Elle la voit donc ?

— Par le plus malheureux hasard, le père du marquis d'Harville a connu, il y a dix-sept ou dix-huit ans, Sarah Seyton de Halsbury et son frère Tom, lors de leur séjour à Paris, où ils étaient patronnés par Mme l'ambassadrice d'Angleterre. Apprenant que le frère et la sœur se rendaient en Allemagne, le vieux marquis leur donna des lettres d'introduction pour le père de monseigneur, avec lequel il entretenait une correspondance suivie. Hélas ! mon cher de Graün, peut-être sans cette recommandation bien des malheurs ne seraient pas arrivés, car monseigneur n'aurait sans doute pas connu cette femme. Enfin, lorsque la comtesse Sarah est revenue ici, sachant l'amitié de Son Altesse pour le marquis, elle s'est fait présenter à l'hôtel d'Harville, dans l'espoir d'y rencontrer monseigneur ; car elle met autant d'acharnement à le poursuivre qu'il met de persistance à la fuir.

— Se déguiser en homme pour relancer Son Altesse jusque dans la Cité !… Il n'y a qu'elle pour avoir des idées semblables.

— Elle espérait peut-être par là toucher monseigneur, et le forcer à une entrevue qu'il a toujours refusée et évitée. Pour en revenir à Mme d'Harville, son mari, à qui monseigneur avait parlé de Sarah comme il convenait, a conseillé à sa femme de la voir le moins possible ; mais la jeune marquise, séduite par les flatteries hypocrites de la comtesse, s'est un peu révoltée contre les avis de M. d'Harville. De là quelques petits dissentiments, qui du reste ne peuvent certainement pas causer le morne abattement du marquis.

— Ah ! les femmes… les femmes ! mon cher Murph ; je regrette beaucoup que Mme d'Harville se trouve en rapport avec cette Sarah… Cette jeune et charmante petite marquise ne peut que perdre au commerce d'une si diabolique créature.

— À propos de créatures diaboliques, dit Murph, voici une dépêche relative à Cecily, l'indigne épouse du digne David.

— Entre nous, mon cher Murph, cette audacieuse métisse[1] aurait bien mérité la terrible punition que son mari, le cher docteur nègre, a infligée au Maître d'école par ordre de monseigneur. Elle aussi a fait couler le sang, et sa corruption est épouvantable.

— Et malgré cela si belle, si séduisante ! Une âme perverse sous de gracieux dehors me cause toujours une double horreur.

— Sous ce rapport, Cecily est doublement odieuse ;

1. Créole issue d'un Blanc et d'une quarteronne esclave. Les métisses ne diffèrent des Blanches que par quelques signes imperceptibles.

mais j'espère que cette dépêche annule les derniers ordres donnés par monseigneur au sujet de cette misérable.

— Au contraire… baron.

— Monseigneur veut toujours qu'on l'aide à s'évader de la forteresse où elle avait été enfermée pour sa vie ?

— Oui.

— Et que son prétendu ravisseur l'emmène en France ? À Paris ?

— Oui, et bien plus… cette dépêche ordonne de hâter, autant que possible, l'évasion de Cecily et de la faire voyager assez rapidement pour qu'elle arrive ici au plus tard dans quinze jours.

— Je m'y perds… Monseigneur avait toujours manifesté tant d'horreur pour elle !…

— Et il en manifeste encore davantage, si cela est possible.

— Et pourtant il la fait venir auprès de lui ! Du reste, il sera toujours facile, comme l'a pensé Son Altesse, d'obtenir l'extradition de Cecily, si elle n'accomplit pas ce qu'il attend d'elle. On ordonne au fils du geôlier de la forteresse de Gerolstein d'enlever cette femme en feignant d'être épris d'elle ; on lui donne toutes les facilités nécessaires pour accomplir ce projet. Mille fois heureuse de cette occasion de fuir, la métisse suit son ravisseur supposé, arrive à Paris ; soit, mais elle reste toujours sous le coup de sa condamnation ; c'est toujours une prisonnière évadée, et je suis parfaitement en mesure, dès qu'il plaira à monseigneur, de réclamer son extradition, de l'obtenir.

— Qui vivra verra, mon cher de Graün : je vous prierai aussi, d'après l'ordre de monseigneur, d'écrire à notre chancellerie pour y demander, courrier par courrier, une copie légalisée de l'acte de mariage de

David ; car il s'est marié au palais ducal, en sa qualité d'officier de la maison de monseigneur.

— En écrivant par le courrier d'aujourd'hui, nous aurons cet acte dans huit jours au plus tard.

— Lorsque David a su par monseigneur la prochaine arrivée de Cecily, il en est resté pétrifié ; puis s'est écrié : « J'espère que Votre Altesse ne m'obligera pas à voir ce monstre ?

« — Soyez tranquille, a répondu monseigneur, vous ne la verrez pas… mais j'ai besoin d'elle pour certains projets. »

— David s'est trouvé soulagé d'un poids énorme. Néanmoins, j'en suis sûr, de bien douloureux souvenirs s'éveillaient en lui.

— Pauvre nègre !… il est capable de l'aimer toujours. On la dit encore si jolie !

— Charmante… trop charmante… il faudrait l'œil impitoyable d'un créole pour découvrir le *sang mêlé* dans l'imperceptible nuance bistrée qui colore légèrement la couronne des ongles roses de cette métisse ; nos fraîches beautés du Nord n'ont pas un teint plus transparent, une peau plus blanche, des cheveux d'un châtain plus doré.

— J'étais en France lorsque monseigneur est revenu d'Amérique, ramenant David et Cecily ; je sais que cet excellent homme est depuis cette époque attaché à Son Altesse par la plus vive reconnaissance, mais j'ai toujours ignoré par suite de quelle aventure il sétait voué au service de notre maître, et comment il avait épousé Cecily, que j'ai vue pour la première fois environ un an après son mariage ; et Dieu sait le scandale qu'elle soulevait déjà !

— Je puis parfaitement vous instruire de ce que vous désirez savoir, mon cher baron ; j'accompagnais monseigneur dans ce voyage d'Amérique où il a arraché David et la métisse au sort le plus affreux.

— Vous êtes mille fois bon, mon cher Murph, je vous écoute, dit le baron.

VII

HISTOIRE DE DAVID ET DE CECILY

— M. Willis, riche planteur américain de la Floride, dit Murph, avait reconnu dans l'un de ses jeunes esclaves noirs, nommé David, attaché à l'infirmerie de son habitation, une intelligence très remarquable, une commisération profonde et attentive pour les pauvres malades, auxquels il donnait avec amour les soins prescrits par les médecins et enfin une vocation si singulière pour l'étude de la botanique appliquée à la médecine, que, sans aucune instruction, il avait composé et classé une sorte de *flore* des plantes de l'habitation et de ses environs. L'exploitation de M. Willis, située sur le bord de la mer, était éloignée de quinze ou vingt lieues de la ville la plus prochaine ; les médecins du pays, assez ignorants d'ailleurs, se dérangeaient difficilement, à cause des grandes distances et de l'incommodité des voies de communication. Voulant remédier à cet inconvénient si grave dans un pays sujet à de violentes épidémies, et avoir toujours un praticien habile, le colon eut l'idée d'envoyer David en France apprendre la chirurgie et la médecine. Enchanté de cette offre, le jeune Noir partit pour Paris ; le planteur paya les frais de ses études, et, au bout de huit années d'un travail prodigieux, David, reçu docteur-médecin avec la plus grande distinction, revint en Amérique mettre son savoir à la disposition de son maître.

— Mais David avait dû se regarder comme libre et émancipé de fait et de droit en mettant le pied en France.

— Mais David est d'une loyauté rare, il avait promis à M. Willis de revenir ; il revint. Puis il ne regardait pas pour ainsi dire comme sienne une instruction acquise avec l'argent de son maître. Et puis enfin il espérait pouvoir adoucir moralement et physiquement les souffrances des esclaves ses anciens compagnons. Il se promettait d'être non seulement leur médecin, mais leur soutien, mais leur défenseur auprès du colon.

— Il faut en effet être doué d'une probité rare et d'un saint amour de ses semblables pour retourner auprès d'un maître, après un séjour de huit années à Paris... au milieu de la jeunesse la plus démocratique de l'Europe.

— Par ce trait... jugez de l'homme. Le voilà donc à la Floride, et, il faut le dire, traité par M. Willis avec considération et bonté, mangeant à sa table, logeant sous son toit ; du reste, ce colon stupide, méchant, sensuel, despote, comme le sont quelques créoles, se crut très généreux en donnant à David six cents francs de salaire. Au bout de quelques mois un typhus horrible se déclare sur l'habitation ; M. Willis en est atteint, mais promptement guéri par les excellents soins de David. Sur trente nègres gravement malades, deux seulement périssent. M. Willis, enchanté des services de David, porte ses gages à mille deux cents francs ; le médecin noir se trouvait le plus heureux du monde, ses frères le regardaient comme leur providence ; il avait, très difficilement il est vrai, obtenu du maître quelque amélioration à leur sort, il espérait mieux pour l'avenir, en attendant, il moralisait, il consolait ces pauvres gens, il les exhortait à la résignation ; il leur parlait de Dieu, qui veille sur le nègre comme sur le Blanc ; d'un autre monde, non plus peuplé de maîtres et d'esclaves, mais de justes et de méchants ; d'une autre vie… éternelle celle-là, où les uns n'étaient plus le bétail, la chose des autres, mais où les victimes d'ici-bas étaient si heureuses qu'elles priaient dans le ciel pour leurs bourreaux… Que vous dirai-je ? À ces malheureux qui, au contraire des autres hommes, comptent avec une joie amère les pas que chaque jour ils font vers la tombe… à ces malheureux qui n'espéraient que le néant, David fit espérer une liberté immortelle ; leurs chaînes leur parurent alors moins lourdes, leurs travaux moins pénibles. David était leur idole. Une année environ se passa de la sorte. Parmi les plus jolies esclaves de cette habitation, on remarquait une métisse de quinze ans, nommée Cecily. M. Willis eut une fantaisie de sultan pour cette jeune fille ; pour la première fois de sa vie peut-être il éprouva un refus, une résistance opiniâtre. Cecily aimait… elle aimait David, qui, pendant la dernière épidémie, l'avait soignée et sauvée avec un dévouement admirable ; plus tard, l'amour, le plus chaste amour paya la dette de la reconnaissance. David avait des goûts trop délicats pour ébruiter son bonheur avant le jour où il pourrait épouser Cecily ; il attendait qu'elle eût seize ans révolus. M. Willis, ignorant cette mutuelle affection, avait jeté superbement son mouchoir à la jolie métisse ; celle-ci, tout éplorée, vint raconter à David les tentations brutales auxquelles elle avait à grand-peine échappé. Le Noir la rassure, et va sur-le-champ la demander en mariage à M. Willis.

— Diable ! mon cher Murph, j'ai bien peur de deviner la réponse du sultan américain… Il refusa ?

— Il refusa. Il avait, disait-il, du goût pour cette jeune fille ; de sa vie il n'avait supporté les dédains d'une esclave : il voulait celle-là, il l'aurait. David choisirait une autre femme ou une autre maîtresse à son goût. Il y avait sur l'habitation dix capresses ou métisses aussi jolies que Cecily. David parla de son amour, que Cecily partageait depuis longtemps ; le planteur haussa les épaules. David insista ; ce fut en vain. Le créole eut l'imprudence de lui dire qu'il était d'un mauvais exemple de voir un maître céder à un esclave, et que, cet exemple, il ne le donnerait pas pour satisfaire à un caprice de David. Celui-ci supplia, le maître s'impatienta ; David, rougissant de s'humilier davantage, parla d'un ton ferme des services qu'il rendait et de son désintéressement ; car il se contentait du plus mince salaire. M. Willis, irrité, lui répondit avec mépris qu'il était mille fois trop bien traité pour un esclave. À ces mots, l'indignation de David éclata… Pour la première fois il parla en homme éclairé sur ses droits par un séjour de huit années en France. M. Willis, furieux, le traita d'esclave révolté, le menaça de la chaîne. David proféra quelques paroles amères et violentes… Deux heures après, attaché à un poteau, on le déchirait de coups de fouet, pendant qu'à sa vue on entraînait Cecily dans le sérail du planteur.

— La conduite de ce planteur était stupide et effroyable… C'est l'absurdité dans la cruauté… Il avait besoin de cet homme, après tout…

— Tellement besoin que, ce jour-là même, l'accès de fureur où il s'était mis, joint à l'ivresse où cette brute se plongeait chaque soir, lui donna une maladie inflammatoire des plus dangereuses, et dont les symptômes se déclarèrent avec la rapidité particulière à ces affections : le planteur se met au lit avec une fièvre horrible… Il envoie un exprès chercher un médecin ; mais le médecin ne peut arriver à l'habitation avant trente-six heures…

— Vraiment cette péripétie semble providentielle… La fatale position de cet homme était méritée…

— Le mal faisait d'effrayants progrès… David seul pouvait sauver le colon ; mais Willis, méfiant comme tous les scélérats, ne doutait pas que le Noir, pour se venger, ne l'empoisonnât dans une potion… car, après l'avoir battu de verges, on avait jeté David au cachot… Enfin, épouvanté de la marche de la maladie, brisé par la souffrance, pensant que, mourir pour mourir, il avait au moins une chance dans la générosité de son esclave, après de terribles hésitations Willis fit déchaîner David.

— Et David sauva le planteur !

— Pendant cinq jours et cinq nuits il le veilla comme il aurait veillé son père, combattant la maladie pas à pas avec un savoir, une habileté admirables ; il finit par en triompher, à la profonde surprise du médecin qu'on avait fait appeler, et qui n'arriva que le second jour.

— Et une fois rendu à la santé… le colon ?

— Ne voulant pas rougir devant son esclave qui l'écraserait à chaque instant de toute la hauteur de son admirable générosité, le colon, à l'aide d'un sacrifice énorme, parvint à attacher à son habitation le médecin qu'on avait été quérir, et David fut remis au cachot.

— Cela est horrible, mais cela ne m'étonne pas : David eût été pour cet homme un remords vivant.

— Cette conduite barbare n'était pas d'ailleurs seulement dictée par la vengeance et par la jalousie. Les Noirs de M. Willis aimaient David avec toute l'ardeur de la reconnaissance : il était pour eux le sauveur du corps et de l'âme. Ils savaient les soins qu'il avait prodigués au colon lors de la maladie de ce dernier…

Aussi, sortant par miracle de l'abrutissante apathie où l'esclavage plonge ordinairement la créature, ces malheureux témoignèrent vivement leur indignation, ou plutôt de leur douleur, lorsqu'ils virent David déchiré à coups de fouet. M. Willis, exaspéré, crut découvrir dans cette manifestation le germe d'une révolte... Songeant à l'influence que David avait acquise sur les esclaves, il le crut capable de se mettre plus tard à la tête d'un soulèvement et de se venger alors de l'exécrable ingratitude de son maître... Cette crainte absurde fut un nouveau motif pour le colon d'accabler David de mauvais traitements et de le mettre hors d'état d'accomplir les sinistres desseins dont il le soupçonnait.

— À ce point de vue d'une terreur farouche... cette conduite semble moins stupide, quoique tout aussi féroce.

— Peu de temps après ces événements, nous arrivons en Amérique. Monseigneur avait affrété un brick danois à Saint-Thomas ; nous visitions incognito toutes les habitations du littoral américain que nous côtoyions. Nous fûmes magnifiquement reçus par M. Willis. Le lendemain de notre arrivée, le soir, après boire, autant par excitation du vin que par forfanterie cynique, M. Willis nous raconta, avec d'horribles plaisanteries, l'histoire de David et de Cecily ; car j'oubliais de vous dire qu'on avait fait aussi jeter cette malheureuse au cachot, pour la punir de ses premiers dédains. À cet affreux récit, Son Altesse crut que Willis se vantait ou qu'il était ivre... Cet homme était ivre, mais il ne se vantait pas. Pour dissiper son incrédulité, le colon se leva de table en commandant à un esclave de prendre une lanterne et de nous conduire au cachot de David.

— Eh bien ?

— De ma vie je n'ai vu un spectacle aussi déchirant. Hâves, décharnés, à moitié nus, couverts de plaies, David et cette malheureuse fille, enchaînés par le milieu du corps, l'un à un bout du cachot, l'autre du côté opposé, ressemblaient à des spectres. La lanterne qui nous éclairait jetait sur ce tableau une teinte plus lugubre encore. David, à notre aspect, ne prononça pas un mot ; son regard avait une effrayante fixité. Le colon lui dit avec une ironie cruelle :

« — Eh bien ! docteur, comment vas-tu !... Toi qui es si savant !... Sauve-toi donc !...

« Le Noir répondit par une parole et par un geste sublimes ; il leva lentement la main droite, son index étendu vers le plafond ; et, sans regarder le colon, d'un ton solennel il dit :

« — DIEU !

« Et il se tut.

« — *Dieu* ? reprit le planteur en éclatant de rire ; dis-lui donc, à Dieu, de venir t'arracher de mes mains ! Je l'en défie !...

« Puis ce Willis, égaré par la fureur et par l'ivresse, montra le poing au ciel et s'écria en blasphémant :

« — Oui, je défie Dieu de m'enlever mes esclaves avant leur mort !... S'il ne le fait pas, je nie son existence !...

— C'était un fou stupide !

— Cela nous souleva le cœur de dégoût... monseigneur ne dit mot. Nous sortons du cachot... Cet antre était situé, ainsi que l'habitation, sur le bord de la mer. Nous retournons à bord de notre brick, mouillé à une très petite distance. À une heure du matin, au moment où toute l'habitation était plongée dans le plus profond sommeil, monseigneur descend à terre avec huit hommes bien armés, va droit au cachot, le force, enlève David ainsi que Cecily. Les deux victimes sont transportées à bord sans qu'on se soit aperçu de notre expédition ; puis monseigneur et moi nous nous rendons à la maison du planteur.

« Bizarrerie étrange ! Ces hommes torturent leurs esclaves et ne prennent contre eux aucune précaution : ils dorment fenêtres et portes ouvertes. Nous arrivons très facilement à la chambre à coucher du planteur, intérieurement éclairée par une verrine. Celui-ci se dresse sur son séant, le cerveau encore alourdi par les fumées de l'ivresse.

« "Vous avez ce soir défié Dieu de vous enlever vos deux victimes avant leur mort ? Il vous les enlève", dit monseigneur. Puis, prenant un sac que je portais et qui renfermait vingt-cinq mille francs en or, il le jeta sur le lit de cet homme et ajouta : "Voici qui vous indemnisera de la perte de vos deux esclaves. À votre violence qui tue j'oppose une violence qui sauve, Dieu jugera !..." Et nous disparaissons, laissant M. Willis stupéfait, immobile, se croyant sous l'impression d'un songe. Quelques minutes après, nous avions rejoint le brick et mis à la voile.

— Il me semble, mon cher Murph, que Son Altesse indemnisait bien largement ce misérable de la perte de ses esclaves ; car à la rigueur, David ne lui appartenait plus.

— Nous avions à peu près calculé la dépense faite pour les études de ce dernier pendant huit ans, puis au moins triplé sa valeur et celle de Cecily comme simples esclaves. Notre conduite blessait le droit des gens, je le sais ; mais si vous aviez vu dans quel horrible état se trouvaient ces malheureux presque agonisants, si vous aviez entendu ce défi sacrilège jeté à la face de Dieu par cet homme ivre de vin et de férocité, vous comprendriez que monseigneur ait voulu, comme il le dit dans cette occasion, « jouer un peu le rôle de la Providence ».

— Cela est tout aussi attaquable et aussi justiciable que la punition du Maître d'école, mon digne squire. Et cette aventure n'eut d'ailleurs pas de suite ?

— Elle n'en pouvait avoir aucune. Le brick était sous pavillon danois, l'incognito de Son Altesse sévèrement gardé ; nous passions pour de riches Anglais. À qui M. Willis, s'il eût osé se plaindre, eût-il adressé ses réclamations ? En fait, il nous avait dit lui-même, et le médecin de monseigneur le constata dans un procès-verbal, que les deux esclaves n'auraient pas vécu huit jours de plus dans cet affreux cachot. Il fallut les plus grands soins pour arracher Cecily à une mort presque certaine. Enfin ils revinrent à la vie. Depuis ce temps, David est resté attaché à monseigneur comme médecin, et il a pour lui le dévouement le plus profond.

— David épousa sans doute Cecily, en arrivant en Europe ?

— Ce mariage, qui paraissait devoir être si heureux, se fit dans le temple du palais de monseigneur ; mais, par un revirement extraordinaire, une fois en jouissance d'une position inespérée, oubliant tout ce que David avait souffert pour elle et ce qu'elle-même avait souffert pour lui, rougissant, dans ce monde nouveau, d'être mariée à un nègre, Cecily, séduite par un homme d'ailleurs horriblement dépravé, commit une première faute. On eût dit que la perversité naturelle de cette malheureuse, jusqu'alors endormie, n'attendait que ce dangereux ferment pour se développer avec une effroyable énergie. Vous savez le reste, le scandale de ses aventures. Après deux années de mariage, David, qui avait autant de confiance que d'amour, apprit toutes ces infamies : un coup de foudre l'arracha de sa profonde et aveugle sécurité.

— Il voulut, dit-on, tuer sa femme ?

— Oui ; mais, grâce aux instances de monseigneur, il consentit à ce qu'elle fût renfermée pour sa vie dans une forteresse. Et c'est cette prison que monseigneur vient d'ouvrir… à votre grand étonnement et au mien, je ne vous le cache pas, mon cher baron.

— Franchement, la résolution de monseigneur m'étonne d'autant plus que le gouverneur de la forteresse a maintes fois prévenu Son Altesse que cette femme était indomptable ; rien n'avait pu rompre ce caractère audacieux et endurci dans le vice, et, malgré cela, monseigneur persiste à la mander ici. Dans quel but ? Pour quel motif ?

— Voilà, mon cher baron, ce que j'ignore comme vous. Mais il se fait tard. Son Altesse désire que votre courrier parte le plus tôt possible pour Gerolstein.

— Avant deux heures il sera en route. Ainsi, mon cher Murph… à ce soir !

— À ce soir ?

— Avez-vous donc oublié qu'il y a grand bal à l'ambassade de ***, et que Son Altesse doit y aller ?

— C'est juste ; depuis l'absence du colonel Warner et du comte d'Harneim, j'oublie toujours que je remplis les fonctions de chambellan et d'aide de camp.

— Mais à propos du comte et du colonel, quand nous reviennent-ils ? Leurs missions sont-elles bientôt achevées ?

— Monseigneur, vous le savez, les tient éloignés le plus longtemps possible, pour avoir plus de solitude et de liberté. Quant à la mission que Son Altesse leur a donnée pour s'en débarrasser honnêtement, en les envoyant, l'un à Avignon, l'autre à Strasbourg, je vous la confierai un jour que nous serons tous deux d'humeur sombre ; car je défierais le plus noir hypocondriaque de ne pas éclater de rire, non seulement à cette confidence, mais à certains passages des dépêches de ces dignes gentilshommes, qui prennent leurs prétendues missions avec un incroyable sérieux.

— Franchement, je n'ai jamais bien compris pourquoi Son Altesse avait placé le colonel et le comte dans son service particulier.

— Comment ! le colonel Warner n'est-il pas le type admirable du militaire ? Y a-t-il, dans toute la Confédération germanique, une plus belle taille, de plus belles moustaches, une tournure plus martiale ? Et lorsqu'il est sanglé, caparaçonné, bridé, empanaché, peut-on voir un plus triomphant, un plus glorieux, un plus fier, un plus bel… animal ?

— C'est vrai ; mais cette beauté-là l'empêche justement d'avoir l'air excessivement spirituel.

— Eh bien ! Monseigneur dit que, grâce au colonel, il s'est habitué à trouver tolérables les gens les plus pesants du monde. Avant certaines audiences mortelles, il s'enferme une petite demi-heure avec le colonel, et il sort de là tout crâne, tout gaillard, et prêt à défier l'ennui en personne.

— De même que le soldat romain, avant une marche forcée, se chaussait de sandales de plomb, afin de trouver toute fatigue légère en les quittant. J'apprécie maintenant l'utilité du colonel. Mais le comte d'Harneim ?

— Est aussi d'une grande utilité pour monseigneur : en entendant sans cesse bruire à ses côtés ce vieux hochet creux, brillant et sonore, en voyant cette bulle de savon si gonflée… de néant, si magnifiquement diaprée, qui représente le côté théâtral et puéril du pouvoir souverain, monseigneur sent plus vivement encore la vanité de ces pompes stériles, et, par contraste, il a souvent dû à la contemplation de l'inutile et miroitant chambellan les idées les plus sérieuses et les plus fécondes.

— Du reste, il faut être juste, mon cher Murph, dans quelle cour trouverait-on, je vous prie, un plus parfait modèle du chambellan ? Qui connaît mieux que cet excellent d'Harneim les innombrables règles et traditions de l'étiquette ? Qui sait porter plus gravement une croix d'émail au cou et plus majestueusement une clef d'or au dos ?

— À propos, baron, monseigneur prétend que le dos d'un chambellan a une physionomie toute particulière : c'est, dit-il, une expression à la fois contrainte et révoltée, qui fait peine à voir ; car, ô douleur ! c'est au dos du chambellan que brille le signe symbolique de sa charge ; et, selon monseigneur, ce digne d'Harneim semble toujours tenté de se présenter à reculons, pour que l'on juge tout de suite de son importance.

— Le fait est que le sujet incessant des méditations du comte est la question de savoir par quelle fatale imagination on a placé la clef de chambellan derrière le dos ; car, ainsi qu'il le dit très sensément, avec une sorte de douleur courroucée : « Que diable ! On n'ouvre pas une porte avec le dos, pourtant ! »

— Baron ! le courrier, le courrier ! dit Murph en montrant la pendule au baron.

— Maudit homme, qui me fait causer ! C'est votre faute. Présentez mes respects à Son Altesse, dit M. de Graün, en courant prendre son chapeau ; et à ce soir, mon cher Murph.

— À ce soir, mon cher baron ; un peu tard, car je suis sûr que monseigneur voudra visiter aujourd'hui même la mystérieuse maison de la rue du Temple.

VIII

UNE MAISON DE LA RUE DU TEMPLE

Afin d'utiliser les renseignements que le baron de Graün avait recueillis sur la Goualeuse et sur Germain, fils du Maître d'école, Rodolphe devait se rendre rue du Temple, et chez le notaire Jacques Ferrand :

Chez celui-ci, pour tâcher d'obtenir de Mme Séraphin quelques indices sur la famille de Fleur-de-Marie ;

À la maison de la rue du Temple, récemment habitée par Germain, afin de tenter de découvrir la retraite de ce jeune homme par l'intermédiaire de Mlle Rigolette ; tâche assez difficile, cette grisette sachant peut-être que le fils du Maître d'école avait le plus grand intérêt à laisser complètement ignorer sa nouvelle demeure.

En louant dans la maison de la rue du Temple la chambre naguère occupée par Germain, Rodolphe facilitait ainsi ses recherches et se mettait à même d'observer de près les différentes classes de gens qui occupaient cette demeure.

Le jour même de l'entretien du baron de Graün et de Murph, Rodolphe se rendit, vers les trois heures, à la rue du Temple, par une triste journée d'hiver.

Située au centre d'un quartier marchand et populeux, cette maison n'offrait rien de particulier dans son aspect ; elle se composait d'un rez-de-chaussée occupé par un rogomiste, et de quatre étages surmontés de mansardes.

Une allée sombre, étroite, conduisait à une petite cour ou plutôt à une espèce de puits carré de cinq ou six pieds de large, complètement privé d'air, de lumière, réceptacle infect de toutes les immondices de la maison, qui y pleuvaient des étages supérieurs, car des lucarnes sans vitres s'ouvraient au-dessus du plomb de chaque palier.

Au pied d'un escalier humide et noir, une lueur rougeâtre annonçait la loge du portier ; loge enfumée par la combustion d'une lampe, nécessaire même en plein midi pour éclairer cet antre obscur où nous suivrons Rodolphe, à peu près vêtu en commis marchand non endimanché.

Il portait un paletot de couleur douteuse, un chapeau quelque peu déformé, une cravate rouge, un parapluie et d'immenses socques articulés. Pour compléter l'illusion de son rôle, Rodolphe tenait sous le bras un grand rouleau d'étoffes soigneusement enveloppé.

Il rentra chez le portier pour lui demander à visiter la chambre alors vacante.

Un quinquet, placé derrière un globe de verre rempli d'eau qui lui sert de réflecteur, éclaire la loge. Au fond, on aperçoit un lit recouvert d'une courtepointe arlequin, formée d'une multitude de morceaux d'étoffes de toute espèce et de toute couleur ; à gauche, une commode de noyer, dont le marbre supporte pour ornement :

Un petit saint Jean de cire, avec son mouton blanc et sa perruque blonde, le tout placé sous une cage de verre étoilée, dont les fêlures sont ingénieusement consolidées par des bandes de papier bleu ;

Deux flambeaux de vieux plaqué rougi par le temps, et portant, au lieu de bougies, des oranges pailletées, sans doute récemment offertes à la portière comme cadeau du jour de l'an ;

Deux boîtes, l'une en paille de couleurs variées, l'autre recouverte de petits coquillages ; ces deux objets d'art sentent leur maison de détention ou leur bagne d'une lieue[1]. (Espérons, pour la moralité du portier de la rue du Temple, que ce présent n'est pas un hommage de l'auteur.)

Enfin, entre les deux boîtes, et sous un globe de pendule, on admire une petite paire de bottes à cœur, en maroquin rouge, véritables bottes de poupée, mais soigneusement et savamment travaillées, ouvrées et piquées.

Ce chef-d'œuvre, comme disaient les anciens artisans, joint à une abominable odeur de cire rance et à de fantastiques arabesques dessinées le long des murs avec une innombrable quantité de vieilles chaussures, annonce suffisamment que le portier de cette maison a travaillé dans le neuf avant de descendre jusqu'à la restauration des vieilles chaussures.

Lorsque Rodolphe s'aventura dans ce bouge, M. Pipelet, le portier, momentanément absent, était représenté par Mme Pipelet. Celle-ci, placée près d'un poêle de fonte situé au milieu de la loge, semblait écouter gravement *chanter* sa marmite (c'est l'expression consacrée).

L'Hogarth français, Henri Monnier, a si admirablement stéréotypé la portière que nous nous contenterons de prier le lecteur, s'il veut se figurer Mme Pipelet, d'évoquer dans son souvenir la plus laide, la plus ridée, la plus bourgeonnée, la plus sordide, la plus dépenaillée, la plus hargneuse, la plus venimeuse des portières immortalisées par cet éminent artiste.

Le seul trait que nous nous permettrons d'ajouter à cet idéal, qui ne peut manquer d'être une merveilleuse réalité, sera une bizarre coiffure composée d'une perruque à la Titus ; perruque originairement blonde,

1. Les forçats et les détenus s'occupent presque exclusivement de la fabrication de ces boîtes.

mais nuancée par le temps d'une foule de tons roux et jaunâtres, bruns et fauves, qui émaillaient pour ainsi dire une confusion inextricable de mèches dures, roides, hérissées, emmêlées. Mme Pipelet n'abandonnait jamais cet unique et éternel ornement de son crâne sexagénaire.

À la vue de Rodolphe, la portière prononça d'un ton rogue ces mots sacramentels :

— Où allez-vous ?

— Madame, il y a, je crois, une chambre et un cabinet à louer dans cette maison ? demanda Rodolphe en appuyant sur le mot madame, ce qui ne flatta pas médiocrement Mme Pipelet. Elle répondit moins aigrement :

— Il y a une chambre à louer au quatrième, mais on ne peut pas la voir… Alfred est sorti…

— Votre fils, sans doute, madame ? Rentrera-t-il bientôt ?

— Non, monsieur, ce n'est pas mon fils, c'est mon mari !… Pourquoi donc Pipelet ne s'appellerait-il pas Alfred ?

— Il en a parfaitement le droit, madame ; mais, si vous le permettez, j'attendrai un moment son retour. Je tiendrais à louer cette chambre, le quartier et la rue me conviennent ; la maison me plaît, car elle me semble admirablement bien tenue. Pourtant, avant de visiter le logement que je désire occuper, je voudrais savoir si vous pouvez, madame, vous charger de mon ménage ? J'ai l'habitude de ne jamais employer que les concierges, toutefois quand ils y consentent.

Cette proposition, exprimée en termes si flatteurs : concierge !… gagna complètement Mme Pipelet ; elle répondit :

— Mais certainement, monsieur… Je ferai votre ménage… Je m'en honore, et pour six francs par mois vous serez servi comme un prince.

— Va pour les six francs. Madame… votre nom ?

— Pomone-Fortunée-Anastasie Pipelet.

— Eh bien ! Madame Pipelet, je consens aux six francs par mois pour vos gages. Et si la chambre me convient… quel est son prix ?

— Avec le cabinet, cent cinquante francs, monsieur ; pas un liard à rabattre… Le principal locataire est un chien… un chien qui tondrait sur un œuf.

— Et vous le nommez ?

— M. Bras-Rouge.

Ce nom et les souvenirs qu'il éveillait firent tressaillir Rodolphe.

— Vous dites, madame Pipelet, que le principal locataire se nomme ?…

— Eh bien… M. Bras-Rouge.

— Et il demeure ?

— Rue aux Fèves, n° 13 ; il tient aussi un estaminet dans les fossés des Champs-Élysées.

Il n'y avait plus à en douter, c'était le même homme… Cette rencontre semblait étrange à Rodolphe.

— Si M. Bras-Rouge est le principal locataire, dit-il, quel est le propriétaire de la maison ?

— M. Bourdon ; mais je n'ai jamais eu affaire qu'à M. Bras-Rouge.

Voulant mettre la portière en confiance, Rodolphe reprit :

— Tenez, ma chère madame Pipelet, je suis un peu fatigué ; le froid m'a gelé… rendez-moi le service d'aller chez le rogomiste qui demeure dans la maison, vous me rapporterez un flacon de cassis et deux verres… ou plutôt trois verres, puisque votre mari va rentrer.

Et il donna cent sous à cette femme.

— Ah çà ! monsieur, vous voulez donc que du premier mot on vous adore ? s'écria la portière dont le nez bourgeonné sembla s'illuminer de tous les feux d'une bachique convoitise.

— Oui, madame Pipelet, je veux être adoré.

— Ça me chausse, ça me chausse ; mais je n'apporterai que deux verres, moi et Alfred nous buvons toujours dans le même. Pauvre chéri, il est si friand pour ce qui est des femmes !

— Allez, madame Pipelet, nous attendrons Alfred.

— Ah çà, si quelqu'un vient… vous garderez la loge ?

— Soyez tranquille.

La vieille sortit.

Resté seul, Rodolphe réfléchit à cette bizarre circonstance qui le rapprochait de Bras-Rouge ; il s'étonna seulement de ce que François-Germain eût pu rester pendant trois mois dans cette maison avant d'être découvert par les complices du Maître d'école qui étaient en rapport avec Bras-Rouge.

À ce moment, un facteur frappa aux carreaux de la loge, y passa bras, tendit deux lettres en disant :

— Trois sous !

— Six sous, puisqu'il y a deux lettres, dit Rodolphe.

— Une d'affranchie, répondit le facteur.

Après avoir payé, Rodolphe regarda d'abord machinalement les deux lettres qu'on venait de lui remettre ; mais bientôt elles lui semblèrent dignes d'un curieux examen.

L'une, adressée à Mme Pipelet, exhalait à travers son enveloppe de papier satiné une forte odeur de sachet de peau d'Espagne. Sur son cachet de cire rouge, on voyait ces deux lettres : C.R., surmontées d'un casque et appuyées sur un support étoilé de la croix de la Légion d'honneur ; l'adresse était tracée d'une main ferme. La prétention héraldique de ce casque et de cette croix fit sourire Rodolphe et le confirma dans l'idée que cette lettre n'était pas écrite par une femme.

Mais quel était le correspondant musqué, blasonné… de Mme Pipelet ?

L'autre lettre, d'un papier gris commun, fermée avec un pain à cacheter picoté de coups d'épingle, était pour M. César Bradamanti, dentiste opérateur.

Évidemment contrefaite, l'écriture de cette suscription se composait de lettres toutes majuscules.

Fut-ce pressentiment, fantaisie de son imagination ou réalité, cette lettre parut à Rodolphe d'une triste apparence. Il remarqua quelques lettres de l'adresse à demi effacées dans un endroit où le papier frippait légèrement.

Une larme était tombée là.

Mme Pipelet rentra, portant le flacon de cassis et deux verres.

— J'ai lambiné, n'est-ce pas, monsieur ? Mais une fois qu'on est dans la boutique du père Joseph, il n'y a pas moyen d'en sortir. Ah ! le vieux possédé !… Croiriez-vous qu'avec une femme d'âge comme moi, il conte encore la gaudriole ?

— Diable !… si Alfred savait cela ?

— Ne m'en parlez pas, le sang me tournc rien que d'y songer. Alfred est jaloux comme un Bédouin ; et pourtant, de la part du père Joseph, c'est l'histoire de rire, en tout bien, tout honneur.

— Voici deux lettres que le facteur a apportées, dit Rodolphe.

— Ah ! mon Dieu… faites excuse, monsieur… Et vous avez payé ?

— Oui.

— Vous êtes bien bon. Alors je vas vous retenir ça sur la monnaie que je vous rapporte… Combien est-ce ?

— Trois sous, répondit Rodolphe en souriant du singulier mode de remboursement adopté par Mme Pipelet.

— Comment ! Trois sous ?… C'est six sous, il y a deux lettres.

— Je pourrais abuser de votre confiance en vous faisant retenir sur ma monnaie six sous au lieu de trois ; mais j'en suis incapable, madame Pipelet… Une des deux lettres, qui vous est adressée, est affranchie. Et, sans être indiscret, je vous ferai observer que vous avez là un correspondant dont les billets doux sentent furieusement bon.

— Voyons donc, dit la portière en prenant la lettre satinée. C'est, ma foi, vrai… ça a l'air d'un billet doux ! Dites donc, monsieur, un billet doux ! Ah ! bien ! par exemple… Quel est donc le polisson qui oserait ?…

— Et si Alfred s'était trouvé là, madame Pipelet ?

— Ne dites pas ça, ou je m'évanouis dans vos bras !

— Je ne le dis plus, madame Pipelet !

— Mais que je suis bête !… M'y voilà, dit la portière en haussant les épaules, je sais… je sais… c'est du commandant… Ah ! quelle souleur[1] j'ai eue ! Mais ça n'empêche pas de compter : voyons, c'est trois sous pour l'autre lettre, n'est-ce pas ? Ainsi nous disions : quinze sous de cassis et trois sous de port de lettre que je retiens, ça fait dix-huit ; dix-huit et deux que voilà font vingt, et quatre francs font cent sous ; les bons comptes font les bons amis.

— Et voilà vingt sous pour vous, madame Pipelet ; vous avez une si miraculeuse manière de rembourser les avances qu'on a faites pour vous, que je tiens à l'encourager.

— Vingt sous ! Vous me donnez vingt sous !… Et

1. Frayeur subite, en ancien français. (*Note de l'éditeur.*)

pourquoi donc ça ? s'écria Mme Pipelet d'un air à la fois alarmé et étonné de cette générosité fabuleuse.

— Ce sera un accompte sur le denier à Dieu, si je prends la chambre.

— Comme ça, j'accepte ; mais j'en préviendrai Alfred.

— Certainement ; mais voici l'autre lettre : elle est adressée à M. César Bradamanti.

— Ah ! oui... Le dentiste du troisième... Je vas la mettre dans la *botte* aux lettres.

Rodolphe crut avoir mal entendu, mais il vit Mme Pipelet jeter gravement la lettre dans une vieille botte à revers accrochée au mur.

Rodolphe la regardait avec surprise.

— Comment ? lui dit-il, vous mettez cette lettre...

— Eh bien ! monsieur, je la mets dans la botte aux lettres... Comme ça, rien ne s'égare ; quand les locataires rentrent, Alfred ou moi nous secouons la botte, on fait le triage, et chacun a son poulet.

— Votre maison est si parfaitement ordonnée, que cela me donne de plus en plus l'envie d'y demeurer ; cette botte aux lettres surtout me ravit.

— Mon Dieu, c'est bien simple, reprit modestement Mme Pipelet : Alfred avait cette vieille botte dépareillée ; autant l'utiliser au service des locataires.

Ce disant, la portière avait décacheté la lettre qui lui était adressée, elle la tournait en tout sens ; après quelques moments d'embarras, elle dit à Rodolphe :

— C'est toujours Alfred qui est chargé de lire, parce que je ne le sais pas. Est-ce que vous voudriez bien, monsieur... être pour moi comme est Alfred ?

— Pour lire cette lettre, volontiers, dit Rodolphe, très curieux de connaître le correspondant de Mme Pipelet.

Il lut ce qui suit sur un papier satiné, dans l'angle

duquel on retrouvait le casque, les lettres C.R., le support héraldique et la croix d'honneur.

« Demain vendredi, à onze heures, on fera grand feu dans les deux pièces, et on nettoiera bien les glaces et on ôtera les housses partout, en prenant bien garde d'écailler la dorure des meubles en époussetant.

« Si par hasard je n'étais pas arrivé lorsqu'une dame viendra en fiacre, sur les une heure, me demander sous le nom de M. Charles, on la fera monter à l'appartement, dont on descendra la clef, qu'on me remettra lorsque j'arriverai moi-même. »

Malgré la rédaction peu académique de ce billet, Rodolphe comprit parfaitement ce dont il s'agissait et dit à la portière :

— Qui habite donc le premier étage ?

La vieille approcha son doigt jaune et ridé de sa lèvre pendante et répondit avec un malicieux ricanement.

— *Motus*… c'est des intrigues de femme.

— Je vous demande cela, ma chère madame Pipelet… parce qu'avant de loger dans une maison… on désire avoir…

— C'est tout simple… dis-moi qui tu plantes… je te dirai qui tu plais, n'est-ce pas ?

— J'allais vous le dire.

— Du reste, je peux bien vous communiquer ce que je sais là-dessus, ça ne sera pas long… Il y a environ six semaines, un tapissier est venu ici, a examiné le premier, qui était à louer, a demandé le prix, et le lendemain il est revenu avec un beau jeune homme blond, petites moustaches, croix d'honneur, beau linge. Le tapissier l'appelait… commandant.

— C'est donc un militaire ?

— Militaire ! reprit Mme Pipelet en haussant les épaules, allons donc ! c'est comme si Alfred s'intitulait concierge.

— Comment ?

— Il est tout bonnement de la garde nationale, dans l'état-major ; le tapissier l'appelait commandant pour le flatter… de même que ça flatte Alfred quand on l'appelle concierge. Enfin, quand le commandant (nous ne le connaissons que sous ce nom-là) a eu tout vu, il a dit au tapissier : « C'est bon, ça me convient, arrangez ça, voyez le propriétaire.

« — Oui, commandant, qu'a dit l'autre…

« Et le lendemain le tapissier a signé le bail en son nom, à lui, tapissier, avec M. Bras-Rouge, lui a payé six mois d'avance, parce qu'il paraît que le jeune homme ne veut pas être connu. Tout de suite après, les ouvriers sont venus tout démolir au premier ; ils ont apporté des essophas, des rideaux en soie, des glaces dorées, des meubles superbes ; aussi c'est beau comme dans un café des boulevards ! Sans compter des tapis partout, et si épais et si doux qu'on dirait qu'on marche sur des bêtes… Quand ç'a été fini, le commandant est revenu pour voir tout ça ; il a dit à Alfred : "Pouvez-vous vous charger d'entretenir cet appartement, où je ne viendrai pas souvent, d'y faire du feu de temps en temps, et de tout préparer pour me recevoir quand je vous l'écrirai par la petite poste ?

« — Oui, commandant, lui dit ce flatteur d'Alfred.

« — Et combien me prendrez-vous pour ça ?

« — Vingt francs par moi, commandant.

« — Vingt francs ! Allons donc ! vous plaisantez, portier !"

« Et voilà ce beau fils à marchander comme un ladre, à carotter le pauvre monde. Voyez donc, pour une ou deux malheureuses pièces de cent sous, quand il a fait des dépenses abominables pour un appartement qu'il n'habite pas ! Enfin, à force de batailler, nous avons obtenu douze francs. Douze francs ! Dites donc, si ça ne fait pas suer !... Commandant de deux liards, va ! Quelle différence avec vous, monsieur ! ajouta la portière en s'adressant à Rodolphe d'un air agréable, vous ne vous faites pas appeler commandant, vous n'avez l'air de rien du tout, et vous êtes convenu avec moi de six francs du premier mot.

— Et depuis, ce jeune homme est-il revenu ?

— Vous allez voir, c'est ça qui est le plus drôle ; il paraît qu'on le fait joliment droguer, le commandant. Il a déjà écrit trois fois, comme aujourd'hui, d'allumer le feu, d'arranger tout, qu'il viendrait une dame. Ah ! bien oui ! Va-t'en voir s'ils viennent !

— Personne n'a paru ?

— Écoutez donc. La première des trois fois, le commandant est arrivé tout flambant, chantonnant entre ses dents et faisant le gros dos ; il a attendu deux bonnes heures... personne ; quand il a repassé devant la loge, nous le guettions, nous deux Pipelet, pour voir sa mine et le vexer en lui parlant. « Commandant, il n'est pas venu du tout, du tout de petite dame vous demander, que je lui dis. – C'est bon, c'est bon ! » qu'il me répond, l'air tout honteux et tout furieux, et il part dare-dare, en se rongeant les ongles de colère. La seconde fois, avant qu'il n'arrive, un commissionnaire apporte une petite lettre adressée à M. Charles ; je me doute bien que c'est encore flambé pour cette fois-là ; nous en faisions des gorges chaudes avec Pipelet, quand le commandant arrive : « Commandant, que je dis en mettant le revers de ma main gauche à ma perruque, comme une vraie troupière, voilà une lettre ; il paraît qu'il y a encore une contremarche aujourd'hui ! » Il me regarde, fier comme Artaban, ouvre la lettre, la lit, devient rouge comme une écrevisse ; puis il nous dit, en faisant semblant de ne pas être contrarié : « Je savais bien qu'on ne viendrait pas ; je suis venu pour vous recommander de tout bien surveiller. » C'était pas vrai ; c'était pour nous cacher qu'on le faisait aller qu'il nous disait cela ; et là-dessus il s'en va en tortillant et en chantant du bout des dents ; mais il était joliment vexé, allez… C'est bien fait, c'est bien fait, commandant de deux liards ! Ça t'apprendra à ne donner que douze francs par mois pour ton ménage.

— Et la troisième fois ?

— Ah ! la troisième fois j'ai bien cru que c'était pour de bon. Le commandant arrive sur son trente-six ; les yeux lui sortaient de la tête, tant il paraissait content et sûr de son affaire. Bien beau jeune homme tout de même… et bien mis, et flairant comme une civette… Il ne posait pas à terre, tant il était gonflé… Il prend la clef et nous dit, en montant chez lui, d'un air goguenard et rengorgé, comme pour se revenger des autres fois : « Vous préviendrez cette dame que la porte est tout contre… » Bon ! nous deux Pipelet, nous étions si curieux de voir la petite dame, quoique nous n'y comptions pas beaucoup, que nous sortons de notre loge pour nous mettre à l'affût sur le pas de la porte de l'allée. Cette fois-là, un petit fiacre bleu, à stores baissés, s'arrête devant chez nous. « Bon ! c'est elle, que je dis à Alfred… Retirons-nous un peu pour ne pas l'effaroucher. » Le cocher ouvre la portière. Alors nous voyons une petite dame avec un manchon sur les genoux et un voile noir qui lui cachait la figure, sans compter son mouchoir qu'elle tenait sur sa bouche, car elle avait l'air de pleurer ; mais voilà-t-il pas qu'une fois le marchepied baissé, au lieu de descendre, la dame dit quelques mots au cocher, qui, tout étonné, referme la portière.

— Cette femme n'est pas descendue ?

— Non, monsieur ; elle s'est rejetée dans le fond de la voiture en mettant ses mains sur ses yeux. Moi je me précipite, et, avant que le cocher ait remonté sur son siège, je lui dis : « Eh bien ! mon brave, vous vous en retournez donc ?

« — Oui, qu'il me dit.

« — Et où ça ? que je lui demande.

« — D'où je viens.

« — Et d'où venez-vous ?

« — De la rue Saint-Dominique, au coin de la rue Belle-Chasse. »

À ces mots, Rodolphe tressaillit.

Le marquis d'Harville, un de ses meilleurs amis, qu'une vive mélancolie accablait depuis quelque temps, ainsi que nous l'avons dit, demeurait rue Saint-Dominique, au coin de la rue Belle-Chasse.

Était-ce la marquise d'Harville qui courait ainsi à sa perte ? Son mari avait-il des soupçons sur son inconduite ? son inconduite... seule cause peut-être du chagrin dont il semblait dévoré.

Ces doutes se pressaient en foule à la pensée de Rodolphe. Cependant il connaissait la société intime de la marquise, et il ne se rappelait pas y avoir jamais vu quelqu'un qui ressemblât au commandant. La jeune femme dont il s'agissait pouvait, après tout, avoir pris un fiacre en cet endroit sans demeurer dans cette rue, rien ne prouvait à Rodolphe que ce fût la marquise. Néanmoins il conserva de vagues et pénibles soupçons.

Son air inquiet et absorbé n'avait pas échappé à la portière.

— Eh bien ! monsieur, à quoi pensez-vous donc ? lui dit-elle.

— Je cherche pour quelle raison cette femme qui était venue jusqu'à cette porte… a changé tout à coup d'avis…

— Que voulez-vous, monsieur, une idée, une frayeur, une superstition. Nous autres, pauvres femmes, nous sommes si faibles, si poltronnes, dit l'horrible portière d'un air timide et effarouché. Il me semble que si j'avais été comme ça en catimini faire des traits à Alfred, j'aurais été obligée de reprendre mon élan je ne sais pas combien de fois. Mais jamais, au grand jamais ! Pauvre chéri ! Il n'y a pas un habitant de la terre qui puisse se vanter…

— Je vous crois, madame Pipelet… Mais cette jeune femme…

— Je ne sais pas si elle était jeune ; on ne voyait pas le bout de son nez. Toujours est-il qu'elle repart comme elle était venue, sans tambour ni trompette. On nous aurait donné dix francs à nous deux Alfred, que nous n'aurions pas été plus contents.

— Pourquoi cela ?

— En songeant à la mine qu'allait faire le commandant, il devait y avoir de quoi crever de rire, bien sûr. D'abord, au lieu d'aller lui dire tout de suite que la dame était repartie, nous le laissons droguer et marronner une bonne heure. Alors je monte : je n'avais que mes chaussons de lisière à mes pauvres pieds ; j'arrive à la porte qui était tout contre. Je la pousse, elle crie ; l'escalier est noir comme un four, l'entrée de l'appartement aussi. Voilà qu'au moment où j'entre, le commandant me prend dans ses bras en me disant d'un ton câlin : « Mon Dieu, mon ange, comme tu viens tard !… »

Malgré la gravité des pensées qui le dominaient, Rodolphe ne put s'empêcher de rire, surtout en voyant la grotesque perruque et l'abominable figure ridée, bourgeonnée, de l'héroïne de ce quiproquo ridicule.

Mme Pipelet reprit, avec une hilarité grimaçante qui la rendait plus hideuse encore :

— Eh, eh, eh ! en voilà une bonne ! Mais vous allez voir. Moi je ne réponds rien, je retiens mon haleine, je m'abandonne au commandant ; mais tout à coup le voilà qui s'écrie, en me repoussant, le grossier, d'un air aussi dégoûté que s'il avait touché une araignée : « Mais qui diable est donc là ?

« — C'est moi, commandant, Mme Pipelet, la portière, c'est pour cela que vous devriez bien taire vos mains, ne pas me prendre la taille, ni m'appeler votre ange, ni me dire que je viens trop tard. Si Alfred avait été là pourtant ?

« — Que voulez-vous ? me dit-il furieux.

« — Commandant, la petite dame vient de venir en fiacre.

« — Eh bien ! faites-la donc monter ; vous êtes stupide ; ne vous ai-je pas dit de la faire monter ? »

« Je le laisse aller, je le laisse aller. "Oui, commandant, c'est vrai, vous m'avez dit de la faire monter.

« — Eh bien ?

« — C'est que la petite dame…

« — Mais parlez donc !

« — C'est que la petite dame est repartie.

« — Allons, vous aurez dit ou fait quelque bêtise ! s'écria-t-il encore plus furieux.

« — Non, commandant, la petite dame n'a pas descendu du fiacre : quand le cocher a ouvert la portière, elle lui a dit de la remmener d'où elle était venue.

« — La voiture ne doit pas être loin ! s'écrie le commandant en se précipitant vers la porte.

« — Ah bien ! oui ! il y a plus d'une heure qu'elle est partie, que je lui réponds.

« — Une heure ! une heure ! Et pourquoi avez-vous autant tardé à me prévenir ? s'écrie-t-il avec un redoublement de colère.

« — Dame… parce que nous craignions que ça vous contrarie trop de n'avoir pas encore fait vos frais cette fois-ci."

« Attrape ! que je me dis, mirliflor, ça t'apprendra à avoir eu mal au cœur quand tu m'as touchée. "Sortez d'ici, vous ne faites et ne dites que des sottises !" s'écrie-t-il avec rage, en défaisant sa robe de chambre à la tartare et en jetant par terre son bonnet grec de velours brodé d'or… Beau bonnet tout de même… Et la robe de chambre donc ! ça crevait les yeux ; le commandant avait l'air d'un ver luisant…

— Et depuis, ni lui ni cette dame ne sont revenus ?

— Non ; mais attendez donc la fin de l'histoire, dit Mme Pipelet.

IX

LES TROIS ÉTAGES

— La fin de l'histoire, la voilà, reprit Mme Pipelet. Je dégringole retrouver Alfred. Justement il y avait dans notre loge la portière du n° 19 et l'écaillère qui perche à la porte du rogomiste ; je leur raconte, comme quoi le commandant m'avait appelée son ange et m'avait pris la taille. En voilà des rires ! et Alfred, quoiqu'il soit bien mélan… oui, mélancolique, comme il appelle ça, quoiqu'il soit bien mélancolique depuis les traits de ce monstre de Cabrion.

Rodolphe regarda la portière avec étonnement.

— Oui, un jour, quand nous serons plus amis, vous saurez cela. Enfin tant il y a qu'Alfred, malgré sa mélancolie, se met à m'appeler son ange. À ce moment le commandant sort de chez lui et ferme sa porte pour s'en aller ; mais comme il nous entendait rire, il n'ose plus descendre, de peur que nous nous moquions de lui, car il ne pouvait pas s'empêcher de passer devant la loge. Nous devinons le coup, et voilà l'écaillère qui, de sa grosse voix, se met à crier : « Pipelet, tu viens bien tard, mon ange ! » Là-dessus le commandant rentre chez lui et ferme sa porte avec un bruit affreux, en vrai rageur qu'il est, car cet homme-là doit être rageur comme un tigre… il a le bout du nez blanc… Finalement il a ouvert plus de dix fois sa porte pour écouter s'il y avait toujours du monde à la loge. Il y en avait toujours, nous ne bougions pas. À la fin, voyant qu'on ne s'en allait pas, il a pris son parti, est descendu quatre à quatre, m'a jeté sa clef sans rien dire, et s'est ensauvé tout furieux au milieu de nos éclats de rire, et pendant que l'écaillère disait encore : « Tu viens bien tard, mon ange ! »

— Mais vous vous exposiez à ce que le commandant ne vous employât plus.

— Ah bien ! oui ! Il n'oserait pas. Nous le tenons. Nous savons où demeure sa *margot* ; et s'il nous disait quelque chose nous le menacerions d'éventer la mèche. Et puis, pour ses mauvais douze francs, qui est-ce qui se chargerait de son ménage ! Une femme du dehors ? Nous lui rendrions la vie trop dure, à celle-là. Mauvais ladre, va ! Enfin, monsieur, croiriez-vous qu'il a eu la petitesse de regarder à son bois, et d'éplucher le nombre de bûches qu'on a dû brûler en l'attendant ? C'est quelque parvenu, bien sûr, quelque rien du tout enrichi. Ça vous a une tête de seigneur et un corps de gueux ; ça dépense par ci, ça lésine par là. Je ne lui veux pas d'autre mal ; mais ça m'amuse drôlement que sa particulière le fasse aller. Je parie que demain ce sera encore la même chose. Je vas prévenir l'écaillère qui était ici l'autre fois ; ça nous amusera. Si la petite dame vient, nous verrons si c'est une brunette ou une blondinette, et si elle est gentille. Dites donc, monsieur, quand on songe qu'il y a un benêt de mari là-dessous ! C'est joliment farce, n'est-ce pas ? Mais ça le regarde, ce pauvre cher homme. Enfin demain nous verrons la petite dame ; et, malgré son voile, il faudra bien qu'elle baisse joliment le nez pour que nous ne sachions pas de quelle couleur sont ses yeux. En voilà encore une *double de pas honteuse*, comme on dit dans mon pays ; ça vient chez un homme, et ça fait la frime d'avoir peur. Mais pardon, excuse, que je retire ma marmite de dessus le feu ; elle a fini de chanter. C'est que le fricot demande à être mangé. C'est du gras-double, ça va égayer tant soit peu Alfred, car, comme il le dit lui-même : pour du gras-double il trahirait la France… sa belle France !… ce vieux chéri.

Pendant que Mme Pipelet s'occupait de ce détail ménager, Rodolphe se livrait à de tristes réflexions.

La femme dont il s'agissait (que ce fût ou non la marquise d'Harville) avait sans doute hésité, longtemps combattu avant d'accorder un premier et un second rendez-vous ; puis, effrayée des suites de son imprudence, un remords salutaire l'avait probablement empêchée d'accomplir cette dangereuse promesse.

Enfin, cédant à un irrésistible entraînement, elle arrive éplorée, agitée de mille craintes, jusqu'au seuil de cette maison ; mais, au moment de se perdre à jamais, la voix du devoir se fait entendre : elle échappe encore une fois au déshonneur.

Et pour qui brave-t-elle tant de honte, tant de danger !

Rodolphe connaissait le monde et le cœur humain ; il préjugea presque sûrement le caractère du commandant d'après quelques traits ébauchés par la portière avec une naïveté grossière.

N'était-ce pas un homme assez niaisement orgueilleux pour tirer vanité de l'appellation d'un grade absolument insignifiant au point de vue militaire ; un homme assez dénué de tact pour ne pas s'envelopper du plus profond incognito, afin d'entourer d'un mystère impénétrable les coupables démarches d'une femme qui risquait tout pour lui ; un homme enfin si sot et si ladre qu'il ne comprenait pas que, pour ménager quelques louis, il exposait sa maîtresse aux insolentes et ignobles railleries des gens de cette maison !

Ainsi, le lendemain, poussée par une fatale influence, mais sentant l'immensité de sa faute, n'ayant pour se soutenir au milieu de ses terribles angoisses que sa foi aveugle dans la discrétion, dans l'honneur de l'homme à qui elle donne plus que sa vie, cette malheureuse jeune femme viendrait à ce rendez-vous, palpitante, éperdue ; et il lui faudrait supporter les regards curieux et effrontés de quelques misérables, peut-être entendre leurs plaisanteries immondes.

Quelle honte ! Quelle leçon ! Quel réveil pour une femme égarée, qui jusqu'alors n'aurait vécu que des plus charmantes, des plus poétiques illusions de l'amour !

Et l'homme pour qui elle affronte tant d'opprobre, tant de périls, sera-t-il au moins touché des déchirantes anxiétés qu'il cause ?

Non…

Pauvre femme ! La passion l'aveugle et la jette une dernière fois au bord de l'abîme. Un courageux effort de vertu la sauve encore. Que ressentira cet homme à la pensée de cette lutte douloureuse et sainte ?

Il ressentira du dépit, de la colère, de la rage, en songeant qu'il s'est dérangé trois fois pour rien, et que sa sotte fatuité est gravement compromise… aux yeux de son portier…

Enfin, dernier trait d'insigne et grossière maladresse : cet homme parle de telle sorte, s'habille de telle sorte pour cette première entrevue, qu'il doit faire mourir de confusion et de honte une femme déjà écrasée sous le poids de la confusion et de la honte !

« Oh ! pensait Rodolphe, quel terrible enseignement si cette femme (qui m'est inconnue, je l'espère) avait pu entendre dans quels termes hideux on parlait d'une démarche coupable sans doute, mais qui lui coûtait tant d'amour, tant de larmes, tant de terreurs, tant de remords ! »

Et puis, en songeant que la marquise d'Harville pouvait être la triste héroïne de cette aventure, Rodolphe se demandait par quelle aberration, par quelle fatalité M. d'Harville, jeune, spirituel, dévoué, généreux et surtout tendrement épris de sa femme, pouvait être sacrifié à un autre nécessairement niais, avare, égoïste et ridicule. La marquise s'était-elle donc seulement éprise de la figure de cet homme, que l'on disait très beau ?

Rodolphe connaissait cependant Mme d'Harville pour une femme de cœur, d'esprit et de goût, d'un caractère plein d'élévation ; jamais le moindre propos n'avait effleuré sa réputation. Où avait-elle connu cet homme ? Rodolphe la voyait assez fréquemment, et il ne se souvenait pas d'avoir rencontré personne à l'hôtel d'Harville qui lui rappelât le commandant. Après de mûres réflexions, il finit presque par se persuader qu'il ne s'agissait pas de la marquise.

Mme Pipelet, ayant accompli ses devoirs culinaires, reprit son entretien avec Rodolphe.

— Qui habite le second ? demanda-t-il à la portière.

— C'est la mère Burette, une fière femme pour les cartes. Elle lit dans votre main comme dans un livre. Il y a des personnes très comme il faut qui viennent chez elle pour se faire dire la bonne aventure… et elle gagne plus d'argent qu'elle n'est grosse. Et pourtant ce n'est qu'un de ses métiers, d'être devineresse.

— Que fait-elle donc encore ?

— Elle tient comme qui dirait un petit *mont*[1] bourgeois.

— Comment !

— Je vous dis ça parce que vous êtes jeune homme, et que ça ne peut que vous fortifier dans l'idée de devenir notre locataire.

— Pourquoi donc ?

— Une supposition : nous voilà bientôt dans les jours gras, la saison où poussent les pierrettes et les débardeurs, les turcs et les sauvages ; dans cette saison-là les plus calés sont quelquefois gênés… Eh bien ! c'est toujours commode d'avoir une ressource dans sa maison, au lieu d'être obligé de courir chez *ma tante*, où c'est bien plus humiliant, car on y va au vu et au su de tout le gouvernement.

1. Mont de piété.

— Chez votre tante ? Elle prête donc sur gages ?

— Comment, vous ne savez pas ?… Allez donc, allez donc, farceur !… Vous faites l'innocent à votre âge !

— Je fais l'innocent ! En quoi, madame Pipelet ?

— En me demandant si c'est ma tante qui prête sur gages.

— Parce que…

— Parce que tous les jeunes gens en âge de raison savent qu'aller mettre quelque chose au mont de piété ça se dit *aller chez ma tante.*

— Ah ! je comprends… la locataire du second prête aussi sur gages ?

— Allons donc, monsieur le sournois, certainement qu'elle prête sur gages, et moins cher qu'au grand mont… Et puis, c'est pas embrouillé du tout ; on n'est pas embarrassé d'un tas de paperasses, de reconnaissances, de chiffres… du tout, du tout. Une supposition : on apporte à la mère Burette une chemise qui vaut trois francs : elle vous prête dix sous, au bout de huit jours vous lui en rapportez vingt, sinon elle garde la chemise. Comme c'est simple, hein ? Toujours des comptes ronds ! Un enfant comprendrait ça.

— C'est fort clair, en effet ; mais je croyais qu'il était défendu de prêter ainsi sur gages.

— Ah ! ah ! ah ! s'écria Mme Pipelet en riant aux éclats, vous sortez donc de votre village, jeune homme ?… Pardon, je vous parle comme si je serais votre mère et que vous seriez mon enfant.

— Vous êtes bien bonne.

— Sans doute que c'est défendu de prêter sur gages ; mais, si on ne faisait que ce qui est permis, dites donc, on resterait joliment souvent les bras croisés. La mère Burette n'écrit pas, ne donne pas de reçu, il n'y a pas de preuves contre elle, elle se moque de la police. C'est joliment drôle, allez, les *bazards* qu'on voit porter chez elle. Vous ne croiriez pas sur quoi elle prête quelquefois ? Je l'ai vue prêter sur un perroquet gris qui jurait bien comme un possédé, le gredin.

— Sur un perroquet ? Mais quelle valeur ?…

— Attendez donc… il était connu : c'était le perroquet de la veuve d'un facteur qui demeure ici près, rue Sainte-Avoye, Mme d'Herbelot ; on savait qu'elle tenait autant à son perroquet qu'à sa peau ; la mère Burette lui a dit : « Je vous prête dix francs sur votre bête ; mais si dans huit jours, à midi, je n'ai pas mes vingt francs… »

— Ses dix francs.

— Avec les intérêts ça faisait juste vingt francs ; toujours des comptes ronds. « Si je n'ai pas mes vingt francs et les frais de nourriture, je donne à Jacquot une petite salade de persil, assaisonnée de l'arsenic. » Elle connaissait bien sa pratique, allez. Avec cette peur-là, la mère Burette a eu ses vingt francs au bout de sept jours, et Mme d'Herbelot a remporté sa vilaine bête, qui perforait toute la journée des F., des S. et des B., que ça en faisait rougir Alfred, qui est très bégueule. C'est tout simple, son père était curé… dans la Révolution, vous savez… il y a des curés qui ont épousé des religieuses.

— Et la mère Burette n'a pas d'autre métier, je suppose ?

— Elle n'en a pas d'autre, si vous voulez. Pourtant, je ne sais pas trop ce que c'est qu'une espèce de manigance qu'elle tripote quelquefois dans une petite chambre où personne n'entre, excepté M. Bras-Rouge et une vieille borgnesse qu'on appelle la Chouette.

Rodolphe regarda la portière avec étonnement.

Celle-ci, en interprétant la surprise de son futur locataire, lui dit :

— C'est un drôle de nom, n'est-ce pas, la Chouette ?

— Oui… et cette femme vient souvent ici ?

— Elle n'avait pas paru depuis six semaines ; mais avant-hier nous l'avons vue ; elle boitait un peu.

— Et que vient-elle faire chez cette diseuse de bonne aventure ?

— Voilà ce que je ne sais pas ; du moins, quant à la manigance de la petite chambre dont je vous parle, où la Chouette entre seule avec M. Bras-Rouge et la mère Burette, j'ai seulement remarqué que ces jours-là la borgnesse apporte toujours un paquet dans son cabas, et M. Bras-Rouge un paquet sous son manteau, et qu'ils ne remportent jamais rien.

— Et ces paquets, que contiennent-ils ?

— Je n'en sais rien de rien, sinon qu'ils font avec ça une ratatouille du diable ; car on sent comme une odeur de soufre, de charbon et d'étain fondu en passant sur l'escalier ; et puis on les entend souffler, souffler, souffler… comme des forgerons. Bien sûr que la mère Burette manigance par rapport à la bonne aventure ou à la magie… du moins c'est ce que m'a dit M. César Bradamanti, le locataire du troisième. Voilà un particulier que ce M. César ! Quand je dis un particulier, c'est un Italien, quoiqu'il parle français aussi bien que vous et moi, sauf qu'il a beaucoup d'accent ; mais c'est égal, voilà un savant ! Et qui connaît les simples, et qui vous arrache les dents, pas pour de l'argent, mais pour l'honneur. Oui, monsieur, pour le pur honneur. Vous auriez six mauvaises dents, et il le dit lui-même à qui veut l'entendre, il vous arracherait les cinq premières pour rien, il ne vous ferait jamais payer que la sixième. Ça n'est pas sa faute si vous n'avez que la sixième.

— C'est généreux !

— Il vend par là-dessus une eau très bonne qui empêche les cheveux de tomber, guérit les maux d'yeux, les cors aux pieds, les faiblesses d'estomac, et détruit les rats sans arsenic.

— Cette même eau guérit les faiblesses d'estomac ?…

— Cette même eau.

— Elle détruit aussi les rats ?

— Sans en manquer un, parce que ce qui est très sain à l'homme est très malsain aux animaux.

— C'est juste, madame Pipelet, je n'avais pas songé à cela.

— Et la preuve que c'est une très bonne eau, c'est qu'elle est faite avec des simples que M. César a récoltés dans les montagnes du Liban, du côté de chez les espèces d'Américains d'où il a aussi amené son cheval qui a l'air d'un tigre ; il est tout blanc, picoté de taches baies. Tenez, quand M. César Bradamanti est monté sur sa bête avec son habit rouge à revers jaunes et son chapeau à plumet, on payerait pour le voir ; car, parlant par respect, il ressemble à Judas Iscariote avec sa grande barbe rousse. Depuis un mois il a engagé le fils à M. Bras-Rouge, le petit Tortillard, qu'il a habillé comme qui dirait en troubadour, avec une toque noire, une collerette et une jaquette abricot ; il bat du tambour à l'entour de M. César pour attirer les pratiques, sans compter que le petit soigne le cheval tigré du dentiste.

— Il me semble que le fils de votre principal locataire remplit là un emploi bien modeste.

— Son père dit qu'il veut lui faire manger de la

vache enragée, à cet enfant ; que sans ça il finirait sur un échafaud. Au fait, c'est bien le plus malin singe... et méchant, il a fait plus d'un tour à ce pauvre M. César Bradamanti, qui est la crème des honnêtes gens. Vu qu'il a guéri Alfred d'un rhumatisme, nous le portons dans notre cœur. Eh bien ! monsieur, il y a des gens assez dénaturés pour... mais non, ça fait dresser les cheveux sur la tête. Alfred dit que si c'était vrai il y aurait cas de galères.

— Mais encore ?

— Ah ! je n'ose pas, je n'oserai jamais.

— N'en parlons plus.

— C'est que... foi d'honnête femme, dire ça à un jeune homme...

— N'en parlons plus, madame Pipelet.

— Au fait, comme vous serez notre locataire, il vaut mieux que vous soyez prévenu que c'est des mensonges. Vous êtes, n'est-ce pas, en position de faire amitié et société avec M. Bradamanti ; si vous aviez cru à ces bruits-là, ça vous aurait peut-être dégoûté de sa connaissance.

— Parlez, je vous écoute.

— On dit que quand... des fois une jeune fille a fait une sottise... vous comprenez... n'est-ce pas ? et qu'elle en craint les suites...

— Eh bien ?

— Tenez, voilà que je n'ose plus...

— Mais encore ?

— Non ; d'ailleurs, c'est des bêtises...

— Dites toujours.

— Des mensonges.

— Dites toujours.

— C'est des mauvaises langues.

— Mais encore ?

— Des gens qui sont jaloux du cheval tigré de M. César.

— À la bonne heure ; mais enfin que disent-ils ?

— Ça me fait honte.

— Mais quel rapport y a-t-il entre une petite fille qui a fait une faute et le charlatan ?

— Je ne dis pas que ça soit vrai !

— Mais au nom du ciel, quoi donc ? s'écria Rodolphe, impatienté des réticences bizarres de Mme Pipelet.

— Écoutez, jeune homme, reprit la portière d'un air solennel, vous me jurez sur l'honneur de ne jamais répéter ça à personne.

— Quand je saurai ce que c'est, je vous ferai, oui ou non, ce serment.

— Si je vous dis ça, ce n'est pas à cause des six francs que vous m'avez promis, ni à cause du cassis…

— Bien, bien.

— C'est à cause de la confiance que vous m'inspirez.

— Soit.

— Et pour servir ce pauvre M. César Bradamanti en le disculpant.

— Votre intention est excellente, je n'en doute pas ; eh bien ?

— On dit donc… mais que ça ne sorte pas de la loge, au moins.

— Certainement ; l'on dit donc…

— Allons, voilà que je n'ose plus encore une fois. Mais, tenez, je vas vous dire ça à l'oreille, ça me fera moins d'effet… Dites donc, comme je suis enfant, hein ?

Et la vieille murmura tout bas quelques mots à Rodolphe, qui tressaillit d'épouvante.

— Oh ! mais c'est affreux ! s'écria-t-il en se levant

par un mouvement machinal, et regardant autour de lui presque avec terreur, comme si cette maison eût été maudite. Mon Dieu ! mon Dieu ! murmura-t-il à demi-voix dans une stupeur douloureuse, de si abominables crimes sont-ils donc possibles ! Et cette hideuse vieille qui est presque indifférente à l'horrible révélation qu'elle vient de me faire !

La portière n'entendit pas Rodolphe et reprit en continuant de s'occuper de son ménage :

— N'est-ce pas que c'est un tas de mauvaises langues ? Comment ! Un homme qui a guéri Alfred d'un rhumatisme, un homme qui a ramené un cheval tigré du Liban, un homme qui vous propose de vous arracher cinq dents gratis sur six, un homme qui a des certificats de toute l'Europe, et qui paye son terme rubis sur l'ongle. Ah bien ! oui… plutôt la mort que de croire ça !

Pendant que Mme Pipelet manifestait son indignation contre les calomniateurs, Rodolphe se rappelait la lettre adressée à ce charlatan, lettre écrite sur gros papier, d'une écriture contrefaite et à moitié effacée par les traces d'une larme.

Dans cette larme, dans cette lettre mystérieuse adressée à cet homme, Rodolphe vit un drame…

Un terrible drame.

Un pressentiment involontaire lui disait que les bruits atroces qui couraient sur l'Italien étaient fondés.

— Tenez, voilà Alfred, s'écria la portière ; il vous dira comme moi que c'est des méchantes langues qui accusent d'horreurs ce pauvre M. César Bradamanti, qui l'a guéri d'un rhumatisme.

X

MONSIEUR PIPELET

Nous rappellerons au lecteur que ces faits se passaient en 1838.

M. Pipelet entra dans la loge d'un air grave, magistral ; il avait soixante ans environ, un nez énorme, un embonpoint respectable, une grosse figure taillée et enluminée à la façon des bonshommes casse-noisettes de Nuremberg. Ce masque étrange était coiffé d'un chapeau tromblon à larges bords, roussi de vétusté.

Alfred, qui ne quittait pas plus ce chapeau que sa femme ne quittait sa perruque fantastique, se prélassait dans un vieil habit vert à basques immenses, aux revers pour ainsi dire plombés de souillures, tant ils paraissaient çà et là d'un gris luisant. Malgré son chapeau tromblon et son habit vert, qui n'étaient pas sans un certain cérémonial, M. Pipelet n'avait pas déposé le modeste emblème de son métier : un tablier de cuir dessinait son triangle fauve sur un long gilet diapré d'autant de couleurs que la courtepointe arlequin de Mme Pipelet.

Le salut que le portier fit à Rodolphe ne manqua pas d'une certaine affabilité ; mais, hélas ! le sourire de cet homme était bien amer.

On y lisait l'expression d'une profonde mélancolie, ainsi que Mme Pipelet l'avait dit à Rodolphe.

— Alfred, monsieur est un locataire pour la chambre et le cabinet du quatrième, dit Mme Pipelet en présentant Rodolphe à Alfred, et nous t'avons attendu pour boire un verre de cassis qu'il a fait venir.

Cette attention délicate mit à l'instant M. Pipelet en

confiance avec Rodolphe ; le portier porta la main au rebord antérieur de son chapeau et dit d'une voix de basse digne d'un chantre de cathédrale :

— Nous vous satisferons, monsieur, comme portiers, de même que vous nous satisferez comme locataire ; qui se ressemble s'assemble.

Puis, s'interrompant, M. Pipelet dit à Rodolphe avec anxiété :

— À moins pourtant, monsieur, que vous ne soyez peintre.

— Non, je suis commis marchand.

— Alors, monsieur, à vous rendre mes humbles devoirs. Je félicite la nature de ne pas vous avoir fait naître l'égal de ces monstres d'artistes !

— Les artistes… des monstres ? demanda Rodolphe.

M. Pipelet, au lieu de répondre, leva ses deux mains au plafond de sa loge et fit entendre une sorte de gémissement courroucé.

— C'est les peintres qui ont empoisonné la vie d'Alfred. C'est eux qui lui ont fait la mélancolie dont je vous parlais, dit tout bas Mme Pipelet à Rodolphe. Puis elle reprit plus haut et d'un ton caressant : Allons, Alfred, sois raisonnable, ne pense pas à ce polisson-là… tu vas te faire du mal, tu ne pourras pas dîner.

— Non, j'aurai du courage et de la raison, répondit M. Pipelet avec une dignité triste et résignée. Il m'a fait bien du mal : il a été mon persécuteur, mon bourreau, pendant bien longtemps ; mais maintenant je le méprise. Les peintres, ajouta-t-il en se tournant vers Rodolphe, ah ! monsieur, c'est la peste d'une maison, c'est son bacchanal, c'est sa ruine.

— Vous avez logé un peintre ?

— Hélas ! oui, monsieur, nous en avons logé un !

dit M. Pipelet avec amertume, un peintre qui s'appelait Cabrion, encore !

À ce souvenir, malgré son apparente modération, le portier ferma convulsivement les poings.

— Était-ce le dernier locataire qui a occupé la chambre que je viens louer ? demanda Rodolphe.

— Non, non, le dernier locataire était un brave, un digne jeune homme, nommé M. Germain ; mais avant lui c'était Cabrion. Ah ! monsieur, depuis son départ, ce Cabrion a manqué me rendre fou, hébété.

— L'auriez-vous regretté à ce point ? demanda Rodolphe.

— Cabrion, regretté ! reprit le portier avec stupeur ; regretter, Cabrion ! Mais figurez-vous donc, monsieur, que M. Bras-Rouge lui a payé deux termes pour le faire déguerpir d'ici ; car on avait été assez malheureux pour lui faire un bail. Quel garnement ! Vous n'avez pas une idée, monsieur, des horribles tours qu'il nous a joués à nous et aux locataires. Pour ne parler que d'un seul de ces tours, il n'y a pas un instrument à vent dont il n'ait fait bassement son complice pour démoraliser les locataires ! Oui, monsieur, depuis le cor de chasse jusqu'au serpent, monsieur ! Il a abusé de tout, poussant la vilenie jusqu'à jouer faux, et exprès, la même note pendant des heures entières. C'était à en devenir fou. On a fait plus de vingt pétitions au principal locataire. M. Bras-Rouge, pour qu'il chassât ce gueux-là. Enfin, monsieur, on y parvint en lui payant deux termes... C'est drôle, n'est-ce pas ? un locataire à qui on paye deux termes ; mais on lui en aurait payé trois pour s'en dépêtrer. Il part... Vous croyez peut-être que c'est fini du Cabrion ? Vous allez voir ! Le lendemain, à onze heures du soir, j'étais couché. Pan, pan, pan ! Je tire le cordon. On vient à la loge. « Bonsoir portier, dit une voix, voulez-vous me donner une mèche de vos cheveux, s'il vous plaît ? » Mon épouse me dit : « C'est quelqu'un qui se trompe de porte ! » Et je réponds à l'inconnu : « Ce n'est pas ici : voyez à côté. – Pourtant c'est bien ici le n° 17 ? Le portier s'appelle bien Pipelet ? reprend la voix. – Oui, que je dis, je m'appelle bien Pipelet. – Eh bien : Pipelet mon ami, je viens vous demander une mèche de vos cheveux pour Cabrion ; c'est son idée, il y tient, il en veut. »

M. Pipelet regarda Rodolphe en secouant la tête et en se croisant les bras dans une attitude sculpturale.

— Vous comprenez, monsieur ? C'est à moi, son ennemi mortel, à moi qu'il avait abreuvé d'outrages, qu'il venait impudemment demander une mèche de mes cheveux, une faveur que les dames refusent même quelquefois à leur bien-aimé !

— Encore si ce Cabrion avait été bon locataire comme M. Germain ! reprit Rodolphe avec un sang-froid imperturbable.

— Eût-il été bon locataire, je ne lui aurais pas davantage accordé cette mèche, dit majestueusement l'homme au chapeau tromblon ; ce n'est ni dans mes principes ni dans mes habitudes ; mais je me serais fait un devoir, une loi, de la lui refuser poliment.

— Ce n'est pas tout, reprit la portière ; figurez-vous, monsieur, que depuis ce jour-là, le matin, le soir, la nuit, à toute heure, cet affreux Cabrion avait déchaîné une nuée de rapins qui venaient ici l'un après l'autre demander à Alfred une mèche de ses cheveux, toujours pour Cabrion !

— Et vous pensez si j'ai cédé ! dit M. Pipelet d'un air déterminé, on m'aurait plutôt traîné à l'échafaud, monsieur ! Après trois ou quatre mois d'opiniâtreté de leur part, de résistance de la mienne, mon énergie a triomphé de l'acharnement de ces misérables. Ils ont vu qu'ils s'attaquaient à une barre de fer, et ils ont été bien forcés de renoncer à leurs insolentes prétentions. Mais c'est égal, monsieur, j'ai été frappé là. (Alfred porta la main à son cœur.) J'aurais eu commis des crimes affreux que je n'aurais pas eu un sommeil plus bourrelé. À chaque instant je me réveillais en sursaut, croyant entendre la voix de ce damné Cabrion. Je me défiais de tout le monde : dans chacun je supposais un ennemi ; je perdais mon aménité. Je ne pouvais voir une figure étrangère se présenter au carreau de la loge sans frémir en pensant que c'était peut-être quelqu'un de la bande à Cabrion. Et même encore maintenant, monsieur, je suis soupçonneux, renfrogné, sombre, épilogueur comme un malfaiteur... je crains d'épanouir mon âme à la moindre nouvelle connaissance, de peur d'y voir surgir quelques-uns de la bande à Cabrion ; je n'ai de goût à rien.

Ici Mme Pipelet porta son index à son œil gauche, comme pour essuyer une larme, et fit un signe de tête affirmatif.

Alfred continua d'un ton de plus en plus lamentable :

— Enfin je me recroqueville sur moi-même, et c'est ainsi que je vois couler le fleuve de la vie. Avais-je tort, monsieur, de vous dire que cet infernal Cabrion avait empoisonné mon existence ?

Et M. Pipelet, poussant un profond soupir, inclina son chapeau tromblon sous le poids de cette immense infortune.

— Je conçois maintenant que vous n'aimiez pas les peintres, dit Rodolphe ; mais du moins ce M. Germain dont vous parlez vous a dédommagé de M. Cabrion !

— Oh ! oui, monsieur ; voilà un bon et digne jeune homme, franc comme l'or, serviable et pas fier, et gai, mais d'une bonne gaieté qui ne faisait de mal à personne, au lieu d'être insolent et goguenard comme ce Cabrion que Dieu confonde !

— Allons, calmez-vous, mon cher monsieur Pipelet, ne prononcez pas ce nom-là. Et maintenant quel est le propriétaire assez heureux pour posséder M. Germain, cette perle des locataires ?

— Ni vu ni connu... personne ne sait ni ne saura où demeure à cette heure M. Germain. Quand je dis personne... excepté Mlle Rigolette.

— Et qu'est-ce que Mlle Rigolette ? demanda Rodolphe.

— Une petite ouvrière, l'autre locataire du quatrième, reprit Mme Pipelet. Voilà une autre perle, payant son terme d'avance, et si proprette dans sa chambrette, et si gentille pour tout le monde, et si gaie... Un véritable oiseau du bon Dieu, pour être avenante et joyeuse ! Avec ça travailleuse comme un petit castor, gagnant quelquefois jusqu'à ses deux francs par jour, mais dame avec bien du mal !

— Mais comment Mlle Rigolette est-elle la seule qui sache la demeure de M. Germain ?

— Quand il a quitté la maison, reprit Mme Pipelet, il nous a dit : « Je n'attends pas de lettres ; mais, si par hasard il m'en arrivait, vous les remettriez à Mlle Rigolette. » Et en ça elle était digne de sa confiance, quand même la lettre serait chargée ; n'est-ce pas, Alfred ?

— Le fait est qu'il n'y aurait rien à dire sur le compte de Mlle Rigolette, dit sévèrement le portier, si elle n'avait pas eu la faiblesse de se laisser cajoler par cet infâme Cabrion.

— Pour ce qui est de ça, Alfred, reprit la portière, tu sais bien que ce n'est pas la faute de Mlle Rigolette, ça tient au local ; car ç'a été tout de même avec le commis voyageur qui occupait la chambre avant Cabrion, comme après ce méchant peintre ç'a été M. Germain qui la cajolait ; encore une fois, ça ne peut être autrement, ça tient au local.

— Ainsi, dit Rodolphe, les locataires de la chambre que je veux louer font nécessairement la cour à Mlle Rigolette ?

— Nécessairement, monsieur ; vous allez comprendre ça. On est voisin avec Mlle Rigolette, les deux chambres se touchent ; eh bien ! entre jeunesse… c'est une lumière à allumer, un peu de braise à emprunter, ou bien de l'eau. Oh ! quant à l'eau, on est sûr d'en trouver chez Mlle Rigolette, elle n'en manque jamais : c'est son luxe, c'est un vrai petit canard. Dès qu'elle a un moment, elle est tout de suite à laver ses carreaux, son foyer. Aussi c'est toujours si propre chez elle !… vous verrez ça.

— Ainsi M. Germain, eu égard à la localité, a donc été, comme vous dites, bon voisin avec Mlle Rigolette ?

— Oui, monsieur, et c'est le cas de dire qu'ils étaient nés l'un pour l'autre. Si gentils, si jeunes, ils faisaient plaisir à voir descendre les escaliers le dimanche, le seul jour de congé à ces pauvres enfants. Elle bien attifée d'un joli bonnet et d'une jolie robe à vingt-cinq sous l'aune, qu'elle se fait elle-même, mais qui lui allait comme à une petite reine ; lui, mis en vrai muscadin !

— Et M. Germain n'a plus revu Mlle Rigolette depuis qu'il a quitté cette maison ?

— Non, monsieur, à moins que ça ne soit le dimanche, car les autres jours Mlle Rigolette n'a pas le temps de penser aux amoureux, allez ! Elle se lève à cinq ou six heures, et travaille jusqu'à dix ou quelquefois onze heures du soir ; elle ne quitte jamais sa chambre, excepté le matin pour aller acheter la provision pour elle et ses deux serins, et à eux trois ils ne mangent guère, allez ! Qu'est-ce qu'il leur faut ? Deux sous de lait, un peu de pain, du mouron, de la salade, du millet, et de la belle eau claire ; ce qui ne les empêche pas de babiller et de gazouiller tous les trois, la petite et ses deux oiseaux, que c'est une bénédiction !... Avec ça, bonne et charitable en ce qu'elle peut, c'est-à-dire de son temps de sommeil et de ses soins, car, en travaillant quelquefois plus de douze heures par jour, c'est tout juste si elle gagne de quoi vivre... Tenez, ces malheureux des mansardes, que M. Bras-Rouge va mettre sur le pavé pas plus tard que dans trois ou quatre jours, Mlle Rigolette et M. Germain ont veillé leurs enfants pendant plusieurs nuits !

— Il y a donc une famille malheureuse ici ?

— Malheureuse, monsieur ! Dieu de Dieu ! Je le crois bien. Cinq enfants en bas âge, la mère au lit, presque mourante, la grand-mère idiote ; et pour nourrir tout ça un homme qui ne mange pas du pain tout son soûl en trimant comme un nègre ; car c'est un fameux ouvrier ! Trois heures de sommeil sur vingt-quatre, voilà tout ce qu'il prend, et encore quel sommeil !... quand on est réveillé par des enfants qui crient : « Du pain ! » par une femme malade qui gémit sur sa paillasse, ou par la vieille idiote qui se met quelquefois à rugir comme une louve... de faim aussi, car elle n'a pas plus de raison qu'une bête. Quand elle a trop envie de manger, on l'entend des escaliers, elle hurle.

— Ah ! c'est affreux ! s'écria Rodolphe ; et personne ne les secourt ?

— Dame ! monsieur, on fait ce qu'on peut entre pauvres gens. Depuis que le commandant me donne ses douze francs par mois pour faire son ménage, je mets le pot-au-feu une fois la semaine, et ces malheureux d'en haut ont du bouillon. Mlle Rigolette prend sur ses nuits, et dame ! ça lui coûte toujours de l'éclairage, pour faire, avec des rognures d'étoffes, des brassières et des béguins aux petits… Ce pauvre M. Germain, qu'était pas bien calé non plus, faisait semblant de recevoir de temps en temps quelques bonnes bouteilles de vin de chez lui, et Morel (c'est le nom de l'ouvrier) buvait un ou deux fameux coups qui le réchauffaient et lui mettaient pour un moment du cœur au ventre.

— Et le charlatan ne faisait-il rien pour ces pauvres gens ?

— M. Bradamanti ? dit le portier ; il m'a guéri de mon rhumatisme, c'est vrai, je le vénère ; mais dès ce jour-là j'ai dit à mon épouse : « Anastasie, M. Bradamanti… » Hum ! hum ! te l'ai-je dit, Anastasie ?

— C'est vrai, tu me l'as dit, mais il aime à rire, cet homme ! Du moins à sa manière, car il ne desserre pas les dents pour cela.

— Qu'a-t-il donc fait ?

— Voilà, monsieur. Quand je lui ai parlé de la misère des Morel, à propos de ce qu'il se plaignait que la vieille idiote avait hurlé de faim toute la nuit, et que lui, ça l'avait empêché de dormir, il m'a dit : « Puisqu'ils sont si malheureux, s'ils ont des dents à arracher, je ne leur ferai pas même payer la sixième, et je leur donnerai une bouteille de mon eau à moitié prix. »

— Eh bien ! s'écria M. Pipelet, quoiqu'il m'ait guéri de mon rhumatisme, je maintiens que c'est une plaisanterie indécente. Mais il n'en fait jamais d'autres… et encore si elles n'étaient qu'indécentes !

— Songe donc, Alfred, qu'il est italien, et que c'est peut-être la manière de plaisanter chez eux.

— Décidément, madame Pipelet, dit Rodolphe, j'ai mauvaise opinion de cet homme, et je ne ferai pas, comme vous dites, ni amitié ni société avec lui... Et la prêteuse sur gages a-t-elle été plus charitable ?

— Hum ! dans le prix de M. Bradamanti, dit la portière : elle leur a prêté sur leurs pauvres hardes... Tout y a passé, jusqu'à leur dernier matelas... C'est pas l'embarras, ils n'en ont jamais eu que deux.

— Et maintenant elle ne les aide pas ?

— La mère Burette ? Ah bien ! oui ; elle est aussi chiche dans son espèce que son amoureux dans la sienne ; car, dites donc, M. Bras-Rouge et la mère Burette..., ajouta la portière avec un clignement d'yeux et un hochement de tête extraordinairement malicieux.

— Vraiment ! dit Rodolphe.

— Je crois bien... à mort !... Et allez donc ! Les étés de la Saint-Martin sont aussi chauds que les autres, n'est-ce pas, vieux chéri ?

M. Pipelet, pour toute réponse, agita mélancoliquement son chapeau tromblon.

Depuis que Mme Pipelet avait fait montre d'un sentiment de charité à l'égard des malheureux des mansardes, elle semblait moins repoussante à Rodolphe.

— Et quel est l'état de ce pauvre ouvrier ?

— Lapidaire en faux ; il travaille à la pièce, et tant, tant qu'il s'est contrefait à ce métier-là ; vous le verrez... Après tout, un homme est un homme, et il ne peut que ce qu'il peut, n'est-ce pas ? Et, quand il faut donner la pâtée à une famille de sept personnes, sans se compter, il y a du tirage ! Et encore sa fille aînée l'aide de ce qu'elle peut, et ça n'est guère.

— Et quel âge a cette fille ?

— Dix-sept ans, et belle, belle... comme le jour ; elle est servante chez un vieux grigou, riche à acheter Paris, un notaire, M. Jacques Ferrand.

— M. Jacques Ferrand ? dit Rodolphe étonné de

cette nouvelle rencontre, car c'était chez ce notaire, ou du moins près de sa gouvernante, qu'il devait prendre les renseignements relatifs à la Goualeuse. M. Jacques Ferrand qui demeure rue du Sentier ? reprit-il.

— Juste !… Vous le connaissez ?

— Il est notaire de la maison de commerce à laquelle j'appartiens.

— Eh bien ! alors vous devez savoir que c'est un fameux fesse-mathieu, mais, faut être juste, honnête et dévot… tous les dimanches à la messe et à vêpres, faisant ses pâques et allant à confesse ; s'il fricote, ne fricotant jamais qu'avec des prêtres, buvant l'eau bénite, dévorant le pain bénit… un saint homme, quoi ! La caisse d'épargne des petites gens qui placent leurs économies chez lui ! Mais dame ! avare et dur à cuire pour les autres comme pour lui-même. Voilà dix-huit mois que cette pauvre Louise, la fille du lapidaire, est servante chez lui. C'est un agneau pour la douceur, un cheval pour le travail. Elle fait tout là, et dix-huit francs de gages, ni plus ni moins ; elle garde six francs par mois, pour s'entretenir, et donne le reste à sa famille : c'est toujours ça ; mais quand il faut que sept personnes rongent là-dessus !…

— Mais le travail du père, s'il est laborieux ?

— S'il est laborieux ! C'est un homme qui de sa vie n'a été *bu* ; c'est rangé, c'est doux comme un Jésus ; ça ne demanderait au bon Dieu pour toute récompense que de faire durer les jours quarante-huit heures, pour pouvoir gagner un peu plus de pain pour sa marmaille.

— Son travail lui rapporte donc bien peu ?

— Il a été alité pendant trois mois, et c'est ce qui l'a arriéré ; sa femme s'est abîmé la santé en le soignant, et à cette heure elle est moribonde ; c'est pendant ces trois mois qu'il a fallu vivre avec les douze francs de

Louise, et avec ce qu'ils ont emprunté sur gages à la mère Burette, et aussi quelques écus que lui a prêtés la courtière en pierres fausses pour qui il travaille. Mais huit personnes ! J'en reviens toujours là, et si vous voyiez leur bouge !... Mais, tenez, monsieur, ne parlons pas de ça, voilà notre dîner cuit, et, rien que de penser à leur mansarde, ça me tourne l'estomac. Heureusement M. Bras-Rouge va en débarrasser la maison. Quand je dis heureusement, ça n'est pas par méchanceté, au moins. Mais, puisqu'il faut qu'ils soient malheureux, ces pauvres Morel, et que nous n'y pouvons rien, autant qu'ils aillent être malheureux ailleurs. C'est un crève-cœur de moins.

— Mais, si on les chasse d'ici, où iront-ils ?

— Dame ! je ne sais pas, moi.

— Et combien peut-il gagner par jour, ce pauvre ouvrier ?

— S'il n'était pas obligé de soigner sa mère, sa femme et les enfants, il gagnerait bien quatre à cinq francs, parce qu'il s'acharne ; mais, comme il perd les trois quarts de son temps à faire le ménage, c'est au plus s'il gagne quarante sous.

— En effet, c'est bien peu. Pauvres gens !

— Oui, pauvres gens, allez ! c'est bien dit. Mais il y en a tant de pauvres gens, que, puisqu'on n'y peut rien, il faut bien s'en consoler, n'est-ce pas, Alfred ? Mais, à propos de consoler, et le cassis, nous ne lui disons rien ?

— Franchement, madame Pipelet, ce que vous m'avez raconté là m'a serré le cœur ; vous boirez à ma santé avec M. Pipelet.

— Vous êtes bien honnête, monsieur, dit le portier ; mais voulez-vous toujours voir la chambre d'en haut ?

— Volontiers ; si elle me convient, je vous donnerai le denier à Dieu.

Le portier sortit de son antre. Rodolphe le suivit.

XI

LES QUATRE ÉTAGES

L'escalier sombre, humide, paraissait encore plus obscur par cette triste journée d'hiver.

L'entrée de chacun des appartements de cette maison offrait pour ainsi dire à l'œil de l'observateur une physionomie particulière.

Ainsi la porte du logis qui servait de petite maison au commandant était fraîchement peinte d'une couleur brune veinée imitant le palissandre ; un bouton de cuivre doré étincelait à la serrure, et un beau cordon de sonnette à houppe de soie rouge contrastait avec la sordide vétusté des murailles.

La porte du second étage, habité par la devineresse, prêteuse sur gages, présentait un aspect plus singulier : un hibou empaillé, oiseau suprêmement symbolique et cabalistique, était cloué par les pattes et par les ailes au-dessus du chambranle ; un petit guichet, grillagé de fil de fer, permettait d'examiner les visiteurs avant d'ouvrir.

La demeure du charlatan italien, que l'on soupçonnait d'exercer un épouvantable métier, se distinguait aussi par son entrée bizarre.

Son nom se lisait tracé avec des dents de cheval incrustées dans une espèce de tableau de bois noir appliqué sur la porte.

Au lieu de se terminer classiquement par une patte de lièvre, ou par un pied de chevreuil, le cordon de sonnette s'attachait à un avant-bras et à une main de singe momifiés.

Ce bras desséché, cette petite main à cinq doigts articulés par phalanges et terminés par des ongles, étaient hideux à voir.

On eût dit la main d'un enfant.

Au moment où Rodolphe passait devant cette porte, qui lui parut sinistre, il lui sembla entendre quelques sanglots étouffés ; puis tout à coup un cri douloureux, convulsif, horrible, un cri paraissant arraché du fond des entrailles, retentit dans le silence de cette maison.

Rodolphe tressaillit.

Par un mouvement plus rapide que la pensée, il courut à la porte et sonna violemment.

— Qu'avez-vous, monsieur ? dit le portier surpris.

— Ce cri, dit Rodolphe, vous ne l'avez donc pas entendu ?

— Si, monsieur. C'est sans doute quelque pratique à qui M. César Bradamanti arrache une dent, peut-être deux.

Cette explication était vraisemblable ; pourtant elle ne satisfit pas Rodolphe.

Le cri terrible qu'il venait d'entendre ne lui semblait pas seulement une exclamation de douleur physique ; mais aussi, si cela peut se dire, un cri de douleur morale.

Son coup de sonnette avait été d'une extrême violence.

On n'y répondit pas d'abord.

Plusieurs portes se fermèrent coup sur coup ; puis, derrière la vitre d'un œil-de-bœuf placé près de la porte, et sur lequel Rodolphe attachait machinalement son regard, il vit confusément apparaître une figure décharnée, d'une pâleur cadavéreuse ; une forêt de cheveux roux et grisonnants couronnait ce hideux visage, qui se terminait par une longue barbe de la même couleur que la chevelure.

Cette vision disparut au bout d'une seconde.

Rodolphe resta pétrifié.

Pendant le peu de temps que dura cette apparition, il avait cru reconnaître certains traits bien caractéristiques de cet homme.

Ces yeux verts et brillants comme l'aigue-marine sous leurs gros sourcils fauves et hérissés, cette pâleur livide, ce nez mince, saillant, recourbé en bec d'aigle, et dont les narines, bizarrement dilatées et échancrées, laissaient voir une partie de la cloison nasale, lui rappelaient d'une manière frappante un certain abbé Polidori, dont le nom avait été maudit par Murph durant son entretien avec le baron de Graün.

Quoique Rodolphe n'eût pas vu l'abbé Polidori depuis seize ou dix-sept ans, il avait mille raisons pour ne pas l'oublier ; mais ce qui déroutait ses souvenirs, mais ce qui le faisait douter de l'identité de ces deux personnages, c'est que le prêtre qu'il croyait retrouver sous le nom de ce charlatan à barbe et à cheveux roux était très brun.

Si Rodolphe (en supposant que ses soupçons fussent fondés) ne s'étonnait pas d'ailleurs de voir un homme revêtu d'un caractère sacré, un homme dont il connaissait la haute intelligence, le vaste savoir, le rare esprit, tomber à ce point de dégradation, peut-être d'infamie, c'est qu'il savait que ce rare esprit, que cette haute intelligence, que ce vaste savoir, s'alliaient à une perversité si profonde, à une conduite si déréglée, à des penchants si crapuleux, et surtout à une telle forfanterie de cynique et sanglant mépris des hommes et des choses, que cet homme, réduit à une misère méritée, avait pu, nous dirons presque avait dû chercher les ressources les moins honorables, et trouver une sorte de satisfaction ironique et sacrilège à se voir, lui, véritablement distingué par les dons de l'esprit, lui, revêtu d'un caractère sacré, exercer ce vil métier d'impudent bateleur.

Mais, nous le répétons, quoiqu'il eût quitté l'abbé Polidori dans la force de l'âge, et que celui-ci dût avoir l'âge du charlatan, il y avait entre ces deux personnages certaines différences si notables que Rodolphe doutait extrêmement de leur identité ; néanmoins il dit à M. Pipelet :

— Est-ce qu'il y a longtemps que M. Bradamanti habite cette maison ?

— Mais environ un an, monsieur. Oui, c'est ça, il est venu pour le terme de janvier. C'est un locataire exact ; il m'a guéri d'un fameux rhumatisme… Mais, comme je vous le disais tout à l'heure, il a un défaut : c'est d'être trop gouailleur, il ne respecte rien dans ses propos.

— Comment cela ?

— Enfin, monsieur, dit gravement M. Pipelet, je ne suis pas une rosière, mais il y a rire et rire.

— Il est donc fort gai ?

— Ce n'est pas qu'il soit gai ; au contraire, il a l'air d'un mort ; mais il ne rit jamais de la bouche… il rit toujours en paroles ; il n'y a pour lui ni père ni mère, ni Dieu ni diable, il plaisante de tout, même de son eau, monsieur, même de sa propre eau ! Mais je ne vous le cache pas, ces plaisanteries-là quelquefois me font peur, me donnent la chair de poule. Quand il a resté un quart d'heure à jaboter indécemment, dans la loge, sur les femmes à peine voilées des différents pays sauvages qu'il a parcourus, et que je me retrouve seul à seul avec Anastasie, eh bien ! monsieur, moi qui, depuis trente-sept ans, ai pris l'habitude, me suis fait une loi de la chérir… Anastasie… eh bien ! il me semble que je la chéris moins. Vous allez rire… mais quelquefois encore, quand M. César est parti, après m'avoir parlé des festins des princes auxquels il a assisté pour les voir essayer les dents qu'il leur avait posées, eh bien ! il me semble que mon manger est amer, je n'ai plus faim. Enfin j'aime mon état, monsieur, et je m'en honore. J'aurais pu être cordonnier comme un tas d'ambitieux, mais je crois rendre autant de service en ressemelant les vieilles chaussures. Eh bien ! monsieur, il y a des jours où ce diable de M. César, avec ses railleries, me ferait regretter de n'être pas bottier, ma parole d'honneur ! Et puis enfin… il a une manière de parler des dames sauvages qu'il a connues… Tenez, monsieur, je vous le répète, je ne suis pas rosière, mais quelquefois, saperlotte ! je deviens pourpre, ajouta M. Pipelet d'un air de chasteté révoltée.

— Et Mme Pipelet tolère cela ?

— Anastasie est folle de l'esprit, et M. César, malgré son mauvais ton, en a certainement beaucoup ; aussi elle lui passe tout.

— Elle m'a aussi parlé de certains bruits horribles…

— Elle vous a parlé ?…

— Soyez tranquille, je suis discret.

— Eh bien ! monsieur, ce bruit-là, je n'y crois pas, je n'y croirai jamais, et pourtant je ne peux m'empecher d'y penser, et ça augmente le drôle d'effet que me produisent les plaisanteries de M. Bradamanti. Enfin, monsieur, pour tout dire, bien certainement je hais M. Cabrion… c'est une haine que j'emporterai dans la tombe. Eh bien ! quelquefois il me semble que j'aimerais encore mieux les ignobles farces qu'il avait l'effronterie de faire dans la maison, que les plaisanteries que nous débite M. César de son air pince-sans-rire, en bridant ses lèvres par un mouvement disgracieux qui me rappelle toujours l'agonie de mon oncle Rousselot, qui en râlant bridait ses lèvres tout comme M. Bradamanti.

Quelques mots de M. Pipelet sur la perpétuelle ironie avec laquelle le charlatan parlait de tout et de tous, et flétrissait les joies les plus modestes par ses railleries amères, confirmaient assez les premiers soupçons de Rodolphe ; car l'abbé, lorsqu'il déposait son masque d'hypocrisie, avait toujours affecté le scepticisme le plus audacieux et le plus révoltant.

Bien décidé à éclaircir ses doutes, la présence de ce prêtre dans cette maison pouvant le gêner, se sentant de plus en plus disposé à interpréter d'une manière lugubre le cri terrible dont il avait été si frappé, Rodolphe suivit le portier à l'étage supérieur, où se trouvait la chambre qu'il voulait louer.

Le logis de Mlle Rigolette, voisin de cette chambre, était facile à reconnaître, grâce à une charmante galanterie du peintre, l'ennemi mortel de M. Pipelet.

Une demi-douzaine de petits Amours joufflus, très facilement et très spirituellement peints dans le goût de Watteau, se groupaient autour d'une espèce de cartouche, et portaient allégoriquement, l'un un dé à coudre, l'autre une paire de ciseaux, celui-là un fer à repasser, celui-ci un petit miroir de toilette ; au milieu du cartouche, sur un fond bleu clair, on lisait en lettres roses : *Mademoiselle Rigolette, couturière.* Le tout était encadré dans une guirlande de fleurs qui se détachait à merveille du fond vert céladon de la porte.

Ce petit panneau était fort joli et formait encore un contraste frappant avec la laideur de l'escalier.

Au risque d'irriter les plaies saignantes d'Alfred, Rodolphe lui dit, en montrant la porte de Mlle Rigolette :

— Ceci est sans doute l'ouvrage de M. Cabrion ?

— Oui, monsieur, il s'est permis d'abîmer la peinture de cette porte avec ces indécents barbouillages d'enfants tout nus, qu'il appelle des Amours.

Sans les supplications de Mlle Rigolette et la faiblesse de M. Bras-Rouge, j'aurais gratté tout cela ainsi que cette palette dont le même monstre a obstrué la porte de *votre* chambre.

En effet, une palette chargée de couleurs, paraissant suspendue à un clou, était peinte sur la porte en manière de trompe-l'œil.

Rodolphe suivit le portier dans cette chambre, assez spacieuse, précédée d'un petit cabinet, et éclairée par deux fenêtres qui ouvraient sur la rue du Temple ; quelques ébauches fantastiques, peintes sur la seconde porte par M. Cabrion, avaient été scrupuleusement respectées par M. Germain.

Rodolphe avait trop de motifs d'habiter cette maison pour ne pas arrêter ce logement ; il donna donc modestement quarante sous au portier et lui dit :

— Cette chambre me convient parfaitement, voici le denier à Dieu ; demain j'enverrai des meubles. Il n'est pas nécessaire, n'est-ce pas, que je voie le principal locataire, M. Bras-Rouge ?

— Non, monsieur, il ne vient ici que de loin en loin, excepté pour les manigances de la mère Burette... C'est toujours avec moi que l'on traite directement ; je vous demanderai seulement votre nom.

— Rodolphe.

— Rodolphe... qui ?

— Rodolphe tout court, monsieur Pipelet.

— C'est différent, monsieur ; ce n'est pas par curiosité que j'insistais : les noms et les volontés sont libres.

— Dites-moi, monsieur Pipelet, est-ce que demain je ne devrais pas, comme nouveau voisin, aller demander aux Morel si je ne peux pas leur être bon à quelque chose, puisque mon prédécesseur, M. Germain, les aidait aussi selon ses moyens ?

— Si, monsieur, cela se peut ; il est vrai que ça ne leur servira pas à grand-chose, puisqu'on les chasse ; mais ça les flattera toujours.

Puis, comme frappé d'une idée subite, M. Pipelet s'écria, en regardant son locataire d'un air fier et malicieux :

— Je comprends, je comprends ; c'est un commencement pour finir par aller aussi faire le bon voisin chez la petite voisine d'à côté.

— Mais j'y compte bien.

— Il n'y a pas de mal à ça, monsieur, c'est l'usage ; et, tenez, je suis sûr que Mlle Rigolette a entendu qu'on visitait la chambre, et qu'elle est aux aguets pour nous voir descendre. Je vais faire du bruit exprès en tournant la clef ; regardez bien en passant sur le carré.

En effet, Rodolphe s'aperçut que la porte si gracieusement enjolivée d'Amours Watteau était entrebâillée, et il distingua vaguement, par l'étroite ouverture, le bout relevé d'un petit nez couleur de rose et un grand œil noir vif et curieux ; mais, comme il ralentissait le pas, la porte se ferma brusquement.

— Quand je vous disais qu'elle nous guettait ! reprit le portier ; puis il ajouta : Pardon, excuse, monsieur !... je vas à mon petit observatoire.

— Qu'est-ce que cela ?

— Au haut de cette échelle, il y a le palier où s'ouvre la porte de la mansarde des Morel, et derrière un des lambris il se trouve un petit trou noir où je mets des fouillis. Comme le mur est très lézardé, quand je suis dans mon trou, je vois chez eux et je les entends comme si j'y étais. Ça n'est pas que je les espionne, juste ciel ! Mais enfin je vais quelquefois les regarder comme on va à un mélodrame bien noir. Et en redescendant dans ma loge, je me trouve comme dans un palais. Mais, dites donc, monsieur, si le cœur vous en dit, avant qu'ils ne partent... C'est triste, mais c'est curieux ; car, quand ils vous voient, ils sont comme des sauvages, ça les gêne.

— Vous êtes bien bon, monsieur Pipelet, un autre jour, demain peut-être, je profiterai de votre offre.

— À votre aise, monsieur ; mais il faut que je monte à mon observatoire, car j'ai besoin d'un morceau de basane. Si vous voulez toujours descendre, monsieur, je vous rejoins.

Et M. Pipelet commença sur l'échelle qui conduisait aux mansardes une ascension assez périlleuse pour son âge.

Rodolphe jetait un dernier coup d'œil sur la porte de Mlle Rigolette, en songeant que cette jeune fille, l'ancienne connaissance de la pauvre Goualeuse, connaissait sans doute la retraite du fils du Maître d'école, lorsqu'il entendit, à l'étage inférieur, quelqu'un sortir de chez le charlatan ; il reconnut le pas léger d'une femme, et distingua le bruissement d'une robe de soie. Rodolphe s'arrêta un moment par discrétion.

Lorsqu'il n'entendit plus rien il descendit.

Arrivé au second étage, il vit et ramassa un mouchoir sur les dernières marches ; il appartenait sans doute à la personne qui sortait du logis du charlatan.

Rodolphe s'approcha d'une des étroites fenêtres qui éclairaient le carré et examina ce mouchoir, magnifiquement garni de dentelles ; il portait brodés, dans un de ses angles, un L et un N surmontés d'une couronne ducale.

Ce mouchoir était littéralement trempé de larmes.

La première pensée de Rodolphe fut de se hâter afin de pouvoir rendre ce mouchoir à la personne qui l'avait perdu ; mais il réfléchit que cette démarche ressemblerait peut-être, dans cette circonstance, à un mouvement d'inconvenante curiosité ; il le garda, se trouvant ainsi, sans le vouloir, sur la trace d'une mystérieuse et sans doute sinistre aventure.

En arrivant chez la portière, il lui dit :

— Est-ce qu'il ne vient pas de descendre une femme ?

— Non, monsieur. C'est une belle dame, grande et mince, avec un voile noir. Elle sort de chez M. César. Le petit Tortillard avait été chercher un fiacre, où elle vient de monter. Ce qui m'étonne, c'est que ce petit gueux-là s'est assis derrière le fiacre, peut-être pour voir où va cette dame ; car il est curieux comme une pie et vif comme un furet, malgré son pied bot.

« Ainsi, pensa Rodolphe, le nom et l'adresse de cette femme seront peut-être connus de ce charlatan, dans le cas où il aurait ordonné à Tortillard de suivre l'inconnue. »

— Eh bien ! monsieur, la chambre vous convient-elle ? demanda la portière.

— Elle me convient beaucoup ; je l'ai arrêtée, et demain j'enverrai mes meubles.

— Que le bon Dieu vous bénisse d'avoir passé devant notre porte, monsieur ! Nous aurons un fameux locataire de plus. Vous avez l'air bon enfant, Pipelet vous aimera tout de suite. Vous le ferez rire comme faisait M. Germain, qui avait toujours une farce à lui dire ; car il ne demande qu'à rire, ce pauvre cher homme : aussi je pense qu'avant un mois vous ferez une paire d'amis.

— Allons, vous me flattez, madame Pipelet.

— Pas du tout ; ce que je vous dis là c'est comme si je vous ouvrais mon cœur. Et si vous êtes gentil pour Alfred je serai reconnaissante : vous verrez votre petit ménage ; je suis un lion pour la propreté ; et, si vous voulez dîner chez vous le dimanche, je vous fricoterai des choses dont vous vous lécherez les pouces.

— C'est convenu, madame Pipelet, vous ferez mon

ménage ; demain on vous apportera des meubles, et je viendrai surveiller mon emménagement.

Rodolphe sortit.

Les résultats de sa visite à la maison de la rue du Temple étaient assez importants, et pour la solution du mystère qu'il voulait découvrir, et pour la noble curiosité avec laquelle il cherchait l'occasion de faire le bien et d'empêcher le mal.

Tels étaient les résultats :

Mlle Rigolette savait nécessairement la nouvelle demeure de François-Germain, fils du Maître d'école.

Une jeune femme, qui, selon quelques apparences, pouvait malheureusement être la marquise d'Harville, avait donné au commandant pour le lendemain un nouveau rendez-vous qui la perdrait peut-être à jamais.

Et, pour mille raisons, Rodolphe portait le plus vif intérêt à M. d'Harville, dont le repos, l'honneur, semblaient si cruellement compromis ;

Un artisan honnête et laborieux, écrasé par la plus affreuse misère, allait être, lui et sa famille, jeté sur le pavé par l'intermédiaire de Bras-Rouge ;

Enfin, Rodolphe avait involontairement découvert quelques traces d'une aventure dont lc charlatan César Bradamanti (peut-être l'abbé Polidori) et une femme qui appartenait sans doute au plus grand monde étaient les principaux acteurs ;

De plus, la Chouette, récemment sortie de l'hôpital où elle était entrée après la scène de l'allée des Veuves, avait des intelligences suspectes avec Mme Burette, devineresse et prêteuse sur gages, qui occupait le second étage de la maison.

Ayant recueilli ces divers renseignements, Rodolphe rentra chez lui, rue Plumet, remettant au lendemain sa visite au notaire Jacques Ferrand.

Le soir même, comme on le sait, Rodolphe devait se rendre à un grand bal à l'ambassade de ***.

Avant de suivre notre héros dans cette nouvelle excursion, nous jetterons un coup d'œil rétrospectif sur Tom et sur Sarah, personnages importants de cette histoire.

XII

TOM ET SARAH

Sarah Seyton, alors veuve du comte Mac-Gregor, et âgée de trente-sept à trente-huit ans, était d'une excellente famille écossaise, et fille d'un baronnet, gentilhomme campagnard.

D'une beauté accomplie, orpheline à dix-sept ans, Sarah avait quitté l'Écosse avec son frère Tom Seyton de Halsbury.

Les absurdes prédictions d'une vieille Highlandaise, sa nourrice, avaient exalté presque jusqu'à la démence les deux vices capitaux de Sarah, l'orgueil et l'ambition, en lui promettant, avec une incroyable persistance de conviction, les plus hautes destinées… pourquoi ne pas le dire ? une destinée souveraine !

La jeune Écossaise s'était rendue à l'évidence des prédictions de sa nourrice et se redisait sans cesse, pour corroborer sa foi ambitieuse, qu'une devineresse avait aussi promis une couronne à la belle et excellente créole qui s'assit un jour sur le trône de France, et qui fut reine par la grâce et par la bonté, comme d'autres le sont par la grandeur et par la majesté.

Chose étrange ! Tom Seyton, aussi superstitieux que

sa sœur, encourageait ses folles espérances, et avait résolu de consacrer sa vie à la réalisation du rêve de Sarah, de ce rêve aussi éblouissant qu'insensé.

Néanmoins le frère et la sœur n'étaient pas assez aveugles pour croire rigoureusement à la prédiction de la Highlandaise, et pour viser absolument à un trône de premier ordre, dans leur magnifique dédain des royautés secondaires ou des principautés régnantes ; non, pourvu que la belle Écossaise ceignît un jour son front impérieux d'une couronne souveraine, le couple orgueilleux fermerait les yeux sur l'importance des possessions de cette couronne.

À l'aide de l'*Almanach de Gotha* pour l'an de grâce 1819, Tom Seyton dressa, au moment de quitter l'Écosse, une sorte de tableau synoptique par rang d'âge de tous les rois et altesses souveraines de l'Europe alors à marier.

Bien que fort absurde, l'ambition du frère et de la sœur était pure de tout moyen honteux ; Tom devait aider Sarah à ourdir la trame conjugale où elle espérait enlacer un porte-couronne quelconque. Tom devait être de moitié dans toutes les ruses, dans toutes les intrigues qui pourraient amener ce résultat ; mais il aurait tué sa sœur, plutôt que de voir en elle la maîtresse d'un prince, même avec la certitude d'un mariage réparateur.

L'espèce d'inventaire matrimonial qui résulta des recherches de Tom et de Sarah dans l'*Almanach de Gotha* fut satisfaisant.

La Confédération germanique fournissait surtout un nombreux contingent de jeunes souverains présomptifs. Sarah était protestante ; Tom n'ignorait pas la facilité du mariage allemand dit de la main gauche, mariage légitime d'ailleurs, auquel il se serait à la dernière extrémité résigné pour sa sœur. Il fut donc résolu entre elle et lui d'aller d'abord en Allemagne commencer cette *pipée*.

Si ce projet paraît improbable, ces espérances insensées, nous répondrons d'abord qu'une ambition effrénée, encore exagérée par une superstitieuse croyance, se pique rarement d'être raisonnable dans ses visées, et n'est guère tentée que de l'impossible ; pourtant, en se rappelant certains faits contemporains, depuis d'augustes et respectables mariages morganatiques entre souverains et sujettes jusqu'à l'amoureuse odyssée de miss Pénélope et du prince de Capoue, on ne peut refuser quelque probabilité d'heureux succès aux imaginations de Tom et de Sarah.

Nous ajouterons que celle-ci joignait à une merveilleuse beauté de rares dispositions pour les talents les plus variés, et une puissance de séduction d'autant plus dangereuse qu'avec une âme sèche et dure, un esprit adroit et méchant, une dissimulation profonde, un caractère opiniâtre et absolu, elle réunissait toutes les apparences d'une nature généreuse, ardente et passionnée.

Au physique, son organisation mentait aussi perfidement qu'au moral.

Ses grands yeux noirs, tour à tour étincelants et langoureux sous leurs sourcils d'ébène, pouvaient feindre les embrasements de la volupté ; et pourtant les brûlantes aspirations de l'amour ne devaient jamais faire battre son sein glacé ; aucune surprise du cœur ou des sens ne devait déranger les impitoyables calculs de cette femme rusée, égoïste et ambitieuse.

En arrivant sur le continent, Sarah, d'après les conseils de son frère, ne voulut pas commencer ses entreprises avant d'avoir fait un séjour à Paris, où elle désirait polir son éducation et assouplir sa roideur britannique dans le commerce d'une société pleine d'élégance, d'agréments et de liberté de bon goût.

Sarah fut introduite dans le meilleur et dans le plus

grand monde, grâce à quelques lettres de recommandation et au bienveillant patronage de Mme l'ambassadrice d'Angleterre et du vieux marquis d'Harville, qui avait connu en Angleterre le père de Tom et de Sarah.

Les personnes fausses, froides, réfléchies, s'assimilent avec une promptitude merveilleuse le langage et les manières les plus opposés à leur caractère : chez elles tout est dehors, surface, apparence, vernis, écorce ; dès qu'on les pénètre, dès qu'on les devine, elles sont perdues ; aussi l'espèce d'instinct de conservation dont elles sont douées les rend éminemment propres au déguisement moral. Elles se griment et se costument avec la prestesse et l'habileté d'un comédien consommé.

C'est dire qu'après six mois de séjour à Paris, Sarah aurait pu lutter avec la Parisienne la plus parisienne du monde, pour la grâce piquante de son esprit, le charme de sa gaieté, l'ingénuité de ses coquetteries et la naïveté provocante de son regard à la fois chaste et passionné.

Trouvant sa sœur suffisamment *armée*, Tom partit avec elle pour l'Allemagne, muni d'excellentes lettres d'introduction.

Le premier État de la Confédération germanique qui se trouvait sur l'itinéraire de Sarah était le grand-duché de Gerolstein, ainsi désigné dans le diplomatique et infaillible *Almanach de Gotha* pour l'année 1819.

GÉNÉALOGIE DES SOUVERAINS DE L'EUROPE
ET DE LEUR FAMILLE
GEROLSTEIN

Grand-duc : MAXIMILIEN-RODOLPHE, né le 10 décembre 1764. Succède à son père CHARLES-FRÉDÉRIK-RODOLPHE, le 21 avril 1785. – Veuf, janvier 1808, de LOUISE, fille du prince JEAN DE BURGLEN.

Fils : GUSTAVE-RODOLPHE, né le 17 avril 1803.

Mère : Grande-duchesse JUDITH, douairière, veuve du grand-duc CHARLES-FRÉDÉRIK-RODOLPHE, le 21 avril 1785.

Tom, avec assez de sens, avait d'abord inscrit sur sa liste les plus jeunes des princes qu'il convoitait pour beaux-frères, pensant que l'extrême jeunesse est de bien plus facile séduction qu'un âge mûr. D'ailleurs, nous l'avons dit, Tom et Sarah avaient été particulièrement recommandés au grand-duc régnant de Gerolstein par le vieux marquis d'Harville, engoué, comme tout le monde, de Sarah, dont il ne pouvait assez admirer la beauté, la grâce et le charmant naturel.

Il est inutile de dire que l'héritier présomptif du grand-duché de Gerolstein était Gustave-Rodolphe ; il avait dix-huit ans à peine lorsque Tom et Sarah furent présentés à son père.

L'arrivée de la jeune Écossaise fut un événement dans cette petite cour allemande, calme, simple, sérieuse, et pouf ainsi dire patriarcale. Le grand-duc, le meilleur des hommes, gouvernait ses États avec une fermeté sage et une bonté paternelle ; rien de plus matériellement, de plus moralement heureux que cette principauté ; sa population laborieuse et grave, sobre et pieuse, offrait le type idéal du caractère allemand.

Ces braves gens jouissaient d'un bonheur si profond, ils étaient si complètement satisfaits de leur condition, que la sollicitude éclairée du grand-duc avait eu peu à faire pour les préserver de la manie des innovations constitutionnelles.

Quant aux modernes découvertes, quant aux idées pratiques qui pouvaient avoir une influence salutaire sur le bien-être et sur la moralisation du peuple, le grand-duc s'en informait et les appliquait incessamment, ses résidents auprès des différentes puissances de l'Europe n'ayant pour ainsi dire d'autre mission que celle de tenir leur maître au courant de tous les progrès de la science au point de vue d'utilité publique et pratique.

Nous l'avons dit, le grand-duc ressentait autant d'affection que de reconnaissance pour le vieux marquis d'Harville, qui lui avait rendu, en 1815, d'immenses services ; aussi, grâce à la recommandation de ce dernier, Tom et Sarah Seyton de Halsbury furent accueillis à la cour de Gerolstein avec une distinction et une bonté très particulières.

Quinze jours après son arrivée, Sarah, douée d'un profond esprit d'observation, avait facilement pénétré le caractère ferme, loyal et ouvert du grand-duc ; avant de séduire le fils, chose immanquable, elle avait sagement voulu s'assurer des dispositions du père. Celui-ci paraissait aimer si follement son fils Rodolphe qu'un moment Sarah le crut capable de consentir à une mésalliance plutôt que de voir ce fils chéri éternellement malheureux. Mais bientôt l'Écossaise fut convaincue que ce père si tendre ne se départirait jamais de certains principes, de certaines idées sur les devoirs des princes.

Ce n'était pas de sa part orgueil : c'était conscience, raison, dignité.

Or, un homme de cette trempe énergique, d'autant plus affectueux et bon qu'il est plus ferme et plus fort, ne concède jamais rien de ce qui touche à sa conscience, à sa raison, à sa dignité.

Sarah fut sur le point de renoncer à son entreprise, en présence de ces obstacles presque insurmontables ; mais réfléchissant que, par compensation, Rodolphe était très jeune, qu'on vantait généralement sa douceur, sa bonté, son caractère à la fois timide et rêveur, elle crut le jeune prince faible, irrésolu ; elle persista donc dans son projet et dans ses espérances.

À cette occasion, sa conduite et celle de son frère furent un chef-d'œuvre d'habileté.

La jeune fille sut se concilier tout le monde, et surtout les personnes qui auraient pu être jalouses ou envieuses de ses avantages ; elle fit oublier sa beauté, ses grâces, par la simplicité modeste dont elle les voila. Bientôt elle devint l'idole non seulement du grand-duc, mais de sa mère, la grande-duchesse Judith douairière, qui, malgré, ou à cause de ses quatre-vingt-dix ans, aimait à la folie tout ce qui était jeune et charmant.

Plusieurs fois Tom et Sarah parlèrent de leur départ. Jamais le souverain de Gerolstein ne voulut y consentir ; et, pour s'attacher tout à fait le frère et la sœur, il pria le baronnet Tom Seyton de Halsbury d'accepter l'emploi vacant de premier écuyer, et il supplia Sarah de ne pas quitter la grande-duchesse Judith, qui ne pouvait plus se passer d'elle.

Après de nombreuses hésitations, combattues par les plus pressantes influences, Tom et Sarah acceptèrent ces brillantes propositions et s'établirent à la cour de Gerolstein, où ils étaient arrivés depuis deux mois.

Sarah, excellente musicienne, sachant le goût de la grande-duchesse pour les vieux maîtres, et entre autres pour Gluck, fit venir l'œuvre de cet homme illustre, et fascina la vieille princesse par son inépuisable complaisance et par le talent remarquable avec lequel elle lui chantait ces anciens airs, d'une beauté si simple, si expressive.

Tom, de son côté, sut se rendre très utile dans l'emploi que le grand-duc lui avait confié. L'Écossais connaissait parfaitement les chevaux ; il avait beaucoup d'ordre et de fermeté : en peu de temps il transforma presque complètement le service des écuries du grand-duc, service que la négligence et la routine avaient presque désorganisé.

Le frère et la sœur furent bientôt également aimés, fêtés, choyés dans cette cour. La préférence du maître commande les préférences secondaires. Sarah avait d'ailleurs besoin, pour ses futurs projets, de trop de points d'appui pour ne pas employer son habile séduction à se faire des partisans. Son hypocrisie, revêtue des formes les plus attrayantes, trompa facilement la plupart de ces loyales Allemandes, et l'affection générale consacra bientôt l'excessive bienveillance du grand-duc.

Voici donc notre couple établi à la cour de Gerolstein, parfaitement et honorablement posé, sans qu'il ait été un moment question de Rodolphe. Par un hasard heureux, quelques jours après l'arrivée de Sarah, ce dernier était parti pour une inspection de troupes avec un aide de camp et le fidèle Murph.

Cette absence, doublement favorable aux vues de Sarah, lui permit de disposer à son aise les principaux fils de la trame qu'elle ourdissait, sans être gênée par la présence du jeune prince, dont l'admiration trop marquée aurait peut-être éveillé les craintes du grand-duc.

Au contraire, en l'absence de son fils, il ne songea malheureusement pas qu'il venait d'admettre dans son intimité une jeune fille d'une rare beauté, d'un esprit charmant, qui devait se trouver avec Rodolphe à chaque instant du jour.

Sarah resta intérieurement insensible à cet accueil si touchant, si généreux, à cette noble confiance avec laquelle on l'introduisait au cœur de cette famille souveraine.

Ni cette jeune fille ni son frère ne reculèrent un moment devant leurs mauvais desseins ; ils venaient sciemment apporter le trouble et le chagrin dans cette cour paisible et heureuse. Ils calculaient froidement les résultats probables des cruelles divisions qu'ils allaient semer entre un père et un fils jusqu'alors tendrement unis.

XIII

SIR WALTER MURPH ET L'ABBÉ POLIDORI

Rodolphe, pendant son enfance, avait été d'une complexion très frêle. Son père fit ce raisonnement, bizarre en apparence, au fond très sensé :

« Les gentilshommes campagnards anglais sont généralement remarquables par une santé robuste. Ces avantages tiennent beaucoup à leur éducation physique : simple, rude, agreste, elle développe leur vigueur. Rodolphe va sortir des mains des femmes ; son tempérament est délicat ; peut-être, en habituant cet enfant à vivre comme le fils d'un fermier anglais (sauf quelques ménagements), fortifierai-je sa constitution. »

Le grand-duc fit chercher en Angleterre un homme digne et capable de diriger cette sorte d'éducation physique : sir Walter Murph, athlétique spécimen du gentilhomme campagnard du Yorkshire, fut chargé de ce soin important. La direction qu'il donna au jeune prince répondit parfaitement aux vues du grand-duc.

Murph et son élève habitèrent pendant plusieurs années une charmante ferme située au milieu des champs et des bois, à quelques lieues de la ville de Gerolstein, dans la position la plus pittoresque et la plus salubre.

Rodolphe, libre de toute étiquette, s'occupant avec Murph de travaux agricoles proportionnés à son âge, vécut donc de la vie sobre, mâle et régulière des champs, ayant pour plaisirs et pour distractions des exercices violents, la lutte, le pugilat, l'équitation, la chasse.

Au milieu de l'air pur des prés, des bois et des montagnes, le jeune prince sembla se transformer, poussa vigoureux comme un jeune chêne ; sa pâleur un peu maladive fit place aux brillantes couleurs de la santé : quoique toujours svelte et nerveux, il sortit victorieux des plus rudes fatigues ; l'adresse, l'énergie, le courage suppléant à ce qui lui manquait de puissance musculaire, il put bientôt lutter avec avantage contre des jeunes gens beaucoup plus âgés que lui ; il avait alors environ quinze ou seize ans.

Son éducation scientifique s'était nécessairement ressentie de la préférence donnée à l'éducation physique : Rodolphe savait fort peu de chose ; mais le grand-duc pensait sagement que, pour demander beaucoup à l'esprit, il faut que l'esprit soit soutenu par une forte organisation physique ; alors, quoique tardivement fécondées par l'instruction, les facultés intellectuelles offrent de prompts résultats.

Le bon Walter Murph n'était pas savant ; il ne put donner à Rodolphe que quelques connaissances premières ; mais personne mieux que lui ne pouvait inspirer à son élève la conscience de ce qui était juste, loyal, généreux ; l'horreur de ce qui était bas, lâche, misérable.

Ces haines, ces admirations énergiques et salutaires s'enracinèrent pour toujours dans l'âme de Rodolphe ; plus tard ces principes furent violemment ébranlés par les orages des passions, mais jamais ils ne furent arrachés de son cœur. La foudre frappe, sillonne et brise un arbre solidement et profondément planté, mais la sève bout toujours dans ses racines, mille verts rameaux rejaillissent bientôt de ce tronc qui paraissait desséché.

Murph donna donc à Rodolphe, si cela peut se dire, la santé du corps et celle de l'âme ; il le rendit robuste, agile et hardi, sympathique à ce qui était bon et bien, antipathique à ce qui était méchant et mauvais.

Sa tâche ainsi admirablement remplie, le squire, appelé en Angleterre par de graves intérêts, quitta l'Allemagne pour quelque temps, au grand chagrin de Rodolphe, qui l'aimait tendrement.

Murph devait revenir se fixer définitivement à Gerolstein avec sa famille, lorsque quelques affaires fort importantes pour lui seraient terminées. Il espérait que son absence durerait au plus une année.

Rassuré sur la santé de son fils, le grand-duc songea sérieusement à l'instruction de cet enfant chéri.

Un certain abbé César Polidori, philosophe renommé, médecin distingué, historien érudit, savant versé dans l'étude des sciences exactes et physiques, fut chargé de cultiver, de féconder le sol riche mais vierge, si parfaitement préparé par Murph.

Cette fois le choix du grand-duc fut bien malheureux, ou plutôt sa religion fut cruellement trompée par la personne qui lui présenta l'abbé et le lui fit accepter, lui prêtre catholique, comme précepteur d'un prince protestant. Cette innovation parut à beaucoup de gens une énormité, et généralement d'un funeste présage pour l'éducation de Rodolphe.

Le hasard ou plutôt l'abominable caractère de l'abbé réalisa une partie de ces tristes prédictions.

Impie, fourbe, hypocrite, contempteur sacrilège de ce qu'il y a de plus sacré parmi les hommes, plein de ruse et d'adresse, dissimulant la plus dangereuse immoralité, le plus effrayant scepticisme, sous une écorce austère et pieuse, exagérant une fausse humilité chrétienne pour voiler sa souplesse insinuante, de même qu'il affectait une bienveillance expansive, un optimisme ingénu, pour cacher la perfidie de ses flatteries intéressées ; connaissant profondément les hommes, ou plutôt n'ayant expérimenté que les mauvais côtés, que les honteuses passions de l'humanité, l'abbé Polidori était le plus détestable mentor que l'on pût donner à un jeune homme.

Rodolphe, abandonnant avec un extrême regret la vie indépendante, animée, qu'il avait menée jusqu'alors auprès de Murph, pour aller pâlir sur des livres et se soumettre aux cérémonieux usages de la cour de son père, prit d'abord l'abbé en aversion.

Cela devait être.

En quittant son élève, le pauvre squire l'avait comparé, non sans raison, à un jeune poulain sauvage, plein de grâce et de feu, que l'on enlevait aux belles prairies où il s'ébattait libre et joyeux, pour aller le soumettre au frein, à l'éperon, et lui apprendre à modérer, à utiliser des forces qu'il n'avait jusqu'alors employées que pour courir, que pour bondir à son caprice.

Rodolphe commença par déclarer à l'abbé qu'il ne se sentait aucune vocation pour l'étude, qu'il avait avant tout besoin d'exercer ses bras et ses jambes, de respirer l'air des champs, de courir les bois et les montagnes, un bon fusil et un bon cheval lui semblant d'ailleurs préférables aux plus beaux livres de la terre.

Le prêtre répondit à son élève qu'il n'y avait en effet rien de plus fastidieux que l'étude, mais que rien n'était plus grossier que les plaisirs qu'il préférait à l'étude, plaisirs parfaitement dignes d'un stupide fermier allemand. Et l'abbé de faire un tableau si bouffon, si railleur de cette existence simple et agreste, que pour la première fois Rodolphe fut honteux de s'être trouvé si heureux ; alors il demanda naïvement au prêtre à quoi l'on pouvait passer son temps si l'on n'aimait ni l'étude, ni la chasse, ni la vie libre des champs.

L'abbé lui répondit mystérieusement que plus tard il l'en instruirait.

Sous un autre point de vue, les espérances de ce prêtre étaient aussi ambitieuses que celles de Sarah.

Quoique le grand-duché de Gerolstein ne fût qu'un État secondaire, l'abbé s'était imaginé d'en être un jour le Richelieu, et de dresser Rodolphe au rôle de prince fainéant.

Il commença donc par tâcher de se rendre agréable à son élève et de lui faire oublier Murph à force de condescendance et d'obséquiosité. Rodolphe continuant d'être récalcitrant à l'endroit de la science, l'abbé dissimula au grand-duc la répugnance du jeune prince pour l'étude, vanta au contraire son assiduité, ses étonnants progrès ; et quelques interrogatoires concertés d'avance entre lui et Rodolphe, mais qui semblaient très improvisés, entretinrent le grand-duc (il faut le dire, fort peu lettré) dans son aveuglement et dans sa confiance.

Peu à peu l'éloignement que le prêtre avait d'abord inspiré à Rodolphe se changea de la part du jeune prince en une familiarité cavalière très différente du sérieux attachement qu'il portait à Murph.

Peu à peu Rodolphe se trouva lié à l'abbé (quoique pour des causes fort innocentes) par l'espèce de solidarité qui unit deux complices. Il devait tôt ou tard mépriser un homme du caractère et de l'âge de ce prêtre, qui mentait indignement pour excuser la paresse de son élève.

L'abbé savait cela.

Mais il savait aussi que, si l'on ne s'éloigne pas tout

d'abord avec dégoût des êtres corrompus, on s'habitue malgré soi et peu à peu à leur esprit, souvent attrayant, et qu'insensiblement on en vient à entendre sans honte et sans indignation railler et flétrir ce qu'on vénérait jadis.

L'abbé était du reste trop fin pour heurter de front certaines nobles convictions de Rodolphe, fruit de l'éducation de Murph. Après avoir redoublé de railleries sur la grossièreté des passe-temps des premières années de son élève, le prêtre, déposant à demi son masque d'austérité, avait vivement éveillé sa curiosité par des demi-confidences sur l'existence enchanteresse de certains princes des temps passés ; enfin, cédant aux instances de Rodolphe, après des ménagements infinis et d'assez vives plaisanteries sur la gravité cérémonieuse de la cour du grand-duc, l'abbé avait enflammé l'imagination du jeune prince aux récits exagérés et ardemment colorés des plaisirs et des galanteries qui avaient illustré les règnes de Louis XIV, du Régent, et surtout de Louis XV, le héros de César Polidori.

Il affirmait à ce malheureux enfant, qui l'écoutait avec une avidité funeste, que les voluptés, même excessives, loin de démoraliser un prince heureusement doué, le rendaient souvent au contraire clément et généreux, par cette raison que les belles âmes ne sont jamais mieux prédisposées à la bienveillance et à l'affectuosité que par le bonheur.

Louis XV le Bien-Aimé était une preuve irrécusable de cette assertion.

Et puis, disait l'abbé, que de grands hommes des temps anciens et modernes avaient largement sacrifié à l'épicurisme le plus raffiné... depuis Alcibiale jusqu'à Maurice de Saxe, depuis Antoine jusqu'au grand Condé, depuis César jusqu'à Vendôme !

De tels entretiens devaient exercer d'effroyables ravages dans une âme jeune, ardente et vierge ; de plus, l'abbé traduisait éloquemment à son élève des odes d'Horace où ce rare génie exaltait avec le charme le plus entraînant les molles délices d'une vie tout entière vouée à l'amour et à des sensualités exquises. Pourtant, çà et là, pour masquer le danger de ces théories et satisfaire à ce qu'il y avait de foncièrement généreux dans le caractère de Rodolphe, l'abbé le berçait des utopies les plus charmantes. À l'entendre, un prince intelligemment voluptueux pouvait améliorer les hommes par le plaisir, les moraliser par le bonheur, et amener les plus incrédules au sentiment religieux, en exaltant leur gratitude envers le Créateur, qui, dans l'ordre matériel, comblait l'homme de jouissances avec une inépuisable prodigalité.

Jouir de tout et toujours, c'était, selon l'abbé, glorifier Dieu dans sa magnificence et dans l'éternité de ses dons.

Ces théories portèrent leurs fruits.

Au milieu de cette cour régulière et vertueuse, habituée, par l'exemple du maître, aux honnêtes plaisirs, aux innocentes distractions, Rodolphe, instruit par l'abbé, rêvait déjà les folles nuits de Versailles, les orgies de Choisy, les violentes voluptés du Parc-aux-Cerfs, et aussi çà et là, par contraste, quelques amours romanesques.

L'abbé n'avait pas manqué non plus de démontrer à Rodolphe qu'un prince de la Confédération germanique ne pouvait avoir d'autre prétention militaire que celle d'envoyer son contingent à la Diète.

D'ailleurs, l'esprit du temps n'était plus à la guerre.

Couler délicieusement et paresseusement ses jours au milieu des femmes et des raffinements du luxe, se reposer tour à tour de l'enivrement des plaisirs sensuels par les délicieuses récréations des arts, chercher parfois dans la chasse, non pas en sauvage Nemrod, mais en intelligent épicurien, ces fatigues passagères qui doublent le charme de l'indolence et de la paresse, telle était, selon l'abbé, la seule vie possible pour un prince qui (comble de bonheur !) trouvait un Premier ministre capable de se vouer courageusement au fastidieux et lourd fardeau des affaires de l'État.

Rodolphe, en se laissant aller à des suppositions qui n'avaient rien de criminel parce qu'elles ne sortaient pas du cercle des probabilités fatales, se proposait, lorsque Dieu rappellerait à lui le grand-duc son père, de se vouer à cette vie que l'abbé Polidori lui peignait sous de si chaudes et de si riantes couleurs, et de prendre ce prêtre pour Premier ministre.

Nous le répétons, Rodolphe aimait tendrement son père, et il l'eût profondément regretté, quoique sa mort lui eût permis de faire le Sardanapale au petit pied. Il est inutile de dire que le jeune prince gardait le plus profond secret sur les malheureuses espérances qui fermentaient en lui.

Sachant que les héros de prédilection du grand-duc étaient Gustave-Adolphe, Charles XII et le grand Frédéric (Maximilien-Rodolphe avait l'honneur d'appartenir de très près à la maison royale de Brandebourg), Rodolphe pensait avec raison que son père, qui professait une admiration profonde pour ces rois-capitaines toujours bottés et éperonnés, chevauchant et guerroyant, regarderait son fils comme perdu s'il le croyait capable de vouloir remplacer dans sa cour la gravité tudesque par les mœurs faciles et licencieuses de la Régence. Un an, dix-huit mois se passèrent ainsi ; Murph n'était pas encore de retour, quoiqu'il annonçât prochainement son arrivée.

Sa première répugnance vaincue par l'obséquiosité de l'abbé, Rodolphe profita des enseignements scientifiques de son précepteur et acquit sinon une instruction très étendue, au moins des connaissances superficielles, qui, jointes à un esprit naturel, vif et sage, lui permettaient de passer pour beaucoup plus instruit qu'il ne l'était réellement et de faire le plus grand honneur aux soins de l'abbé.

Murph revint d'Angleterre avec sa famille et pleura de joie en embrassant son ancien élève.

Au bout de quelques jours, sans pouvoir pénétrer la raison d'un changement qui l'affligeait profondément, le digne squire trouva Rodolphe froid, contraint envers lui, et presque ironique lorsqu'il lui rappela leur vie rude et agreste.

Certain de la bonté naturelle du cœur du jeune prince, averti par un secret pressentiment, Murph le crut momentanément perverti par la pernicieuse influence de l'abbé Polidori qu'il détestait d'instinct, et qu'il se promettait d'observer attentivement.

De son côté, le prêtre, vivement contrarié du retour de Murph, dont il redoutait la franchise, le bon sens et la pénétration, n'eut qu'une seule pensée, celle de perdre le gentilhomme dans l'esprit de Rodolphe.

C'est à cette époque que Tom et Sarah furent présentés et accueillis à la cour de Gerolstein avec la plus extrême distinction.

Quelque temps avant leur arrivée, Rodolphe était parti avec un aide de camp et Murph pour inspecter les troupes de quelques garnisons. Cette excursion étant toute militaire, le grand-duc avait jugé convenable que l'abbé ne fût pas de ce voyage. Le prêtre, à son grand regret, vit Murph reprendre pour quelques jours ses anciennes fonctions auprès du jeune prince.

Le squire comptait beaucoup sur cette occasion de s'éclairer tout à fait sur la cause du refroidissement de Rodolphe. Malheureusement celui-ci, déjà savant dans l'art de dissimuler, et croyant dangereux de laisser pénétrer ses projets d'avenir par son ancien mentor, fut pour lui d'une cordialité charmante, feignit de regretter beaucoup le temps de sa première jeunesse et ses rustiques plaisirs, et le rassura presque complètement.

Nous disons presque, car certains dévouements sont doués d'un admirable instinct. Malgré les témoignages d'affection que lui donnait le jeune prince, Murph pressentait vaguement qu'il y avait un secret entre eux deux ; en vain il voulut éclaircir ses soupçons, ses tentatives échouèrent devant la précoce duplicité de Rodolphe.

Pendant ce voyage, l'abbé n'était pas resté oisif.

Les intrigants se devinent ou se reconnaissent à certains signes mystérieux qui leur permettent de s'observer jusqu'à ce que leur intérêt les décide à une alliance ou à une hostilité déclarée.

Quelques jours après l'établissement de Sarah et de son frère à la cour du grand-duc, Tom était particulièrement lié avec l'abbé Polidori.

Ce prêtre s'avouait à lui-même, avec un odieux cynisme, qu'il avait une affinité naturelle, presque involontaire, pour les fourbes et pour les méchants ; ainsi, disait-il, sans deviner positivement le but où tendaient Tom et Sarah, il s'était trouvé attiré vers eux par une sympathie trop vive pour ne pas leur supposer quelque dessein diabolique.

Quelques questions de Tom Seyton sur le caractère

et les antécédents de Rodolphe, questions sans portée pour un homme moins en éveil que l'abbé, l'éclairèrent tout à coup sur les tendances du frère et de la sœur ; seulement il ne crut pas à la jeune Écossaise des vues à la fois si honnêtes et si ambitieuses.

La venue de cette charmante fille parut à l'abbé un coup du sort. Rodolphe avait l'imagination enflammée d'amoureuses chimères ; Sarah devait être la réalité ravissante qui remplacerait tant de songes charmants ; car, pensait l'abbé, avant d'arriver au choix dans le plaisir et à la variété dans la volupté, on commence presque toujours par un attachement unique et romanesque. Louis XIV et Louis XV n'ont été peut-être fidèles qu'à Marie Mancini et à Rosette d'Arey.

Selon l'abbé, il en serait ainsi de Rodolphe et de la belle Écossaise. Celle-ci prendrait sans doute une immense influence sur un cœur soumis au charme enchanteur d'un premier amour. Diriger, exploiter cette influence et s'en servir pour perdre Murph à jamais, tel fut le plan de l'abbé.

En homme habile, il fit parfaitement entendre aux deux ambitieux qu'il faudrait compter avec lui, étant seul responsable auprès du grand-duc de la vie privée du jeune prince.

Ce n'était pas tout, il fallait se défier d'un ancien précepteur de ce dernier qui l'accompagnait alors dans une inspection militaire ; cet homme rude, grossier, hérissé de préjugés absurdes, avait eu autrefois une grande autorité sur l'esprit de Rodolphe et pouvait devenir un surveillant dangereux ; et, loin d'excuser ou de tolérer les folles et charmantes erreurs de la jeunesse, il se regarderait comme obligé de les dénoncer à la sévère morale du grand-duc.

Tom et Sarah comprirent à demi-mot, quoiqu'ils

n'eussent en rien instruit l'abbé de leurs secrets desseins. Au retour de Rodolphe et du squire, tous trois, rassemblés par leur intérêt commun, s'étaient tacitement ligués contre Murph, leur ennemi le plus redoutable.

XIV

UN PREMIER AMOUR

Ce qui devait arriver arriva.

À son retour, Rodolphe, voyant chaque jour Sarah, en devint follement épris. Bientôt elle lui avoua qu'elle partageait son amour, quoiqu'il dût, prévoyait-elle, leur causer de violents chagrins. Ils ne pouvaient jamais être heureux ; une trop grande distance les séparait. Aussi recommanda-t-elle à Rodolphe la plus profonde discrétion, de peur d'éveiller les soupçons du grand-duc, qui serait inexorable et les priverait de leur seul bonheur, celui de se voir chaque jour.

Rodolphe promit de s'observer et de cacher son amour. L'Écossaise était trop ambitieuse, trop sûre d'elle-même, pour se compromettre et se trahir aux yeux de la cour. Le jeune prince sentait aussi le besoin de la dissimulation ; il imita la prudence de Sarah. L'amoureux secret fut parfaitement gardé pendant quelque temps.

Lorsque le frère et la sœur virent la passion effrénée de Rodolphe arrivée à son paroxysme, et son exaltation croissante, plus difficile à contenir de jour en jour, sur le point d'éclater et de tout perdre, ils portèrent le grand coup.

Le caractère de l'abbé autorisant cette confidence, d'ailleurs toute de moralité, Tom lui fit les premières ouvertures sur la nécessité d'un mariage entre Rodolphe et Sarah : sinon, ajoutait-il très sincèrement, lui et sa sœur quitteraient immédiatement Gerolstein. Sarah partageait l'amour du prince, mais elle préférait la mort au déshonneur et ne pouvait être que la femme de Son Altesse.

Ces prétentions stupéfièrent le prêtre ; il n'avait jamais cru Sarah si audacieusement ambitieuse. Un tel mariage, entouré de difficultés sans nombre, de dangers de toute sorte, parut impossible à l'abbé ; il dit franchement à Tom les raisons pour lesquelles le grand-duc ne consentirait jamais à une telle union.

Tom accepta ces raisons, en reconnut l'importance ; mais il proposa, comme un *mezzo termine* qui pouvait tout concilier, un mariage secret bien en règle et seulement déclaré après la mort du grand-duc régnant.

Sarah était de noble et ancienne maison ; une telle union ne manquait pas de précédents. Tom donnait à l'abbé, et conséquemment au prince, huit jours pour se décider : sa sœur ne supporterait pas plus longtemps les cruelles angoisses de l'incertitude ; s'il lui fallait renoncer à l'amour de Rodolphe, elle prendrait cette douloureuse résolution le plus promptement possible.

Afin de motiver le brusque départ qui s'ensuivrait alors, Tom avait, en tout cas, adressé, disait-il, à un de ses amis d'Angleterre une lettre qui devait être mise à la poste à Londres et renvoyée en Allemagne ; cette lettre contiendrait des motifs de retour assez puissants pour que Tom et Sarah se dissent absolument obligés de quitter pour quelque temps la cour du grand-duc.

Cette fois du moins l'abbé, servi par sa mauvaise opinion de l'humanité, devina la vérité.

Cherchant toujours une arrière-pensée aux sentiments les plus honnêtes, lorsqu'il sut que Sarah voulait légitimer son amour par un mariage, il vit là une preuve non de vertu, mais d'ambition : à peine aurait-il cru au désintéressement de la jeune fille si elle eût sacrifié son honneur à Rodolphe ainsi qu'il l'en avait crue capable, lui supposant seulement l'intention d'être la maîtresse de son élève. Selon les principes de l'abbé, se marchander, faire la part du devoir, c'était ne pas aimer. « Faible et froid amour, disait-il, que celui qui s'inquiète du ciel et de la terre ! »

Certain de ne pas se tromper sur les vues de Sarah, l'abbé demeura fort perplexe. Après tout, le vœu qu'exprimait Tom au nom de sa sœur était des plus honorables. Que demandait-il ? Ou une séparation, ou une union légitime.

Malgré son cynisme, le prêtre n'eût pas osé s'étonner aux yeux de Tom des honorables motifs qui semblaient dicter la conduite de ce dernier, et lui dire crûment que lui et sa sœur avaient habilement manœuvré pour amener le prince à un mariage disproportionné.

L'abbé avait trois partis à prendre :

Avertir le grand-duc de ce complot matrimonial,

Ouvrir les yeux de Rodolphe sur les manœuvres de Tom et Sarah,

Prêter les mains à ce mariage.

Mais :

Prévenir le grand-duc, c'était s'aliéner à tout jamais l'héritier présomptif de la couronne.

Éclairer Rodolphe sur les vues intéressées de Sarah, c'était s'exposer à être reçu comme on l'est toujours par un amoureux lorsqu'on vient lui déprécier l'objet aimé ;

et puis quel terrible coup pour la vanité ou pour le cœur du prince !... lui révéler que c'était surtout sa position souveraine qu'on voulait épouser ; et puis enfin, chose étrange ! lui prêtre, viendrait blâmer la conduite d'une jeune fille qui voulait rester pure et n'accorder qu'à son époux les droits d'un amant ?

En se prêtant au contraire à ce mariage, l'abbé s'attachait le prince et sa femme par un lien de reconnaissance profonde, ou du moins par la solidarité d'un acte dangereux.

Sans doute tout pouvait se découvrir, et il s'exposait alors à la colère du grand-duc ; mais le mariage serait conclu, l'union valable, l'orage passerait, et le futur souverain de Gerolstein se trouverait d'autant plus lié envers l'abbé que celui-ci aurait couru plus de danger à son service.

Après de mûres réflexions, l'abbé se décida donc à servir Sarah ; néanmoins avec une certaine restriction dont nous parlerons plus tard.

La passion de Rodolphe était arrivée à sa dernière période ; violemment exaspéré par la contrainte et par les habilissimes séductions de Sarah, qui semblait souffrir encore plus que lui des obstacles insurmontables que l'honneur et le devoir mettaient à leur félicité, quelques jours de plus, le jeune prince se trahissait.

Qu'on y songe, c'était un premier amour, un amour aussi ardent que naïf, aussi confiant que passionné ; pour l'exciter, Sarah avait déployé les ressources infernales de la coquetterie la plus raffinée. Non, jamais les émotions vierges d'un jeune homme plein de cœur, d'imagination et de flamme, ne furent plus longuement, plus savamment excitées ; jamais femme ne fut plus dangereusement attrayante que Sarah. Tour à tour folâtre et triste, chaste et passionnée, pudique et provocante : ses grands yeux noirs, langoureux et brûlants, allumèrent dans l'âme effervescente de Rodolphe un feu inextinguible.

Lorsque l'abbé lui proposa de ne plus jamais voir cette fille enivrante, ou de la posséder par un mariage secret, Rodolphe sauta au cou du prêtre, l'appela son sauveur, son ami, son père. Le temple et le ministre eussent été là que le jeune prince eût épousé à l'instant.

L'abbé voulut, pour cause, se charger de tout.

Il trouva un ministre, des témoins ; et l'union (dont toutes les formalités furent soigneusement surveillées et vérifiées par Tom) fut secrètement célébrée pendant une courte absence du grand-duc, appelé à une conférence de la Diète germanique.

Les prédictions de la montagnarde écossaise étaient réalisées : Sarah épousait l'héritier d'une couronne.

Sans amortir les feux de son amour, la possession rendit Rodolphe plus circonspect et calma cette violence qui aurait pu compromettre le secret de sa passion pour Sarah. Le jeune couple, protégé par Tom et par l'abbé, s'entendit si bien, mit tant de réserve dans ses relations, qu'elles échappèrent à tous les yeux.

Pendant les trois premiers mois de son mariage, Rodolphe fut le plus heureux des hommes ; lorsque, la réflexion succédant à l'entraînement, il contempla sa position de sang-froid, il ne regretta pas de s'être enchaîné à Sarah par un lien indissoluble ; il renonça sans regrets pour l'avenir à cette vie galante, voluptueuse, efféminée, qu'il avait d'abord si ardemment rêvée, et il fit avec Sarah les plus beaux projets du monde sur leur règne futur.

Dans ces lointaines hypothèses, le rôle de Premier ministre, que l'abbé s'était destiné *in petto*, diminuait beaucoup d'importance : Sarah se réservait ces fonctions gouvernementales ; trop impérieuse pour ne pas ambitionner le pouvoir et la domination, elle espérait régner à la place de Rodolphe.

Un événement impatiemment attendu par Sarah changea bientôt ce calme en tempête.

Elle devint mère.

Alors se manifestèrent chez cette femme des exigences toutes nouvelles et effrayantes pour Rodolphe ; elle lui déclara, en fondant en larmes hypocrites, qu'elle ne pouvait plus supporter la contrainte où elle vivait, contrainte que sa grossesse rendait plus pénible encore.

Dans cette extrémité, elle proposait résolument à Rodolphe de tout avouer au grand-duc : il s'était, ainsi que la grande-duchesse douairière, de plus en plus affectionné à Sarah. Sans doute, ajoutait celle-ci, il s'indignerait d'abord, s'emporterait ; mais il aimait si tendrement, si aveuglément son fils ; il avait pour elle, Sarah, tant d'affection, que le courroux paternel s'apaiserait peu à peu, et elle prendrait enfin à la cour de Gerolstein le rang qui lui appartenait, si cela se peut dire, doublement, puisqu'elle allait donner un enfant à l'héritier présomptif du grand-duc.

Cette prétention épouvanta Rodolphe : il connaissait le profond attachement de son père pour lui, mais il connaissait aussi l'inflexibilité des principes du grand-duc à l'endroit des devoirs de prince.

À toutes ses objections, Sarah répondait impitoyablement :

— Je suis votre femme devant Dieu et devant les hommes. Dans quelque temps je ne pourrai plus cacher ma grossesse ; je ne veux plus rougir d'une position dont je suis au contraire si fière, et dont je puis me glorifier tout haut.

La paternité avait redoublé la tendresse de Rodolphe pour Sarah. Placé entre le désir d'accéder à ses vœux et la crainte du courroux de son père, il éprouvait d'affreux déchirements. Tom prenait le parti de sa sœur.

— Le mariage est indissoluble, disait-il à son sérénissime beau-frère. Le grand-duc peut vous exiler de sa cour, vous et votre femme ; rien de plus. Or il vous aime trop pour se résoudre à une pareille mesure ; il préférera tolérer ce qu'il n'aura pu empêcher.

Ces raisonnements, fort justes d'ailleurs, ne calmaient pas les anxiétés de Rodolphe. Sur ces entrefaites, Tom fut chargé par le grand-duc d'aller visiter plusieurs haras d'Autriche. Cette mission, qu'il ne pouvait refuser, ne devait le retenir que quinze jours au plus ; il partit, à son grand regret, dans un moment très décisif pour sa sœur.

Celle-ci fut à la fois chagrine et satisfaite de l'éloignement de son frère ; elle perdait l'appui de ses conseils, mais aussi, dans le cas où tout se découvrirait, il serait à l'abri de la colère du grand-duc.

Sarah devait tenir Tom au courant, jour par jour, des différentes phases d'une affaire si importante pour tous deux. Afin de correspondre plus sûrement et plus secrètement, ils convinrent d'un chiffre.

Cette précaution seule prouve que Sarah avait à entretenir son frère d'autre chose que de son amour pour Rodolphe. En effet, cette femme égoïste, froide, ambitieuse, n'avait pas senti se fondre les glaces de son cœur à l'embrasement de l'amour passionné qu'elle avait allumé.

La maternité ne fut pour elle qu'un moyen d'action de plus sur Rodolphe et n'attendrit pas même cette âme d'airain. La jeunesse, le fol amour, l'inexpérience de ce prince presque enfant, si perfidement attiré dans une position inextricable, lui inspiraient à peine de l'intérêt ;

dans ses intimes confidences à Tom, elle se plaignait avec dédain et amertume de la faiblesse de cet adolescent qui tremblait devant le plus paterne des princes allemands, *qui vivait bien longtemps !*

En un mot, cette correspondance entre le frère et la sœur dévoilait clairement leur égoïsme intéressé, leurs ambitieux calculs, leur impatience presque homicide, et mettait à nu les ressorts de cette trame ténébreuse couronnée par le mariage de Rodolphe.

Peu de jours après le départ de Tom, Sarah se trouvait au cercle de la grande-duchesse douairière.

Plusieurs femmes la regardaient d'un air étonné et chuchotaient avec leurs voisines.

La grande-duchesse Judith, malgré ses quatre-vingt-dix ans, avait l'oreille fine et la vue bonne : ce petit manège ne lui échappa pas. Elle fit signe à une des dames de son service de venir auprès d'elle et apprit ainsi que l'on trouvait Mlle Sarah Seyton de Halsbury moins svelte, moins élancée que d'habitude.

La vieille princesse adorait sa jeune protégée ; elle eût répondu à Dieu de la vertu de Sarah. Indignée de la méchanceté de ces observations, elle haussa les épaules et dit tout haut, du bout du salon où elle se tenait :

— Ma chère Sarah, écoutez !

Sarah se leva.

Il lui fallut traverser le cercle pour arriver auprès de la princesse, qui voulait, dans une intention toute bienveillante et par le seul fait de cette traversée, confondre les calomniateurs, et leur prouver victorieusement que la taille de sa protégée n'avait rien perdu de sa finesse et de sa grâce.

Hélas ! l'ennemie la plus perfide n'eût pas mieux imaginé que n'imagina l'excellente princesse dans son désir de défendre sa protégée.

Celle-ci vint à elle. Il fallut le respect qu'on portait à la grande-duchesse pour comprimer un murmure de surprise et d'indignation lorsque la jeune fille traversa le cercle.

Les gens les moins clairvoyants s'aperçurent de ce que Sarah ne voulait pas cacher plus longtemps, car sa grossesse aurait pu se dissimuler encore ; mais l'ambitieuse femme avait ménagé cet éclat, afin de forcer Rodolphe à déclarer son mariage.

La grande-duchesse, ne se rendant pourtant pas encore à l'évidence, dit tout bas à Sarah :

— Ma chère enfant, vous êtes aujourd'hui affreusement habillée. Vous qui avez une taille à tenir dans les dix doigts, vous n'êtes plus reconnaissable.

Nous raconterons plus tard les suites de cette découverte, qui amena de grands et terribles événements. Mais nous dirons dès à présent ce que le lecteur a sans doute déjà deviné, que la Goualeuse, que Fleur-de-Marie, était le fruit de ce malheureux mariage, était enfin la fille de Sarah et de Rodolphe, et que tous deux la croyaient morte.

On n'a pas oublié que Rodolphe, après avoir visité la maison de la rue du Temple, était rentré chez lui et qu'il devait le soir même se rendre à un bal donné par Mme l'ambassadrice de ***.

C'est à cette fête que nous suivrons Son Altesse le grand-duc régnant de Gerolstein, Gustave-Rodolphe, voyageant en France sous le nom de comte de Duren.

XV

LE BAL

À onze heures du soir, un suisse en grande livrée ouvrit la porte d'un hôtel de la rue Plumet, pour laisser sortir une magnifique berline bleue attelée de deux superbes chevaux gris à tous crins, et de la plus grande taille ; sur le siège à large housse frangée de crépines de soie se carrait un énorme cocher, rendu plus énorme encore par une pelisse bleue fourrée, à collet-pèlerine de martre, couturée d'argent sur toutes les tailles, et cuirassée de brandebourgs ; derrière le carosse un valet de pied gigantesque et poudré, vêtu d'une livrée bleue, jonquille et argent, accostait un chasseur aux moustaches formidables, galonné comme un tambour-major, et dont le chapeau, largement bordé, était à demi caché par une touffe de plumes jaunes et bleues.

Les lanternes jetaient une vive clarté dans l'intérieur de cette voiture doublée de satin ; l'on pouvait y voir Rodolphe, assis à droite, ayant à sa gauche le baron de Graün, et devant lui le fidèle Murph.

Par déférence pour le souverain que représentait l'ambassadeur chez lequel il se rendait au bal, Rodolphe portait seulement sur son habit la plaque diamantée de l'ordre de ***

Le ruban orange et la croix d'émail de grand-commandeur de l'Aigle d'or de Gerolstein pendaient au cou de sir Walter Murph ; le baron de Graün était décoré des mêmes insignes. On ne parle que pour mémoire d'une innombrable quantité de croix de tous pays qui se balançaient à une chaîne d'or placée entre les deux premières boutonnières de son habit.

— Je suis tout heureux, dit Rodolphe, des bonnes nouvelles que Mme Georges me donne sur ma pauvre petite protégée de la ferme de Bouqueval ; les soins de David ont fait merveille. Sans la tristesse qui accable cette malheureuse enfant, elle va mieux. Et à propos de la Goualeuse, avouez, sir Walter Murph, ajouta Rodolphe en souriant, que si l'une de vos mauvaises connaissances de la Cité vous voyait ainsi déguisé, vaillant charbonnier, elle serait furieusement étonnée.

— Mais je crois, monseigneur, que Votre Altesse causerait la même surprise si elle voulait aller ce soir rue du Temple faire une visite d'amitié à Mme Pipelet, dans l'intention d'égayer un peu la mélancolie de ce pauvre Alfred, qui ne demande qu'à vous aimer, ainsi qu'a dit cette estimable portière à Votre Altesse.

— Monseigneur nous a si parfaitement dépeint Alfred avec son majestueux habit vert, son air doctoral et son inamovible chapeau tromblon, dit le baron, que je crois le voir trôner dans sa loge obscure et enfumée. Du reste, Votre Altesse est, j'ose l'espérer, satisfaite des indications de mon agent secret. Cette maison de la rue du Temple a complètement répondu à l'attente de monseigneur ?

— Oui, dit Rodolphe ; j'ai même trouvé là plus que je n'attendais. Puis, après un moment de triste silence, et pour chasser l'idée pénible que lui causaient ses craintes au sujet de la marquise d'Harville, il reprit d'un ton plus gai : Je n'ose avouer cette puérilité, mais je trouve assez de piquant dans ces contrastes : un jour peintre en éventails, m'attablant dans un bouge de la rue aux Fèves ; ce matin, commis marchand offrant un verre de cassis à Mme Pipelet ; et ce soir un des privilégiés, par la grâce de Dieu, qui règnent sur ce bas monde. L'homme aux quarante écus disait *mes rentes* tout comme un millionnaire, ajouta Rodolphe en manière de parenthèse et d'allusion au peu d'étendue de ses États.

— Mais bien des millionnaires, monseigneur, n'auraient pas le rare, l'admirable bon sens de l'homme aux quarante écus, dit le baron.

— Ah ! mon cher de Graün, vous êtes trop bon, mille fois trop bon ; vous me comblez, reprit Rodolphe en feignant un air à la fois ravi et embarrassé, pendant que le baron regardait Murph en homme qui s'aperçoit trop tard qu'il a dit une sottise. En vérité, reprit Rodolphe avec un sérieux imperturbable, je ne sais, mon cher de Graün, comment reconnaître la bonne opinion que vous voulez bien avoir de moi, et surtout comment vous rendre la pareille.

— Monseigneur, je vous en supplie, ne prenez pas cette peine, dit le baron, qui avait un moment oublié que Rodolphe se vengeait toujours des flatteries, dont il avait horreur, par des railleries impitoyables.

— Comment donc, baron ! Mais je ne veux pas être en reste avec vous ; voici malheureusement tout ce que je puis vous offrir pour le moment : d'honneur, c'est tout au plus si vous avez vingt ans, l'Antinoüs n'a pas des traits plus enchanteurs que les vôtres.

— Ah ! monseigneur, grâcc !

— Regardez donc, Murph : l'Apollon du Belvédère a-t-il des formes à la fois plus sveltes, plus élégantes et plus juvéniles ?

— Monseigneur, il y avait si longtemps que cela ne m'était arrivé.

— Et ce manteau de pourpre, comme il lui sied bien !

— Monseigneur, je me corrigerai !

— Et ce cercle d'or qui retient, sans les cacher, les boucles de sa belle chevelure noire qui flotte sur son cou divin.

— Ah ! monseigneur, grâce, grâce, je me repens, dit le malheureux diplomate avec une expression de désespoir comique. (On n'a pas oublié qu'il avait cinquante ans, les cheveux gris, crêpés et poudrés, une haute cravate blanche, le visage maigre, et des besicles d'or.)

— Vrai Dieu ! Murph, il ne lui manque qu'un carquois d'argent sur les épaules et un arc à la main pour avoir l'air du vainqueur du serpent Python !

— Pardon pour lui, monseigneur ; ne l'accablez pas sous le poids de cette mythologie, dit le squire en riant ; je suis caution auprès de Votre Altesse que de longtemps il ne s'avisera plus de dire une flatterie, puisque dans le nouveau vocabulaire de Gerolstein le mot vérité se traduit ainsi.

— Comment ! toi aussi, vieux Murph ? À ce moment tu oses…

— Monseigneur, ce pauvre de Graün m'afflige ; je désire partager sa punition.

— Monsieur mon charbonnier ordinaire, voilà un dévouement à l'amitié qui vous honore. Mais, sérieusement, mon cher de Graün, comment oubliez-vous que je ne permets la flatterie qu'à Harneim et à ses pareils ? Car, il faut être équitable, ils ne sauraient dire autre chose : c'est le ramage de leur plumage ; mais un homme de votre goût et de votre esprit, fi, baron !

— Eh bien ! monseigneur, dit résolument le baron, il y a beaucoup d'orgueil, que Votre Altesse me pardonne ! dans votre aversion pour la louange !

— À la bonne heure, baron, j'aime mieux cela ! expliquez-vous.

— Eh bien ! monseigneur, c'est absolument comme si une très jolie femme disait à un de ses admirateurs : « Mon Dieu ! je sais que je suis charmante ; votre approbation est parfaitement vaine et fastidieuse. À quoi bon affirmer l'évidence ? S'en va-t-on crier par les rues : “Le soleil éclaire !” »

— Ceci est plus adroit, baron, et plus dangereux ; aussi, pour varier votre supplice, je vous avouerai que cet infernal abbé Polidori n'eût pas trouvé mieux pour dissimuler le poison de la flatterie.

— Monseigneur, je me tais.

— Ainsi Votre Altesse, dit sérieusement Murph cette fois, ne doute plus maintenant que ce ne soit l'abbé qu'elle ait retrouvé sous les traits du charlatan ?

— Je n'en doute plus, puisque vous avez été prévenu qu'il était à Paris depuis quelque temps.

— J'avais oublié, ou plutôt omis de vous parler de lui, monseigneur, dit tristement Murph, parce que je sais combien le souvenir de ce prêtre est odieux à Votre Altesse.

Les traits de Rodolphe s'assombrirent de nouveau ; et, plongé dans de tristes réflexions, il garda le silence jusqu'au moment où la voiture entra dans la cour de l'ambassade.

Toutes les fenêtres de cet immense hôtel brillaient éclairées dans la nuit noire ; une haie de laquais en grande livrée s'étendait depuis le péristyle et les antichambres jusqu'aux salons d'attente, où se trouvaient les valets de chambre : c'était un luxe imposant et royal.

M. le comte *** et Mme la comtesse *** avaient eu le soin de se tenir dans leur premier salon de réception jusqu'à l'arrivée de Rodolphe. Il entra bientôt, suivi de Murph et de M. de Graün.

Rodolphe était alors âgé de trente-six ans : mais, quoiqu'il approchât du déclin de la vie, la parfaite régularité de ses traits, nous l'avons dit, peut-être trop beaux pour un homme, l'air de dignité affable répandu dans toute sa personne, l'auraient toujours rendu extrêmement remarquable, lors même que ces avantages n'eussent pas été rehaussés de l'auguste éclat de son rang.

Lorsqu'il parut dans le premier salon de l'ambassade, il semblait transformé ; ce n'était plus la physionomie tapageuse, la démarche alerte et hardie du peintre d'éventails vainqueur du Chourineur ; ce n'était plus le commis goguenard qui sympathisait si gaiement aux infortunes de Mme Pipelet…

C'était un prince dans l'idéalité poétique du mot.

Rodolphe porte la tête haute et fière ; ses cheveux châtains, naturellement bouclés, encadrent son front large, noble et ouvert ; son regard est empli de douceur et de dignité ; s'il parle à quelqu'un avec la spirituelle bienveillance qui lui est naturelle, son sourire, plein de charme et de finesse, laisse voir des dents d'émail que la teinte foncée de sa légère moustache rend plus éblouissantes encore ; ses favoris bruns, encadrant l'ovale parfait de son visage pâle, descendent jusqu'au bas de son menton à fossette et un peu saillant.

Rodolphe est vêtu très simplement. Sa cravate et son gilet sont blancs ; un habit bleu boutonné très haut, et au côté gauche duquel brille une plaque de diamants, dessine sa taille, aussi fine qu'élégante et souple ; enfin quelque chose de mâle, de résolu dans son attitude, corrige ce qu'il y a peut-être de trop agréable dans ce gracieux ensemble.

Rodolphe allait si peu dans le monde, il avait l'air si prince, que son arrivée produisit une certaine sensation ; tous les regards s'arrêtèrent sur lui lorsqu'il parut dans le premier salon de l'ambassade, accompagné de Murph et du baron de Graün, qui se tenaient à quelques pas derrière lui !

Un attaché, chargé de surveiller sa venue, alla aussitôt en avertir la comtesse *** ; celle-ci, ainsi que son mari, s'avança au-devant de Rodolphe en lui disant :

— Je ne sais comment exprimer à Votre Altesse toute ma reconnaissance pour la faveur dont elle daigne nous honorer aujourd'hui.

— Vous savez, madame l'ambassadrice, que je suis toujours très empressé de vous faire ma cour, et très heureux de pouvoir dire à M. l'ambassadeur combien je lui suis affectionné ; car nous sommes d'anciennes connaissances, monsieur le comte.

— Votre Altesse est trop bonne de vouloir bien se le rappeler, et de me donner un nouveau motif de ne jamais oublier ses bontés.

— Je vous assure, monsieur le comte, que ce n'est pas ma faute si certains souvenirs me sont toujours présents ; j'ai le bonheur de ne garder la mémoire que de ce qui m'a été très agréable.

— Mais Votre Altesse est merveilleusement douée, dit en souriant la comtesse de ***.

— N'est-ce pas, madame ? Ainsi, dans bien des années, j'aurai, je l'espère, le plaisir de vous rappeler ce jour, et le goût, l'élégance extrêmes qui président à ce bal… Car, franchement, je puis vous dire cela tout bas, il n'y a que vous qui sachiez donner des fêtes.

— Monseigneur… !

— Et ce n'est pas tout ; dites-moi donc, monsieur l'ambassadeur, pourquoi les femmes me paraissent toujours plus jolies ici qu'ailleurs.

— C'est que Votre Altesse étend jusqu'à elles la bienveillance dont elle nous comble.

— Permettez-moi de ne pas être de votre avis, monsieur le comte ; je crois que cela dépend absolument de madame l'ambassadrice.

— Votre Altesse voudrait-elle avoir la bonté de m'expliquer ce prodige ? dit la comtesse en souriant.

— Mais c'est tout simple, madame : vous savez accueillir toutes ces belles dames avec une urbanité si parfaite, avec une grâce si exquise, vous leur dites à chacune un mot si charmant et si flatteur, que celles qui ne méritent pas tout à fait… tout à fait cette louange si aimable, dit Rodolphe en souriant avec malice, sont d'autant plus radieuses d'être distinguées par vous, tandis que celles qui la méritent sont non moins radieuses d'être appréciées par vous. Ces innocentes satisfactions épanouissent toutes les physionomies ; le bonheur rend attrayantes les moins agréables, et voilà pourquoi, madame la comtesse, les femmes semblent toujours plus jolies chez vous qu'ailleurs. Je suis sûr que M. l'ambassadeur dira comme moi.

— Votre Altesse me donne de trop bonnes raisons de penser comme elle pour que je ne m'y rende pas.

— Et moi, monseigneur, dit la comtesse de ***, au risque de devenir aussi jolie que les belles dames qui ne méritent pas tout à fait… tout à fait les louanges qu'on leur donne, j'accepte la flatteuse explication de Votre Altesse avec autant de reconnaissance et de plaisir que si c'était une vérité.

— Pour vous convaincre, madame, que rien n'est plus réel, faisons quelques observations à propos des effets de la louange sur la physionomie.

— Ah ! monseigneur, ce serait un piège horrible, dit en riant la comtesse de ***.

— Allons, madame l'ambassadrice, je renonce à mon projet, mais à une condition, c'est que vous me permettrez de vous offrir un moment mon bras. On m'a parlé d'un jardin de fleurs vraiment féerique au mois de janvier… Est-ce que vous seriez assez bonne pour me conduire à cette merveille des *Mille et Une Nuits* ?

— Avec le plus grand plaisir, monseigneur ; mais on a fait un récit très exagéré à Votre Altesse. Elle va d'ailleurs en juger, à moins que son indulgence habituelle ne l'abuse.

Rodolphe offrit son bras à l'ambassadrice, et entra avec elle dans les autres salons, pendant que le comte de *** s'entretenait avec le baron de Graün et Murph, qu'il connaissait depuis longtemps.

XVI

LE JARDIN D'HIVER

Rien en effet de plus féerique, de plus digne des *Mille et Une Nuits*, que le jardin dont Rodolphe avait parlé à Mme la comtesse de ***.

Qu'on se figure, aboutissant à une longue et splendide galerie, un emplacement de quarante toises de longueur sur trente de largeur ; une cage vitrée, d'une extrême légèreté et façonnée en voûte, recouvre à une hauteur de cinquante pieds environ ce parallélogramme ; ses murailles, recouvertes d'une infinité de glaces sur lesquelles se croisent les petits losanges verts d'un treillage de joncs à mailles très serrées, ressemblent à un berceau à jour, grâce à la réflexion de la lumière sur les miroirs ; une palissade d'orangers, aussi gros que ceux des Tuileries, et de camélias de même force, les premiers chargés de fruits brillants comme autant de pommes d'or sur un feuillage d'un vert lustré, les seconds émaillés de fleurs pourpres, blanches et roses, tapisse toute l'étendue de ces murs.

Ceci est la clôture de ce jardin.

Cinq ou six énormes massifs d'arbres et d'arbustes de l'Inde ou des tropiques, plantés dans de profonds encaissements de terre de bruyère, sont environnés d'allées marbrées d'une charmante mosaïque de coquillage, et assez larges pour que deux ou trois personnes puissent s'y promener de front.

Il est impossible de peindre l'effet que produisait en plein hiver, et pour ainsi dire au milieu d'un bal, cette riche et brillante végétation exotique.

Ici des bananiers énormes atteignent presque les vitres de la voûte, et mêlent leurs larges palmes d'un vert lustré aux feuilles lancéolées des grands magnoliers, dont quelques-uns sont déjà couverts de grosses fleurs aussi odorantes que magnifiques : de leur calice en forme de cloche, pourpre au-dehors, argenté en dedans, s'élancent des étamines d'or ; plus loin, des palmiers, des dattiers du Levant, des lataniers rouges, des figuiers de l'Inde, tous robustes, vivaces, feuillus, complètent ces immenses massifs de verdure : verdure crue, lustrée, brillante comme celle de tous les végétaux des tropiques qui semblent emprunter l'éclat de l'émeraude, tant les feuilles de ces arbres, épaisses, charnues, vernissées, sont revêtues de teintes étincelantes et métalliques.

Le long des treillages, entre les orangers, parmi les massifs, enlacées d'un arbre à l'autre, ici en guirlandes de feuilles et de fleurs, là contournées en spirales, plus loin mêlées en réseaux inextricables, courent, serpentent, grimpent jusqu'au faîte de la voûte vitrée, une innombrable quantité de plantes sarmenteuses ; les grenadilles ailées, les passiflores aux larges fleurs de pourpre striées d'azur et couronnées d'une aigrette d'un violet noir, retombent du faîte de la voûte comme de colossales guirlandes, et semblent vouloir y remonter un jetant leurs vrilles délicates aux flèches des gigantesques aloès.

Ailleurs un bignonia de l'Inde, aux longs calices d'un jaune soufre, au feuillage léger, est entouré d'un stéphanotis aux fleurs charnues et blanches qui répandent une senteur suave ; ces deux lianes ainsi enlacées festonnent de leur frange verte à clochettes d'or et d'argent les feuilles immenses et veloutées d'un figuier de l'Inde.

Plus loin enfin jaillissent et retombent en cascade végétale et diaprée une innombrable quantité de tiges d'asclépiades dont les feuilles et les ombrelles de quinze ou vingt fleurs étoilées sont si épaisses, si polies, qu'on dirait des bouquets d'émail rose entourés de petites feuilles de porcelaine verte.

Les bordures des massifs se composent de bruyères du Cap, de tulipes du Thol, de narcisses de Constantinople, d'hyacinthes de Perse, de cyclamens, d'iris, qui forment une sorte de tapis naturel où toutes les couleurs, toutes les nuances se confondent de la manière la plus splendide.

Des lanternes chinoises d'une soie transparente, les unes d'un bleu, les autres d'un rose très pâle, çà et là à demi cachées par le feuillage, éclairent ce jardin.

Il est impossible de rendre la lueur mystérieuse et douce qui résultait du mélange de ces deux nuances ; lueur charmante, fantastique, qui tenait de la limpidité bleuâtre d'une belle nuit d'été légèrement rosée par les reflets vermeils d'une aurore boréale.

On arrivait à cette immense serre chaude, surbaissée de deux ou trois pieds, par une longue galerie éblouissante d'or, de glaces, de cristaux, de lumières.

Cette flamboyante clarté encadrait, pour ainsi dire, la pénombre où se dessinaient vaguement les grandes arbres du jardin d'hiver, que l'on apercevait à travers une large baie à demi fermée par deux hautes portières de velours cramoisi.

On eût dit une gigantesque fenêtre ouverte sur quelque beau paysage d'Asie pendant la sérénité d'une nuit crépusculaire.

Vue du fond du jardin, où étaient disposés d'immenses divans sous un dôme de feuillage et de fleurs, la galerie offrait un contraste inverse avec la douce obscurité de la serre.

C'était au loin une espèce de brume lumineuse, dorée, sur laquelle étincelaient, miroitaient, comme une broderie vivante, les couleurs éclatantes et variées des robes de femmes, et les scintillations prismatiques des pierreries et des diamants.

Les sons de l'orchestre, affaiblis par la distance et par le sourd et joyeux bourdonnement de la galerie, venaient mélodieusement mourir dans le feuillage immobile des grands arbres exotiques.

Involontairement, on parlait à voix basse dans ce jardin, on y entendait à peine le bruit léger des pas et le frôlement des robes de satin ; cet air à la fois léger, tiède et embaumé des mille suaves senteurs des plantes aromatiques, cette musique vague, lointaine, jetaient tous les sens dans une douce et molle quiétude.

Certes, deux amants nouvellement épris et heureux, assis sur la soie dans quelque coin ombreux de cet éden, enivrés d'amour, d'harmonie et de parfum, ne pouvaient trouver un cadre plus enchanteur pour leur passion ardente et encore à son aurore ; car, hélas ! un ou deux mois de bonheur paisible et assuré changent si maussadement deux amants en froids époux !

En arrivant dans ce ravissant jardin d'hiver, Rodolphe ne put retenir une exclamation de surprise et dit à l'ambassadrice :

— En vérité, madame, je n'aurais pas cru une telle merveille possible. Ce n'est plus seulement un grand luxe joint à un goût exquis, c'est de la poésie en action ; au lieu d'écrire comme un poète, de peindre comme un grand peintre, vous créez ce qu'ils oseraient à peine rêver.

— Votre Altesse est mille fois trop bonne.

— Franchement, avouez que celui qui saurait rendre fidèlement ce tableau enchanteur avec son charme de couleurs et de contrastes, là-bas ce tumulte éblouissant, ici cette délicieuse retraite, avouez, madame, que celui-là, peintre ou poète, ferait une œuvre admirable, et cela seulement en reproduisant la vôtre.

— Les louanges que l'indulgence de Votre Altesse lui inspire sont d'autant plus dangereuses qu'on ne peut s'empêcher d'être charmé de leur esprit, et qu'on les écoute malgré soi avec un plaisir extrême. Mais regardez donc, monseigneur, quelle charmante jeune femme ! Votre Altesse m'accordera du moins que la marquise d'Harville doit être jolie partout. N'est-elle pas ravissante de grâce ? Ne gagne-t-elle pas encore au contraste de la sévère beauté qui l'accompagne ?

La comtesse Sarah Mac-Gregor et la marquise d'Harville descendaient en ce moment les quelques marches qui de la galerie conduisaient au jardin d'hiver.

XVII

LE RENDEZ-VOUS

Les louanges adressées à Mme d'Harville par l'ambassadrice n'étaient pas exagérées.

Rien ne saurait donner une idée de cette figure enchanteresse, où s'épanouissait alors toute la fleur d'une délicate beauté ; beauté d'autant plus rare qu'elle résidait moins encore dans la régularité des traits que dans le charme inexprimable de la physionomie de la marquise, dont le charmant visage se voilait, pour ainsi dire, modestement sous une touchante expression de bonté.

Nous insistons sur ce dernier mot, parce que d'ordinaire ce n'est pas précisément la bonté qui prédomine dans la physionomie d'une jeune femme de vingt ans, belle, spirituelle, recherchée, adulée, comme l'était Mme d'Harville. Aussi se sentait-on singulièrement intéressé par le contraste de cette douceur ineffable avec les succès dont jouissait Mme d'Harville, sans compter les avantages de naissance, de nom et de fortune qu'elle réunissait.

Nous essayerons de faire comprendre toute notre pensée.

Trop digne, trop éminemment douée pour aller coquettement au-devant des hommages, Mme d'Harville se montrait cependant aussi affectueusement reconnaissante de ceux qu'on lui rendait que si elle les eût à peine mérités ; elle n'en était pas fière, mais heureuse ; indifférente aux louanges, mais très sensible à la bienveillance, elle distinguait parfaitement la flatterie de la sympathie.

Son esprit juste, fin, parfois malin sans méchanceté, poursuivait surtout d'une raillerie inoffensive ces gens ravis d'eux-mêmes, toujours occupés d'attirer l'attention, de mettre constamment en évidence leur figure radieuse d'une foule de sots bonheurs et bouffie d'une foule de sots orgueils… « Gens, disait plaisamment Mme d'Harville, qui toute leur vie ont l'air de danser le cavalier seul en face d'un miroir invisible, auquel ils sourient complaisamment. »

Un caractère à la fois timide et presque fier dans sa réserve inspirait au contraire à Mme d'Harville un intérêt certain.

Ces quelques mots aideront pour ainsi dire à l'intelligence de la beauté de la marquise.

Son teint d'une éblouissante pureté se nuançait du plus frais incarnat ; de longues boucles de cheveux châtain clair effleuraient ses épaules arrondies, fermes et lustrées comme un beau marbre blanc. On peindrait difficilement l'angélique beauté de ses grands yeux gris, frangés de longs cils noirs. Sa bouche vermeille, d'une mansuétude adorable, était à ses yeux charmants ce que sa parole ineffable et touchante était à son regard mélancolique et doux. Nous ne parlerons ni de sa taille accomplie, ni de l'exquise distinction de toute sa personne. Elle portait une robe de crêpe blanc, garnie de camélias roses naturels et de feuilles du même arbuste, parmi lesquelles les diamants, à demi cachés çà et là, brillaient comme autant de gouttes d'étincelante rosée ; une guirlande semblable était placée avec grâce sur son front pur et blanc.

Le genre de beauté de la comtesse Sarah Mac-Gregor faisait encore valoir la marquise d'Harville.

Agée de trente-cinq ans environ, Sarah paraissait à peine en avoir trente. Rien ne semble plus sain au corps que le froid égoïsme ; on se conserve longtemps frais dans cette glace.

Certaines âmes sèches, dures, inaltérables aux émotions qui usent le cœur, flétrissent les traits, ne ressentent jamais que les déconvenues de l'orgueil ou les mécomptes de l'ambition déçue ; ces chagrins n'ont qu'une faible réaction sur le physique.

La conservation de Sarah prouvait ce que nous avançons.

Sauf un léger embonpoint qui donnait à sa taille, plus grande mais moins svelte que celle de Mme d'Harville, une grâce voluptueuse, Sarah brillait d'un éclat tout juvénile ; peu de regards pouvaient soutenir le feu trompeur de ses yeux ardents et noirs ; ses lèvres humides et rouges (menteuses à demi) exprimaient la résolution de la sensualité. Le réseau bleuâtre des veines de ses tempes et de son cou apparaissait sous la blancheur lactée de sa peau transparente et fine.

La comtesse Mac-Gregor portait une robe de moire paille sous une tunique de crêpe de la même couleur ; une simple couronne de feuilles naturelles de pyrrhus d'un vert émeraude ceignait sa tête et s'harmonisait à merveille avec ses bandeaux de cheveux noirs comme de l'encre, et séparés sur son front qui surmontait un nez aquilin à narines ouvertes. Cette coiffure sévère donnait un cachet antique au profil impérieux et passionné de cette femme.

Beaucoup de gens, dupes de leur figure, voient une irrésistible vocation dans le caractère de leur physionomie. L'un se trouve l'air excessivement guerrier, il guerroie ; l'autre rimeur, il rime ; conspirateur, il conspire : politique, il politique ; prédicateur, il prêche. Sarah se trouvait, non sans raison, un air parfaitement royal ; elle dut accepter les prédictions à demi réalisées de la

Highlandaise et persister dans sa croyance à une destinée souveraine.

La marquise et Sarah avaient aperçu Rodolphe dans le jardin d'hiver, au moment où elles y descendaient ; mais le prince parut ne pas les voir, car il se trouvait au détour d'une allée lorsque les deux femmes arrivèrent.

— Le prince est si occupé de l'ambassadrice, dit Mme d'Harville à Sarah, qu'il n'a pas fait attention à nous…

— Ne croyez pas cela, ma chère Clémence, répondit la comtesse, qui était tout à fait dans l'intimité de Mme d'Harville ; le prince nous a au contraire parfaitement vues ; mais je lui ai fait peur… Sa bouderie dure toujours.

— Moins que jamais je comprends son opiniâtreté à vous éviter : souvent je lui ai reproché l'étrangeté de sa conduite envers vous… une ancienne amie. « La comtesse Sarah et moi nous sommes ennemis mortels, m'a-t-il répondu en plaisantant ; j'ai fait vœu de ne jamais lui parler ; et il faut, a-t-il ajouté, que ce vœu soit bien sacré pour que je me prive de l'entretien d'une personne si aimable. » Aussi, ma chère Sarah, toute singulière que m'ait paru cette réponse, j'ai bien été obligée de m'en contenter[1].

— Je vous assure que la cause de cette brouillerie mortelle, demi-plaisante, demi-sérieuse, est pourtant des plus innocentes ; si un tiers n'y était pas intéressé, depuis longtemps je vous aurais confié ce grand

1. L'amour de Rodolphe pour Sarah, et les événements qui succédèrent à cet amour, remontant à dix-sept ou dix-huit ans, étaient complètement ignorés dans le monde, Sarah et Rodolphe ayant autant d'intérêt l'un que l'autre à les cacher.

secret… Mais qu'avez-vous donc, ma chère enfant ? Vous paraissez préoccupée.

— Ce n'est rien… tout à l'heure il faisait si chaud dans la galerie, que j'ai ressenti un peu de migraine ; asseyons-nous un moment ici… cela se passera… je l'espère.

— Vous avez raison ; tenez, voilà justement un coin bien obscur, vous serez là parfaitement à l'abri de ceux que votre absence va désoler…, ajouta Sarah en souriant et en appuyant sur ces mots.

Toutes deux s'assirent sur un divan.

— J'ai dit *ceux* que votre absence va désoler, ma chère Clémence… Ne me savez-vous pas gré de ma discrétion ?

La jeune femme rougit légèrement, baissa la tête et ne répondit rien.

— Combien vous êtes peu raisonnable ! lui dit Sarah d'un ton de reproche amical. N'avez-vous pas confiance en moi, enfant ? Sans doute, enfant : je suis d'un âge à vous appeler ma fille.

— Moi, manquer de confiance envers vous ! dit la marquise à Sarah avec tristesse ; ne vous ai-je pas dit au contraire ce que je n'aurais jamais dû m'avouer à moi-même ?

— À merveille. Eh bien ! voyons… parlons de lui : vous avez donc juré de le désespérer jusqu'à la mort ?

— Ah ! s'écria Mme d'Harville avec effroi, que dites-vous ?

— Vous ne le connaissez pas encore, pauvre chère enfant… C'est un homme d'une énergie froide, pour qui la vie est peu de chose. Il a toujours été si malheureux… et l'on dirait que vous prenez encore plaisir à le torturer !

— Pensez-vous cela, mon Dieu !

— C'est sans le vouloir, peut-être ; mais cela est... Oh ! si vous saviez combien ceux qu'une longue infortune a accablés sont douloureusement susceptibles et impressionnables ! Tenez, tout à l'heure, j'ai vu deux grosses larmes rouler dans ses yeux.

— Il serait vrai ?

— Sans doute... Et cela au milieu d'un bal ; et cela au risque d'être perdu de ridicule si l'on s'apercevait de cet amer chagrin. Savez-vous qu'il faut bien aimer pour souffrir ainsi... et surtout pour ne pas songer à cacher au monde que l'on souffre ainsi !...

— De grâce, ne me parlez pas de cela, reprit Mme d'Harville d'une voix émue ; vous me faites un mal horrible... Je ne connais que trop cette expression de souffrance à la fois si douce et si résignée... Hélas ! c'est la pitié qu'il m'inspirait qui m'a perdue..., dit involontairement Mme d'Harville.

Sarah parut ne pas avoir compris la portée de ce dernier mot et reprit :

— Quelle exagération !... perdue pour être en coquetterie avec un homme qui pousse même la discrétion et la réserve jusqu'à ne pas se faire présenter à votre mari, de peur de vous compromettre ! M. Charles Robert n'est-il pas un homme rempli d'honneur, de délicatesse et de cœur ? Si je le défends avec cette chaleur, c'est que vous l'avez connu et surtout vu chez moi, et qu'il a pour vous autant de respect que d'attachement...

— Je n'ai jamais douté de ses nobles qualités, vous m'avez toujours dit tant de bien de lui !... Mais, vous le savez, ce sont surtout ses malheurs qui l'ont rendu intéressant à mes yeux.

— Et combien il mérite et justifie cet intérêt ! Avouez-le. Et puis d'ailleurs comment un si admirable visage ne serait-il pas l'image de l'âme ? Avec sa haute et belle taille, il me rappelle les preux des temps chevaleresques. Je l'ai vu une fois en uniforme : il était impossible d'avoir un plus grand air. Certes, si la noblesse se mesurait au mérite et à la figure, au lieu d'être simplement M. Charles Robert, il serait duc et pair. Ne représenterait-il pas merveilleusement bien un des plus grands noms de France ?

— Vous n'ignorez pas que la noblesse de naissance me touche peu, vous qui me reprochez parfois d'être une républicaine, dit Mme d'Harville en souriant.

— Certes, j'ai toujours pensé, comme vous, que M. Charles Robert n'avait pas besoin de titres pour être aimable ; et puis quel talent ! quelle voix charmante ! De quelle ressource il nous a été dans nos concerts intimes du matin ! Vous souvenez-vous ? La première fois que vous avez chanté ensemble, quelle expression il mettait dans son duo avec vous ! quelle émotion !…

— Tenez, je vous en prie, dit Mme d'Harville après un long silence, changeons de conversation.

— Pourquoi ?

— Cela m'attriste profondément, ce que vous m'avez dit tout à l'heure de son air désespéré.

— Je vous assure que, dans l'excès du chagrin, un caractère aussi passionné peut chercher dans la mort un terme à…

— Oh ! je vous en prie, taisez-vous ! taisez-vous ! dit Mme d'Harville, en interrompant Sarah, cette pensée m'est déjà venue…

Puis, après un assez long silence, la marquise dit :

— Encore une fois, parlons d'autre chose… de votre ennemi mortel, ajouta-t-elle avec une gaieté affectée ; parlons du prince, que je n'avais pas vu depuis longtemps. Savez-vous qu'il est toujours charmant, quoique presque roi ? Toute républicaine que je suis, je trouve qu'il y a peu d'hommes aussi agréables que lui.

Sarah jeta à la dérobée un regard scruteur et soupçonneux sur Mme d'Harville et reprit gaiement :

— Avouez, chère Clémence, que vous êtes très capricieuse. Je vous ai connu des alternatives d'admiration et d'aversion singulière pour le prince ; il y a quelques mois, lors de son arrivée ici, vous en étiez tellement fanatique, qu'entre nous... j'ai craint un moment pour le repos de votre cœur.

— Grâce à vous du moins, dit Mme d'Harville en souriant, mon admiration n'a pas été de longue durée ; vous avez si bien joué le rôle d'ennemie mortelle ; vous m'avez fait de telles révélations sur le prince... que, je l'avoue, l'éloignement a remplacé le fanatisme qui vous faisait craindre pour le repos de mon cœur : repos que votre ennemi ne songeait d'ailleurs guère à troubler ; car, peu de temps avant vos révélations, le prince, tout en continuant de voir intimement mon mari, avait presque cessé de m'honorer de ses visites.

— À propos ! Et votre mari, est-il ici ce soir ? dit Sarah.

— Non, il n'a pas désiré sortir, répondit Mme d'Harville avec embarras.

— Il va de moins en moins dans le monde, ce me semble ?

— Oui... quelquefois il préfère rester chez lui.

La marquise était visiblement embarrassée ; Sarah s'en aperçut et continua :

— La dernière fois que je l'ai vu, il m'a semblé plus pâle qu'à l'ordinaire.

— Oui... il a été un peu souffrant...

— Tenez, ma chère Clémence, voulez-vous que je sois franche ?

— Je vous en prie..

— Quand il s'agit de votre mari, vous êtes souvent dans un état d'anxiété singulière.

— Moi… Quelle folie !

— Quelquefois, en parlant de lui, et cela bien malgré vous, votre physionomie exprime… mon Dieu ! comment vous dirai-je cela ?… (Et Sarah appuya sur les mots suivants en ayant l'air de vouloir lire jusqu'au fond du cœur de Clémence.) Oui, votre physionomie exprime une sorte… de répugnance craintive…

Les traits impassibles de Mme d'Harville défièrent d'abord le regard inquisiteur de Sarah ; pourtant celle-ci s'aperçut d'un léger tremblement nerveux, mais presque insensible, qui agita un instant la lèvre inférieure de la jeune femme.

Ne voulant pas pousser plus loin ses investigations et surtout éveiller la défiance de son amie, la comtesse se hâta d'ajouter, pour donner le change à la marquise :

— Oui, une répugnance craintive, comme celle qu'inspire ordinairement un jaloux bourru…

À cette interprétation, le léger mouvement convulsif de la lèvre de Mme d'Harville cessa ; elle parut soulagée d'un poids énorme et répondit :

— Mais non, M. d'Harville n'est ni bourru ni jaloux… (Puis, cherchant sans doute le prétexte de rompre une conversation qui lui pesait, elle s'écria tout à coup :) Ah ! mon Dieu, voici cet insupportable duc de Lucenay, un des amis de mon mari… Pourvu qu'il ne nous aperçoive pas ! D'où sort-il donc ? Je le croyais à mille lieues d'ici !

— En effet, on le disait parti pour un voyage d'un an ou deux en Orient ; il y a cinq mois à peine qu'il a quitté Paris. Voilà une brusque arrivée qui a dû singulièrement contrarier la duchesse de Lucenay, quoique le duc ne soit guère gênant, dit Sarah avec un sourire méchant. Elle ne sera d'ailleurs pas seule à maudire ce fâcheux retour… M. de Saint-Remy partagera son chagrin.

— Ne soyez donc pas médisante, ma chère Sarah ; dites que ce retour sera fâcheux… pour tout le monde… M. de Lucenay est assez désagréable pour que vous généralisiez votre reproche.

— Médisante ! non, certes ; je ne suis en cela qu'un écho. On dit encore que M. de Saint-Remy, modèle des élégants, qui a ébloui tout Paris de son faste, est à peu près ruiné, quoique son train diminue à peine ; il est vrai que Mme de Lucenay est puissamment riche…

— Ah ! quelle horreur !…

— Encore une fois, je ne suis qu'un écho… Ah ! mon Dieu ! le duc nous a vues. Il vient, il faut se résigner. C'est désolant : je ne sais rien au monde de plus insupportable que cet homme ; il est souvent de si mauvaise compagnie, il rit si haut de ses sottises, il est si bruyant qu'il en est étourdissant ; si vous tenez à votre flacon ou à votre éventail, défendez-les courageusement contre lui, car il a encore l'inconvénient de briser tout ce qu'il touche, et cela de l'air le plus badin et le plus satisfait du monde.

Appartenant à une des plus grandes maisons de France, jeune encore, d'une figure qui n'eût pas été désagréable sans la longueur grotesque et démesurée de son nez, M. le duc de Lucenay joignait à une turbulence et à une agitation perpétuelles des éclats de voix et de rire si retentissants, des propos souvent d'un goût si détestable, des attitudes d'une désinvolture si cavalière et si inattendue, qu'il fallait à chaque instant se rappeler son nom pour ne pas s'étonner de le voir au milieu de la société la plus distinguée de Paris, et pour comprendre que l'on tolérait ses excentricités de gestes et de langage, auxquelles l'habitude avait d'ailleurs assuré une sorte de prescription ou d'impunité. On le fuyait comme la peste, quoiqu'il ne manquât pas d'ailleurs d'un certain esprit qui pointait çà et là à travers la plus incroyable exubérance de paroles. C'était un de ces êtres vengeurs, aux mains desquels on souhaitait toujours de voir tomber les gens ridicules ou haïssables.

Mme de Lucenay, une des femmes les plus agréables et encore des plus à la mode de Paris, malgré ses trente ans sonnés, avait fait souvent parler d'elle : mais on excusait presque la légèreté de sa conduite en songeant aux insupportables bizarreries de M. de Lucenay.

Un dernier trait de ce caractère fâcheux, c'était une intempérance et un cynisme d'expressions inouïs à propos d'indispositions saugrenues ou d'infirmités impossibles ou absurdes qu'il s'amusait à vous supposer et dont il vous plaignait tout haut devant cent personnes. Parfaitement brave d'ailleurs, et allant au-devant des conséquences de ses mauvaises plaisanteries, il avait donné ou reçu de nombreux coups d'épée sans se corriger davantage.

Ceci posé, nous ferons retentir aux oreilles du lecteur la voix aigre et perçante de M. de Lucenay, qui, du plus loin qu'il aperçut Mme d'Harville et Sarah, se mit à crier :

— Eh bien ! eh bien ! qu'est-ce que c'est que ça ? Qu'est-ce que je vois là ? Comment ! la plus jolie femme du bal qui se tient à l'écart, est-ce que c'est permis ? Faut-il que je revienne des antipodes pour faire cesser un tel scandale ? D'abord, si vous continuez de vous dérober à l'admiration générale, marquise, je crie comme un brûlé, je crie à la disparition du plus charmant ornement de cette fête !

Et, pour péroraison, M. de Lucenay se jeta pour ainsi dire à la renverse à côté de la marquise, sur le divan ; après quoi il croisa sa jambe gauche sur sa cuisse droite, et prit son pied dans sa main.

— Comment, monsieur, vous voilà déjà de retour de Constantinople ! dit Mme d'Harville en se reculant avec impatience.

— Déjà ! Vous dites là ce que ma femme a pensé, j'en suis sûr ; car elle n'a pas voulu m'accompagner ce soir dans ma rentrée dans le monde. Revenez donc surprendre vos amis pour être reçu comme ça !

— C'est tout simple ; il vous était si facile de rester aimable… là-bas…, dit Mme d'Harville avec un demi-sourire.

— C'est-à-dire de rester absent, n'est-ce pas ? C'est une horreur, c'est une infamie, ce que vous dites là ! s'écria M. de Lucenay en décroisant ses jambes et en frappant sur son chapeau comme sur un tambour de basque.

— Pour l'amour du ciel, M. de Lucenay, ne criez pas si haut et tenez-vous tranquille, ou vous allez nous faire quitter la place, dit Mme d'Harville avec humeur.

— Quitter la place ! Ça serait donc pour me donner votre bras et aller faire un tour dans la galerie ?

— Avec vous ? Certainement non. Voyons, je vous prie, ne touchez pas à ce bouquet ; de grâce, laissez aussi cet éventail, vous allez le briser, selon votre habitude…

— Si ce n'est que ça, j'en ai cassé plus d'un, allez ! Surtout un magnifique chinois que Mme de Vaudémont avait donné à ma femme.

En disant ces rassurantes paroles, M. de Lucenay tracassait dans un réseau de plantes grimpantes qu'il tirait à lui par petites secousses. Il finit par les détacher de l'arbre qui les soutenait ; elles tombèrent, et le duc s'en trouva pour ainsi dire couronné.

Alors ce furent des éclats de rire si glapissants, si fous, si étourdissants, que Mme d'Harville eût fui cet incommode et fâcheux personnage, si elle n'eût pas aperçu M. Charles Robert (le commandant, comme disait Mme Pipelet) qui s'avançait à l'autre extrémité de l'allée. La jeune femme craignait de paraître ainsi aller à sa rencontre, et resta auprès de M. de Lucenay.

— Dites donc, madame Mac-Gregor, je devais joliment avoir l'air d'un dieu Pan, d'une naïade, d'un Sylvain, d'un sauvage sous ce feuillage ? dit M. de Lucenay en s'adressant à Sarah, auprès de laquelle il alla brusquement s'étaler. À propos de sauvage, il faut que je vous raconte une histoire outrageusement inconvenante… Figurez-vous qu'à Otaïti…

— Monsieur le duc ! lui dit Sarah d'un ton glacial.

— Eh bien ! non, je ne vous dirai pas mon histoire ; je la garde pour Mme de Fonbonne que voilà.

C'était une grosse petite femme de cinquante ans, très prétentieuse et très ridicule, dont le menton touchait la gorge, et qui montrait toujours le blanc de ses gros yeux en parlant de son âme, des langueurs de son âme, des besoins de son âme, des aspirations de son âme. Elle portait ce soir-là un affreux turban d'étoffe de couleur de cuivre, avec un semis de dessins verts.

— Je le garde pour Mme de Fonbonne, s'écria le duc.

— De quoi s'agit-il donc, monsieur le duc ? dit Mme de Fonbonne, en minaudant, en roucoulant et en commençant à faire les yeux blancs, comme dit le peuple.

— Il s'agit, madame, d'une histoire horriblement inconvenante, indécente et incongrue.

— Ah ! mon Dieu ! Et qui est-ce qui oserait ? Qui est-ce qui se permettrait ?

— Moi, madame ; ça ferait rougir un vieux Chamboran. Mais je connais votre goût… Écoutez-moi ça…

— Monsieur… !

— Eh bien ! non, vous ne la saurez pas, mon histoire, au fait ! Parce qu'après tout, vous qui vous mettez toujours si bien, avec tant de goût, avec tant d'élégance, vous avez ce soir un turban qui, permettez-moi de vous le dire, ressemble, ma parole d'honneur, à une vieille tourtière rongée de vert-de-gris.

Et le duc de rire aux éclats.

— Si vous êtes revenu d'Orient pour recommencer vos absurdes plaisanteries, qu'on vous passe parce que vous êtes à moitié fou, dit la grosse femme irritée, on regrettera fort votre retour, monsieur.

Et elle s'éloigna majestueusement.

— Il faut que je me tienne à quatre pour ne pas aller la décoiffer, cette vilaine précieuse, dit M. de Lucenay, mais je la respecte, elle est orpheline… Ah ! ah ! ah !… et de rire de nouveau. Tiens ! M. Charles Robert ! reprit M. de Lucenay. Je l'ai rencontré aux eaux des Pyrénées… C'est un éblouissant garçon, il chante comme un cygne. Vous allez voir, marquise, comme je vais l'intriguer. Voulez-vous que je vous le présente ?

— Tenez-vous en repos et laissez-nous tranquilles, dit Sarah.

Pendant que M. Charles Robert s'avançait lentement, ayant l'air d'admirer les fleurs de la serre, M. de Lucenay avait manœuvré assez habilement pour s'emparer du flacon de Sarah, et il s'occupait en silence et avec un soin extrême de démantibuler le bouchon de ce bijou.

M. Charles Robert s'avançait toujours ; sa grande taille était parfaitement proportionnée, ses traits d'une irréprochable pureté, sa mise d'une suprême élégance ; cependant son visage, sa tournure manquaient de charme, de grâce, de distinction ; sa démarche était roide et gênée, ses mains et ses pieds, gros et vulgaires. Lorsqu'il aperçut Mme d'Harville, la régulière nullité de ses traits s'effaça tout à coup sous une expression de mélancolie profonde beaucoup trop subite pour n'être pas feinte ; néanmoins ce semblant était parfait. M. Robert avait l'air si affreusement malheureux, si naturellement désolé lorsqu'il s'approcha de Mme d'Harville, que celle-ci ne put s'empêcher de songer aux sinistres paroles de Sarah sur les excès auxquels le désespoir aurait pu le porter.

— Eh ! bonjour donc, mon cher monsieur ! lui dit M. de Lucenay en l'arrêtant au passage, je n'ai pas eu le plaisir de vous voir depuis notre rencontre aux eaux. Mais qu'est-ce que vous avez donc ? Mais comme vous avez l'air souffrant !

Ici M. Charles Robert jeta un long et mélancolique regard sur Mme d'Harville, et répondit au duc, d'une voix plaintivement accentuée :

— En effet, monsieur, je suis souffrant…

— Mon Dieu, mon Dieu, vous ne pouvez donc pas vous débarrasser de votre pituite ? lui demanda M. de Lucenay avec l'air du plus sérieux intérêt.

Cette question était si saugrenue, si absurde, qu'un moment M. Charles Robert resta stupéfait, abasourdi ; puis, le rouge de la colère lui montant au front, il dit d'un voix ferme et brève à M. de Lucenay :

— Puisque vous prenez tant d'intérêt à ma santé, monsieur, j'espère que vous viendrez savoir demain de mes nouvelles ?

— Comment donc, mon cher monsieur… mais certainement, j'enverrai…, dit le duc avec hauteur.

M. Charles Robert fit un demi-salut et s'éloigna.

— Ce qu'il y a de fameux, c'est qu'il n'a pas plus de pituite que le Grand-Turc, dit M. de Lucenay en se renversant de nouveau près de Sarah, à moins que je n'aie deviné sans le savoir. Dites donc, madame MacGregor, est-ce qu'il vous fait l'effet d'avoir la pituite, ce monsieur ?

Sarah tourna brusquement le dos à M. de Lucenay sans lui répondre davantage.

Tout ceci s'était passé très rapidement.

Sarah avait difficilement contenu un éclat de rire.

Mme d'Harville avait affreusement souffert en songeant à l'atroce position d'un homme qui se voit interpellé si ridiculement devant une femme qu'il aime ; elle était épouvantée en songeant qu'un duel pouvait avoir lieu ; alors, entraînée par un sentiment de pitié irrésistible, elle se leva brusquement, prit le bras de Sarah, rejoignit M. Charles Robert qui ne se possédait pas de rage, et lui dit tout bas en passant près de lui :

— Demain, à une heure… j'irai…

Puis elle regagna la galerie avec la comtesse et quitta le bal.

XVIII

TU VIENS BIEN TARD, MON ANGE !

Rodolphe, en se rendant à cette fête pour remplir un devoir de convenance, voulait aussi tâcher de découvrir si ses craintes au sujet de Mme d'Harville étaient fondées et si elle était réellement l'héroïne du récit de Mme Pipelet.

Après avoir quitté le jardin d'hiver avec la comtesse de ***, Rodolphe avait parcouru en vain plusieurs salons, dans l'espoir de rencontrer Mme d'Harville seule. Il revenait à la serre chaude lorsque, un moment arrêté sur la première marche de l'escalier, il fut témoin de la scène rapide qui se passa entre Mme d'Harville et M. Charles Robert après la détestable plaisanterie du duc de Lucenay. Rodolphe surprit un échange de regards très significatifs. Un secret pressentiment lui dit que ce grand et beau jeune homme était le commandant. Voulant s'en assurer il rentra dans la galerie.

Une valse allait commencer ; au bout de quelques minutes, il vit M. Charles Robert debout dans l'embrasure d'une porte. Il paraissait doublement satisfait, et de sa réponse à M. de Lucenay (M. Charles Robert était fort brave, malgré ses ridicules), et du rendez-vous que lui avait donné Mme d'Harville pour le lendemain, bien certain cette fois qu'elle n'y manquerait pas.

Rodolphe alla trouver Murph.

— Tu vois bien ce jeune homme blond, au milieu de ce groupe là-bas ?

— Ce grand monsieur qui a l'air si content de lui-même ? Oui, monseigneur.

— Tâche d'approcher assez près de lui pour pouvoir dire tout bas, sans qu'il te voie et de façon à ce que lui seul t'entende, ces mots : « Tu viens bien tard, mon ange ! »

Le squire regarda Rodolphe d'un air stupéfait.

— Sérieusement, monseigneur ?

— Sérieusement. S'il se retourne à ces mots, garde ce magnifique sang-froid que j'ai si souvent admiré, afin que ce monsieur ne puisse découvrir qui a prononcé ces paroles.

— Je n'y comprends rien, monseigneur ; mais j'obéis.

Le digne Murph, avant la fin de la valse, était parvenu à se placer immédiatement derrière M. Charles Robert.

Rodolphe, parfaitement posté pour ne rien perdre de l'effet de cette expérience, suivit attentivement Murph des yeux ; au bout d'une seconde, M. Charles Robert se retourna brusquement d'un air stupéfait.

Le squire, impassible, ne sourcilla pas ; certes, ce grand homme chauve, d'une figure imposante et grave, fut le dernier que le commandant soupçonna d'avoir prononcé ces mots, qui lui rappelaient le désagréable quiproquo dont Mme Pipelet avait été la cause et l'héroïne.

La valse finie, Murph revint trouver Rodolphe.

— Eh bien ! monseigneur, ce jeune homme s'est retourné comme si je l'avais mordu. Ces mots sont donc magiques ?

— Ils sont magiques, mon vieux Murph ; ils m'ont découvert ce que je voulais savoir.

Rodolphe n'avait plus qu'à plaindre Mme d'Harville d'une erreur d'autant plus dangereuse qu'il pressentait vaguement que Sarah en était complice ou confidente. À cette découverte, il ressentit un coup douloureux ; il ne douta plus de la cause des chagrins de M. d'Harville, qu'il aimait tendrement : la jalousie les causait sans doute ; sa femme, douée de qualités charmantes, sa sacrifiait à un homme qui ne le méritait pas. Maître d'un secret surpris par hasard, incapable d'en abuser, ne pouvant rien tenter pour éclairer Mme d'Harville, qui d'ailleurs cédait à l'entraînement aveugle de la passion, Rodolphe se voyait condamné à rester le témoin impassible de la perte de cette jeune femme.

Il fut tiré de ces réflexions par M. de Graün.

— Si votre Altesse veut m'accorder un moment d'entretien dans le petit salon du fond, où il n'y a personne, j'aurai l'honneur de lui rendre compte des renseignements qu'elle m'a ordonné de prendre.

Rodolphe suivit M. de Graün.

— La seule duchesse au nom de laquelle puissent se rapporter les initiales N et L est Mme la duchesse de Lucenay, née de Noirmont, dit le baron, elle n'est pas ici ce soir. Je viens de voir son mari, M. de Lucenay, parti il y a cinq mois pour un voyage d'Orient qui devait durer plus d'une année ; il est revenu subitement il y a deux ou trois jours.

On se souvient que, dans sa visite à la maison de la rue du Temple, Rodolphe avait trouvé, sur le palier même de l'appartement du charlatan, César Bradamanti, un mouchoir trempé de larmes, richement garni de dentelles, et dans l'angle duquel il avait remarqué les lettres N et L surmontées d'une couronne ducale. D'après son ordre, mais ignorant ces circonstances, M. de Graün s'était informé du nom des duchesses actuellement à Paris, et il avait obtenu les renseignements dont nous venons de parler.

Rodolphe comprit tout.

Il n'avait aucune raison de s'intéresser à Mme de Lucenay, mais il ne put s'empêcher de frémir en songeant que si elle avait réellement rendu visite au charlatan, ce misérable, qui n'était autre que l'abbé Polidori, possédait le nom de cette femme, qu'il avait fait suivre par Tortillard, et qu'il pouvait affreusement abuser du terrible secret qui mettait la duchesse dans sa dépendance.

— Le hasard est quelquefois bien singulier, monseigneur, reprit M. de Graün.

— Comment cela ?

— Au moment où M. de Grangeneuve venait de me donner ces renseignements sur M. et sur Mme de Lucenay, en ajoutant assez malignement que le retour imprévu de M. de Lucenay avait dû contrarier beaucoup la duchesse et un fort joli jeune homme, le plus merveilleux élégant de Paris, le vicomte de Saint-Remy, M. l'ambassadeur m'a demandé si je croyais que Votre Altesse lui permettrait de lui présenter le vicomte, qui se trouve ici ; il vient d'être attaché à la légation de Gerolstein et il serait trop heureux de cette occasion de faire sa cour à Votre Altesse.

Rodolphe ne put réprimer un mouvement d'impatience et dit :

— Voilà qui m'est infiniment désagréable... mais je ne puis refuser... Allons, dites au comte de *** de me présenter M. de Saint-Remy.

Malgré sa mauvaise humeur, Rodolphe savait trop son métier de prince pour manquer d'affabilité dans cette occasion. D'ailleurs, l'on donnait M. de Saint-Remy pour amant à la duchesse de Lucenay, et cette circonstance piquait assez la curiosité de Rodolphe.

Le vicomte de Saint-Remy s'approcha, conduit par le comte de ***.

M. de Saint-Remy était un charmant jeune homme de vingt-cinq ans, mince, svelte, de la tournure la plus distinguée, de la physionomie la plus avenante ; il avait le teint fort brun, mais de ce brun velouté, transparent et couleur d'ambre, remarquable dans les portraits de Murillo ; ses cheveux noirs à reflet bleuâtre, séparés par une raie au-dessus de la tempe gauche, très lisses sur le front, se bouclaient autour de son visage et laissaient à peine voir le lobe incolore des oreilles ; le noir foncé de ses prunelles se découpait brillamment sur le globe de l'œil, qui, au lieu d'être blanc, se nacrait de cette nuance légèrement azurée qui donne au regard des Indiens une expression si charmante. Par un caprice de la nature, l'épaisseur soyeuse de sa moustache contrastait avec l'imberbe juvénilité de son menton et de ses joues, aussi unies que celles d'une jeune fille ; il portait par coquetterie une cravate de satin noir très basse, qui laissait voir l'attache élégante de son cou, digne du jeune flûteur antique.

Une seule perle rattachait les longs plis de sa cravate, perle d'un prix inestimable par sa grosseur, la pureté de sa forme et l'éclat de son orient, si vif qu'une opale n'eût pas été plus splendidement irisée. D'un goût parfait, la mise de M. de Saint-Remy s'harmonisait à merveille avec ce bijou d'une magnifique simplicité.

On ne pouvait jamais oublier la figure et la personne de M. de Saint-Remy, tant il sortait du type ordinaire des élégants.

Son luxe de voiture et de chevaux était extrême ; grand et beau joueur, le total de son livre de paris de course s'élevait toujours annuellement à deux ou trois mille louis. On citait sa maison de la rue de Chaillot comme un modèle d'élégante somptuosité ; on faisait chez lui une chère exquise, et ensuite on jouait un jeu d'enfer, où il perdait souvent des sommes considérables avec l'insouciance la plus hospitalière ; et pourtant on savait certainement que le patrimoine du vicomte était dissipé depuis longtemps.

Pour expliquer ses prodigalités incompréhensibles, les envieux ou les méchants parlaient, ainsi que l'avait fait Sarah, des grands biens de la duchesse de Lucenay ; mais ils oubliaient qu'à part la vileté de cette supposition, M. de Lucenay avait naturellement un contrôle sur la fortune de sa femme, et que M. de Saint-Remy dépensait au moins cinquante mille écus ou deux cent mille francs par an. D'autres parlaient d'usuriers imprudents, car M. de Saint-Remy n'attendait plus d'héritage. D'autres, enfin le disaient TROP heureux sur le *turf*[1], et parlaient tout bas d'*entraîneurs* et de *jockeys* corrompus par lui pour faire perdre les chevaux contre lesquels il avait parié beaucoup d'argent... mais le plus grand nombre des gens du monde s'inquiétaient peu des moyens auxquels M. de Saint-Remy avait recours pour subvenir à son faste.

Il appartenait par sa naissance au meilleur et au plus grand monde ; il était gai, brave, spirituel, bon compagnon, facile à vivre ; il donnait d'excellents dîners de garçons et tenait ensuite tous les enjeux qu'on lui proposait. Que fallait-il de plus ?

Les femmes l'adoraient ; on nombrait à peine ses triomphes de toutes sortes ; il était jeune et beau, galant et magnifique dans toutes les occasions où un homme peut l'être avec des femmes du monde ; enfin, l'engouement était tel que l'obscurité dont il entourait la source du pactole où il puisait à pleines mains jetait même sur sa vie un certain charme mystérieux ; on disait, en souriant insoucieusement : « Il faut que ce diable de Saint-Remy ait trouvé la pierre philosophale ! »

En apprenant qu'il s'était fait attacher à la légation de France près le grand-duc de Gerolstein, d'autres personnes avaient pensé que M. de Saint-Remy voulait faire une retraite honorable.

Le comte de *** dit à Rodolphe, en lui présentant M. de Saint-Remy :

— J'ai l'honneur de présenter à Votre Altesse M. le vicomte de Saint-Remy, attaché à la légation de Gerolstein.

1. Turf, terrain de course où s'engagent les paris.

Le vicomte salua profondément et dit à Rodolphe :

— Votre Altesse daignera-t-elle excuser l'impatience que j'éprouve de lui faire ma cour ? J'ai peut-être eu trop hâte de jouir d'un bonheur auquel j'attachais tant de prix.

— Je serai, monsieur, très satisfait de vous revoir à Gerolstein… Comptez-vous y aller bientôt ?

— Le séjour de Votre Altesse à Paris me rend moins empressé de partir.

— Le paisible contraste de nos cours allemandes vous étonnera beaucoup, monsieur, habitué que vous êtes à la vie de Paris.

— J'ose assurer à Votre Altesse que la bienveillance qu'elle daigne me témoigner, et qu'elle voudra peut-être bien me continuer, m'empêcherait seule de jamais regretter Paris.

— Il ne dépendra pas de moi, monsieur, que vous pensiez toujours ainsi pendant le temps que vous passerez à Gerolstein.

Et Rodolphe fit une légère inclination de tête qui annonçait à M. de Saint-Remy que la présentation était terminée.

Le vicomte salua profondément et se retira.

Rodolphe était très physionomiste, et sujet à des sympathies ou à des aversions presque toujours justifiées. Après le peu de mots échangés avec M. de Saint-Remy, sans pouvoir s'en expliquer la cause, il éprouva pour lui une sorte d'éloignement involontaire. Il lui trouvait quelque chose de perfidement rusé dans le regard, et une physionomie dangereuse.

Nous retrouverons M. de Saint-Remy dans des circonstances qui contrasteront bien terriblement avec la brillante position qu'il occupait lors de sa présentation à Rodolphe ; l'on jugera de la réalité des pressentiments de ce dernier.

Cette présentation terminée, Rodolphe réfléchissant aux bizarres rencontres que le hasard avait amenées, descendit au jardin d'hiver. L'heure du souper était arrivée, les salons devenaient presque déserts ; le lieu le plus reculé de la serre chaude se trouvait au bout d'un massif, à l'angle de deux murailles qu'un énorme bananier, entouré de plantes grimpantes, cachait presque entièrement ; une petite porte de service, masquée par le treillage, et conduisant à la salle du buffet par un long corridor, était restée entrouverte, non loin de cet arbre feuillu.

Abrité par ce paravent de verdure, Rodolphe s'assit en cet endroit. Il était depuis quelques moments plongés dans une rêverie profonde, lorsque son nom, prononcé par une voix bien connue, le fit tressaillir.

Sarah, assise de l'autre côté du massif qui cachait entièrement Rodolphe, causait en anglais avec son frère Tom.

Tom était vêtu de noir. Quoiqu'il n'eût que quelques années de plus que Sarah, ses cheveux étaient presque blancs ; son visage annonçait une volonté froide, mais opiniâtre ; son accent était bref et tranchant, son regard sombre, sa voix creuse. Cet homme devait être rongé par un grand chagrin ou par une grande haine.

Rodolphe écouta attentivement l'entretien suivant :

— La marquise est allée un instant au bal du baron de Nerval ; elle s'est heureusement retirée sans pouvoir parler à Rodolphe, qui la cherchait ; car je crains toujours l'influence qu'il exerce sur elle, influence que j'ai eu tant de peine à combattre et à détruire en partie.

Enfin cette rivale, que j'ai toujours redoutée par pressentiment, et qui plus tard pouvait tant gêner mes projets… cette rivale sera perdue demain… Écoutez-moi, ceci est grave, Tom…

— Vous vous trompez, jamais Rodolphe n'a songé à la marquise.

— Il est temps maintenant de vous donner quelques explications à ce sujet… Beaucoup de choses se sont passées pendant votre dernier voyage… et, comme il faut agir plus tôt que je ne pensais… ce soir même, en sortant d'ici, cet entretien est indispensable… Heureusement, nous sommes seuls.

— Je vous écoute.

— Avant d'avoir vu Rodolphe, cette femme, j'en suis sûre, n'avait jamais aimé… Je ne sais pour quelle raison elle éprouve un invincible éloignement pour son mari, qui l'adore. Il y a là un mystère que j'ai voulu en vain pénétrer. La présence de Rodolphe avait excité dans le cœur de Clémence mille émotions nouvelles. J'étouffai cet amour naissant par des révélations accablantes sur le prince. Mais le besoin d'aimer était éveillé chez la marquise ; rencontrant chez moi ce Charles Robert, elle a été frappée de sa beauté, frappée comme on l'est à la vue d'un tableau ; cet homme est malheureusement aussi niais que beau, mais il a quelque chose de touchant dans le regard. J'exaltai la noblesse de son âme, l'élévation de son caractère. Je savais la bonté naturelle de Mme d'Harville ; je colorai M. Robert des malheurs les plus intéressants ; je lui recommandai d'être toujours mortellement triste, de ne procéder que par soupirs et par hélas ! et avant toutes choses de parler peu. Il a suivi mes conseils. Grâce à son talent de chanteur, à sa figure, et surtout à son apparence de tristesse incurable, il s'est fait à peu près aimer de Mme d'Harville, qui a ainsi donné le change à ce besoin d'aimer que la vue de Rodolphe avait seule éveillé en elle. Comprenenez-vous, maintenant ?

— Parfaitement ; continuez.

— Robert et Mme d'Harville ne se voyaient intimement que chez moi ; deux fois la semaine nous faisions de la musique à nous trois, le matin. Le beau ténébreux soupirait, disait quelques tendres mots à voix basse ; il glissa deux ou trois billets. Je craignais encore plus sa prose que ses paroles ; mais une femme est toujours indulgente pour les premières déclarations qu'elle reçoit ; celles de mon protégé ne lui nuisirent pas ; l'important pour lui était d'obtenir un rendez-vous. Cette petite marquise avait plus de principes que d'amour, ou plutôt elle n'avait pas assez d'amour pour oublier ses principes… À son insu, il existait toujours au fond de son cœur un souvenir de Rodolphe qui veillait pour ainsi dire sur elle et combattait ce faible penchant pour M. Charles Robert… penchant beaucoup plus factice que réel, mais entretenu par son vif intérêt pour les malheurs imaginaires de M. Charles Robert, et par l'exagération incessante de mes louanges à l'égard de cet Apollon sans cervelle. Enfin, Clémence, vaincue par l'air profondément désespéré dc son malheureux adorateur, se décida un jour à lui accorder ce rendez-vous si désiré.

— Vous avait-elle donc faite sa confidente ?

— Elle m'avait avoué son attachement pour Charles Robert, voilà tout. Je ne fis rien pour en savoir davantage ; cela m'eût gênée… Mais lui, ravi de bonheur ou plutôt d'orgueil, me fit part de son bonheur, sans me dire pourtant le jour ni le lieu du rendez-vous.

— Comment l'avez vous connu ?

— Karl, par mon ordre, alla le lendemain et le surlendemain de très bonne heure s'embusquer à la porte de M. Robert et le suivit. Le second jour, vers midi, notre amoureux prit en fiacre le chemin d'un quartier perdu, rue du Temple… Il descendit dans une maison de mauvaise apparence ; il y resta une heure et demie environ, puis s'en alla. Karl attendit longtemps pour voir si personne ne sortirait après Charles Robert. Personne ne sortit : la marquise avait manqué à sa promesse. Je le sus le lendemain par l'amoureux, aussi courroucé que désappointé. Je lui conseillai de redoubler de désespoir. La pitié de Clémence s'émut encore ; nouveau rendez-vous, mais aussi vain que le premier. Une dernière fois cependant elle vint jusqu'à la porte : c'était un progrès. Vous voyez combien cette femme lutte… Et pourquoi ? Parce que, j'en suis sûre, et c'est ce qui cause ma haine, elle a toujours au fond du cœur, et à son insu, une pensée pour Rodolphe, qui semble aussi la protéger. Enfin, ce soir, la marquise a donné à ce Robert un rendez-vous pour demain ; cette fois, je n'en doute pas, elle s'y rendra. Le duc de Lucenay a si grossièrement ridiculisé ce jeune homme que la marquise, bouleversée de l'humiliation de son amant, lui a accordé par pitié ce qu'elle ne lui eût peut-être pas accordé sans cela. Cette fois, je vous le répète, elle tiendra sa promesse.

— Quels sont vos projets ?

— Cette femme obéit à une sorte d'intérêt charitable exalté, mais non pas à l'amour ; Charles Robert est si peu fait pour comprendre la délicatesse du sentiment qui, ce soir, a dicté la résolution de la marquise, que demain il voudra profiter de ce rendez-vous, et il se perdra complètement dans l'esprit de Clémence, qui se résigne à cette compromettante démarche sans entraînement, sans passion et seulement par pitié. En un mot, je n'en doute pas, elle se rend là pour faire acte de courageux intérêt, mais parfaitement calme et bien sûre de ne pas oublier un moment ses devoirs. Le Charles Robert ne concevra pas cela, la marquise le prendra en aversion ; et, son illusion détruite, elle retombera sous l'influence de ses souvenirs de Rodolphe, qui, j'en suis sûre, couvent toujours au fond de son cœur.

— Eh bien ?

— Eh bien ! je veux qu'elle soit à jamais perdue pour Rodolphe. Il aurait, je n'en doute pas, moi, trahi tôt ou tard l'amitié de M. d'Harville en répondant à l'amour de Clémence ; mais il prendra celle-ci en horreur s'il la sait coupable d'une faute dont il n'aura pas été l'objet ; c'est un crime impardonnable pour un homme. Enfin, prétextant de l'affection qui le lie à M. d'Harville, il ne reverra jamais cette femme, qui aura si indignement trompé cet ami qu'il aime tant.

— C'est donc le mari que vous voulez prévenir ?…

— Oui, et ce soir même, sauf votre avis, du moins. D'après ce que m'a dit Clémence, il a de vagues soupçons, sans savoir sur qui les fixer. Il est minuit, nous allons quitter le bal ; vous descendrez au premier café venu, vous écrirez à M. d'Harville que sa femme se rend demain, à une heure, rue du Temple, n° 17, pour une entrevue amoureuse. Il est jaloux : il surprendra Clémence ; vous devinez le reste !

— C'est une abominable action, dit froidement le gentilhomme.

— Vous êtes scrupuleux, Tom ?

— Tout à l'heure je ferai ce que vous désirez ; mais je vous répète que c'est une abominable action.

— Vous consentez néanmoins ?

— Oui… ce soir M. d'Harville sera instruit de tout. Et… mais… il me semble qu'il y a quelqu'un là, derrière ce massif ! dit tout à coup Tom en s'interrompant et en parlant à voix basse. J'ai cru entendre remuer.

— Voyez donc, dit Sarah avec inquiétude.

Tom se leva, fit le tour du massif, et ne vit personne.

Rodolphe venait de disparaître par la petite porte dont nous avons parlé.

— Je me suis trompé, dit Tom en revenant, il n'y a personne.

— C'est ce qu'il me semblait…

— Écoutez, Sarah, je ne crois pas cette femme aussi dangereuse que vous le pensez pour l'avenir de votre projet ; Rodolphe a certains principes qu'il n'enfreindra jamais. La jeune fille qu'il a conduite à cette ferme, il y a six semaines, lui déguisé en ouvrier ; cette créature qu'il entoure de soins, à laquelle on donne une éducation choisie, et qu'il a été visiter plusieurs fois, m'inspire des craintes plus fondées. Nous ignorons qui elle est, quoiqu'elle semble appartenir à une classe obscure de la société. Mais la rare beauté dont elle est douée, dit-on, le déguisement que Rodolphe a pris pour la conduire dans ce village, l'intérêt croissant qu'il lui porte, tout prouve que cettc affection n'est pas sans importance. Aussi j'ai été au-devant de vos désirs. Pour écarter cet autre obstacle, plus réel, je crois, il a fallu agir avec une extrême prudence, nous bien renseigner sur les gens de la ferme et les habitudes de cette jeune fille… Ces renseignements, je les ai ; le moment d'agir est venu ; le hasard m'a renvoyé cette horrible vieille qui avait gardé mon adresse. Ses relations avec des gens de l'espèce du brigand qui nous a attaqués lors de notre excursion dans la Cité nous serviront puissamment. Tout est prévu… il n'y aura aucune preuve contre nous… Et d'ailleurs, si cette créature, comme il y paraît, appartient à la classe ouvrière, elle n'hésitera pas entre nos offres et le sort même brillant qu'elle peut rêver, car le prince a gardé le plus profond incognito. Enfin demain cette question sera résolue, sinon… nous verrons…

— Ces deux obstacles écartés… Tom… alors notre grand projet…

— Il offre des difficultés, mais il peut réussir.

— Avouez qu'il aura une heureuse chance de plus, si nous l'exécutons au moment où Rodolphe sera doublement accablé par le scandale de la conduite de Mme d'Harville et par la disparition de cette créature à laquelle il s'intéresse tant.

— Je le crois… Mais si ce dernier espoir nous échappe encore… alors je serai libre…, dit Tom en regardant Sarah d'un air sombre.

— Vous serez libre !…

— Vous ne renouvellerez plus les prières qui, deux fois, ont malgré moi suspendu ma vengeance !

Puis, montrant d'un regard le crêpe qui entourait son chapeau et les gants noirs qui entouraient ses mains, Tom ajouta, en souriant d'un air sinistre :

— J'attends toujours, moi… Vous savez bien que je porte ce deuil depuis seize ans… et que je ne le quitterai que si…

Sarah, dont les traits exprimaient une crainte involontaire, se hâta d'interrompre son frère et lui dit avec anxiété :

— Je vous dis que vous serez libre… Tom… car alors cette confiance profonde qui jusqu'ici m'a soutenue dans des circonstances si diverses, parce qu'elle a été justifiée au-delà de la prévision humaine… m'aura tout à fait abandonnée. Mais jusque-là il n'est pas de danger si mince en apparence que je ne veuille écarter à tout prix… Le succès dépend souvent des plus petites causes… Des obstacles peu graves peut-être se trouvent sur mon chemin au moment où j'approche du but ; je veux avoir le champ libre, je les briserai. Mes moyens sont odieux, soit !… Ai-je été ménagée, moi ? s'écria Sarah en élevant involontairement la voix.

— Silence ! On revient du souper, dit Tom. Puisque vous croyez utile de prévenir le marquis d'Harville du rendez-vous de demain, partons… il est tard.

— L'heure avancée de la nuit à laquelle lui sera donné cet avis en prouvera l'importance.

Tom et Sarah sortirent du bal de l'ambassadrice de ***.

XIX

LES RENDEZ-VOUS

Voulant à tout prix avertir Mme d'Harville du danger qu'elle courait, Rodolphe, parti de l'ambassade sans attendre la fin de l'entretien de Tom et de Sarah, ignorait le complot tramé par eux contre Fleur-de-Marie et le péril imminent qui menaçait cette jeune fille.

Malgré son zèle, Rodolphe ne put malheureusement sauver la marquise, comme il l'espérait.

Celle-ci, en sortant de l'ambassade, devait par convenance paraître un moment chez Mme de Nerval ; mais, vaincue par les émotions qui l'agitaient, Mme d'Harville n'eut pas le courage d'aller à cette seconde fête et rentra chez elle.

Ce contretemps perdit tout.

M. de Graün, ainsi que presque toutes les personnes de la société de la comtesse ***, était invité chez Mme de Nerval. Rodolphe l'y conduisit rapidement, avec ordre de chercher Mme d'Harville dans le bal, et de la prévenir que le prince, désirant lui dire le soir même quelques mots du plus grand intérêt, se trouverait à pied devant l'hôtel d'Harville, et qu'il s'approcherait de la voiture de la marquise pour lui parler à sa portière pendant que ses gens attendraient l'ouverture de la porte cochère.

Après beaucoup de temps perdu à chercher Mme d'Harville dans ce bal, le baron revint... Elle n'y avait pas paru.

Rodolphe fut au désespoir ; il avait sagement pensé qu'il fallait avant tout avertir la marquise de la trahison dont on voulait la rendre victime ; car alors la délation de Sarah, qu'il ne pouvait empêcher, passerait pour une indigne calomnie. Il était trop tard... Cette lettre infâme était parvenue au marquis à une heure après minuit.

Le lendemain matin, M. d'Harville se promenait lentement dans sa chambre à coucher, meublée avec une élégante simplicité et seulement ornée d'une panoplie d'armes modernes et d'une étagère garnie de livres.

Le lit n'avait pas été défait, pourtant la courtepointe de soie pendait en lambeaux ; une chaise et une petite table d'ébène à pieds tors étaient renversées près de la cheminée ; ailleurs on voyait sur le tapis les débris d'un verre de cristal, des bougies à demi écrasées et un flambeau à deux branches qui avait roulé au loin.

Ce désordre semblait causé par une lutte violente.

M. d'Harville avait trente ans environ, une figure mâle et caractérisée, d'une expression ordinairement agréable et douce, mais alors contractée, pâle, violacée ; il portait ses habits de la veille ; son cou était nu, son gilet ouvert ; sa chemise déchirée paraissait tachée çà et là de quelques gouttes de sang ; ses cheveux bruns, ordinairement bouclés, retombaient roides et emmêlés sur son front livide.

Après avoir encore longtemps marché, les bras croisés, la tête basse, le regard fixe et rouge, M. d'Harville s'arrêta brusquement devant son foyer éteint, malgré la forte gelée survenue pendant la nuit. Il prit sur le marbre de la cheminée cette lettre, qu'il relut, avec une dévorante attention, à la clarté blafarde de ce jour d'hiver :

« Demain à une heure, votre femme doit se rendre rue du Temple, n° 17, pour une amoureuse entrevue. Suivez-la, et vous saurez tout... Heureux époux ! »

À mesure qu'il lisait ces mots, déjà tant de fois lus pourtant... ses lèvres, bleuies par le froid, semblaient convulsivement épeler lettre par lettre ce funeste billet.

À ce moment la porte s'ouvrit, un valet de chambre entra.

Ce serviteur, déjà vieux, avait les cheveux gris, une figure honnête et bonne.

Le marquis retourna brusquement la tête sans changer de position, tenant toujours la lettre entre ses deux mains.

— Que veux-tu ? dit-il durement au domestique.

Celui-ci, au lieu de répondre, contemplait d'un air de stupeur douloureuse le désordre de la chambre ; puis, regardant attentivement son maître, il s'écria :

— Du sang à votre chemise... Mon Dieu ! mon Dieu ! monsieur, vous vous serez blessé ! Vous étiez seul, pourquoi ne m'avez-vous pas sonné comme à l'ordinaire, lorsque vous avez ressenti les... ?

— Va-t'en !

— Mais, monsieur le marquis, vous n'y pensez pas,

votre feu est éteint, il fait ici un froid mortel, et surtout après votre…

— Te tairas-tu ? Laisse-moi !

— Mais, monsieur le marquis, reprit le valet de chambre tout tremblant, vous avez donné ordre à M. Doublet d'être ici ce matin à dix heures et demie ; il est dix heures et demie, et il est là avec le notaire.

— C'est juste, dit amèrement le marquis en reprenant son sang-froid. Quand on est riche, il faut songer aux affaires. C'est si beau, la fortune !…

Puis il ajouta :

— Fais entrer M. Doublet dans mon cabinet.

— Il y est, monsieur le marquis.

— Donne-moi de quoi m'habiller. Tout à l'heure je sortirai.

— Mais, monsieur le marquis…

— Fais ce que je te dis, Joseph, dit M. d'Harville d'un ton plus doux.

Puis il ajouta :

— Est-on déjà entré chez ma femme ?

— Je ne crois pas que Mme la marquise ait encore sonné.

— On me préviendra dès qu'elle sonnera.

— Oui, monsieur le marquis.

— Dis à Philippe de venir t'aider : tu n'en finiras pas !

— Mais, monsieur, attendez que j'aie un peu rangé ici, répondit tristement Joseph. On s'apercevrait de ce désordre, et l'on ne comprendrait pas ce qui a pu arriver cette nuit à monsieur le marquis.

— Et si l'on comprenait… ce serait bien hideux, n'est-ce pas ? reprit M. d'Harville d'un ton de raillerie douloureuse.

— Ah ! monsieur, s'écria Joseph, Dieu merci, personne ne se doute…

— Personne ?… Non, personne ! répondit le marquis d'un air sombre.

Pendant que Joseph s'occupait de réparer le désordre de la chambre de son maître, celui-ci alla droit à la panoplie dont nous avons parlé, examina attentivement pendant quelques minutes les armes qui la composaient, fit un geste de satisfaction sinistre et dit à Joseph :

— Je suis sûr que tu as oublié de faire nettoyer mes fusils qui sont là-haut dans mon nécessaire de chasse ?

— Monsieur le marquis ne m'en a pas parlé…, dit Joseph d'un air étonné.

— Si, mais tu l'as oublié.

— Je proteste à monsieur le marquis…

— Ils doivent être dans un bel état !

— Il y a un mois à peine qu'on les a rapportés de chez l'armurier.

— Il n'importe ; dès que je serai habillé, va me chercher ce nécessaire, j'irai peut-être à la chasse demain ou après, je veux examiner ces fusils.

— Je les descendrai tout à l'heure.

La chambre remise en ordre, un second valet de chambre vint aider Joseph.

La toilette terminée, le marquis entra dans le cabinet où l'attendaient M. Doublet, son intendant, et un clerc de notaire.

— C'est l'acte que l'on vient lire à M. le marquis, dit l'intendant ; il ne reste plus qu'à le signer.

— Vous l'avez lu, monsieur Doublet ?

— Oui, monsieur le marquis.

— En ce cas, cela suffit… je signe.

Il signa, le clerc sortit.

— Moyennant cette acquisition, monsieur le marquis, dit M. Doublet d'un air triomphant, votre revenu financier, en belles et bonnes terres, ne va pas à moins de cent vingt-six mille francs en sacs. Savez-vous que cela est rare, monsieur le marquis, un revenu de cent vingt-six mille francs en terres ?

— Je suis un homme bien heureux, n'est-ce pas, monsieur Doublet ? Cent vingt-six mille francs de rente en terres ! Il n'y a pas de félicité pareille !

— Sans compter le portefeuille de monsieur le marquis… sans compter…

— Certainement, et sans compter… tant d'autres bonheurs encore !

— Dieu soit loué ! monsieur le marquis, car il ne vous manque rien : jeunesse, richesse, bonté, santé… tous les bonheurs réunis, enfin ; et parmi eux, dit M. Doublet en souriant agréablement, ou plutôt à leur tête, je mets celui d'être l'époux de Mme la marquise et d'avoir une chamante petite fille qui ressemble à un chérubin.

M. d'Harville jeta un regard sinistre sur l'intendant.

Nous renonçons à peindre l'expression de sauvage ironie avec laquelle il dit à M. Doublet, en lui frappant familièrement sur l'épaule :

— Avec cent vingt-six mille francs de rente en terres et une femme comme la mienne… et un enfant qui ressemble à un chérubin… il ne reste plus rien à désirer, n'est-ce pas ?

— Eh ! eh ! monsieur le marquis, répondit naïvement l'intendant, il reste à désirer de vivre le plus longtemps possible, pour marier mademoiselle votre fille et être grand-père. Arriver à être grand-père, c'est ce que je souhaite à monsieur le marquis, comme à Mme la marquise d'être grand-mère et arrière-grand-mère.

— Ce bon M. Doublet qui songe à Philémon et Baucis. Il est toujours plein d'à-propos.

— Monsieur le marquis est trop bon. Il n'a rien à m'ordonner ?

— Rien. Ah ! si, pourtant. Combien avez-vous en caisse ?

— Dix-neuf mille trois cents et quelques francs pour le courant, monsieur le marquis, sans compter l'argent déposé à la banque.

— Vous m'apporterez ce matin dix mille francs en or et vous les remettrez à Joseph si je suis sorti.

— Ce matin ?

— Ce matin.

— Dans une heure les fonds seront ici. Monsieur le marquis n'a plus rien à me dire ?

— Non, monsieur Doublet.

— Cent vingt-six mille francs de rente en sacs, en sacs ! répéta l'intendant en s'en allant. C'est un beau jour pour moi que celui-ci ; je craignais tant que cette ferme si à notre convenance ne nous échappât !… Votre serviteur, monsieur le marquis.

— Au revoir, monsieur Doublet.

À peine l'intendant fut-il sorti que M. d'Harville tomba sur un fauteuil avec accablement ; il appuya ses deux coudes sur son bureau, et cacha sa figure dans ses mains.

Pour la première fois depuis qu'il avait reçu la lettre fatale de Sarah, il put pleurer.

— Oh ! disait-il, cruelle dérision de la destinée qui m'a fait riche !… Que mettre dans ce cadre d'or, maintenant ? Ma honte ! L'infamie de Clémence !… infamie qu'un éclat va faire rejaillir peut-être jusque sur le front de ma fille ! Cet éclat… dois-je m'y résoudre, ou dois-je avoir pitié de…

Puis, se levant, l'œil étincelant, les dents convulsivement serrées, il s'écria d'une voix sourde :

— Non, non ! du sang, du sang ! Le terrible sauve du ridicule ! Je comprends maintenant son aversion… la misérable !

Puis, s'arrêtant tout à coup, comme atterré par une réflexion soudaine, il reprit d'une voix sourde :

— Son aversion… oh ! je sais bien ce qui la cause : je lui fais horreur, je l'épouvante !

Et après un long silence :

— Mais est-ce ma faute, à moi ? Faut-il qu'elle me trompe pour cela ? Au lieu de haine, n'est-ce pas la pitié que je mérite ? reprit-il en s'animant par degrés. Non, non, du sang !… tous deux, tous deux !… car elle lui a sans doute *tout dit* à L'AUTRE.

Cette pensée redoubla la fureur du marquis.

Il leva ses deux poings crispés vers le ciel ; puis, passant sa main brûlante sur ses yeux, et sentant la nécessité de rester calme devant ses gens, il rentra dans sa chambre à coucher avec une apparente tranquillité : il y trouva Joseph.

— Eh bien ! les fusils ?

— Les voilà, monsieur le marquis ; ils sont en parfait état.

— Je vais m'en assurer. Ma femme a-t-elle sonné ?

— Je ne sais pas, monsieur le marquis.

— Va t'en informer.

Le valet de chambre sortit.

M. d'Harville se hâta de prendre dans la boîte à fusils une petite poire à poudre, quelques balles, des capsules ; puis il referma le nécessaire et garda la clef. Il alla ensuite à la panoplie, y prit une paire de pistolets de Manton de demi-grandeur, les chargea et les fit facilement entrer dans les poches de sa longue redingote de matin.

À ce moment Joseph rentra.

— Monsieur, on peut entrer chez Mme la marquise.

— Est-ce que Mme d'Harville a demandé sa voiture ?

— Non, monsieur le marquis ; Mlle Juliette a dit devant moi au cocher de Mme la marquise qui venait demander les ordres pour la matinée que comme il faisait froid et sec, madame sortait à pied… si elle sortait.

— Très bien. Ah ! j'oubliais : si je vais à la chasse, ce sera demain ou après. Dis à Williams de visiter le petit briska vert ce matin même ; tu m'entends ?

— Oui, monsieur le marquis. Vous ne voulez pas votre canne ?

— Non. N'y a-t-il pas une place de fiacres ici près ?

— Tout près, au coin de la rue de Lille.

Après un moment d'hésitation et de silence, le marquis reprit :

— Va demander à Mlle Juliette si Mme d'Harville est visible.

Joseph sortit.

— Allons… c'est un spectacle comme un autre. Oui, je veux aller chez elle et observer le masque doucereux et perfide sous lequel cette infâme rêve sans doute l'adultère de tout à l'heure ; j'écouterai sa bouche mentir pendant que je lirai le crime dans son cœur déjà vicié. Oui, cela est curieux… voir comment vous regarde, vous parle et vous répond une femme qui, l'instant d'après, va souiller votre nom d'une de ces taches ridicules et horribles qu'on ne lave qu'avec des flots de sang. Fou que je suis ! Elle me regardera, comme toujours, le sourire aux lèvres, la candeur au front ! Elle me regardera comme elle regarde sa fille en la baisant au front et en lui faisant prier Dieu. Le regard… le miroir de l'âme ! (et il haussa les épaules avec mépris) plus il est doux et pudique, plus il est faux et corrompu ! Elle le prouve… et j'y ai été pris comme un sot. Ô rage ! Avec quel froid et insolent mépris elle devait me contempler à travers ce miroir imposteur, lorsqu'au moment peut-être où elle allait trouver *l'autre*… je la comblais de preuves d'estime et de tendresse… je lui parlais comme à une jeune mère chaste et sérieuse, en qui j'avais mis l'espoir de toute ma vie. Non ! non ! s'écria M. d'Harville en sentant sa fureur s'augmenter, non ! je ne la verrai pas, je ne veux pas la voir… ni ma fille non plus… je me trahirais, je compromettrais ma vengeance.

En sortant de chez lui, au lieu d'entrer chez Mme d'Harville, il dit seulement à la femme de chambre de la marquise :

— Vous direz à Mme d'Harville que je désirais lui parler ce matin, mais que je suis obligé de sortir pour un moment ; si par hasard il lui convenait de déjeuner avec moi, je serai rentré vers midi ; sinon qu'elle ne s'occupe pas de moi.

« Pensant que je vais rentrer, elle se croira beaucoup plus libre », se dit M. d'Harville. Et il se rendit à la place de fiacres voisine de sa maison.

— Cocher, à l'heure !

— Oui, bourgeois, il est onze heures et demie. Où allons-nous ?

— Rue de Belle-Chasse, au coin de la rue Saint-Dominique, le long du mur d'un jardin qui se trouve là… tu attendras.

— Oui, bourgeois.

M. d'Harville baissa les stores. Le fiacre partit et arriva bientôt presque en face de la maison du marquis. De cet endroit, personne ne pouvait sortir de chez lui sans qu'il le vît.

Le rendez-vous accordé par sa femme était pour une

heure ; l'œil ardemment fixé sur la porte de sa demeure, il attendit.

Sa pensée était entraînée par un torrent de colères si effrayantes et si vertigineuses que le temps lui semblait passer avec une incroyable rapidité.

Midi sonnait à Saint-Thomas-d'Aquin, lorsque la porte de l'hôtel d'Harville s'ouvrit lentement, et la marquise sortit.

— Déjà !... Ah ! quelle attention ! Elle craint de faire attendre l'autre !... se dit le marquis avec une ironie farouche.

Le froid était vif, le pavé sec.

Clémence portait un chapeau noir recouvert d'un voile de blonde de la même couleur, et une douillette de soie raisin de Corinthe ; son immense châle de cachemire bleu foncé retombait jusqu'au volant de sa robe, qu'elle releva légèrement et gracieusement pour traverser la rue.

Grâce à ce mouvement, on vit jusqu'à la cheville son petit pied étroit et cambré, merveilleusement chaussé d'une bottine de satin turc.

Chose étrange, malgré les terribles idées qui le bouleversaient, M. d'Harville remarqua dans ce moment le pied de sa femme, qui ne lui avait jamais paru plus coquet et plus joli. Cette vue exaspéra sa fureur ; il sentit jusqu'au vif les morsures aiguës de la jalousie sensuelle... il vit l'autre à genoux, portant avec ivresse ce pied charmant à ses lèvres. En une seconde, toutes les ardentes folies de l'amour, de l'amour passionné, se peignirent à sa pensée en traits de flamme.

Et alors, pour la première fois de sa vie, il ressentit au cœur une affreuse douleur physique, un élancement profond, incisif, pénétrant, qui lui arracha un cri sourd. Jusqu'alors son âme seule avait souffert, parce que jusqu'alors il n'avait songé qu'à la sainteté des devoirs outragés.

Son impression fut si cruelle qu'il put à peine dissimuler l'altération de sa voix pour parler au cocher, en soulevant à demi le store.

— Tu vois bien cette dame en châle bleu et en chapeau noir, qui marche le long du mur ?

— Oui, bourgeois.

— Marche au pas, et suis-la… Si elle va à la place des fiacres où je t'ai pris, arrête-toi, et suis la voiture où elle montera.

— Oui, bourgeois… Tiens, tiens, c'est amusant !

Mme d'Harville se rendit en effet à la place des fiacres et monta dans une de ces voitures.

Le cocher de M. d'Harville la suivit.

Les deux fiacres partirent.

Au bout de quelque temps, au grand étonnement du marquis, son cocher prit le chemin de l'église de Saint-Thomas-d'Aquin, et bientôt il s'arrêta.

— Eh bien ! que fais-tu ?

— Bourgeois, la dame vient de descendre à l'église… Sapristi !… jolie petite jambe tout de même… C'est très amusant.

Mille pensées diverses agitèrent M. d'Harville ; il crut d'abord que sa femme, remarquant qu'on la suivait, voulait dérouter les poursuites. Puis il songea que peut-être la lettre qu'il avait reçue était une calomnie indigne… Si Clémence était coupable, à quoi bon cette fausse apparence de piété ? N'était-ce pas une dérision sacrilège ?

Un moment M. d'Harville eut une lueur d'espoir, tant il y avait de contraste entre cette apparente piété et la démarche dont il accusait sa femme.

Cette consolante illusion ne dura pas longtemps.

Son cocher se pencha et lui dit :

— Bourgeois, la petite dame remonte en voiture.

— Suis-la…

— Oui, bourgeois ! Très amusant ! très amusant !…

Le fiacre gagna les quais, l'Hôtel-de-Ville, la rue Sainte-Avoye, et enfin la rue du Temple.

— Bourgeois, dit le cocher en se retournant vers M. d'Harville, le camarade vient d'arrêter au n° 17, nous sommes au 13, faut-il arrêter aussi ?

— Oui !…

— Bourgeois, la petite dame vient d'entrer dans l'allée du n° 17.

— Ouvre-moi.

— Oui, bourgeois…

Quelques secondes après, M. d'Harville entrait dans l'allée sur les pas de sa femme.

XX

UN ANGE

Mme d'Harville entra dans la maison.

Attirés par la curiosité, Mme Pipelet, Alfred et l'écaillère étaient groupés sur le seuil de la porte de la loge.

L'escalier était si sombre qu'en arrivant du dehors on ne pouvait l'apercevoir ; la marquise, obligée de s'adresser à Mme Pipelet, lui dit d'une voix altérée, presque défaillante :

— M. Charles… madame ?…

— Monsieur… qui ? répéta la vieille, feignant de n'avoir pas entendu, afin de donner le temps à son mari et à l'écaillère d'examiner les traits de la malheureuse femme à travers son voile.

— Je demande… M. Charles… madame, répéta Clémence d'une voix tremblante, et en baissant la tête pour tâcher de dérober ses traits aux regards qui l'examinaient avec une insolente curiosité.

— Ah ! M. Charles ! à la bonne heure… vous parlez si bas que je n'avais pas entendu… Eh bien ! ma petite dame, puisque vous allez chez M. Charles, beau jeune homme tout de même… montez tout droit, c'est la porte en face.

La marquise, accablée de confusion, mit le pied sur la première marche.

— Eh ! eh ! eh ! ajouta la vieille en ricanant, il paraît que c'est pour tout de bon aujourd'hui. Vive la noce ! et allez donc !

— Ça n'empêche pas qu'il est amateur, le commandant, reprit l'écaillère, elle n'est pas piquée des vers, sa Margot…

S'il ne lui avait pas fallu passer de nouveau devant la loge où se tenaient ces créatures, Mme d'Harville, mourant de honte et de frayeur, serait redescendue à l'instant même. Elle fit un dernier effort et arriva sur le palier.

Quelle fut sa stupeur !… Elle se trouva face à face avec Rodolphe, qui, lui mettant une bourse dans la main, lui dit précipitamment :

— Votre mari sait tout, il vous suit…

À ce moment on entendit la voix aigre de Mme Pipelet s'écrier :

— Où allez-vous, monsieur ?

— C'est lui ! dit Rodolphe ; et il ajouta rapidement, en poussant pour ainsi dire Mme d'Harville vers l'escalier du second étage : Montez au cinquième ;

vous veniez secourir une famille malheureuse ; ils s'appellent Morel…

— Monsieur, vous me passerez sur le corps plutôt que de monter sans dire où vous allez ! s'écria Mme Pipelet en barrant le passage à M. d'Harville.

Voyant, du bout de l'allée, sa femme parler à la portière, il s'était aussi arrêté un moment.

— Je suis avec cette dame… qui vient d'entrer, dit le marquis.

— C'est différent, alors passez.

Ayant entendu un bruit inusité, M. Charles Robert entrebâilla sa porte ; Rodolphe entra brusquement chez le commandant et s'y renferma avec lui au moment où M. d'Harville arrivait sur le palier. Rodolphe craignant, malgré l'obscurité, d'être reconnu par le marquis, avait profité de cette occasion de lui échapper sûrement.

M. Charles Robert, magnifiquement vêtu de sa robe de chambre à ramages et de son bonnet de velours brodé, resta stupéfait à la vue de Rodolphe, qu'il n'avait pas aperçu la veille à l'ambassade, et qui était en ce moment vêtu plus que modestement.

— Monsieur, que signifie ?

— Silence, dit Rodolphe à voix basse, et avec une telle expression d'angoisse que M. Charles Robert se tut.

Un bruit violent, comme celui d'un corps qui tombe et qui roule sur plusieurs degrés, retentit dans le silence de l'escalier.

— Le malheureux l'a tuée ! s'écria Rodolphe.

— Tuée !… qui ? Mais que se passe-t-il donc ici ? dit M. Charles Robert à voix basse et en pâlissant.

Sans lui répondre, Rodolphe entrouvrit la porte.

Il vit descendre en se hâtant et en boitant le petit

Tortillard ; il tenait à la main la bourse de soie rouge que Rodolphe venait de donner à Mme d'Harville.

Tortillard disparut.

On entendit le pas léger de Mme d'Harville et les pas plus pesants de son mari, qui continuait de la suivre aux étages supérieurs.

Ne comprenant pas comment Tortillard avait cette bourse en sa possession, mais un peu rassuré, Rodolphe dit à M. Robert :

— Ne sortez pas d'ici, vous avez failli tout perdre...

— Mais enfin, monsieur, reprit M. Robert d'un ton impatient et courroucé, me direz-vous ce que cela signifie ? Qui vous êtes et de quel droit... ?

— Cela signifie, monsieur, que M. d'Harville sait tout, qu'il a suivi sa femme jusqu'à votre porte, et qu'il la suit là-haut !

— Ah ! mon Dieu, mon Dieu ! s'écria Charles Robert en joignant les mains avec épouvante. Mais qu'est-ce qu'elle va faire là-haut ?

— Peu vous importe ; restez chez vous et ne sortez pas avant que la portière vous avertisse.

Laissant M. Robert aussi effrayé que stupéfait, Rodolphe descendit à la loge.

— Eh bien ! dites donc, s'écria Mme Pipelet d'un air rayonnant, ça chauffe, ça chauffe ! Il y a un monsieur qui suit la petite dame. C'est sans doute le mari, le *jaunet* ; j'ai deviné ça tout de suite, je l'ai fait monter. Il va se massacrer avec le commandant, ça fera du bruit dans le quartier, on fera queue pour venir voir la maison comme on a été voir le n° 36, où il s'est commis un *assassin*.

— Ma chère madame Pipelet, voulez-vous me rendre un grand service ? (Et Rodolphe mit cinq louis dans la main de la portière.) Lorsque cette petite dame va descendre… demandez-lui comment vont les pauvres Morel ; dites-lui qu'elle fait une bonne œuvre en les secourant, ainsi qu'elle l'avait promis en venant prendre des informations sur eux.

Mme Pipelet regardait l'argent et Rodolphe avec stupeur.

— Comment… monsieur, cet or… c'est pour moi ?… et cette petite dame… elle n'est donc pas chez le commandant ?

— Le monsieur qui la suit est le mari. Avertie à temps, la pauvre femme a pu monter chez les Morel, à qui elle a l'air d'apporter des secours ; comprenez-vous ?

— Si je comprends !… Il faut que je vous aide à enfoncer le mari… ça me va… comme un gant !… Eh ! eh ! eh ! on dirait que je n'ai fait que ça toute ma vie… dites donc !…

Ici on vit le chapeau tromblon de M. Pipelet se redresser brusquement dans la pénombre de la loge.

— Anastasie, dit gravement Alfred, voilà que tu ne respectes rien du tout sur la terre, comme M. César Bradamanti ; il est des choses qu'on ne doit jamais mécaniser, même dans le charme de l'intimité…

— Voyons, voyons, vieux chéri, ne fais pas la bégueule et les yeux en boule de loto… tu vois bien que je plaisante. Est-ce que tu ne sais pas qu'il n'y a personne au monde qui puisse se vanter de… Enfin suffit… Si j'oblige cette jeunesse, c'est pour obliger notre nouveau locataire qui est si bon. (Puis, se retournant vers Rodolphe :) Vous allez me voir travailler !… voulez-vous rester là dans le coin derrière le rideau ?… Tenez, justement je les entends.

Rodolphe se hâta de se cacher.

M. et Mme d'Harville descendaient. Le marquis donnait le bras à sa femme.

Lorsqu'ils arrivèrent en face de la loge, les traits de M. d'Harville exprimaient un bonheur profond, mêlé d'étonnement et de confusion.

Clémence était calme et pâle.

— Eh bien ! ma bonne petite dame..., s'écria Mme Pipelet en sortant de sa loge, vous les avez vus, ces pauvres Morel ? J'espère que ça fend le cœur ? Ah ! mon Dieu ! c'est une bien bonne œuvre que vous faites là... Je vous l'avais dit qu'ils étaient fameusement à plaindre, la dernière fois que vous êtes venue aux informations ! Soyez tranquille, allez, vous n'en ferez jamais assez pour de si braves gens... n'est-ce pas, Alfred ?

Alfred, dont la pruderie et la droiture naturelle se révoltaient à l'idée d'entrer dans ce complot anticonjugal, répondit vaguement par une sorte de grognement négatif.

Mme Pipelet reprit :

— Alfred a sa crampe au pylore, c'est ce qui fait qu'on ne l'entend pas ; sans cela il vous dirait, comme moi, que ces pauvres gens vont bien prier le bon Dieu pour vous, ma digne dame !

M. d'Harville regardait sa femmc avec admiration et répétait :

— Un ange ! un ange ! Oh ! la calomnie !

— Un ange ? Vous avez raison, monsieur, et un bon ange du bon Dieu encore !

— Mon ami, partons, dit Mme d'Harville, qui souffrait horriblement de la contrainte qu'elle s'imposait depuis son entrée dans cette maison ; elle sentait ses forces à bout.

— Partons, dit le marquis.

Il ajouta, au moment de sortir de l'allée :

— Clémence, j'ai bien besoin de pardon et de pitié !…

— Qui n'en a pas besoin ? dit la jeune femme avec un soupir.

Rodolphe sortit de sa retraite, profondément ému de cette scène de terreur mélangée de ridicule et de grossièreté, dénouement bizarre d'un drame mystérieux qui avait soulevé tant de passions diverses.

— Eh bien ! dit Mme Pipelet, j'espère que je l'ai joliment fait aller, le jaunet ? Il mettrait maintenant sa femme sous cloche… Pauvre cher homme… Et vos meubles, monsieur Rodolphe, on ne les a pas apportés.

— Je vais m'en occuper… Vous pouvez maintenant avertir le commandant qu'il peut descendre…

— C'est vrai… Dites donc, en voilà une farce !… Il paraît qu'il a loué son appartement pour le roi de Prusse… C'est bien fait… avec ses mauvais douze francs par mois…

Rodolphe sortit.

— Dis donc, Alfred, dit Mme Pipelet, au tour du commandant, maintenant… Je vais joliment rire !

Et elle monta chez M. Charles Robert : elle sonna ; il ouvrit.

— Commandant (et Anastasie porta militairement le dos de sa main à sa perruque), je viens vous déprisonner… Ils sont partis bras dessus bras dessous, le mari et la femme, à votre nez et à votre barbe. C'est égal, vous en réchappez d'une belle… grâce à M. Rodolphe ; vous lui devez une fière chandelle !…

— C'est ce monsieur mince, à moustaches, qui est M. Rodolphe ?

— Lui-même.

— Qu'est-ce que c'est que cet homme-là ?

— Cet homme-là…, s'écria Mme Pipelet d'un air courroucé, il en vaut bien un autre ! deux autres ! C'est un commis voyageur, locataire de la maison, qui n'a qu'une pièce et qui ne lésine pas, lui… il m'a donné six francs pour son ménage ; six francs et du premier coup… encore ! six francs sans marchander !

— C'est bon… c'est bon… tenez, voilà la clef.

— Faudra-t-il faire du feu demain, commandant ?

— Non !

— Et après-demain ?

— Non ! non !

— Eh bien ! commandant, vous souvenez-vous ? Je vous l'avais bien dit que vous ne feriez pas vos frais.

M. Charles Robert jeta un regard méprisant sur la portière et sortit, ne pouvant comprendre comment un commis voyageur, M. Rodolphe, s'était trouvé instruit de son rendez-vous avec la marquise d'Harville.

Au moment où il sortit de l'allée, il se rencontra avec le petit Tortillard qui arrivait clopinant.

— Te voilà, mauvais sujet, dit Mme Pipelet.

— La borgnesse n'est pas venue me chercher ? demanda l'enfant à la portière, sans lui répondre.

— La Chouette ? Non, vilain monstre. Pourquoi donc qu'elle viendrait te chercher ?

— Tiens, pour me mener à la campagne, donc ! dit Tortillard en se balançant à la porte de la loge.

— Et ton maître ?

— Mon père a demandé à M. Bradamanti de me donner congé aujourd'hui… pour aller à la campagne… à la campagne… à la campagne…, psalmodia le fils de Bras-Rouge en chantonnant et en tambourinant sur les carreaux de la loge.

— Veux-tu finir, scélérat… tu vas casser mes vitres ! Mais voilà un fiacre.

— Ah ! ben ! c'est la Chouette, dit l'enfant ; quel bonheur d'aller en voiture !

En effet, à travers la glace, et sur le store rouge opposé, on vit se dessiner le profil glabre et terreux de la borgnesse.

Elle fit signe à Tortillard, il accourut.

Le cocher lui ouvrit la portière, il monta dans le fiacre.

La Chouette n'était pas seule.

Dans l'autre coin de la voiture, enveloppé dans un vieux manteau à collet fourré, les traits à demi cachés par un bonnet de soie noire qui tombait sur ses sourcils… on apercevait le Maître d'école.

Ses paupières rouges laissaient voir, pour ainsi dire, *deux yeux blancs*, immobiles, sans prunelles, et qui rendaient plus effrayant encore son visage couturé, que le froid marbrait de cicatrices violâtres et livides…

— Allons, *môme*, couche-toi sur les *arpions* de mon homme, tu lui tiendras chaud, dit la borgnesse à Tortillard, qui s'accroupit comme un chien entre les jambes du Maître d'école et de la Chouette.

— Maintenant, dit le cocher du fiacre, à la *gernaffle*[1] de Bouqueval ! n'est-ce pas, la Chouette ? Tu verras que je sais *trimbaler une voire*[2].

— Et surtout *riffaude ton gaye*[3], dit le Maître d'école.

— Sois tranquille, *sans-mirettes*[4], il *défouiraillera*[5] jusqu'à la *traviole*[6].

1. À la ferme.

2. Conduire une voiture.

3. Chauffe ton cheval.

4. Sans yeux. (Œil, *mirette* : encore un mot presque gracieux dans cet épouvantable vocabulaire.)

5. Il courra.

6. Jusqu'à la traverse.

— Veux-tu que je te donne une *médecine*[1] ? dit le Maître d'école.

— Laquelle ? répond le cocher.

— *Prends de l'air* en passant devant les *sondeurs*[2] ; ils pourraient te reconnaître, tu as été longtemps rôdeur des barrières.

— J'ouvrirai l'œil, dit l'autre en montant sur son siège.

Si nous rapportons ce hideux langage, c'est qu'il prouve que le cocher improvisé était un brigand, digne compagnon du Maître d'école.

La voiture quitta la rue du Temple.

Deux heures après, à la tombée du jour, ce fiacre, renfermant le Maître d'école, la Chouette et Tortillard, s'arrêta devant une croix de bois marquant l'embranchement d'un chemin creux et désert qui conduisait à la ferme de Bouqueval, où se trouvait la Goualeuse, sous la protection de Mme Georges.

XXI

IDYLLE

Cinq heures sonnaient à l'église du petit village de Bouqueval ; le froid était vif, le ciel clair ; le soleil s'abaissant lentement derrière les grands bois effeuillés qui couronnent les hauteurs d'Écouen, empourprait l'horizon et jetait ses rayons pâles et obliques sur les vastes plaines durcies par la gelée.

1. Un conseil. Donneur de conseil : médecin.
2. Va vite en passant devant les commis de la barrière.

Aux champs, chaque saison offre presque toujours des aspects charmants.

Tantôt la neige éblouissante change la campagne en d'immenses paysages d'albâtre qui déploient leurs splendeurs immaculées sur un ciel d'un gris rose.

Alors, quelquefois à la brune, gravissant la colline ou descendant la vallée, le fermier attardé rentre au logis : cheval, manteau, chapeau, tout est couvert de neige ; âpre est la froidure, glaciale est la bise, sombre est la nuit qui s'avance ; mais là-bas, au milieu des arbres dépouillés, les petites fenêtres de la ferme sont gaiement éclairées ; sa haute cheminée de briques jette au ciel une épaisse colonne de fumée qui dit au métayer qu'on attend : foyer pétillant, souper rustique ; puis après, veillée babillarde, nuit paisible et chaude, pendant que le vent siffle au-dehors et que les chiens des métairies éparses dans la plaine aboient et se répondent au loin.

Tantôt, dès le matin, le givre suspend aux arbres ses girandoles de cristal que le soleil d'hiver fait scintiller de l'éclat diamanté du prisme ; la terre de labour humide et grasse est creusée de longs sillons où gîte le lièvre fauve, où courent allégrement les perdrix grises.

Çà et là on entend le tintement mélancolique de la clochette du *maître-bélier* d'un grand troupeau de moutons répandu sur les pentes vertes et gazonnées des chemins creux ; pendant que, bien enveloppé de sa mante grise à raies noires, le berger, assis au pied d'un arbre, chante en tressant un panier de joncs.

Quelquefois la scène s'anime : l'écho renvoie les sons affaiblis du cor et les cris de la meute ; un daim effaré franchit tout à coup la lisière de la forêt, débouche dans la plaine en fuyant d'effroi et va se perdre à l'horizon au milieu d'autres taillis.

Les trompes, les aboiements se rapprochent ; des chiens blancs et orangés sortent à leur tour de la futaie ; ils courent sur la terre brune, ils courent sur les guérets en friche ; le nez collé à la voie, ils suivent, en criant, les traces du daim. À leur suite viennent les chasseurs vêtus de rouge, courbés sur l'encolure de leurs chevaux rapides, ils animent la meute à cor et à cri ! Ce tourbillon éclatant passe comme la foudre ; le bruit s'amoindrit, peu à peu tout se tait : chiens, chevaux, chasseurs disparaissent au loin dans le bois où s'est réfugié le daim.

Alors le calme renaît, alors le profond silence des grandes plaines, la tranquillité des grands horizons ne sont plus interrompus que par le chant monotone du berger.

Ces tableaux, ces sites, champêtres abondaient aux environs du village de Bouqueval, situé, malgré sa proximité de Paris, dans une sorte de désert auquel on ne pouvait arriver que par des chemins de traverse.

Cachée pendant l'été au milieu des arbres, comme un nid dans le feuillage, la ferme où était retirée la Goualeuse apparaissait alors tout entière et sans voile de verdure.

Le cours de la petite rivière, glacée par le froid, ressemblait à un long ruban d'argent mal déroulé au milieu des prés toujours verts, à travers lesquels de belles vaches paissaient lentement en regagnant leur étable. Ramenées par les approches du soir, les volées de pigeons s'abattaient successivement sur le faîte aigu du colombier ; les noyers immenses qui, pendant l'été, ombrageaient la cour et les bâtiments de la ferme, alors dépouillés de leurs feuilles, laissaient voir les toits de tuiles et de chaume veloutés de mousse couleur d'émeraude.

Une lourde charrette traînée par trois chevaux vigoureux, trapus, à crinière épaisse, à robe lustrée, aux colliers bleus garnis de grelots et de houppes de laine rouge, rapportait des gerbes de blé provenant d'une des meules de la plaine. Cette pesante voiture arrivait dans la cour par la porte charretière, tandis qu'un nombreux troupeau de moutons se pressait à l'une des entrées latérales.

Bêtes et gens semblaient impatients d'échapper à la froidure de la nuit et de goûter les douceurs du repos ; les chevaux hennirent joyeusement à la vue de l'écurie, les moutons bêlèrent en assiégeant la porte des chaudes bergeries, les laboureurs jetèrent un coup d'œil affamé à travers les fenêtres de la cuisine du rez-de-chaussée, où l'on préparait un souper pantagruélique.

Il régnait dans cette ferme un ordre rare, extrême, une propreté minutieuse, inaccoutumée.

Au lieu d'être couverts de boue sèche, çà et là épars et exposés aux intempéries des saisons, les herses, charrues, rouleaux et autres instruments aratoires, dont quelques-uns étaient d'invention toute nouvelle, s'alignaient, propres et peints, sous un vaste hangar où les charretiers venaient aussi ranger avec symétrie les harnais de leurs chevaux ; vaste, nette, bien plantée, la cour sablée n'offrait pas à la vue ces monceaux de fumier, ces flaques d'eau croupissante qui déparent les plus belles exploitations de la Beauce ou de la Brie ; la basse-cour, entourée d'un treillage vert, renfermait et recevait toute la gent emplumée qui rentrait le soir par une petite porte s'ouvrant sur les champs.

Sans nous appesantir sur de plus grands détails, nous dirons qu'en toutes choses cette ferme passait à bon droit dans le pays pour une ferme *modèle*, autant par l'ordre qu'on y avait établi et l'excellence de son agriculture et de ses récoltes que par le bonheur et la moralité du nombreux personnel qui faisait valoir ces terres.

Nous dirons tout à l'heure la cause de cette supériorité si prospère ; en attendant, nous conduirons le lecteur à la porte treillagée de la basse-cour, qui ne le cédait en rien à la ferme par l'élégance champêtre de ses juchoirs, de ses poulaillers et de son petit canal encaissé de pierres de roche où coulait incessamment une eau vive et limpide alors soigneusement débarrassée des glaçons qui pouvaient l'obstruer.

Une espèce de révolution se fit tout à coup parmi les habitants ailés de cette basse-cour : les poules quittèrent leurs perchoirs en caquetant, les dindons gloussèrent, les pintades glapirent, les pigeons abandonnèrent le toit du colombier et s'abattirent sur le sable en roucoulant.

L'arrivée de Fleur-de-Marie causait toutes ces folles gaietés.

Greuze ou Watteau n'auraient jamais rêvé un aussi charmant modèle, si les joues de la pauvre Goualeuse eussent été plus rondes et plus vermeilles ; pourtant, malgré sa pâleur, malgré l'ovale amaigri de sa figure, l'expression de ses traits, l'ensemble de sa personne, la grâce de son attitude eussent encore été dignes d'exercer les pinceaux des grands peintres que nous avons nommés.

Le petit bonnet rond de Fleur-de-Marie découvrait son front et son bandeau de cheveux blonds ; comme presque toutes les paysannes des environs de Paris, par-dessus ce bonnet, dont on voyait toujours le fond et les barbes, elle portait posé à plat, et attaché derrière sa tête avec deux épingles, un large mouchoir d'indienne rouge dont les bouts flottants retombaient carrément sur ses épaules ; coiffure pittoresque et gracieuse, que la Suisse et l'Italie devaient nous envier.

Un fichu de batiste blanche, croisé sur son sein, était à demi caché par le haut et large bavolet de son tablier de toile bise ; un corsage en gros drap bleu à manches justes dessinait sa taille fine et tranchait sur son épaisse jupe de futaine grise rayée de brun ; des bas bien blancs et des souliers à cothurnes cachés dans des petits sabots noirs, garnis sur le cou-de-pied d'un carré de peau d'agneau, complétaient ce costume d'une simplicité rustique, auquel le charme naturel de Fleur-de-Marie donnait une grâce extrême.

Tenant d'une main son tablier, relevé par les deux coins, elle y puisait des poignées de grain qu'elle distribuait à la foule ailée dont elle était entourée.

Un joli pigeon d'une blancheur argentée, au bec et aux pieds de pourpre, plus audacieux et plus familier que ses compagnons, après avoir voltigé quelque temps autour de Fleur-de-Marie, s'abattit enfin sur son épaule.

La jeune fille, sans doute accoutumée à ces façons cavalières, ne discontinua pas de jeter son grain à pleines mains ; mais, tournant à demi son doux visage d'un profil enchanteur, elle leva un peu la tête et tendit en souriant ses lèvres roses au petit bec rose de son ami. Les derniers rayons du soleil couchant jetaient un reflet d'or pâle sur ce tableau naïf.

XXII

INQUIÉTUDES

Pendant que la Goualeuse s'occupait de ces soins champêtres, Mme Georges et l'abbé Laporte, curé de Bouqueval, assis au coin du feu dans le petit salon de la ferme, parlaient de Fleur-de-Marie, sujet d'entretien toujours intéressant pour eux.

Le vieux curé, pensif, recueilli, la tête basse et les coudes appuyés sur ses genoux, étendait machinalement devant le foyer ses deux mains tremblantes.

Mme Georges, occupée d'un travail de couture, regardait l'abbé de temps à autre et paraissait attendre qu'il lui répondît.

Après un moment de silence :

— Vous avez raison, madame Georges, il faudra prévenir M. Rodolphe ; s'il interroge Marie, elle lui est si reconnaissante qu'elle avouera peut-être à son bienfaiteur ce qu'elle nous cache…

— N'est-il pas vrai, monsieur le curé ? Alors, ce soir même j'écrirai à l'adresse qu'il m'a donnée, allée des Veuves…

— Pauvre enfant ! reprit l'abbé ; elle devrait se trouver si heureuse… Quel chagrin peut donc la miner à cette heure ?

— Rien ne la peut distraire de cette tristesse, monsieur le curé… pas même l'application qu'elle met à l'étude…

— Elle a véritablement fait des progrès extraordinaires depuis le peu de temps que nous nous occupons de son éducation.

— N'est-ce pas, monsieur l'abbé ? Apprendre à lire

et à écrire presque couramment, et savoir assez compter pour m'aider à tenir les livres de la ferme ! Et puis cette chère petite me seconde si activement en toutes choses que j'en suis à la fois touchée et émerveillée. Ne s'est-elle pas, presque malgré moi, fatiguée de manière à m'inquiéter sur sa santé ?

— Heureusement ce médecin nègre nous a rassurés sur les suites de cette toux légère qui nous effrayait.

— Il est si bon, ce M. David ! Il s'intéressait tant à elle ! Mon Dieu, comme tous ceux qui la connaissent. Ici, chacun la chérit et la respecte. Cela n'est pas étonnant, puisque, grâce aux vues généreuses et élevées de M. Rodolphe, les gens de cette métairie sont l'élite des meilleurs sujets du pays. Mais les êtres les plus grossiers, les plus indifférents, ressentiraient l'attrait de cette douceur à la fois angélique et craintive qui a toujours l'air de demander grâce. Malheureuse enfant ! Comme si elle était seule coupable !

L'abbé reprit après quelques minutes de réflexions :

— Ne m'avez-vous pas dit que la tristesse de Marie datait pour ainsi dire du séjour que Mme Dubreuil, la fermière de M. le duc de Lucenay à Arnouville, avait fait ici, lors des fêtes de la Toussaint ?

— Oui, monsieur le curé, j'ai cru le remarquer, et pourtant Mme Dubreuil, et surtout sa fille Clara, modèle de candeur et de bonté, ont subi comme tout le monde le charme de Marie ; toutes deux l'accablent journellement de marques d'amitié ; vous le savez, le dimanche nos amis d'Arnouville viennent ici, ou bien nous allons chez eux. Eh bien ! l'on dirait que chaque visite augmente la mélancolie de notre chère enfant, quoique Clara l'aime déjà comme une sœur.

— En vérité, madame Georges, c'est un mystère étrange. Quelle peut être la cause de ce chagrin caché ?

Elle devrait se trouver si heureuse ! Entre sa vie présente et sa vie passée, il y a la différence de l'enfer au paradis. On ne saurait l'accuser d'ingratitude.

— Elle ! grand Dieu !… elle… si tendrement reconnaissante de nos soins ! Elle chez qui nous avons toujours trouvé des instincts d'une si rare délicatesse ! Cette pauvre petite ne fait-elle pas tout ce qu'elle peut afin de gagner pour ainsi dire sa vie ? Ne tâche-t-elle pas de compenser par les services qu'elle rend l'hospitalité qu'on lui donne ? Ce n'est pas tout ; excepté le dimanche, où j'exige qu'elle s'habille avec un peu de recherche pour m'accompagner à l'église, elle a voulu porter des vêtements aussi grossiers que ceux des filles de campagne, et malgré cela il existe en elle une distinction, une grâce si naturelles, qu'elle est encore charmante sous ces habits, n'est-ce pas, monsieur le curé ?

— Ah ! que je reconnais bien là l'orgueil maternel ! dit le vieux prêtre en souriant.

À ces mots, les yeux de Mme Georges se remplirent de larmes : elle pensait à son fils.

L'abbé devina la cause de son émotion et lui dit :

— Courage ! Dieu vous a envoyé cette pauvre enfant pour vous aider à attendre le moment où vous retrouverez votre fils. Et puis un lien sacré vous attachera bientôt à Marie : une marraine, lorsqu'elle comprend bien sa mission, c'est presque une mère. Quant à M. Rodolphe, il lui a donné, pour ainsi dire, la vie de l'âme en la retirant de l'abîme… d'avance il a rempli ses devoirs de parrain.

— La trouvez-vous suffisamment instruite pour lui accorder ce sacrement, que l'infortunée n'a sans doute pas encore reçu ?

— Tout à l'heure en m'en retournant avec elle

au presbytère, je la préviendrai que cette cérémonie se fera probablement dans quinze jours.

— Peut-être, monsieur le curé, présiderez-vous un jour une autre cérémonie aussi bien douce et bien grave…

— Que voulez-vous dire ?

— Si Marie était aimée autant qu'elle le mérite, si elle distinguait un brave et honnête homme, pourquoi ne se marierait-elle pas ?

L'abbé secoua tristement la tête et répondit :

— La marier ! Songez-y donc, madame Georges, la vérité ordonnera de tout dire à celui qui voudrait épouser Marie… Et quel homme, malgré ma caution et la vôtre, affronterait le passé qui a souillé la jeunesse de cette malheureuse enfant ! Personne ne voudra d'elle.

— Mais M. Rodolphe est si généreux ! Il fera pour sa protégée plus qu'il n'a fait encore… Une dot…

— Hélas ! dit le curé en interrompant Mme Georges, malheur à Marie, si la cupidité doit seule apaiser les scrupules de celui qui l'épousera ! Elle serait vouée au sort le plus pénible ; de cruelles récriminations suivraient bientôt une telle union.

— Vous avez raison, monsieur l'abbé, cela serait horrible. Ah ! quel malheureux avenir lui est donc réservé !

— Elle a de grandes fautes à expier, dit gravement le curé.

— Mon Dieu ! monsieur l'abbé, abandonnée si jeune, sans ressources, sans appui, presque sans notions du bien et du mal, entraînée malgré elle dans la voie du vice, comment n'aurait-elle pas failli ?

— Le bon sens moral aurait dû la soutenir, l'éclairer ; et d'ailleurs a-t-elle tâché d'échapper à cet horrible sort ? Les âmes charitables sont-elles donc si rares à Paris ?

— Non, sans doute ; mais où aller les chercher ?

Avant que d'en découvrir une, que de refus, que d'indifférence ! Et puis, pour Marie il ne s'agissait pas d'une aumône passagère, mais d'un intérêt continu qui l'eût mise à même de gagner honorablement sa vie... Bien des mères sans doute auraient eu pitié d'elle, mais il fallait avoir le bonheur de les rencontrer. Ah ! croyez-moi, j'ai connu la misère... À moins d'un hasard providentiel semblable à celui qui, hélas ! trop tard, a fait connaître Marie à M. Rodolphe ; à moins, dis-je, d'un de ces hasards, les malheureux, presque toujours brutalement repoussés à leurs premières demandes, croient la pitié introuvable, et pressés par la faim... la faim si impérieuse, ils cherchent souvent dans le vice des ressources qu'ils désespèrent d'obtenir dans la commisération.

À ce moment, la Goualeuse entra dans le salon.

— D'où venez-vous, mon enfant ? lui demanda Mme Georges avec intérêt.

— De visiter le fruitier, madame, après avoir fermé les portes de la basse-cour. Les fruits sont très bien conservés, sauf quelques-uns que j'ai ôtés.

— Pourquoi n'avez-vous pas dit à Claudine de faire cette besogne, Marie ? Vous vous serez encore fatiguée.

— Non, non, madame, je me plais tant dans mon fruitier, cette bonne odeur de fruits mûrs est si douce !

— Il faudra, monsieur le curé, que vous visitiez un jour le fruitier de Marie, dit Mme Georges. Vous ne vous figurez pas avec quel goût elle l'a arrangé : des guirlandes de raisin séparent chaque espèce de fruits, et ceux-ci sont encore divisés en compartiments par des bordures de mousse.

— Oh ! monsieur le curé, je suis sûre que vous serez content, dit ingénument la Goualeuse. Vous verrez comme la mousse fait un joli effet autour des pommes bien rouges ou des belles poires couleur d'or. Il y a surtout des pommes d'api qui sont si gentilles, qui ont de si charmantes couleurs roses et blanches qu'elles ont l'air de petites têtes de chérubins dans un nid de mousse verte, ajouta la jeune fille avec l'exaltation de l'artiste pour son œuvre.

Le curé regarda Mme Georges en souriant et dit à Fleur-de-Marie :

— J'ai admiré la laiterie que vous dirigez, mon enfant ; elle ferait l'envie de la ménagère la plus difficile ; un de ces jours j'irai aussi admirer votre fruitier, et ces belles pommes rouges, et ces belles poires couleur d'or, et surtout ces jolies pommes-chérubins dans leur lit de mousse. Mais voici le soleil tout à l'heure couché ; vous n'aurez que le temps de me conduire au presbytère et de revenir ici avant la nuit... Prenez votre mante et partons, mon enfant... Mais au fait, j'y songe, le froid est bien vif ; restez, quelqu'un de la ferme m'accompagnera.

— Ah ! monsieur le curé, vous la rendriez malheureuse, dit Mme Georges, elle est si contente de vous reconduire ainsi chaque soir !

— Monsieur le curé, ajouta la Goualeuse en levant sur le prêtre ses grands yeux bleus et timides, je croirais que vous n'êtes pas content de moi, si vous ne me permettiez pas de vous accompagner comme d'habitude.

— Moi ? Pauvre enfant... prenez donc vite, vite, votre mante alors, et enveloppez-vous bien.

Fleur-de-Marie se hâta de jeter sur ses épaules une sorte de pelisse à capuchon en grosse étoffe de laine blanchâtre bordée d'un ruban de velours noir et offrit son bras au curé.

— Heureusement, dit celui-ci, qu'il n'y a pas loin et que la route est sûre...

— Comme il est un peu plus tard aujourd'hui que

les autres jours, reprit Mme Georges, voulez-vous que quelqu'un de la ferme aille avec vous, Marie ?

— On me prendrait pour une peureuse…, dit Marie en souriant. Merci, madame, ne dérangez personne pour moi ; il n'y a pas un quart d'heure de chemin d'ici au presbytère, je serai de retour avant la nuit.

— Je n'insiste pas, car jamais, Dieu merci ! on n'a entendu parler de vagabonds dans ce pays.

— Sans cela, je n'accepterais pas le bras de cette chère enfant, dit le curé, quoiqu'il me soit d'un grand secours.

Bientôt l'abbé quitta la ferme appuyé sur le bras de Fleur-de-Marie, qui réglait son pas léger sur la marche lente et pénible du vieillard.

Quelques minutes après, le prêtre et la Goualeuse arrivèrent auprès du chemin creux où étaient embusqués le Maître d'école, la Chouette et Tortillard.

FIN DU TOME I

#lisez! engagé
www.lisez.com
Pour plus d'information :
Imprimé sur du papier issu de forêts gérées durablement.

10/18 – 92 avenue de France, 75013 PARIS

Imprimé en France par
CPI Brodard & Taupin

N° d'impression : 3055844
X08298/06